KEINE GUTE TAT

EPILOG DER VERGESSENEN
BUCH 2

M.R. FORBES

ÜBERSETZT VON
KENT ALKAN

EDITED BY
LIANE BAUMGARTEN

Herausgegeben von Quirky Algorithms
Seattle, Washington (USA)

Titelillustration von Geronimo Ribaya

KAPITEL 1

Die Fremde öffnete die Augen.

Das Sternenmeer war wunderschön.

Cyanblauviolett der Schleier der Milchstraße, bestickt mit milliardenfachen Glitzersteinen – der Blick in eine ewige Nacht, und doch so prächtig erleuchtet...

Ewiges Mysterium, das sich wie schon Milliarden Male selbst besah und bewunderte – sein Abbild hinabgefallen in ein schwarzes Loch, geformt von denselben Kräften, die dasselbe in einen feuchten Klumpen aus Wasser und Sternenstaub hineinziseliert hatten...

Doch dieses Mal sah jemand anderes zu – durch dieselben Augen. Jemand, der nach diesem Moment gedürstet hatte – den Sternenhimmel mit Menschenaugen zu sehen.

Das war das Begehr der Relyeh. Sie zogen von Planet zu Planet, von Sonnensystem zu Sonnensystem – auf der Suche nach Wirten, denen gegeben, was ihnen selbst schmählich verwehrt war.

Grace war nun Keshk – so der wahre Name jenes Wesens, das fortan ihren Körper besaß. Und Keshk selbst war auch bloß ein willfähriger Kalfaktor der Relyeh – ein Vertreter der vormals eigenständigen und friedfertigen Spezies der Khoronen, welche einst in den weitläufigen feuchten Grotten ihres weit entfernten Heimatplaneten gelebt hatten.

In den Körpereigenschaften der gallertartigen Khoronen mit ihren langen, schwarzen Tendrillen hatten die Relyeh das Potenzial erkannt, sich physisch noch weit komplexerer Spezies zu ermächtigen. Und so hatten sie damit begonnen, die Grottenbewohner durch ihre Weltportale zu schleusen... bis dieselben eines Tages durch jenes Portal gekommen waren, das ein paar ahnungslose Vertreter der Erdspezies namens Homo sapiens sapiens in einem Meteoritenkrater entdeckt und in eine ihrer komplexen unterirdischen Bauten verbracht hatten. Die Eingliederung des Blauen Planeten ins Reich der Relyeh hatte begonnen.

Inzwischen waren die Relyeh und die Khoronen praktisch eins.

Der Durst der Relyeh war nun der Durst der Khoronen.

Und bald würde derselbe auch der Durst der Menschheit sein – so jedenfalls zeichnete es sich nun ab.

„Du bist also wach!", rief eine heiser klingende Männerstimme.

Es war Cain.

Grace neigte den Kopf zur Seite, um ihn nicht anschauen zu müssen: ein wahrer Schrank von einem Mann – mehr als zwei Meter in der Größe und von stämmig athletischer Anmutung. Sein üppiger, haselbrauner Lockenkopf ging nahtlos in einen krausen Vollbart über. Unter seinem derben schwarzen Ledermantel und über seiner ebenso derben schwarzen Lederhose trug er ein eigentlich zu kleines schwarzes T-Shirt mit dem fast ausgeblichenen Schriftzug ‚AC/DC' darauf. Um seine Hüfte war zur Linken ein Pistolenholster gegurtet, in welchem wiederum eine alte Waffe aus Militärbeständen auf den nächsten Einsatz wartete. Zur Rechten war am Gurt ein furchteinflößendes Beil eingehakt... das wohl einst tapferen Feuerwehrmännern zum Einschlagen von Haustüren zwecks

Rettung der dahinter von Brandflammen Bedrohten gedient, inzwischen aber sicherlich kaum noch zu solch hehrer Verwendung gelangte. Kurz: Mit diesem Kerl war nicht gut Kirschenessen – und das sah man ihm schon von weitem an.

Auf ihrer Suche nach ihrem Vater, quer durch die ehemaligen Vereinigten Staaten Amerikas, hatte Grace Cain nunmehr zwei Jahre lang erfolgreich aus dem Weg gehen können. Hatte…

Das war nun vorbei.

Das Schicksal hatte gewonnen.

Nun würde sie ihm in seine grimmige Miene blicken müssen – ihm, der rechten Hand ihres Vaters… oder besser gesagt: der rechten Hand Shurraths.

Einerseits hieß dies, dass Grace dem Ziel ihrer Odyssee nun so nah war wie noch nie… andererseits aber auch, dass sie es gründlich verfehlt hatte. Es hieß, dass sie jetzt eine von ihnen war. Sie hatte verloren, die alte Grace. Nun teilte sie das Schicksal ihres alten Vaters – vereint mit ihm, wie sie es wollte, aber auf genau diejenige Art und Weise, die sie um jeden Preis hatte verhindern wollen.

Spielte es noch eine Rolle?

Sich darüber zu grämen, setzte voraus, dass die alte Grace noch existierte. Ihre Erinnerungen existierten noch… aber es war Keshk, der hier und jetzt in ihnen schwelgte. Es lag ein Trost darin, nicht mehr sie selbst zu sein. Ein Trost, der ihre Niederlage erträglich machte – wobei deren Unumgänglichkeit der Frage ihrer Erträglichkeit Hohn sprach.

Unter Seinesgleichen war Shurrath selbst eine kleine Nummer… und daher umso erpichter, dies zu ändern. Er kontrollierte nur eine Handvoll Welten – also fremde Planeten – und die Erde war die neueste darunter. Wobei er erst noch im Begriff war, über letztere wirklich die Kontrolle zu erlangen. Tatsächlich war er ein Gestrandeter auf diesem Planeten, in Folge einer Niederlage im Konflikt mit den Axonen, den

Erzfeinden der Relyeh. Seinen Ambitionen tat dies keinen Abbruch.

Das bloße Vorhandensein all jener Erinnerungen, die Grace ausgemacht hatten, als ihr Körper noch ihr gehört hatte, schien sich gegen die Vorstellung einer Erde unter der Herrschaft Shurraths aufzulehnen.

Die Khoronen wussten von diesem anfänglichen inneren Widerstand ihrer Wirte – selbst nach erfolgreicher Einnahme. Es dauerte einige Zeit, bis auch dieser versiegte.

In Graces Fall war es die Erinnerung an das Leid und das Elend der Menschen… und an ihre ungebrochene Lebensfreude. Es war die Erinnerung daran, dass es noch immer Menschen gab, die an das Gute glaubten, oder die zumindest dafür kämpften… und die es niemals zulassen würden, dass Shurrath die Erd–…

Ein Schmerzesblitz ließ Graces Körper vom Nacken abwärts zusammenfahren!

Gleich einer Elektroschocktherapie war dies die Methode, mit der die Khoronen solche Anflüge emergenter Rebellion, die aus den Erinnerungen ihrer Wirte emporstiegen, mit Aversion verknüpfen und somit auszutreiben suchten.

„Na, noch immer am Hadern?", feixte Cain. „Du bist ein solcher Trotzkopf, Grace!"

„Daddy's Mädchen…", feixte sie zurück.

„Dein Daddy-Körper hat nicht so lange gebraucht, Shurrath als Herrn und Meister zu akzeptieren.", konterte Cain.

„Vielleicht weil mein ‚Daddy-Körper' selbst Shurrath ist, Klugscheißer."

Das war der Kasus Knaxus.

Als Grace erwacht war, hatte sie angenommen, dass ihr Vater sie deshalb in den Tiefschlaf versetzt hatte, damit sie das ausbrechende Chaos überleben und ihn – beziehungsweise Shurrath – in der Zukunft konfrontieren könnte. Zehn Jahre lang hatte sie sich seitdem nun durchgeschlagen, unablässig auf der Suche nach ihm.

Wie ein Ronin – ein herrenloser Samurai.

So hatte der alte Graves am Tresen des Saloons von Dego sie genannt.

Die Bezeichnung hatte ihr geschmeichelt. Inzwischen aber war sie Lügen gestraft. Denn war sie nicht in Wahrheit Shurraths Ruf gefolgt? War dessen Plan nicht aufgegangen, sie über zehn Jahre hinweg zu einer formidablen Kämpferin heranwachsen zu lassen, die somit einen umso größeren Nutzwert für ihn hatte?

Sie war kein herrenloser Samurai gewesen… sondern ein ahnungsloser. Und nun: ein dürstender! / / /

Unter leisem Stöhnen versuchte sie vergeblich, gegen jene dumpf tosende Stimme anzukämpfen, die sich langsam, aber unerbittlich ihrer Erinnerungen zu ermächtigen und den letzten Rest ihres Selbst zu vereinnahmen versuchte. Ihre Erinnerungen wie auch ihre künftigen Erlebnisse sollten die Keshks werden. Je intensiver ihr Erleben, desto nahrhafter für die Khorone.

Die Urältesten der Relyeh hatten herausgefunden, dass alle eines Bewusstseins mächtigen Lebewesen eine Handvoll grundlegender Empfindungen gemein hatten – und Angst und Schmerz waren praktisch universal. Das lag daran, dass diese beiden Empfindungen die Basis des Überlebens in einer Umwelt waren, in der an jeder Ecke Feinde und Todesfallen lauerten – ebenso praktisch universal.

„Wie hat er dich eigentlich drangekriegt, mein Vater – Shurrath?", wollte Grace schließlich von Cain wissen. „Einfach so überwältigen lässt sich so ein stattlicher Kerl wie du ja wohl nicht, oder?"

Cains breite Schultern bebten kurz unter stummem Gelächter:

„Ein stattlicher Kerl aus Fleisch und Blut… das ist ein stattlicher Kerl mit einem Schwachpunkt."

Grace verstand nicht recht… und doch schwante ihr sehr wohl, worauf er hinauswollte – was sich sogleich bestätigte:

„Sie war eine Anhängerin Shurraths. Ich hatte keine Ahnung von nichts. Eines kam zum anderen. Und als ich dann in den Schlaf des Erfolgreichen entschlummert war... da hat sie mir Vorsk zugeführt. Als ich aufwachte, begriff ich erst nicht, was geschehen war... aber die Welt war wie ausgewechselt. Nichts erschien mir mehr so, wie es zuvor noch gewesen war, und ich wusste nicht warum... bis ich zum ersten Mal Vorsks Stimme hörte. Ich dachte zuerst, ich drehe durch. Doch dann sagte die Stimme mir, ich solle mir meinen Nacken im Spiegel beschauen..."

„Und da wusstest du, dass du nicht bloß ‚Stimmen hörst'?"

Cain nickte:

„Abfinden wollte ich mich damit nicht... wollte mir ein Messer in den Nacken jagen. Aber es war zu spät. Ich war bereits unterlegen – wie auch du bereits unterlegen bist. Aber jetzt bin ich stark wie nie – dank Vorsk!"

„Und darum bist nun auch du ein Anhänger Shurraths?"

Cain nickte abermals:

„Kann es einen besseren Grund geben? Was Shurrath mir gibt, das ist besser als Sex..."

Grace verzog das Gesicht. ‚Besser als Sex'? Was war das für ein Maßstab? Gab es nicht viel Wichtigeres... Nobleres? Nicht, dass Grace wirklich eine Ahnung von dieser Angelegenheit hatte – sie war noch immer Jungfrau, und da Keshk dies wissen musste, so wusste es wahrscheinlich auch Vorsk.

Cain schmunzelte:

„Sagt dir nicht viel, oder? Ein Jammer. All diese Entbehrungen im Dienste deiner ‚Mission', deinen Vater zu finden..."

„...und Shurrath zu töten."

„Deinen Vater hättest du töten können... richtiger noch: seinen Körper. Aber Shurrath? Niemals."

„Ja ja... ich hab's ja kapiert. Aber ich werde mich nicht

davon abbringen lassen, ihn wiederzusehen... und wenn es das Letzte ist, was ich tue!"

„Da macht der Wirt die Rechnung ohne die Khorone...", feixte Cain.

Graces Zorn loderte von Neuem auf:

„Noch bin ich ich! Und ich finde einen Weg, ich zu bleiben!"

„Da wärst du die Erste...", erwiderte Cain halb amüsiert.

Grace richtete sich auf. Der Zeremonienspeer, den sie zwischen den beiden Schalen ihres Büstenhalters versteckt hielt, war zum Greifen nah... Innerhalb eines Sekundenbruchteils könnte sie ihn ziehen und Cain in den Nacken rammen, um die Khorone darin zu töten – wenn sie nur wollte. Aber... wollte sie? Spielte es noch eine Rolle?

Graces plötzliches Aufrichten hatte Cain zurückfahren lassen. Ihre Willensstärke musste ihn überraschen. Nun aber erhob er sich ebenfalls, trat an sie heran... ging vor ihr in die Knie... und drehte sich mit dem Rücken zu ihr. Dann schob er sich die dunklen Locken aus dem Nacken, sodass die Narbe nurmehr eine halbe Armlänge von ihr entfernt war:

„Nur zu, Grace! Dachtest du, ich weiß nichts von dem Shurrakush, den du verborgen hältst?"

Grace stierte ihm in den Nacken und atmete schwer. Ihre rechte Hand ballte sie zur Faust, und ihr Arm bebte... doch als sie an diesem herabsah, da kam ihr vor Augen, dass selbst das nur ihrem Wunschdenken entsprungen war. Denn tatsächlich war ihre Hand völlig entspannt, genauso wie ihr Arm. Sie musste es einsehen: Sie war ohnmächtig, nurmehr ein passiver Kommentator.

„Na? Gar nicht so leicht, was?", höhnte Cain.

Zwei heiße Tränen liefen Grace über die Wangen... sofern sie sich nicht auch dies bloß einbildete. Sie war eine Gefangene in ihrem eigenen Körper – wie eine Halbschlafende am Morgen, die ihre Umgebung bereits wahrnahm, noch ehe ihre Schlafstarre überwunden war.

Genau so hatte es ihr Vater bereits beschrieben – als Shurrath noch nicht volle Kontrolle über ihn erlangt hatte. Major Cyrus Salk war ein Mann von unerbittlicher Willensstärke gewesen – nach menschlichem Maßstab jedenfalls. Es war eben jene Willensstärke – davon war Grace überzeugt – die ihrem Vater die Kraft gegeben hatte, bei seinem grässlichen Amoklauf in der geheimen Militärbasis wenigstens seine eigene Tochter zu verschonen. Professor Doktor Riley Valentine – die Forschungsteamleiterin, die für die geheimen Khoronenexperimente maßgebend gewesen war – hatte darüber sicherlich noch eine leicht enttäuschte Randnotiz abgefasst, ehe auch sie auf eines der Pionierschiffe versetzt worden war. Ihr ganzes Handeln hatte anscheinend unter einem Motto gestanden: ‚Nach mir die Sintflut!'

Die Führungseliten hatten die Erde ohnehin verlorengegeben. Was machte es da noch für einen Unterschied, wenn der Planet und seine Bewohner einer zweiten oder dritten Alienspezies anheimfielen – so wohl der Gedanke. Was die Eliten nicht verstanden hatten, war der eigentliche Zweck der Trife, des Virus und des Kriegs. Sie verstanden es bis heute nicht.

In Wahrheit waren die Trife keineswegs bloß außerirdische Quasi-Zombies. Vielmehr erfüllten sie die Rolle von Zuchtmeistern… oder von Züchtern… oder Gärtnern, wenn man so wollte.

Hingegen war es die Menschheit, die im Begriff war, sich von Shurrath zu einem Heer von Zombies machen zu lassen. Zombies, die nicht auf Gehirne aus waren, sondern die nach intensiven Erlebnissen dürsteten – vorzugsweise nach solchen, die Furcht hervorriefen.

Grace musste einsehen, dass sie sich nun geradewegs auf demselben dunklen Pfad befand, der einst ihren geliebten Vater zum Monster gemacht hatte. Mit anderen Worten: Sie hatte versagt.

Ihre Glieder bebten… oder zumindest bildete sie sich dies ein.

Doch dann, ehe Grace selbst begriff, was geschah, hatte sie den Zeremonienspeer hervorgezogen… und sprang damit nun auf den gelockten Hünen zu! Es war alleine dessen geschärften Khoronenwirtreflexen zu verdanken, dass er seinen Nacken noch um eine buchstäbliche Haaresbreite von ihr fortdrehen und sie am Handgelenk packen konnte. Mit unbarmherziger Kraft drückte seine Pranke zu und quetschte ihr das scharfe, mattschwarze Stück außerirdischen Metalls aus der Hand.

„Bemerkenswert…", konstatierte er trocken, als Grace vor ihm auf die Knie ging, und er ließ endlich von ihr ab.

Einen Moment harrte Grace so aus und rieb sich das Handgelenk… ehe sie sich ernüchtert erhob, den Zeremonienspeer auflas und wieder an seinen geheimen Platz zurückschob.

„Morgen geht's wieder nach Dego.", verlautbarte Cain. „Das wird dir helfen, weiter zu Sinnen zu kommen."

KAPITEL 2

Dego... der Ort des Scheiterns.

Die Sonne hatte bereits tief gestanden, als Grace jenen Saloon betreten hatte. Von ein paar Kultisten, die erst kürzlich konvertiert waren, hatte sie einen heißen Tipp bekommen, dass sie hier jemanden finden würde, der sie auf ihrer Mission voranbringen könnte.

Es war ein Ritt von zwei Tagen gewesen, der unter der irrigen Annahme erfolgt war, sie wäre Cain um mindestens einen Tag voraus gewesen. Am Ende hatte es sich als nicht einmal eine Stunde entpuppt...

Zehn Jahre lang hatte Grace ihrem Vater nachgestellt, hatte unermüdlich Nachforschungen betrieben, während sie selbst von Shurraths Schergen sowie von den Trife und mitunter auch von Banditen und anderem Abschaum gejagt worden war. Doch jener Abend hatte all das mit einem Schlag vergeblich gemacht...

Nun stand sie also wieder hier, an der Überführung der Interstate 5 – dieses Mal an Cains Seite, statt vor ihm zu fliehen. Die beiden Motorräder, auf denen sie gekommen waren, standen ausgelaugt hinter ihnen am Straßenrand. Die Interstate war von hier aus nicht weiter zugänglich. Der ausladende Highway-Knotenpunkt, der über den Fluss gebaut war und die Interstate 5 mit der Interstate 8 verband, war schon vor langer Zeit gesprengt worden, um den wasserscheuen Trife zumindest eine gewisse Barriere in den Weg zu stellen.

Auch nach gut zwei Jahrhunderten waren noch immer Spuren der letzten Barrikaden und Gefechtsstationen zu erkennen, mit denen das US-Militär die Stadt zu verteidigen versucht hatte. Graffiti und Rost allenthalben waren der Spottgesang auf dessen Niederlage.

„Schau mal…", rief Cain und reichte Grace das Fernglas.

Sie nahm es an und sah hindurch. Ihr Spähblick ging in Richtung des nicht allzu weit entfernten, noch lebendigen Teils der Stadt. Sie konnte Graves Saloon ausmachen… und dass sich ein paar Blocks entfernt davon etwas Ungewöhnliches zu tun schien. Augenscheinlich waren vier Paramilitärwagen vorgefahren, deren uniformierte Fahrer beziehungsweise Beifahrer sich gerade mit ein paar Einwohnern Degos unterhielten. Dem Gestikulieren meinte Grace zu entnehmen, dass es um zu treffende Schutz- und Abwehrmaßnahmen gegen die Trife ging. Ein Stück weiter entfernt erblickte sie durchs Fernglas einen Armeelaster, aus dem weitere der Milizionäre große, kubische Holzkisten ausluden. Einer von ihnen griff in eine der Kisten hinein… und zog prompt ein Kippladergewehr heraus, das er wiederum einem der Einwohner übergab.

„Schaut aus, als würden sie die Einwohner bewaffnen…", murmelte Grace, und Cain knurrte zustimmend. „Gegen die Trife?"

„Oder gegen uns…", erwiderte er.

Grace sah ihn fragend an… ehe sie ihren Blick zurück durchs Fernglas lenkte…

„Glaubst du, dass dieser Duke, oder wie er heißt, mit uns rechnet?"

„Vielleicht... aber ich glaube kaum, dass das hier etwas damit zu tun hat. Es ist zu zeitnah. Selbst motorisiert hat Duke kaum ausreichend Zeit gehabt, um zu seinen Leuten zurückzukehren, die Sache hier zu organisieren, alles klarzumachen und hier herzuschicken. Die Kipplader dienen vermutlich der Trife-Abwehr."

„Wenn man sie bloß nicht ständig nachladen müsste..."

„Stimmt."

„Da lob' ich mir doch Pfeil und Bogen.", fasste Grace sich an den Köcher auf ihrem Rücken. „Zwar erfordert das Schießen damit mehr Geschick, aber die Munition ist wiederverwendbar, und im Notfall kann man sich relativ schnell selbst neue machen."

„Das würde ihnen auch nicht mehr helf–..."

Ein jähes Zischen schnitt Cain ins Wort.

Noch ehe er sich umdrehen konnte, hatte Grace bereits ihre Pistole gezückt. Er lachte und schüttelte nur mit dem Kopf... und Grace musste sich in Erinnerung rufen, was vielleicht der größte Vorzug des Daseins als Khoronenwirt war: der Pakt mit den Trife.

Hinter der Highway-Überführung war eine kleine Rotte aus einer Handvoll der lackledernen Invasoren hervorgekommen. Mit gelegentlichem Zischen und Fauchen harrten sie aus, als warteten sie auf weitere Anweisungen.

„Was ist denn das für ein klägliches Häuflein?", bemängelte Cain und ging auf die Trife zu. Diese gingen auseinander und ließen ihn so an die Kante der Überführung treten. Er sah hinab.

Noch etwas verunsichert ob der beunruhigenden Nähe der Trife schloss Grace zu ihm auf.

„Schon besser...", murmelte Cain zufrieden – und nun sah auch Grace aus dem Schatten der Überführungspfeiler eine Tausendschaft gelber Schlangenaugen hervorfunkeln. Dann hob er mit majestätischem Gestus seine Hand über die pechschwarzen Heerscharen und rief: „Darum wird Shurraths Herrschaft der Erde Frieden bringen!"

So viel Zynismus hätte der früheren Grace den Kragen platzen lassen. Jetzt aber stockte ihr lediglich der Atem – oder zumindest bildete sie sich das ein. Cain war im Begriff, eine Trife-Flut auf das Zentrum des Städtchens loszulassen. Tod und Schrecken waren abzusehen. Doch er hatte Recht: Grace konnte kaum anders, als sich erleichtert darüber zu fühlen, zum ersten Mal auf der anderen Seite des Trife-Terrors zu stehen – und es war nicht ihre Khorone, die sie so fühlen ließ. Es war schlicht ein starkes Argument für Shurraths Herrschaft.

Cain kehrte zur gegenüberliegenden Seite der Fahrbahn zurück, und winkte Grace zu sich.

„Du kommst mit…", wies er an. „Es ist besser, dass ich dich noch eine Weile unter meinen Fittichen behalte."

Grace feixte innerlich. Cain war sich offensichtlich keineswegs so sicher, dass Graces Khorone sie wirklich voll im Griff hatte…

Noch stand die Sonne zu hoch, als dass die Einwohner Degos mit einer Trife-Flut rechnen würden – zumal, wenn sie ihren Geschäften derart leisen Fußes nachgingen, wie sie es gerade demonstrierten. Ein wahres Massaker stand bevor… vielleicht sogar die Auslöschung des Städtchens.

„Auf geht's…", rief Cain lakonisch, kletterte auf den Rand der Überführung… und ließ sich hinabfallen – gut fünf Meter in die Tiefe.

Grace sah ihm hinterher und sah ihn unten aufkommen. Jedem normalen Menschen hätte eine solche Landung die Beine gebrochen. Doch Cain sah zurück hinauf und winkte Grace zu sich. Sie sollte ebenso springen. Das war doch verrückt!

Grace war erst seit kurzem ein Khoronenwirt und würde die Landung nicht ohne Verletzung wegstecken können. Und doch konnte sie sich selbst nur dabei zusehen, wie sie Cains Aufforderung Folge leistete und ebenso den Rand der Überführung erklomm. Höhenangst erfasste sie, als sie nur noch wenige Zentimeter vom Abgrund trennten.

Doch dann kam der Kick...

...und sie sprang.

KAPITEL 3

In Erwartung einer mehr als schmerzlichen Landung biss Grace die Zähne zusammen...

Doch mit jedem weiteren Sekundenbruchteil bis zum nahenden Asphalt spürte sie, dass ihre Befürchtungen unbegründet waren. Stattdessen durchfuhr sie ein wohliger Schauer, der ihr fast ein Gefühl der Unverwundbarkeit verlieh – eine Mischung aus konzentriertem Adrenalin und anderen Substanzen, die Keshk ihren Körper ausschütten ließ. Ohne großes Zutun bewegten sich ihre Glieder in genau die richtige Position, spannten genau die richtigen Muskeln im richtigen Maße an, sodass sie binnen Sekundenbruchteilen regelrecht zu einem menschlichen Stoßdämpfer wurde – ähnlich einer Katze, die instinktiv auf allen Vieren landet.

Mit einem bündigen Klappern trafen Graces Stiefelsohlen auf den Boden auf, und sie ging tief in die Knie, von wo aus sie vornüber auf die Hände fiel, während ihre Arme den Rest des Schocks auffingen, bis sie schließlich fast flach auf ihrer Brust zum Liegen kam.

Cain lachte, während sich Grace bereits wieder aufraffte: „Nicht schlecht fürs erste Mal!"

Grace selbst war verblüfft. Nicht nur hatte sie den Sturz

unverletzt überstanden – nicht einmal Schmerzen hatte sie! Im Gegenteil: Sie kam sich vor wie ein verdammter Comic-Held! Noch während sie zu Cain aufschloss, zückte sie Pfeil und Bogen. War es das, was Cain damit gemeint hatte, es sei besser als Sex?

Sie liefen am leise zischenden Heer der Lackledernen vorbei und näherten sich der Ecke eines Flachbaus am Straßenrand. Dort angekommen, hielten sie inne. Stimmen waren zu hören…

„In ein paar Tagen kommen unsere Leute.", rief eine jugendliche Männerstimme. „Sheriff Duke möchte sicherstellen, dass Dego sich bis dahin bereits adäquat verteidigen kann."

„Wir sind Ihnen schon jetzt mehr als dankbar.", antwortete eine etwas ältere Männerstimme.

„Es ist mehr, als wir erwartet hatten. Es war töricht von uns gewesen, das Angebot zuerst abzulehnen."

„Besser spät als nie.", lachte die erste Stimme zurück.

Cain warf Grace einen schurkischen Blick zu. Sie wusste, was er wollte. Ihr innerliches Seufzen hingegen blieb ihm wohl verborgen. Sie wollte diesen Menschen kein Leid zufügen… und doch würde sie es tun, würde zuschauen müssen, wie sie es tat – mit ihren eigenen Händen, eine Geisel in ihrem eigenen Körper.

Grace spannte und hob den Bogen – dann fuhr sie um die Ecke des Gebäudes und zielte. Die beiden Männer standen in knapp zwei Metern Entfernung und unterbrachen ihre Unterhaltung augenblicklich, um Grace mit fragenden Blicken zu begegnen. Während die Augen des Älteren der beiden immer größer wurden, verengten sich die des Jüngeren, Uniformierten rasch zu Schlitzen, und seine Hand wanderte zum Pistolenholster an seinem Gürtel. Noch war die Holsterlasche geschlossen – ein fataler Fehler. Noch ehe seine Finger die Lasche aufschnappen lassen konnten, war dem Älteren Graces Pfeil bereits durch die Brust ins Herz gedrungen…

Kaum, dass die Pistole des Jüngeren schließlich das Holster verlassen hatte, war bereits der zweite Pfeil gespannt. Noch während der Ältere mit weit aufgerissenen Augen den Schaft des Pfeils in seiner Brust umklammerte und ächzend auf die Knie fiel, zischte es erneut... und der zweite Pfeil durchschlug Kehlkopf und Nacken des Jüngeren. Dieser packte sich laut krächzend ebenso an den hervorstehenden Schaft des Pfeils, fiel dabei jedoch mit Wucht hintüber. Mit einem metallischen Schellen fiel die Pistole zu Boden... und schließlich kippte nun auch der Ältere vornüber und schlug mit dem Gesicht voran flach auf den von allerlei Unkraut durchstoßenen Asphalt.

„Verdammt...", raunte Grace, als der Schaft des ersten Pfeils dabei von der Spitze brach.

„Gute Arbeit!", grinste Cain zufrieden und kam nun ebenso mit gezogener Pistole und mit dem Beil in der Hand hinter der Ecke hervor. Doch gerade, als Grace auf das jüngere ihrer beiden frischen Opfer zuging, in der Hoffnung, zumindest den zweiten Pfeil in einem Stück zurückergattern zu können, erschallten aus einiger Entfernung alarmierte Rufe. Offenbar war der Angriff nicht unbemerkt geblieben...

So dauerte es keine zwei Sekunden, ehe ein weiterer Uniformierter hinter der Ecke am gegenüberliegenden Ende des Gebäudes hervorkam und sogleich das Feuer eröffnete.

Cain zuckte nicht einmal, als ihm der erste der beiden Schüsse die Schläfe versengte. Der zweite fuhr ihm in die Hand mit dem Beil. Der Treffer entlockte ihm nicht einmal ein Zischen. Lediglich mit einer Mischung aus Verdutzung und Verärgerung nahm er zur Kenntnis, dass ihm dabei das Beil aus den Fingern glitt, da er nunmehr physisch nicht länger in der Lage war, es festzuhalten. Vorwurfsvoll sah er zu Grace, als wäre sie schuld an seinem kleinen Malheur:

„Worauf wartest du noch, Schlafmütze?!"

Die frühere Grace hätte sich solch einen ruppigen

Umgang verboten... doch die neue Grace spürte nur noch den Nervenkitzel: Ihr Jagdinstinkt war geweckt...

Rasch hatte sich der Milizionär wieder hinter die Ecke des Gebäudes zurückgezogen. Ohne weiteres Zögern spannte Grace den noch blutigen Pfeil, den sie ihrem Opfer soeben mit einem kaltblütigen Ruck aus dem Hals gezogen hatte, und rannte auf eben jene Ecke zu. Ohne jede Rücksicht auf ihre fehlende Deckung lief sie in einem Bogen um die Ecke herum und erblickte neben dem ersten Eckschützen gleich noch zwei weitere von dessen Kameraden – die über Graces todesmutiges Vorpreschen offenbar genauso überrascht waren wie darüber, es mit einer Bogenschützin zu tun zu haben.

Der Donner dreier weiterer Schüsse hallte zwischen den Gebäudemauern vor und wider.

Grace kam es vor, als liefe das alles in Zeitlupe ab. In ihrem Lauf verfehlten die Kugeln sie jeweils um mehr als eine Armlänge – aber Graces Pfeile verfehlten nicht!

Mit einem schrillen Kreischen packte sich der erste Pistolenschütze an den aus seiner Stirn hervortretenden Schaft und sackte auf die Knie – ein Anblick, der seinen beiden Kameraden den Atem stocken ließ, ehe sie ein ähnliches Schicksal ereilte.

Als Cain schließlich lässig mit unter den Arm geklemmtem Beil um die Ecke kam und sich dabei die verletzte Hand rieb, während er mit deren Fingern einige Bewegungsübungen machte, begann in einiger Entfernung eine Sirene aufzuheulen. Grace sah auf und versuchte auszumachen, wer den Alarm ausgelöst haben mochte. Noch bevor ihr Blick am dritten Stock eines höheren Gebäudes am Ende des Blocks fiel, schoss ein gleißender Schmerz rechterhand aus ihrer Taille hervor, der sie ächzend auf alle Viere zwang. Als sie das heiße Blut aufs Pflaster zwischen ihren Händen tropfen sah, wurde ihr für einen Moment schwarz vor Augen, doch blickte sie rasch wieder auf, als Cain sich vor sie stellte:

„Mal nicht aufmüpfig werden...", kommentierte er

trocken in die Richtung, aus welcher der Schuss gekommen war, und eröffnete das Gegenfeuer. Ein Schuss genügte, um dem Scharfschützen – offenbar ein Zivilist mit Cowboyhut – den Garaus zu machen.

Mit weiteren Zivilisten war zu rechnen, ermutigt durch die Waffenlieferung, die sie erhalten hatten. So kam allmählich mehr und mehr Bewegung in die umliegenden Straßen und Gassen. Bewaffnete mit und ohne Uniform bezogen Position. Die Unbewaffneten hingegen machten sich zu den vereinbarten Notfallsammelpunkten auf.

Darunter eine Frau im Schlafrock, die ein weißes Pferd an den Zügeln hinter sich herführte.

Aber war das nicht...

„Minerva?", raunte Grace – noch immer auf allen Vieren.

Nachdem sie ihren Fall aus fünf Metern Höhe so locker hatte wegstecken können, überraschte es sie fast nicht mehr, wie schnell der Schmerz ihrer Schusswunde verklang, während die Blutung ebenso rasch versiegte. Was sie dann aber doch verblüffte, war das plötzliche helle Klimpern unter ihr – da ihr Körper die Kugel, wie sie war, kurzerhand wieder aus ihrer Schusswunde hinausbefördert hatte. Im nächsten Augenblick fühlte sich Grace fast wieder voll bei Kräften. Vorsichtig erhob sie sich – in banger Erwartung, dass sie doch noch der ein oder andere Schmerzesblitz durchfahren würde. Stattdessen kam erneut ein wohliger Schauer über sie... und sie kam nicht umhin, sich mehr und mehr einzugestehen, dass an Cains Lobeshymnen auf das Leben als Khoronenwirt wohl wirklich etwas dran war.

Das Klappern von Waffen und Stiefeln in der Ferne, unterlegt von allerlei Rufen und Zurufen, signalisierte die Formierung des Widerstands. Gleichzeitig spürte Grace von hinten bereits die Trife-Flut nahen – signalisiert von einem schwellenden Chor aus Fauchen und Zischen, der bald schon in wildes Gekreische umschlagen würde. Was für eine Verstärkung die Einwohner Degos auch immer auf ihrer Seite wähnten: Es würde nicht reichen.

Da erhaschte erneute Bewegung am Hochsitz des Scharfschützen Graces Augenmerk. Ohne weiteres Zögern nahm sie den nächsten Pfeil hervor – spannte, zielte... und schoss ihn ab. Zielsicher wartete sie nicht erst ab und setzte sich in Bewegung – worauf das Straßenpflaster dort, wo sie eben noch gestanden hatte, eine Scharfschützenkugel in einen heulenden Querschläger verwandelte.

Cain sah die breite Straße hinab, während Grace zu ihm aufschloss. Der Zug der Einwohner Degos bündelte sich in einer der Querstraßen, etwa drei Blocks entfernt. Dann sah Cain kurz zurück zur nahenden Tausendschaft der Trife, die ihnen gleich einer ölig schwarzen Flut über den Asphalt entgegengewalzt kam. Er nickte zufrieden... und wiederholte das Nicken Grace gegenüber, die es ihrerseits erwiderte.

Dann liefen sie los – und wie auf Kommando brach die Trife-Flut hinter ihnen in tosendes Kreischen aus!

Auf halbem Wege wurden Cain und Grace von den lacklederenen Massen überholt. Der Zug der Einwohner stockte und begann erst zurück- und schließlich panisch auseinanderzuweichen, während sich die uniformierten Verteidiger in Stellung brachten und das Feuer eröffneten. Es dauerte nur wenige Sekunden, bis der erste von ihnen rief:

„RÜCKZUG! RÜCKZUG! ES SIND ZU VIELE!"

Da konnte Grace zum ersten Mal die Furcht der Menschen schmecken...

Sie war köstlich.

KAPITEL 4

Grace blieb an Cains Seite.

Er konnte sehen, wie sie die Todesschreie der Milizionäre und das Entsetzen der Einwohner, die diese sterben sahen, in sich aufsog wie die Luft eines herrlichen Waldspaziergangs nach einem Spätsommerregen. Mit jedem Atemzug wich ihr innerer Widerstand ein weiteres Stück. Es war ihre erste Stillung. Sie verfehlte ihre Wirkung nicht.

Spätestens jetzt würde sie sich der Einsicht nicht länger entziehen können, was für eine überlegene Form der Existenz diejenige als bloße Erinnerung im Körper eines Khoronenwirts war, im Vergleich zum Elend des bloßen, baren Menschendaseins. Letzteres musste ihr nurmehr als ein übler Scherz der Natur erscheinen.

Moderaten Schrittes folgten Cain und Grace der Trife-Flut und kamen schließlich an einer jener großen Holzkisten vorbei, welche das Paramilitär hier abgeliefert hatte. Die Kiste war bereits aufgebrochen. Grace sah hinein... und fand darin noch einen einzelnen Kipplader. Sie beugte sich hinab und holte die Waffe hervor. Einerseits schien diese noch gänzlich unbenutzt zu sein... andererseits war ihre Machart von einer gewissen Grobheit gekennzeichnet, wie es eher bei illegalen Plagiaten aus kleineren Waffenschmieden in Drittweltstaaten zu erwarten war. Ebenso grobschlächtig war ein Sternadler-Emblem eingeprägt – nebst einer Seriennummer und drei großen Lettern:

‚U W T'

Die ‚United Western Territories' also, von denen Grace immer wieder gehört hatte? Was hatte das zu bedeuten? Es war allzu offensichtlich, dass es sich trotz des Sternadler-Emblems nicht wirklich um eine Waffe aus USSF-Beständen handelte. Erhob dieses Paramilitär hier etwa den Anspruch, so etwas wie die Nachfolgeorganisation der United States Space Force zu sein? Lächerlich…!

Und doch: Die Qualität dieser Waffe rang Grace Respekt ab. Grobe Verarbeitung hin oder her: alles an ihr schien funktional einwandfrei, und fabrikneue Waffen waren in dieser Welt eine Rarität, die auf dem Schwarzmarkt – und einen anderen Markt gab es nicht – Spitzenpreise erzielte. Die UWT mussten etwas richtig machen, wenn sie in der Lage waren, neue Waffen auf diesem Niveau herzustellen.

Es hieß, Sheriff Duke stehe ziemlich weit oben in der UWT-Hierarchie. Grace… oder Keshk… hatte kaum Zweifel, dass sich ein Zugriff auf dessen Erinnerungen als überaus wertvoll für Shurrath erweisen würde.

„Schaut so aus, als würden sich die Kakerlaken verkriechen wollen…", holte Cains markante Stimme Grace ins Hier und Jetzt zurück.

Ein großer Teil der Trife-Flut hatte sich am Fuße eines der wenigen Hochhäuser Degos versammelt. Cain bahnte sich allmählich den Weg durch ihre Mitte – Grace wenige Schritte hinter ihm.

„Eine Tiefgarage…", stellte Grace halblaut fest.

„Typisch…", nickte Cain zustimmend.

Freilich hatten es nicht alle Einwohner rechtzeitig

geschafft. Einzelne Trife-Gruppen waren ausgeschwärmt, um sie zu jagen. Jedes einzelne Wimmern, jeder einzelne Todesschrei war ein weiterer Leckerbissen. Doch ein Weiterkommen schien es an dieser Stelle nicht zu geben.

„Ich schätze, damit sind wir fürs Erste fertig hier."

„Im Gegenteil!", erwiderte Cain lehrmeisterlich. „Wir haben gerade erst angefangen!"

„Du willst sie doch nicht wirklich allesamt umbringen?"

„Befehl von Shurrath: eine klare Botschaft an den Sheriff. Außerdem seh' ich's dir doch an, dass dein Durst noch lange nicht gestillt ist…"

Verdammt… er hatte recht.

„Ich… dürste…", räumte Grace kleinlaut ein.

Cain grinste breit und bahnte sich und Grace weiter den Weg durch die Trife-Massen, der schließlich auf die leicht abschüssige Ein- und Ausfahrtrampe der Tiefgarage führte. Zischend bildeten die Lackledernen so etwas wie ein Spalier und gaben schließlich den Blick auf das Hindernis frei, das sie von der weiteren Vollendung ihres blutrünstigen Handwerks abhielt: eine provisorisch wirkende Kombination aus einem herabgelassenen Kettenrolltor und einem mittels eines Schaufeltraktors herangefahrenen Konstrukts aus langen vertikalen Gitterstäben, das aussah, als hätte man es geradewegs aus einer Gefängniszelle herausgesägt.

„Das haben wir gleich…", rief Cain schnoddrig, tat einen Schritt zurück und zog sich seine Lederjacke von den Schultern, um diese fast achtlos auf den Boden fallen zu lassen.

Seine gewaltigen Muskeln spannten das graue AC/DC-Baumwollshirt fast bis zum Bersten. Er trat an das Rolltor heran und fasste mit seinen kolbenförmigen Fingern zwischen die metallenen Glieder, dass es augenblicklich zu quietschen und zu knirschen begann. Die Schusswunde an seiner Linken war bereits fast vollständig verheilt. Die Adern auf seinen beiden Handrücken sprangen hervor… dann ging er ein Stück in die Knie, holte einmal kurz Luft... und mit einem gewaltigen Ruck riss er das Tor wie es war nach oben, dass die beiden Riegelbolzen, die es am Boden festgehalten hatten, klirrend und klimpernd auseinandersprangen!

Mit einem weiteren, leichteren Ruck ließ er das ratternde Rolltor aufgleiten, sodass nurmehr die Gitterstäbe mit dem Schaufeltraktor dahinter den Weg versperrten. Heulende Funken schlugen aus den metallischen Stäben, da die Wachen dahinter das Feuer eröffneten. Ein zielsicheres Schießen war mit dem Gitter und dem Traktor samt Schaufel im Weg frei-lich kaum möglich, aber sie taten, was sie konnten. Damit, dass sich einmal jemand an ihrer Tiefgaragenbarrikade derart zu schaffen machen würde, hatte man in Dego nie gerechnet.

Cain ließ sich vom Kugelhagel nicht irritieren – auch dann nicht, als ihm eine erste Kugel in den Oberschenkel fuhr...

Stattdessen tat er nochmals zwei Schritte zurück, holte mit einem tief schnaufenden Atemzug Luft... und stürmte grol-lend und mit voller Breitseite auf die Gitterbarrikade zu!

Unter lautem Krachen und heulendem Protest von Metall und Hydraulik boten Gitterfront, Schaufel und Traktor dem mächtigen Aufprall tapfer Widerstand. Doch Cain tat wieder zwei Schritte zurück, holte erneut tief schnaufend Luft, und warf sich abermals mit einem nun noch lauteren Grollen und der gesamten Wucht seines massigen Oberkörpers der Barri-kade entgegen!

Scheuerndes Krachen und Quietschen verriet, dass der Traktor tatsächlich nachzugeben begann... erst nur einen knappen Zentimeter... doch mit jeder weiteren Rammattacke des Hünen um ein zunehmendes Vielfaches davon...

Nach dem vierten Anlauf schließlich war der Widerstand soweit gebrochen, dass Cain sich nurmehr dagegenstemmen musste, um den Traktor samt Barrikade allmählich, Zenti-meter um Zentimeter zurückweichen zu lassen. Mehr und mehr aufgebrachte Rufe waren zu hören, und der Kugelhagel intensivierte sich, je tiefer Cain den Schaufeltraktor samt

Gitterfront den Einfahrtskorridor hinabschob, und je näher die Wandkante an dessen Ende rückte, hinter welcher sich der Korridor in die ausladende Tiefebene ausdehnte.

Grace verfolgte den Vorgang fast regungslos, während die ersten Trife um sie herumströmten – erpicht auf die erste Gelegenheit, ihr mörderisches Unheil in den vermeintlich sicheren Unterstand auszuweiten. Kaum hatte sich ein Spalt von einer knappen Handbreit gebildet, fielen die ersten Trife in die Tiefebene ein... und wurden umgehend mit einer Bleidusche begrüßt. Immer wieder platzten dunkelviolette Blutfontänen aus ihren Gliedern hervor, da das weitgehend wahllose Feuer der Verteidiger ob der dichtgedrängten Massen kaum noch ins Leere gehen konnte. Einige der Lackledernen gingen zu Boden oder sackten zusammen, wurden aber sogleich von ihren Artgenossen zerdrückt, niedergetrampelt oder in Stücke gerissen. Nach einer weiteren Handbreit kam von neuem merkliche Bewegung in die bis dahin stockende Trife-Flut, da die Lackledernen nun dutzendweise einströmten. Rasch ebbte der Kugelhagel ab... und mit zwei markerschütternden Todesschreien verstummte er ganz, da die Verteidiger notgedrungen zum taktischen Rückzug übergingen.

Jetzt ließ auch Grace sich mit der pechschwarzen Flut ins Innere der Tiefgarage spülen, um sich die köstliche Panik und Todesangst der Fliehenden wie der frisch Getöteten nicht entgehen zu lassen. Der Duft der Furcht war unwiderstehlich, gleich einem Duft feinster Schokolade und Vanille... und Grace war ihm verfallen.

Sie war zu einem Monster geworden, das sich an Leid, Tod und Zerstörung labte. Ein letzter kraftloser Rest ihres früheren Selbst wollte sie noch verurteilen dafür... doch es war zu spät. Shurrath hatte gewonnen. Er war jetzt Graces Herr und Meister... und es fühlte sich verdammt gut an, ihm nichts als ein willfähriger Knecht zu sein!

Grace folgte der Trife-Flut in Richtung des zurückweichenden Kampf- und Gefechtslärms. Abgesehen von einigen umherliegenden, mehr als übel zugerichteten Toten sowie ein paar verängstigten Kindern und Greisen, die den Anschluss verloren hatten, aufgrund ihrer Zeugungsunfähigkeit jedoch von den Trife ignoriert wurden, war die erste Tiefebene bereits weitgehend evakuiert.

Also ging es über eine weitere Rampe in die zweite Tiefebene hinab.

Schließlich spülte die Trife-Flut Grace zu einer Traube aus etwa zwanzig in die Enge getriebenen Zivilisten, vor denen sich zwei der Milizionäre – ein Mann und eine Frau, beide noch fast zu jung für ihre Uniform – schützend in Position gebracht hatten, um die dämonischen Angreifer mit ihren Plasma-Launchern wenigstens noch für ein paar letzte Sekunden auf Abstand zu halten.

Als die Milizionärin Grace plötzlich aus der Trife-Flut hervortreten sah, geriet sie für einen Moment verdutzt ins Stocken… musterte die Fremde dann aber kurz und nickte ihr halb verwundert, halb skeptisch zu – ehe sie erneut das Plasmafeuer auf die Trife eröffnete.

Mit einem weiteren Blick aus dem Augenwinkel registrierte die Milizionärin, wie Grace den Bogen hervornahm und einen Pfeil aus dem Köcher zog, und auch ihr Kamerad nahm nun Notiz von Grace… und gab ebenso ein solidarisches Nicken in deren Richtung, als stünden sie auf derselben Seite.

Narren…

Dass Grace gerade einfach so aus der Mitte der Trife hinzugestoßen war, hätte ihnen Hinweis genug sein können, dass mit ihr gewaltig etwas im Busch sein musste.

Dies wurde der Milizionärin im nächsten Moment zur tragischen Gewissheit, da ihr das markante Zischen des Pfeils geradewegs zwischen Kopf und Schulter fuhr…

Mit einem entsetzten Krächzen packte sie sich an den Hals und fiel ihrem Kameraden entgegen, der sie reflexhaft auffing. Wütender Unglaube füllte dessen Blick, während er seine Kameradin sanft, aber rasch zu Boden ließ und zur Bogenschützin aufsah.

Was hatte das zu bedeuten? Was für ein absonderlicher Verrat hatte hier soeben stattgefunden?

Im Kampf gegen die Trife half ein Mensch dem anderen – selbst aus Todfeinden wurden zeitweise Verbündete. Im Angesicht des lackledernen Schreckens konnte sich kein Mensch leisten, seine Waffe zuerst gegen einen anderen Menschen zu richten. Das war ein ungeschriebenes, aber ehernes Gesetz.

Bloß: Grace war kein Mensch mehr. Zumindest nicht zuvorderst…

„Was zum Teufel ist in Sie gefahren?!", rief der junge Milizionär ihr zu. Dann sah er zu seiner Kameradin hinunter. Ihr Blick war leer und starr… „Verfluchter Junkie!", rief er wieder Grace entgegen, ohne zu ahnen, wie nah an der Wahrheit er mit seinen beiden Bemerkungen lag.

Da Grace – vom Konsum der intensiven Empfindungen durch die Khorone berauscht – vorerst keine Anstalten zu machen schien, weitere Angriffe folgen zu lassen, und da die Trife noch immer das weitaus größere Problem darzustellen schienen, richtete der Milizionär seinen Plasma-Launcher von neuem auf Letztere. Mit der Wirkung der Waffen dieses Typs war er einigermaßen vertraut – nicht dazu gehörte, dass die Trife vor ihm plötzlich zu beider Seiten regelrecht auseinanderflogen, noch ehe er den Abzug überhaupt gezogen hatte…

Vollends ungläubig sah er auf, als ihm stattdessen nun ein schrankgroßer dunkelgelockter Hüne mit Hufeisenbart entgegentrat. Er schluckte noch… da hatte ihn die Pranke desselben bereits an der Kehle gepackt und in die Luft gehoben. Raunend wichen die zusammengeferchten Einwohner hinter ihm weiter zurück, während ihr Beschützer nurmehr hilflos zappelte und der Plasma-Launcher scheppernd zu Boden fiel.

Cain sah zu ihm hinauf und grinste.

Dann schwang er ihn beherzt umher und warf ihn im hohen Bogen durch die Luft – direkt auf die Flut der Lackledernen hinter sich. Augenblicklich schwoll dort das Kreischen an… bis kaum zwei Sekunden später ein erbarmungswürdiger Todesschrei das jähe Ende des Milizionärs markierte.

Derweil war es ein vertrautes Wiehern, das Grace wieder zu sich kommen ließ. Suchend sah sie über die bizarr länglich geformten Schädel der lackledernen Horde hinweg…

„Minerva…!", rief sie mit leuchtenden Augen, als sie die weiße Stute schließlich in einiger Entfernung an einer der umliegenden Wände, zwischen zwei massiven Betonsäulen wiederfand. „Schu! Schu!", verscheuchte sie die Trife in ihrem Weg, und Cain konnte ihr nur noch kopfschüttelnd hinterherschauen.

„Oh!", rief Lola, als sie aus ihrer Deckung unter dem treuen Ross hervorkam. Die Trife interessierten sich nicht sonderlich für die schon reifere Dame – und für Pferde noch weniger.

„Ich wusste doch, dass du zurückkommst, Liebes!", grinste Lola, ohne ihre Verlegenheit ganz überspielen zu können.

„Ganz recht.", antwortete Grace lächelnd – doch Minerva schien schnaubend vor ihrer Hand zurückzuscheuen. Lola entging die unerwartet fremdelnde Regung des Tiers nicht. Mit hochgezogener Augenbraue musterte sie Grace vom Scheitel bis zur Sohle. Dann verengten sich ihre Augen zu Schlitzen, die ihren aufkeimenden Argwohn verrieten.

Grace schenkte dem keine weitere Beachtung.

„Wo sind die Satteltaschen?", monierte sie stattdessen.

„Der Sheriff wollte sie unbedingt haben!", erklärte sich Lola mit einem leichten Anflug von Panik in der Stimme und beteuerte drucksend:

„Ich… ich habe ihm ja gesagt, dass sie allein meiner Obhut

unterliegen, bis ihre Besitzerin zurückkommt – aber er wollte das nicht gelten lassen!"

Natürlich sah Grace ihr sofort an, dass das nicht die ganze Wahrheit war. Aber soweit es zutraf, war Sheriff Duke somit im Besitz des Speichersticks, auf dem Grace all ihre Recherchen aufgezeichnet hatte.

Noch immer berauscht vom aufgesogenen Cocktail aus Leid, Furcht und Entsetzen, war sie sich nicht einmal sicher, ob es sie störte. Zunächst einmal würde der Sheriff an der Passwortverschlüsselung des Sticks vorbeikommen müssen… Und selbst, falls ihm dies gelingen sollte: Konnte es den Jüngern Shurraths vielleicht sogar recht sein?

„Danke.", forderte Grace Lola mit einer winkenden Geste zur Übergabe der Zügel auf… doch Lola zögerte.

„Die Zügel, bitte…", wurde Grace hörbar ungehalten – worauf Lola die ledernen Riemen nur noch fester an sich drückte.

Grace versuchte, die Zügel weiter oberhalb zu packen – doch Minerva scheute erneut und noch heftiger als zuvor.

„Liebes, du solltest vielleicht doch erst einmal mit dem Sheriff reden!"

Was nahm sich diese alte Schabracke da gerade heraus?

Grace hatte genug. Mit Wucht stieß sie Lola beide Hände vor die Brust, sodass die Dame mit einem Ausruf der Überraschung rückwärts torkelnd von den Zügeln abließ, stolperte… und den Trife geradewegs auf die Füße fiel.

Panisch sah Lola in die sich nun über sie beugenden schlangenäugigen Lacklederfratzen. Bloß, weil dieselben sie seit dem Eintritt in die Wechseljahre weitgehend ignoriert hatten, bedeutete das nicht, dass sie ihr eine solche Provokation einfach so durchgehen lassen würden…

Mehr und mehr Trife-Klauen packten sie an ihren Gliedern, während sich die Lackledernen um sie scharten… und im nächsten Moment war von Lola nichts mehr zu sehen.

Grace nahm Minervas Zügel an sich und hatte einige

Mühe, das Ross zur Kooperation zu bewegen – was ihr mit einiger mühsamer Beschwichtigung schließlich doch halbwegs gelang. Offenbar begegneten nicht nur Menschen den Khoronen und ihren Wirten mit Vorbehalt...

Als Grace schließlich mit Minerva zu Cain zurückkehrte, war die Menschentraube nurmehr zu einem wimmernden, kauernden Häuflein Elend vor seinen Füßen zusammengeschrumpft, und er hielt ein Mädchen an der Kehle vor sich in die Luft. Der Urin tropfte diesem von den baren Füßen. Cain labte sich sichtlich an ihrer Todesangst... und vielleicht nicht daran allein...

„Köstlich, die Kleine...", rief er Grace zu, als diese mit Minerva in seinen Augenwinkel trat.

„Hier... den leckersten Bissen überlass' ich dir!", ließ er das Mädchen zu Graces Füßen zusammensacken wie eine übergroße Puppe, die er soeben am Jahrmarktsschießstand errungen hatte.

Das blutjunge Ding war bildhübsch... ihre burschikosen Haare rötlich blond... ihre Haut wie aus Perlmutt...

Ächzend ging sie auf alle Viere. Dann sah sie auf – und ihre und Graces Augen trafen einander.

„Du?", rief das Mädchen, noch ehe seine Tränen halb getrocknet waren.

Grace stockte.

Sie kannte das Mädchen von ihrem ersten Aufenthalt in Dego... hatte sich sogar ein wenig mit ihm angefreundet...

Gemeinsam mit zwei anderen Kindern war sie auf Grace zugelaufen gekommen. Sie hatten Grace angehimmelt, als hielten sie sie für eine Art Comic-Heldin... eine Rächerin der Enterbten oder dergleichen. Ringelreih waren sie um sie herumgetanzt, hatten sie mit allen möglichen und unmöglichen Fragen gelöchert – wohl wegen ihrer extravaganten Aufmachung mit den kniehohen Lederstiefeln und ihrer eher ungewöhnlichen Bewaffnung mit Pfeil und Bogen...

„Ich dachte, du bist eine von den Guten...!", rief das

Mädchen unter erneut hervorbrechenden Tränen zu Grace hinauf.

Die Worte trafen sie wie ein Schlag in die Magengrube.

Einen Augenblick hielt sie inne.

Dann wandte sie sich ab.

Ihre Kehle war wie zugeschnürt.

Der Durst war ihr vergangen.

KAPITEL 5

Als sie sich dem verwaisten Speditionstruck näherten, ging Isaac auf die Bremse des Vans und brachte das Fahrzeug sanft zum Stehen.

Die Flutscheinwerfer, mit denen Duke und er vor kaum mehr als zwölf Stunden noch überrascht worden waren, brannten ungebrochen und verschwendeten Unmengen des wertvollen Stroms – vor allem jetzt, da es bereits wieder hell geworden war. Und auch der Speditionstruck stand noch immer genauso da, wie sie ihn zurückgelassen hatten – einschließlich des Kanisters und des P-70 Plasma-Launchers hinten zwischen den Türen des Laderaums.

Duke saß die Sache noch immer in den Knochen – und er war sich sicher, dass es Isaac, trotz dessen jüngeren biologischen Alters, kaum anders ging. Das Ergebnis aber war ein voller Erfolg: Junk war tot, die Growler dezimiert und faktisch entmachtet. Dutzende Waisen waren befreit. Und die befreite Growler-Hochburg ‚Howl' hieß nun Salt City – in Anlehnung an den Vorkriegsnamen der Stadt: Salt Lake City – nun unter der Ägide des Ersatzlings und Waisenmädchens Rain, die sich an Duke und Isaacs Seite als formidable Kriegerin erwiesen hatte.

Und doch gab es etwas, das Dukes Stimmung trübte:

Er hatte wieder halluziniert.

Zumindest hoffte er, dass es bloß eine Halluzination gewesen war. Andernfalls hätte es nämlich bedeutet, dass jene außerirdische Macht, deren Marionette Junk gewesen war, Duke nun ganz direkt und persönlich auf dem Kieker hatte. Und das passte ihm gar nicht. Nicht nur aus Sorge um sich selbst, sondern weil seine Widersacher seit jeher dazu tendierten, sich an seinen Liebsten – seiner Frau Natalia und seiner Tochter Hallia – vergreifen zu wollen, wenn sie sonst nicht weiterwussten.

An Junks Stelle war nun also ein gewisser Shurrath getreten – offenbar eine Art telepathisch kommunizierender außerirdischer Kriegsherr, der mittels einer Armee aus widerlichen kleinen Tentakelwesen immer mehr Menschen unter seine Kontrolle zu bringen versuchte.

Duke musste Natalia warnen. Dazu musste er entweder nach Sanisco zurück... oder er musste auf den nächsten Bergkamm gelangen, um von dort aus eine Funkverbindung herzustellen. Ein durchgehendes Telekommunikationsnetz hatte es auf dem Kontinent zuletzt vor knapp zweihundert Jahren gegeben...

Dabei war er sich nicht einmal sicher, wovor genau er Natalia warnen sollte. Was war jener Shurrath willens – und in der Lage – anzustellen? So oder so würde Duke keine wirkliche Ruhe finden, ehe er seine Frau und seine Tochter wiedersähe – so viel war klar. Ihm war Natalia schon einmal um Haaresbreite für immer genommen worden – und er hatte sich geschworen, dass er es nie wieder so weit kommen lassen würde. Damals waren es Menschen gewesen, die Sanisco überfallen und Natalia entführt hatten. Jetzt aber hatte er es offenbar mit einem intergalaktischen Kriegsherren und Mitglied einer außerirdischen Spezies zu tun, die telepathisch kommunizieren konnte und sich bereits seit Jahrmillionen einen Planeten nach dem anderen unter den Nagel gerissen hatte. Ähnlich dem Vorgehen der ‚Anderen' bediente sich Shurrath in erster Linie Methoden der Gedanken- und Bewusstseinsmanipulation – was Duke noch weit ungeheuerlicher vorkam als jede noch so große konventionell militärtechnische Dominanz. Es bedrohte nicht nur Leib und Leben der Menschen, sondern die Grundfesten der Realität, von Zeit und Raum als solchen. Es war eine Verwischung der Grenze zwischen nüchterner Technologie und mystischer Magie, die Duke ganz und gar nicht passte.

Auf der anderen Seite waren die Trife ein eindeutiges Mittel konventioneller Dominanz. Doch wie hatte Junk gesagt? Die Aufgabe der Trife war nicht einfach die Vernichtung der Menschheit – und auch nicht die Unterdrückung derselben, um sie am Griff nach den Sternen zu hindern, wie manche vermuteten. Stattdessen sollten die Trife eine Vorauswahl treffen – die Spreu der Menschheit vom Weizen trennen. Wozu? Um durch den Selektionsdruck eine neue Elite heranzuzüchten?

Das immerhin wäre eine regelrecht prähistorische Methode – verglichen mit der genetischen Züchtung und Manipulation, mittels welcher die Centurions etwa die Goliaths erschaffen hatten, die nun ihre unermüdlichen Kreise durch das Umland Saniscos zogen…

Aufgabe der Goliaths war es gewesen, den Trife Paroli zu bieten. Sie waren wie Figuren auf dem Schachbrett. Aber was, wenn die eigentlichen Kontrahenten nicht die Menschen gegen die Trife waren, sondern die Relyeh gegen die ‚Anderen'?

„Erde an Hayden… Erde an Hayden… bitte kommen!", feixte Isaac mit gespielter Funkerstimme.

Duke fasste sich an die Stirn und druckste:

„Ah… sorry, Isaac! Was hast du gesagt?"

„Nichts. Aber wir sind da, Hayden."

Duke sah hinaus und zögerte kaum eine Sekunde, ehe er die Türe aufstieß und vom Beifahrersitz auf den knirschenden hellgrauen Schuttboden sprang. Isaac tat es ihm gleich und lief sogleich um die bullige Schnauze des Vans herum, um zu ihm aufzuschließen.

„Ich checke den Laderaum, und ob das Equipment noch vollständig ist. Du setzt dich ans Steuer.", wies Duke an.

„Pozz.", nickte Isaac und lief voran. Er konnte nachvollziehen, wie sehr die Sache Duke unter den Nägeln brennen musste.

Vorsichtig und mit gezücktem Revolver näherte sich dieser der noch immer halb offenstehenden Tür zum Laderaum. Bloß, weil der Kanister und der P-70 unangerührt schienen, hieß das nicht, dass sich nicht doch noch ein paar versprengte Growler im Innern des Wagens auf die Lauer gelegt hatten. Gerade hier wäre das beileibe nicht die erste unangenehme Überraschung dieser Art gewesen.

Flinken Fußes huschte Duke an die linke Seite der Laderaumtür heran, lauschte kurz… und mit einem beherzten Schwung stieß er sie ganz auf, um im selben Moment aus der Deckung zu schnellen – schussbereit mit gespanntem Hahn.

Bis auf die abertausenden im warmen Morgenlicht funkelnden Staubpartikel war der Laderaum so menschenleer wie Duke es sich nur wünschen konnte. Entwarnung also.

Derweil war Isaac durch die Fahrertür eingestiegen und gab Duke vom Fahrersitz aus ein Daumenhoch zurück, ehe er es sich mit einem Seufzer auf demselben bequem machte.

Duke betrat den Laderaum und las den Kanister und den P-70 auf, um die beiden Gegenstände in einem der zahlreichen Stauraumabteile zu verstauen. Die von Schusslöchern durchsiebte Decke des Fahrzeugs weckte schmerzhafte Erinnerungen in ihm… die jetzt im Rückblick auch einer unfreiwilligen Komik nicht entbehrten. Schmunzelnd und kopfschüttelnd rieb Duke sich den Hintern und trat an das Herzstück der Innenausstattung des umgebauten Speditionstrucks heran: das in einen weiteren der Stauräume eingefasste Technik-Rack, das in miniaturisierter Form im Grunde alles

bot, was man in einer Botter-Werkstatt erwarten würde –
einschließlich einer Sprechanlage mit integriertem Funksen-
der. Alleine das war den Umweg und den Umstieg vom Van
mehr als wert gewesen. Eine mehr als clevere Idee, fand Duke
– das musste man Junk bei allen Differenzen lassen. Denn die
allermeisten Botter waren dazu verdammt, ihr Dasein in
dunklen Kämmerlein zu fristen. Mit dieser mobilen Botter-
Werkstatt hingegen konnte nun der sprichwörtliche Prophet
zum Berg kommen.

Auch Sanisco suchte dringend Botter. Das ging so weit,
dass Natalia, die infolge des für Gouverneur Malcolm tödlichen Terroranschlag der Liberators als Interimsgouverneurin
fungierte, inzwischen auch bekennende Modder zu rekru-
tieren begonnen hatte. Dabei war Modding in den Territorien
verboten.

Duke öffnete ein weiteres, schmaleres Abteil und holte
eine unscheinbare graue Pappschachtel daraus hervor. Er
klappte sie auf:

Medi-Pflaster – einzeln je nach Einsatzzweck in grün, blau
und pink akzentuierte Folie eingeschweißt. Noch ein knappes
Dutzend davon – jedes einzelne Gold wert! Und jedes
einzelne mit der verräterischen Aufschrift ‚MADE IN PRAE-
TON' bedruckt. Es handelte sich also um hoch illegale
Importware von einem fernen Ort, von dessen Existenz die
Menschen der Erde nichts wissen durften. Das waren buchstäbliche Lebensretter, ohne die auch Duke sicherlich bereits
etliche Male an Blutvergiftung und Ähnlichem gestorben
wäre. Wenn er ganz ehrlich war: Ohne die Medi-Pflaster hätte
er seinen Job als Sheriff längst an den Nagel hängen müssen.
Und ohne den Sheriff gäbe es auch keine Territorien. So gesehen, hatte er Proxima fast alles zu verdanken, was er bereits
erreicht hatte. Beziehungsweise hatte er es jenen einzelnen
mutigen Seelen zu verdanken, die das Kontaktverbot
zwischen den beiden Planeten für falsch hielten und bereit
waren, es zu umgehen.

Nachdenklich strich Duke sich über das jüngst aufgebrachte Medi-Pflaster an seiner Wange. Auch nach Stunden kühlte das heilende Wirkstoffgel darin die Schnittwunde noch immer.

„Schlechte Nachricht, Hayden...", kündigte Isaac ernüchternd an. „Wir brauchen Sprit!"

Doch Duke ging unverdrossen zu einem weiteren Wandabteil, öffnete die Tür davor... und zog einen klobigen Kanister hervor, in dem noch auf halber Höhe sichtbar eine Flüssigkeit schwappte.

„Ho! Ho! Ho!", rief Duke schmunzelnd, als er Isaac den Kanister überreichte.

„Ja, ist denn schon Weihnachten?", grinste dieser und verließ prompt die Fahrerkabine samt Kanister in Richtung Tankdeckel. Diese beiläufige Episode brachte Duke auf den zweiten, ungleich kleineren Kanister zurück, den er soeben fast achtlos verstaut hatte. Dessen Inhalt verdiente zweifelsohne mehr Beachtung – also ging Duke zum entsprechenden Abteil zurück, klappte es erneut auf und holte den Kanister hervor. Er hielt ihn gegen das einfallende Licht – in der Erwartung, schon von außen das ölig schwarze Tentakelknäuel zu erkennen, das in die klare Flüssigkeit im Inneren eingetaucht war.

Aber...

...es war nichts zu sehen.

Duke begann zu grummeln, während eine seiner Augenbrauen rasch nach oben wanderte. Das konnte doch nicht sein?

Er schraubte den Deckel vom Kanister und schielte direkt hinein. Wie er es auch drehte und wendete – Tatsache war:

Von der Khorone fehlte jede Spur!

KAPITEL 6

„Shit!", fluchte Duke, wobei ihm prompt der runde Deckel aus den metallenen Fingern glitt und mehrmals senkrecht von den Bodenplatten abprallte, ehe er bis in die Fahrerkabine hindurchrollte.

„SHIT!", unterstrich Duke zischend und fuhr sich mit der freien Hand unter den Hut.

Wie zum Teufel war das Viech dem Kanister entkommen? War es noch hier, irgendwo? Hatte es sich versteckt?

Nein… jemand musste es wohl herausgenommen haben, oder? Aber wer hätte die P-70 verschmäht, welche die ganze Zeit direkt danebengelegen hatte? Und vor allem: Seit wann war die Khorone nicht mehr im Kanister gewesen? Was, wenn sie bereits bei der ersten Fahrt mit dem Speditionstruck entkommen war? Was… wenn sie bereits einen neuen Wirt gefunden hatte?

Duke hörte Isaac herbeikommen.

„Ich glaub', du hast etwas verlor–…", hielt Isaac inne, noch während er ihm den entkommenen Kanisterdeckel entgegenstreckte. Er sah, wie bedröppelt Duke mit dem offenen Kanister dastand…

„Hayden, was ist?"

„Die Khorone… sie ist weg.“

„Was? Wieso hast du den Kanister überhaupt aufgeschraubt? Hast du sie entkommen lassen?“

„Pozz-tausend…“, wischte sich Duke durchs Gesicht. „Nein, Ike: Ich wollte nachschauen, ob sie noch da ist!“

„Bockmist!“

„Jetzt mach mal halblang, Isaac! Ich werde es doch wohl besser wissen als du, weshalb ich den Kanister wieder aufgeschraubt habe!“

Doch ehe sich Duke versah, hatte Isaac seine M007 gezogen und auf ihn gerichtet.

„Dreh dich um!“

„Was soll das, Ike?“, verdrehte Duke die Augen.

„Wie war das noch, von wegen telepathischer und halluzinationserzeugender Fähigkeiten der Khoronen? Dreh dich um, verdammt!“

„Du glaubst doch nicht…“

„Das sehen wir gleich… Umdrehen!“

Der Kerl meinte es wohl ernst. Duke schüttelte den Kopf, hob demonstrativ die Hände hoch und drehte sich mit dem Rücken zum noch immer völlig haarlosen Hitzkopf. Duke konnte dessen Blick im Nacken spüren.

„Eine Narbe! Ich wusste es!“, rief Isaac aufgebracht.

Blitzschnell fuhr Duke herum und packte ihn am Handgelenk, noch während der erste Schuss sich löste und den dutzenden Löchern in der Decke funkenregnend ein weiteres hinzufügte.

„Ich rate dir dringend, dass du jetzt aufhörst mit dem Scheiß! Natürlich habe ich eine Narbe im Nacken, du Nase! Wo bitte schön habe ich an meinem Körper KEINE Narbe?!“

Isaac ging in die Knie und schnaubte und ächzte, da Duke drauf und dran war, ihm das Handgelenk zu zermalmen.

„AAAAH! Ist gut! Ist gut! Hast ja recht!“

Mit einem angewiderten Grummeln ließ Duke wieder von ihm ab.

„Okay… aber… wie konnte das Ding entkommen?", rieb sich Isaac das Handgelenk und las schnaufend sein treues M007 auf.

„Das ist die Preisfrage, Isaac. Ich bin mir fast hundertprozentig sicher, dass niemand den Kanister angerührt hat, während er hier lag. Und bis vor einer Minute war der Deckel noch fest zugeschraubt."

„Also muss die Khorone wohl schon vorher entkommen sein…"

„Dreh dich um, Isaac."

Der Marine verzog das Gesicht.

„Sei nicht albern, Hayden…"

Doch sah er Duke an, dass dieser es mehr als ernst meinte… und nach der gerade vonstattengegangenen Szene war es wohl nur fair, dass Duke sich nun mit demselben Argwohn bei ihm revanchierte. Natürlich war Isaac nicht überrascht, dass Duke in seinem Nacken keine Spur einer Khoronenpenetration vorfand.

„Also, entweder steckt das Mistviech noch hier irgendwo in einer Ritze… dann wird es sicher nicht lange überleben… Oder aber…"

„Oder aber…?"

Drei lange Sekunden verstrichen…

„RAIN!" – kam es aus den beiden ungleichen Helden im Duett hervorgeschossen.

Im nächsten Moment hallte unvermittelter Kugeldonner aus der Ferne wider. Duke und Isaac horchten auf… sahen einander an…

„Los!", verkeilte Duke den noch geöffneten Kanister im Winkel des Stauraumabteils und zog den P-70 hervor. Isaac nickte und war bereits auf dem Weg zurück auf den Fahrersitz.

„Hoffentlich ist es noch nicht zu spät…", raunte er, während er den Motor anwarf und Duke auf den Beifahrersitz hechtete.

Mit einem Ruck setzte der Speditionstruck zurück und hinterließ nach einem kurzen Durchdrehen der Reifen auf dem Schutt- und Geröllboden nichts als eine dichte graue Staubwolke im nachziehenden Wind.

„Wenn, dann ist es schon längst zu spät...", knurrte Duke.

„Wir können sie nicht umbringen, Hayden... Nicht nach alledem!"

„Jetzt mal nicht gleich den Teufel an die Wand, Isaac..."

Wie gingen die Khoronen mit Ersatzlingen um? Immerhin waren Rains beide Beine sowie ihr rechter Arm Roboterprothesen. Vielleicht würden sie die Antwort nun weit schneller herausfinden, als ihnen lieb sein konnte...

Der Speditionstruck fuhr geradewegs denselben Weg zurück, den sie mit dem Van vor wenigen Minuten erst gekommen waren – in Richtung des alten Flughafens. Immer wieder kam ihnen weiterer Kugeldonner entgegen – dem Klang nach genau aus der Richtung ihres Fahrtziels. Fast noch beunruhigender daran war, dass es sich anscheinend nur um eine einzelne Waffe handelte. Auf wen oder was geschossen wurde, leistete also keinen nennenswerten Widerstand...

Wie Isaac zu gut wusste, konnten die Khoronen aus ihren Wirten im Nu rasende Amokläufer machen – vor allem, wenn sie sich nicht im Kollektiv mit ihren Artgenossen wiederfanden. Der Zusammenhang drängte sich auf. So oder so gab es allen Grund, sich große Sorgen um Rain zu machen.

Isaac hielt drauf.

Duke prüfte die Einsatzbereitschaft des P-70. Da bemerkte er, dass der Truck plötzlich wieder langsamer wurde. Er sah auf... doch der Fahrweg voraus schien frei zu sein. Er sah zu Isaac. Dieser starrte gebannt in den Innenspiegel, während der Truck zum Stehen kam: „Verflucht..."

Isaac öffnete die Fahrertür und beugte sich heraus, um am Fahrzeug vorbei nach hinten zu sehen.

„Was zum...", knurrte Duke und tat es ihm auf seiner Seite der Fahrerkabine gleich. Jetzt sah auch er es...

Wie ein lebendig gewordener Ölsee bewegte sich ein riesiger pechschwarzer Fleck über die Ebene der Talsohle.

„Eine gottverdammte Trife-Flut, Hayden!", rief Isaac, während er die Fahrertür wieder zuwarf und sich zurück zum Lenkrad drehte.

„Pozz...", knurrte Duke, weiterhin aus der Beifahrertür herausgebeugt.

„Ob die Khorone sie heraufbeschworen hat?"

„Möglich...", drehte sich nun auch Duke wieder zurück und warf die Tür zu. „Wenn wir Pech haben, schneiden sie uns den Weg zur Interstate ab, und wir sitzen hier fest..."

„Was sollen wir tun, Hayden? Schauen, dass wir Land gewinnen?"

Isaac hatte wohl verstanden, welches Dilemma Duke mit seiner Bemerkung aufwarf. Eigentlich hätten sie längst auf der Interstate in Richtung Westen, nach Sanisco sein sollen. Sie mussten eine Entscheidung treffen. Isaac sah Duke an, wie sehr dieser damit rang.

„Fahr weiter...", knurrte es Duke schließlich zwischen den zusammengebissenen Zähnen hervor. „Wir können der Stadt unverrichteter Dinge nicht den Rücken kehren. Wenn wir jetzt nicht reinen Tisch machen, wird aus Salt City ruckzuck Howl Teil Zwei – ob nun unter Junk... oder unter Rain."

„Bist du dir sicher, Hayden? Sind wir nicht erst knapp der Trife-Flut in Reno entkommen?", hielt Isaac ihm entgegen.

„So zielgerichtet, wie sich die Flut dort hinten fortbewegt – und das zu dieser helllichten, morgendlichen Stunde – wird sie definitiv von einer Khorone kontrolliert. Und ich wette, ich weiß, von welcher Khorone. Eliminieren wir diese, dann wird sich die Trife-Flut schnell wieder in alle Himmelsrichtungen verteilen."

„Ich hoffe, du behältst recht...", lenkte Isaac ein.

„Ich auch.", gab Duke mit einem auffordernden Nicken zurück.

Isaac erwiderte das Nicken und trat ins Gaspedal. Immer wieder sah Duke aus der Beifahrertür zurück. Der Abstand zur nahenden Trife-Flut vergrößerte sich allmählich. Sie hatten vielleicht zwanzig Minuten Zeit, bis diese sie einholen würde.

Endlich erreichte der Truck die Ausfahrt zum alten Flughafen. Das Fahrzeug war ein gutes Stück breiter und kantiger als der Van, mit dem sie hier zuvor entlang gefahren waren, und tat immer wieder laute, scheppernde Schläge, da die Wracks der Growler-Wagen zur Seite gestoßen wurden.

Isaac ließ sich nicht beirren und hielt weiter drauf.

Er wusste, dass jede gewonnene Sekunde nun der entscheidende Vorteil sein konnte…

KAPITEL 7

Als die zerborstene Glasfront des Hauptterminals schließlich vor der vergitterten Windschutzscheibe auftauchte, schien der Kugeldonner bereits verstummt zu sein.

Für das Innere des Terminals war der Speditionstruck eindeutig zu groß und zu kantig. Um es nicht darauf ankommen zu lassen und vollends mit dem Kopf durch die Wand zu gehen, entschied Isaac, den Truck am Fuße des Scherbenmeers, das von der Glasfront geblieben war, zum Stehen zu bringen.

Duke und Isaac sprangen heraus – die Waffen im Anschlag: Isaac mit einem der martialischen MK-10 Sturmgewehre aus dem Bodenabteil des Trucks, und Duke mit dem ehrfurchtsgebietenden P-70 Plasma-Launcher.

Der Basar, der im und um den Terminal angesiedelt war, blieb weiterhin menschenleer. Nach dem nächtlichen Tohuwabohu roch es den Menschen noch immer zu sehr nach Lunte. Sie hatten ein gutes Gespür für Ärger, sowie dafür, ihn zu meiden – zumindest, wenn er derart deutlich oberhalb ihrer Kragenweite lag. In einer Welt, in der sich plötzliche Trife-Fluten und blutige Bandenkriege die Klinke in die Hand gaben, war das ein entscheidender Überlebensvorteil.

Die Glasscherben knirschten unter den Stiefelsohlen. Mit einem beherzten Schritt überwanden Duke und Isaac die Schwelle ins Innere des Terminals. Der größte Teil der ausladenden Halle war in dunkle Schatten gehüllt. Doch soweit Duke und Isaac es überblicken konnten, hatten Rain und die befreiten Sklaven den Großteil der Leichen der am Vorabend gefallenen Growler bereits fortgeschafft. In der mit jedem Schritt rasch stickiger werdenden Luft lag jedoch frischer Pulvergeruch...

„Die Sache gefällt mir ganz und gar nicht.", rief Isaac fast flüsternd.

Duke versuchte, die leeren Marktstände nach Lebenszeichen zu scannen – doch dem Akku seiner Spezialsonnenbrille war inzwischen endgültig der Strom ausgegangen. Also schob er sie die Stirn hinauf, um so wenigstens einen ungefilterten Blick auf die Umgebung zu erhalten.

„RAIN!", rief er so lauthals wie unvermittelt, dass Isaac zusammenfuhr.

„Was zum Teufel, Hayden?", beschwerte er sich postwendend.

„Klare Ansage, Isaac. Wir haben keine Zeit, hier einen auf Schleichfuß zu machen.", knurrte Duke.

Isaac hätte seine Position niemals so einfach preisgeben wollen, aber ein wirkliches Gegenargument hatte er auch nicht. Dafür war es jetzt ohnehin zu spät.

„RAIN!", rief Duke erneut lauthals. „MELDE DICH! WO STECKST DU, KINDCHEN?"

Mit einem Mal blieb er wie angewurzelt stehen und hielt Isaac per Handzeichen dazu an, es ihm gleichzutun. Er sah in die Luft und lauschte demonstrativ. Jetzt hörte Isaac es auch:

Schritte... in einiger Entfernung... schwer zu orten... aber nicht auf sie zu...

„Rain?", flüsterte Isaac.

„Vielleicht. Vielleicht auch nicht...", gab Duke ebenso leise zurück. „Jedenfalls ein Schleichfuß..."

Die Ironie ließ Isaac das Gesicht verziehen…

Die Möglichkeiten, sich hier zwischen den Zelten und Ständen zu verstecken, waren schier unüberschaubar. Mit gespitzten Ohren und Adleraugen gingen Duke und Isaac vorsichtig weiter – die Waffen weiter im Anschlag.

Da hielt Duke erneut inne. Auch Isaac hörte es wieder: Schritte… dieses Mal barfüßige…

Sie kamen auf die beiden Männer zu!

Duke blinzelte konzentriert, als im schattigen Dunst die schemenhaften Umrisse einer Gestalt erschienen… Ihre Bewegungen passten zu den barfüßigen Schritten… Sie kam genau auf Duke und Isaac zu… stolperte und fiel vornüber auf alle Viere…

Eine junge Frau – wie Duke nun erkannte. Sie war noch etwa hundert Meter von ihnen entfernt.

„Hilfe!", überschlug sich ihre hörbar um Kraft ringende, fast noch mädchenhafte Stimme. Es war jedenfalls nicht die stets leicht heiser klingende Stimme Rains…

„Das ist doch eine der befreiten Sklavinnen…", raunte Isaac und begann unvermittelt, auf sie zuzulaufen.

„Isaac!", zischte Duke ihm noch warnend hinterher.

Auf halbem Wege war nicht mehr zu übersehen, dass ihr ohnehin schon spärliches Kleid – wenig mehr als ein schlichtes Leibchen – zerschlissen und blutbefleckt war. Auch die junge Frau selbst blutete. Ihre hellblonde Pagenfrisur war zerzaust und verschwitzt. Mit flehenden grünen Augen sah sie zu Isaac auf…

…als sich ihr Gesicht plötzlich vor Schmerz verzerrte und sie abrupt zur Seite fiel.

Aus ihrer Taille ragte der Schaft eines Pfeils – wo sich rasch ein weiterer blutroter Fleck auszubreiten begann. Kein Zweifel: einer von Rains Pfeilen…

Geistesgegenwärtig warf sich Isaac in die entgegengesetzte Richtung – noch während der erste Hauch eines Zischens an seine Ohren drang.

Der Pfeil schoss um Haaresbreite über ihn hinweg und sprang mit einem derben Klicken von einer der Steinplatten des Fußbodens ab, bevor er einige weitere Meter entfernt mit nochmaligem Klicken zu Boden ging und dort nach kurzem Schlittern zum Liegen kam...

Eilig sah Isaac auf und versuchte, die Flugbahn der beiden Pfeile zurückzuverfolgen – doch von der mutmaßlichen Schützin fehlte jede Spur.

Auch Duke sah in dieselbe Richtung, als er zu Isaac aufschloss. Abermals rief er Rains Namen. Er hatte keinen Zweifel, dass sie es war, denn allzu viele derart formidable Bogenschützen gab es hier schlichtweg nicht.

„RAIN!", schloss sich endlich auch Isaac an. Einen Versuch war es wert. „KOMM HERAUS! WIR WOLLEN DIR NUR HELFEN!"

Wertvolle Minuten schmolzen dahin, und die Trife-Flut nahte. Sie mussten Rain hier rausbekommen. Sollte sie tatsächlich von der entkommenen Khorone befallen worden sein, so wäre das weitaus leichter gesagt als getan. Ihre Roboterprothesen verliehen ihr einerseits eine nicht zu unterschätzende potenzielle Wehrhaftigkeit. Andererseits boten sie in dieser Situation aber auch einen unerwarteten Vorteil für Duke und Isaac:

Sie würden Rain kampfunfähig machen können, ohne ihr bleibende Verletzungen zufügen oder sie gar töten zu müssen. Denn abmontierte Prothesen konnten die Khoronen nicht regenerieren... oder zumindest war das zu hoffen.

Sollte nun eben jemand anderes die Geschicke der Stadt übernehmen – Hauptsache, es handelte sich nicht um einen Khoronenwirt.

„Ike?", tönte plötzlich eine verschüchterte Stimme.

Es war Rains Stimme!

Sie klang hilflos...

„Rain!", antwortete Isaac augenblicklich und sah eilig um sich. „Wo bist du?"

„Ike?", trat sie schließlich auf dem Dach eines der Holz-verschläge hervor. Sie hatte ihren Bogen gespannt – die blit-zende Spitze des Pfeils direkt auf den Punkt zwischen Isaacs Augen gerichtet.

„Rain! Was machst du da? Komm, wir müssen fort! Eine Trife-Flut naht!", beschwor Isaac sie.

Fragend wandte die junge Bogenschützin ihren Blick zu Duke, der mit seinem Launcher auf sie zielte – sein Blick todernst.

„Sheriff! Was ist los?", fragte sie wie die Unschuld vom Lande, während sie ungebrochen Isaac zwischen die Augen zielte.

„Rain… Warum hast du das Mädchen getötet?", rief dieser ihr zu und deutete auf den geschundenen Körper am Boden.

„Was? Das… war ich nicht!", verteidigte sich Rain.

War das ihr Ernst?

Hilflose Verzweiflung füllte ihre Augen.

„Das dort in ihrer Taille ist doch einer deiner Pfeile, oder nicht?", grummelte Duke.

„Was? Das… Ja… aber… Ike! Ich weiß nicht, was los ist. Irgendetwas stimmt nicht mit mir… Ich… alles dreht sich in meinem Kopf!"

„Eine Khorone hat dich infiziert, Rain!", brachte es Duke schonungslos auf den Punkt.

„Was? Nein… das kann nicht sein! Du hattest es doch verhindert, Sheriff!"

„Das war in Reno.", wandte Isaac ein.

„Die verletzte Khorone im Kanister, Rain. Sie ist entkom-men.", gab Duke hinzu.

„Außer dir, Duke und mir ist seither niemand mit dem Kanister in Kontakt gekommen. Und wir beide sind nicht befallen. Auch zeigen wir keine Anzeichen von Verwirrt-heit… im Gegensatz zu dir, Rain. Bitte leg den Bogen nieder und komm herunter, damit wir dir helfen können!", beschwor Isaac die junge Bogenschützin.

Angestrengt kniff Rain die Augen zusammen:

„Lasst mich... lasst mich einfach in Ruhe. Ich... brauche einfach ein bisschen Ruhe... Wenn ich von einer Khorone befallen wäre, dann würde ich das wissen!"

„Ach ja? Was machst du dann dort oben und zielst mit deinem Bogen auf mich?"

Rain starrte Isaac bloß an – sichtlich verdutzt... aber machtlos.

Dukes Geduld kam allmählich an ihr Ende.

„Weg mit der Waffe, Rain!", beschwor er sie mit zunehmend bemühter Beherrschung.

Er konnte sehen, wie sie bebte, wie sie vergeblich dagegen ankämpfte und versuchte, die Kontrolle über ihren Körper wiederzuerlangen. Sollte er den Moment kaltschnäuzig ausnutzen und Rain mit einem gezielten Plasmaschuss ein klaffendes Loch in den Schädel brennen, der sie trotz Khorone lange genug handlungsunfähig machen würde, um sie mittels des Zeremonienspeers in Dukes geschulterter Satteltasche von der Khorone zu befreien? Er zögerte.

Soweit er wusste, würde dies Rains sicheren Tod bedeuten – und ein solches Ende hatte sie zweifelsohne nicht verdient. Teufel auch: Konnte er sich überhaupt gewiss sein, dass es keine andere Erklärung für Rains Verhalten gab als ein Khoronenbefall?

„Es ist okay, Rain...", bemühte Isaac sich, ihr gut zuzureden, „...aber bitte leg jetzt Pfeil und Bogen weg. Dann können wir dir helfen!"

Mit einem Mal schien unerwartete Beherrschung in Rains Glieder zurückzukehren. Erst senkte sie Pfeil und Bogen und entspannte die Sehne... dann ließ sie sich das Ganze vor die Füße fallen wie ein Kind, das seines Spielzeugs überdrüssig ist.

Isaac atmete erleichtert aus.

Doch dann ging Rain gleich den nächsten Schritt und

sprang prompt vom Holzverschlag herab, sodass sie kaum zwei Armlängen vor Isaac auf dem Boden landete.

„Verdammt, Rain! Bleib stehen! Und keine weitere Bewegung!", fuhr er ihr entgegen.

Als sie sich aufrichtete, war ihr Blick wie ausgewechselt. An die Stelle fragender Hilflosigkeit trat steinerne Entschlossenheit.

„Was ist, Isaac? Ich bin doch jetzt unbewaffnet? Magst du mich nicht mehr?", rief sie mit befremdlich beschwörender Stimme und kam nur weiter auf ihn zu.

„Stopp, Rain! Keinen Schritt weiter!", rief er mit bebender Stimme, während ihm der kalte Schweiß von der Schläfe rann – den Lauf seines Sturmgewehrs nun demonstrativ auf Rains Brustbein gerichtet.

Derweil hatte sich Duke bereits leisen Fußes in Rains Rücken bewegt. Sie blieb stehen, registrierte ihn im Augenwinkel.

Er gab Isaac einen ernsten Blick zurück... und nickte ihm zu.

Isaac entwich ein stilles Seufzen... dann erwiderte er Dukes Nicken – der den Launcher zum Kopfschuss anlegte. Nur so würden sie Rain lange genug außer Gefecht setzen können, um ihr die Roboterprothesen abzumontieren – während die Khorone voll damit beschäftigt wäre, Rains Körper zu regenerieren.

Dennoch konnte Duke sich der Skrupel nicht erwehren. Er sah noch immer eine treue Gefährtin in Rain. Er wollte sie nicht verletzen, wollte ihr nicht wehtun, wollte sie retten, wenn irgend möglich. Sein Finger war am Abzug, der Launcher auf Präzisionsschuss eingestellt und schussbereit.

Wieder zögerte er.

Ein Fehler.

Mit übermenschlicher Geschwindigkeit warf sich Rain hintüber und vollzog einen Flickflack, sodass sie Duke im nächsten Moment mit solcher Wucht vor die Brust trat, dass es ihn von den Stiefeln fegte!

Laut ächzend landete er auf dem Steiß, noch ohne einen Schuss abgegeben zu haben.

Stattdessen schoss nun Isaac!

Wieder war Rain schneller.

Mit ihrem Roboterarm wehrte sie die Kugel ab, als handele es sich bloß um eine lästige Fliege. Die Kombination aus drei Roboterprothesen und Khorone hatten aus Rain einen regelrechten Killer-Ninja gemacht! Noch ehe Isaac den Abzug ein zweites Mal ziehen konnte, ging sie in die Knie… und schoss aus der Hocke in die Luft hinauf, sodass Isaac ihr nur ungläubig hinterherschauen konnte.

Ehe er begriff, was vor sich ging, stürzte sie ihm mit der Ferse voran, gleich einem Kamikaze-Flieger entgegen, und stieß ihn mit Wucht zu Boden. Er konnte nur noch fluchen, als ihr Roboterarm ihm das Gewehr aus der Hand riss.

So hockte sie schließlich auf ihm und drückte ihre robotischen Oberschenkel mit solch unbarmherziger Kraft zusammen, dass es ihm den Atem abzuschneiden drohte. Dabei legte sie das Gewehr an und drehte sich zu Duke zurück – dem es im letzten Moment gelang, hinter einen der leeren Marktstände in Deckung zu hechten.

Kein Zweifel: Rain war eine Verbündete gewesen, die man sich nicht zur Feindin wünschte.

KAPITEL 8

Duke wollte sich in den Hintern treten für sein Zögern.

Er hätte es einfach haben können. Aber das war wohl der Preis, den ein Mann zu zahlen hatte, der sich ein Gewissen leisten wollte.

Er würde einen noch höheren Preis zahlen müssen, wenn er jetzt noch weiter mit dem Schicksal haderte. Ohne einen weiteren Moment zu vergeuden, raffte er sich auf und schaltete den Launcher in den Stream-Modus. Dann schwang er sich über den leergeräumten Marktstandtresen hinweg und feuerte im Sprint eine Salve in die Richtung Rains – die den Lauf des Gewehrs bereits auf Isaac gerichtet hatte.

Duke konnte ihr ansehen, dass sie noch immer dagegen ankämpfte. Anders war wiederum ihr Zögern nicht zu erklären. Sie trug keine Schuld an ihrem feindlichen Verhalten. Sie stand unter der Kontrolle einer Khorone, und es war offensichtlich, dass sie all das nicht wollte. Das machte es Duke umso schwieriger, jetzt entschieden zu handeln…

Er durfte der Khorone in Rains Nacken keine zweite Gelegenheit geben, die Oberhand zu behalten… und das verlangte das Alleräußerste – selbst, wenn es Rain mit höchster Wahrscheinlichkeit töten würde.

Die Plasmasalve verfehlte die intendierte Wirkung nicht:

Mit einem weiteren gewaltigen Sprung in die Höhe ließ Rain von Isaac ab und eröffnete stattdessen das Feuer auf Duke. Dieser schlug einen Haken und entkam dem buchstäblichen Kugelhagel nur mit einem Hechtsprung in eines der Zelte – in dem er sich von einem guten Dutzend runder Tische mit je drei bis vier Stühlen umgeben wiederfand.

Rasch kippte er zwecks zusätzlicher Deckung einen der Tische um, während ihm ein kurzes Beben Rains Landung zurück auf dem Terminalboden verriet. Dann zog er sich weiter zurück, ging hinter dem Tisch in Lauerstellung und spitzte die Ohren. Denn auch die besten Beinprothesen waren dem Original in mindestens einem Punkt unterlegen: Lautloses Schleichen war kaum mit ihnen möglich.

Rain näherte sich… ihre Schritte verrieten es… doch irgendetwas stimmte nicht.

Aus der Deckung heraus versuchte Duke vergeblich, Rain oder zumindest ihre Stiefel in den Blick zu bekommen. So nah, wie sich ihre Schritte anhörten, hätte dies längst gelingen sollen…

Da registrierte Duke im Augenwinkel, dass in die Seitenplane des Zelts ein kleines Fenster aus durchsichtigem Kunststoff eingelassen war – und noch im letzten Moment konnte er sich mit Schwung nach hinten werfen, da die Kugelsalve aus Isaacs MK-10, dessen sich Rain ermächtigt hatte, die Zeltplane perforierte und aus den Tischen und Stühlen Kleinholz zu machen begann…!

Wie ein Faustschlag traf eine der Kugeln Duke in die Schulter – doch hatte das Durchschlagen des Holzes sie bereits so weit abgebremst, dass das zähe Leder von Dukes Westernmantel bereits genügte, sie zu stoppen.

Eine zweite Salve schloss sich an und verpuffte vergleichsweise wirkungslos am Mobiliar. Dann folgte ein wiederholtes leises Klicken… und ein leises Fluchen.

Duke ließ sich die Gelegenheit nicht entgehen, richtete sich auf die Knie, legte an und… FEUER!

Das ultraheiße Gas verwandelte die ohnehin bereits durchlöcherte Seitenplane des Zeltlokals in ein zerfranstes Etwas. Der Geruch des geschmolzenen Plastiks war aufdringlich – bloß von Rain gab es keine Spur…

Sie war schnell. Verdammt schnell.

Das zeigte sich auch im nächsten Moment, als Duke gerade wieder auf die Beine kam… und sich um Haaresbreite an einer auf sein Kinn zusausenden Faust vorbeibeugen konnte.

Das Ausweichmanöver ging zu Lasten von Dukes Balance… und so hätte es ohnehin nicht viel gebraucht, um ihn mit einem gezielten Tritt in die Kniekehlen zu Fall zu bringen. Rains Tritt aber fegte ihn regelrecht von den Sohlen – ein Tritt, mit dem man Bambusbäume hätte zermalmen können!

Ächzend landete Duke auf dem Rücken und versuchte noch, Rains Kopf ins Fadenkreuz zu bekommen – doch ein zweiter gewaltiger Tritt mit der Kraft mindestens dreier Mulis setzte auch dieser frommen Hoffnung ein jähes Ende:

Schellend schlitterte der Launcher über den harten Steinplattenboden und kam erst in gut zehn Metern Entfernung zum Liegen. Zwar hätte Dukes metallene Hand zweifelsohne an der Waffe festhalten können – doch hätte er schließlich wenig mehr als nur noch den Griff und den Abzug in den Fingern gehalten.

Erneut kam Rain auf Duke zu… langsamer als sie müsste. Ihr Blick war grimmig – aber nicht vor Entschlossenheit… vielmehr vor innerer Zerrissenheit. Sie gab Duke Zeit, wieder auf die Beine zu kommen.

Zeit für einen Strategiewechsel:

„Rain… Ich weiß, du willst das alles nicht! Versuch' dagegen anzukämpfen!", beschwor Duke die junge Frau… oder das, was noch von ihr übrig war.

Einen Moment hielt sie inne und rang sichtlich um die Vorherrschaft über ihren Körper. Doch dann schien die Khorone in ihr wieder die Oberhand zu gewinnen, und Rain kam weiter auf Duke zu.

Eilig sah Duke noch umher: Wo steckte eigentlich Isaac?

Duke ballte die Fäuste und brachte sich in Stellung – bereit zum Faustkampf. Eine unverhoffte Gelegenheit, um herauszufinden, was die selbstbetitelten ‚Kriegsköter' Rain sonst noch beigebracht hatten…

Rain erwiderte Dukes Geste und ging ebenso in Kampfstellung – und Duke kam sich vor, als wäre er geradewegs in einem von Duncans alten Kung-Fu-Filmen gelandet…

„Sinnloser Widerstand, Sheriff Hayden Duke!", rief Rain. Es war ihre Stimme… und doch war nicht sie es, die sprach. „Schließen Sie sich Shurrath an… oder büßen Sie für Ihre Torheit!"

Und mit einem rasanten Ausfallschritt nach vorn begannen Rains Fäuste in rascher Schlagkombination auf Duke einzudreschen!

Es war alleine seinen gentechnisch geschärften Reflexen zu verdanken, dass die Schläge nach einem ersten Überraschungstreffer in die Nierengegend am Metall seiner blockenden Roboterarme verpufften. In einem Anflug überraschter Indignation geriet Rain für einen Sekundenbruchteil ins Stocken darüber. Genug für Duke, um zum Gegenschlag auszuholen.

Eines der grundlegenden Gebote des Zweikampfs, das Duke schon früh verinnerlicht hatte, lautete, die eigenen Stärken und Schwächen sowie die des Gegners richtig einzuschätzen. Er wusste, dass Rain ihm in Sachen Agilität haushoch überlegen war – ob mit Khorone oder ohne. Womit er kontern konnte, war allem voran: rohe Kraft.

Also führte er mit der Linken noch einen Scheinangriff aus – den Rain erwartungsgemäß problemlos abblockte – während er seine gesamte übrige Konzentration auf seinen rechten Arm bündelte – seine überdimensionierte ‚Hand fürs Grobe', die er von Gus vermacht bekommen hatte.

Im nächsten Moment sauste Dukes mächtige Rechte wie ein Rammbock auf Rain zu.

Freilich war Rain flink genug, auch diese abzublocken… aber nicht stark genug. Ihre einzige Chance, von der brachialen Wucht des Schlags nicht zermalmt zu werden, lag darin, ihm zuvorzukommen und sich freiwillig hintüber zu werfen. Dies gab ihr die Möglichkeit, den Fall mit einer eleganten Kontorsionsbewegung ihres Oberkörpers noch auf halbem Wege in einen doppelten Roundhouse-Kick umzuwandeln – mit dem sie Dukes Beine regelrecht in die Zange nahm… um ihn schließlich mit sich zu Boden zu zwingen.

Hier nun wirkte sich Dukes Überlegenheit in puncto Körperwucht zu seinem Nachteil aus: Denn noch während die Gravitation seinen stämmigen Körper unbarmherzig im Griff behielt, konnte Rain bereits in die Hocke zurückkehren. Aus dieser schoss sie prompt empor, als Duke noch im Begriff war, sich mit seinen Armen vom Boden zu stemmen.

Geistesgegenwärtig registrierte Duke jedoch die auf ihn zusausende Stiefelspitze… und warf sich seinerseits auf den Rücken – sodass Rains Stiefel um Haaresbreite über ihn hinwegflog und rechterhand auf dem Boden aufsetzte.

„HAB ICH DICH!", rief er, als er seine Rechte um ihren Knöchel zuschnappen ließ.

Der nun überschüssige Schwung ihres Sprungs ließ Rain stöhnend vornüber fallen. Wutentbrannt sauste ihr Blick zurück, und mit wiederholten Tritten versuchte sie, die unerwartete Fußfessel zu sprengen – ohne dass Duke auch nur einen Millimeter von ihr abließ. Die Falle hatte zugeschnappt.

Rain strampelte zischend und ächzend, während Duke schnaufend auf dem Rücken verharrte. Schließlich führte er seine Linke zur Satteltasche, öffnete diese… und zog den Shurrakush hervor – wie der Zeremonienspeer eigentlich hieß. Als Rain diesen erblickte, verharrte sie augenblicklich wie erstarrt und stieß nurmehr ein empörtes Fauchen aus.

Schnaufend aber nicht ohne ein süffisantes Lächeln auf den Lippen begann Duke, sich wieder aufzurichten – Rains rechten Knöchel weiterhin fest im Griff.

„Es wird auch sie mittöten, Narr!", fauchte sie mit einer hörbaren Mischung aus Verachtung und Ehrfurcht, während Duke mit dem Shurrakush in der Hand wieder auf die Beine kam.

„Nicht ideal, zugegeben.", räumte er brummelnd ein. „Wie wär's, wenn du einfach freiwillig herauskommst?"

Höhnisches Lachen – dann:

„Wie wär's, wenn du dich ins Knie fickst?"

Duke verdrehte die Augen und schüttelte den Kopf:

„Die Jugend von heute…"

Erneut begann Rain, wild zu strampeln und wahllos Tritte auszuteilen – was Dukes Problem verdeutlichte: Es war eine Sache, eine tobende Bestie mit eisernem Griff am Knöchel festzuhalten… aber nochmals eine ganz andere, sie wirklich zu überwältigen. Und Duke hatte nur zwei Hände. Also steckte er den Shurrakush zurück und versuchte stattdessen, mit der nun freien Linken Rains linken Knöchels habhaft zu werden. Und in der Tat gelang es Duke schließlich, diesen zu packen und ebenso zu Boden zu zwingen – sodass Rain nurmehr bauchseits liegen konnte… was sie freilich nicht davon abhielt, sich nach Kräften dagegen aufzubäumen.

Nun aber brauchte Duke noch immer eine freie Hand, um den Shurrakush zu führen. Also ging er auf die Knie und versuchte, Rains linkes Bein unter seinem Schienbein zu fixieren… Doch genau in diesem kritischen Moment gelang es Rain, sich der weiteren Umklammerung zu entziehen und Duke einen Tritt unters Kinn zu versetzen.

Noch immer hielt seine Rechte Rains Knöchel fest im Griff… doch dann traf ihn ein zweiter Tritt und brachte ihn bedrohlich ins Taumeln. Abermals versuchte Rain, kreischend und fauchend, sich endgültig von Duke loszureißen

– bis ein lauthallender Donner ihr Einhalt gebot.

Krächzend und röchelnd fiel Rain flach auf den Bauch – mit einem Mal um fast ihre gesamte Kraft beraubt. Eine Pfütze frischen Bluts breitete sich über die Steinplatten aus: ein Lungenschuss.

Duke sah auf. Die Mündung von Isaacs M007 rauchte. Der Blick des Marines war gleichsam ernst und traurig. Es war ihm alles andere als leicht gefallen, Rain auf diese Weise kampfunfähig zu machen. Duke erwiderte mit einem ernsten und anerkennenden Nicken.

„Warte…", rief Isaac, während er auf die beiden zukam. Dann ging er vor Rain auf die Knie, zog ein gefundenes Stück Drahtseil hervor und fesselte damit ihre Hände: „Sobald sie wieder zu Kräften kommt…"

Duke verstand. Die Khorone in Rains Körper sollte Gelegenheit bekommen, den Lungenschuss zumindest im Groben zu reparieren. Wenn es noch eine Chance geben sollte, Rains Leben zu retten, dann diese.

KAPITEL 9

Schweigend hockte Duke auf Rains Becken und wartete auf ein Zeichen zurückkehrender Vitalität.

Isaac hockte vor ihr – sein Blick ernst und besorgt.

Rain atmete schwer und hustete immer wieder Blut hervor. Es sollte nicht mehr allzu lange dauern, bis die Khorone das Loch in Rains rechtem Lungenflügel wieder geflickt hätte.

Duke hielt die Klinge des Zeremonienspeers senkrecht, genau über die verräterische Narbe an Rains Nacken – jederzeit zum Zustechen bereit.

Plötzlich sah Isaac auf und lauschte.

Da war er: der allmählich zu einem Tosen schwellende Kreischchor der nahenden Trife-Flut.

Schüsse fielen.

Hektische Rufe.

Verdammt.

Viel zu viel Zeit hatte es sie gekostet, Rain zu überwältigen. So oder so: Sie konnten nicht mehr lange warten.

Duke fühlte Rains Puls, dann sah er zu Isaac auf. Er brauchte seine Erlaubnis.

Rain stöhnte sanft.

War dies das erhoffte Lebenszeichen?

Isaac nickte.

Duke sah zur Narbe auf Rains Nacken hinab, holte tief Luft... und mit einem wohldosierten Schlag der flachen Hand trieb er ihr die Klinge hinein.

Mit einem Keuchen verließ Rain die letzte Kraft. Vorsichtig drehten die beiden Männer sie um, auf dass die Khorone sie endlich verlasse.

Sachte fasste Isaac ihr unter die frische Wunde im Nacken. Als er seine Hand wieder hervorzog, klebte ölig schwarzes Khoronenblut an seinen Fingern. Das musste vorerst reichen.

Rasch half Isaac Duke, Rain auf die Schultern zu nehmen, um sie im Gamsgriff zu transportieren. Er las das MK-10 auf und schulterte es, und dann auch Dukes P-70, um diesen schussbereit selbst in Anschlag zu bringen.

Das Tosen des Kreischchors hallte inzwischen im gesamten Terminal wider.

„Sie sind bereits auf dem Gelände, Hayden...", rief Isaac halblaut. „Sagtest du nicht, sie würden sich verteilen, wenn wir der Khorone erst einmal den Garaus machen?"

„Pozz, das werden sie...", grummelte Duke, „...aber das passiert nicht von jetzt auf gleich. Wir sollten uns irgendwo Unterschlupf suchen..."

Einen Moment sah er um sich – dann:

„Du kennst dich hier ein bisschen besser aus als ich, Isaac..."

„Nicht viel besser...", fasste sich Isaac ans Kinn... schnippte dann aber mit den Fingern:

„Junks Airliner! Das müsste hier weit und breit der Trife-sicherste Ort sein!"

Duke nickte... und noch als sie sich umdrehten, um sich tiefer in den Terminal hineinzubegeben und auf den Weg zum fraglichen Gate zu machen, trafen bereits die ersten Lackle-dernen vor der zerstörten Glasfront des Terminals ein.

Unbeirrt liefen sie los.

Das, was ihnen im Innern des Terminals begegnete, war kaum erfreulicher als das, was sich davor zusammenbraute: Dutzende frischer Leichen pflasterten den Weg – allesamt befreite Sklaven, die meisten noch Teenager, manche noch jünger. Alle geopfert für den Rausch am Töten. Je unschuldiger die Opfer desto größer anscheinend der Kick, den die Khoronen davon erhielten.

Duke, dem ähnlich sinnlose Gewalt von Berufs wegen schon allzu oft begegnet war, nahm es stoisch zur Kenntnis... doch Isaac trieb es die Galle hoch.

„Elende Drecksäue...", fluchte er, als er einen kleinen Jungen sah, vielleicht zehn oder elf Jahre alt.

Wütend drehte er sich um und schoss eine Plasmasalve in Richtung der nahenden Trife-Front. Aus dieser Entfernung war das bloße Munitionsverschwendung.

„Nicht die Nerven verlieren. Soldat.", knurrte Duke und hatte recht – erhielt dafür aber kaum mehr als einen verächtlichen Blick zurück.

Endlich tauchten die Flug-Gates auf.

Durch die verbleibenden Lücken in den teils zugeklebten, teils schwarz übermalten, teils schlicht zugestellten Glaspaneelen der Terminalrückwand fielen ausgestanzte Fragmente von Tageslicht ein. Schmauch- und Blutspuren allenthalben zeugten von der Schlacht, die noch am Vorabend hier getobt hatte. Vor allem in den Randbereichen lagen noch immer dutzende toter Growler-Wachen.

Junk und dessen unmittelbares Gefolge hatten Rain und die befreiten Sklaven als erste fortgebracht. Duke und Isaac konnten nur vermuten, wohin.

Ihr Ziel war Gate Nummer Sechs. Isaac ging voran.

Duke sah kurz zurück. Vor der zerborstenen Terminalfront hatte sich inzwischen ein durchgehender, wuselnder Teppich aus pechschwarzem Lackleder gebildet.

Ein lautes Fauchen aus nur wenigen Metern Entfernung ließ ihn zusammenfahren: Eine erste Handvoll vorauseilender

Späher-Trife hatte sie entdeckt und die Verfolgung aufgenommen!

„Isaac!", rief Duke.

Dieser ließ sich nicht zweimal bitten, legte an und setzte die aufdringliche Vorhut mit einer gezielten Streusalve ultraheißen Gases lichterloh in Brand.

Glücklicherweise standen die Pforten von Gate Nummer Sechs noch immer genauso weit offen, wie Junks Mannen sie bei seinem Auftritt am Vorabend hinterlassen hatten.

Isaac ging weiter voran.

Auf den Durchgang folgte ein etwa fünfzig Meter langer, leicht abschüssiger und quadratisch geschnittener Metalltunnel. Auf halbem Wege hallte Duke abermals ein viel zu nahes und viel zu lautes Kreischen in den Nacken. Er drehte sich um…

Auf allen Vieren kamen die Trife ringsherum den Tunnel herabgekrabbelt – und Duke kam sich fast wieder so vor wie damals beim Spießrutenlauf durch die engen Gänge im Bauch des alten Kriegsschiffs vor Manhattan…

„Schnell, Hayden! Hier entlang!", hörte er Isaac rufen und ertappte sich dabei, im Bann des nahenden Unheils wertvolle Sekundenbruchteile vergeudet zu haben.

Der ganze Tunnel bebte und zitterte unter Dukes Stiefeln, während mit dem ersehnten Ende des Tunnels eine ovale Einstiegsluke näherkam, die Duke gleichfalls ins alte Kriegsschiff zurückversetzte… auch wenn diese Luke nun stattdessen in den Bauch eines Flugzeugs führte.

Mit einem beherzten Satz sprang Duke samt Rain auf seinen Schultern über die Schwelle, hinter der er in wenigen Metern Abstand von einem apart gepolsterten Klappsitz aufgefangen wurde.

Rasch trat Isaac nochmals vor die Luke, um die nahenden Trife von den Tunnelwänden zu schießen und so gerade noch genug Zeit zu erhalten, die schwere Lukentür zuzuwuchten und durch ein nachdrückliches Umlegen des an der Innenseite befindlichen großen roten Hebels zu verriegeln...

Keine halbe Sekunde später donnerten die ersten Schläge von außen gegen das gewölbte Metall – und vor dem winzigen, eine gute Handbreit dicken Sichtfenster huschten zornige, gelb funkelnde Schlangenaugen auf und nieder...

„Und hier drinnen sind wir sicher?", sah sich Duke leicht skeptisch um. Es war das erste Mal in seinem Leben, dass er ein altes Passagierflugzeug betreten hatte.

Doch Isaac hatte Rain bereits unter den Schultern gepackt und forderte Duke auf, sie mit ihm gemeinsam durch einen schmalen Durchgang hindurch in den eigentlichen Passagierraum zu tragen. Dort befanden sich unter anderem zwei lange und augenscheinlich fest verbaute Ledersofareihen.

Hier endlich konnten sie Rain ablegen.

Erschöpft ließ sich Duke neben ihr aufs Sofa fallen, während sich Isaac direkt auf den beigen Teppichboden niederließ – lediglich mit dem Rücken gegen die Sofagarnitur gelehnt. Einige Sekunden harrten sie so aus, um durchzuatmen und mit einiger Genugtuung auf das dumpf metallische Hämmern, Klopfen und Schaben der um Einlass begehrenden ausgesperrten Höllenbrut zu lauschen.

„Grandios, oder?", rief Isaac schließlich und deutete um sich:

„Ein kompletter Jumbo als Privatflugzeug! Muss 'nem ganz hohen Tier gehört haben... oder 'nem absoluten Megabonzen."

Dukes Blick folgte Isaacs Gestikulieren ein Stück weit und musterte das Innere der Maschine genauer. Nichts am stark vergilbten und abgegriffenen Interieur kam ihm sonderlich ‚grandios' vor. Das Leder der Sofas war abgewetzt, das ursprüngliche Beige des Teppichbodens vor Schmutz nur noch an den Randbereichen als solches zu erkennen. Und die Luft war zum Schneiden.

Was Duke betraf, sah es hier aus wie in einer der Bürolobbys irgendwo in Sanisco – kurz nachdem man die ungebetenen Untermieter herausgeworfen hatte. Es fehlte bloß der ausgetrocknete Wasserspender in der Ecke.

„Die Khorone steckt noch in ihr...", knurrte Duke schließlich und brachte die Konversation schroff aufs vordringlichste Anliegen zurück. Er griff nach Rains Handgelenk und fühlte ihren Puls. „Sie lebt noch..."

Isaac sprang auf:

„Bringen wir sie zum Oberdeck! Dort gibt es ein Bett, auf dem wir sie leichter behandeln können!"

„Zu Befehl, Feldwebel...", grummelte Duke und nahm sich Rain erneut auf die Schulter.

Eine Wendeltreppe führte hinauf. Doch Dukes Hoffnung, dass sich zumindest das Schlafgemach in einem etwas reinlicheren Zustand befinden könnte, wurde enttäuscht.

„Bett abziehen! Ist ja widerlich...", wies er Isaac an.

Dieser legte den Launcher und Jasons Backpack ab und folgte der Anweisung ohne Murren. Auch die Matratze unter den Laken war von Flecken übersät... doch wenigstens waren diese bereits weitgehend eingetrocknet.

Kurzerhand riss Isaac einen der vergleichsweise unverschmutzt wirkenden Fenstervorhänge herunter und legte diesen zusammen, um ihn als Kopfunterlage auf der Matratze zu platzieren, während Duke die junge Frau vorsichtig niederließ und auf dem Bauch zum Liegen brachte.

Ohne weiteres Zögern nahm Duke Rains Wollpullover am Saum und zog ihn ihr mit sanftem Nachdruck vom Oberkörper... was die darunterliegenden Verbrennungsnarben preisgab. Er bemerkte Isaacs betroffenen Blick und kommentierte grummelnd:

„Es ist fast ihr ganzer Oberkörper... Vorne ist es noch schlimmer..."

„Darum also hatte sie sich so geniert...", murmelte Isaac.

„Vielleicht nicht nur aber vor allem darum – ja. Schau dich

doch bitte mal um, ob hier nicht irgendwo noch ein alter Erstehilfekasten oder sowas steckt."

„Pozz.", nickte Isaac, sah sich kurz um und lief zu den erstbesten Staufächern, die er erspähen konnte.

„Schau auch unter den Sofas und Sesseln sowie im Cockpit nach!", gab Duke ihm noch hinterher.

„Durchhalten, Kleine…", strich er Rain noch sanft über den Hinterkopf, dann schloss er sich Isaacs Suche an.

In einem von einem Haken baumelnden Stoffbeutel fand er etwas, das halbwegs nach frischer Wäsche aussah. Besser als gar nichts, vielleicht – aber ohne etwas zum Nähen, Verbinden und Sterilisieren blieb ihnen nur noch das fromme Gebet. Es würde selbst im günstigsten Fall noch mindestens zwei Stunden dauern, bis die Trife-Flut abebben und den Weg zurück zum Speditionstruck und den dortigen Medi-Pflastern freigeben würde. Nun aber kam es auf jede Minute an.

„Bingo!", rief Isaac und kam die Wendeltreppe hinauf. Das, was er in den Händen hielt, mochte dem Laien kaum wie geeignetes Equipment anmuten, um jemandem das Leben zu retten – doch Duke nickte anerkennend und knurrte zufrieden.

In der einen Hand hielt Isaac eine schwarz etikettierte kantige Flasche mit einer unappetitlich wirkenden rostbraunen Flüssigkeit darin. Whiskey also… oder etwas vergleichbar Hochprozentiges. Duke nahm die Flasche an sich, schraubte den Verschluss ab, und vergewisserte sich über den Inhalt mit einem kurzen Schnuppern.

In der anderen Hand hielt Isaac einen kleinen Schalenkoffer – versehen mit einem Totenkopf und der in martialisch wirkende Lettern gefassten Aufschrift:

‚BODY ART‘

Skeptisch runzelte Duke die Stirn.

Isaac grinste nur und ließ stolz den Koffer aufklappen: In schwarzen Schaumstoff eingefasst, präsentierten sich nebst einer schreibgerätartigen Stechmaschine samt Stromadapter sowie einem durchsichtigen Beutel mit fragwürdigem Metallschmuck ein dickes Büschel blütenweißer Baumwolle, ein Paar blauer Vinylhandschuhe, diverse Nadeln samt flacher Garnrolle... und ein Laserskalpell.

„Nicht schlecht der Specht...", musste Duke anerkennen.

„Dort, wo ich das gefunden habe, gibt's noch weitere Sachen, die von Interesse sein könnten...", gab Isaac obenauf.

„Zum Beispiel?", zupfte Duke einen Wattebausch ab, tränkte ihn in einen wohldosierten Schuss der braunen Spirituose und begann, damit Rains Nacken abzutupfen.

„Zum Beispiel einen Anschluss zum Aufladen des Laptops der Forscherin, den ich in der Geheimbasis von Dugway gefunden habe.", deutete Isaac auf Jasons Backpack. „Außerdem ein nettes kleines Waffendepot und diverses anderes Equipment, das du dir mal anschauen solltest. Manches davon trägt das Sternadler-Emblem der Space Force. Keine Nachahmungen – soweit ich das beurteilen kann."

Dieses Stichwort ließ Duke mehr als hellhörig werden. Es war doch immer wieder erstaunlich, an welch unerwarteten Orten man auf Spuren jener Organisation stieß, von deren Existenz so gut wie niemand auf dem Planeten etwas wissen durfte. Doch eins nach dem anderen...

Als Erstes wollte Duke endlich die verdammte Khorone aus Rains Nacken holen. Der Zeremonienspeer mochte sie getötet oder zumindest schwer verletzt haben... aber sie saß noch immer dort fest.

Mit dem Rest der Spirituose im Wattebausch rieb er sich sorgsam die metallenen Segmente seiner Hände ab. Dann nahm er das Laserskalpell hervor – ein Instrument, mit dessen Handhabung er immerhin nicht gänzlich unvertraut war. Er betätigte die schmale flache Taste und richtete die Spitze des Geräts auf einen Punkt auf der Matratze... der prompt zu qualmen anfing. Nicht ausmalen wollte er sich, zu welchen Untaten Junk und seine Mannen dieses Instrument bereits missbraucht hatten...

Stattdessen richtete er den Laser in seiner Linken nun mit ganzer Konzentration auf Rains Nacken... und zog eine exakt gerade Linie von etwa fünf Zentimetern Länge, quer über die Eintrittsnarbe der Khorone hinweg.

Der Moment der Wahrheit...

Nochmals rieb er sich die Fingerspitzen seiner Linken mit dem getränkten Wattebausch ab... dann führte er behutsam Daumen und Zeigefinger in den entstandenen Kreuzschnitt ein und begann zu tasten...

Da war etwas! Es war zu glitschig, um es herauszuziehen... doch Duke konnte es bereits sehen.

Kein Zweifel: Es handelte sich um eine der ölig schwarzen Tendrillen der Khorone.

Gefasst zog Duke eine der langen Nadeln aus dem kleinen Schalenkoffer hervor und fuhr mit dieser mehrmals über den getränkten Wattebausch – ehe er nun auch mit der Nadelspitze in die Wunde eindrang, um den außerirdischen Schmarotzer regelrecht damit aufzuspießen...

Eingeklemmt zwischen Nadelspitze und Zeigefinger begann Duke, einen langen schwarzen Faden aus Rains Nacken zu ziehen, der nur immer länger wurde. Schließlich wickelte er diesen mehrmals um seinen Finger... und zog mit einem Ruck daran!

Weitere Tendrillen quollen seitlich aus dem Kreuzschnitt hervor... Isaac sah gebannt zu, schluckte und wurde sichtlich blass um die Nase. Fast unwillkürlich fasste er sich an den eigenen Nacken, als auch ein zweiter Ruck nicht den gewünschten Erfolg zeigte.

„Das Ding hat sich ordentlich festgeklammert...", knurrte Duke. „Falls ich noch fester daran ziehe, schicke ich sie entweder direkt ins Grab... oder für den Rest ihres Lebens auf den Rollstuhl..."

„Warum hat es nicht so funktioniert wie bei all den anderen?", wollte Isaac wissen.

„Das war vielleicht unser Glück. All die anderen waren augenblicklich tot, als ihre Khoronen herausgetropft kamen."

Duke wischte sich über den weißgrauen Stoppelkopf und fasste sich ans Kinn. Es war nichts zu machen. Sie konnten froh sein, dass Rain noch am Leben war, und die Khorone so weit geschwächt, dass sie offenbar bis auf Weiteres keine unmittelbare Kontrolle mehr über ihre Wirtin hatte.

„Wir montieren ihr die Prothesen ab und bringen sie so nach Sanisco.", beschloss er.

„Wir haben dort einen Spezialisten: Doktor Hess. Er kommt von Proxima."

„Vom... Planeten Proxima? Proxima Zentauri B?", hakte Isaac ungläubig nach.

„Ja nee: Proxima das Kuhdorf, zwischen Hintertupfingen und Pusemuckel!", spottete Duke. „Ja, Isaac: Proxima der nächstgelegene Exoplanet – vier Lichtjahre von der Erde entfernt. Allerdings besteht auch ein gewisser Verdacht, dass der Doktor ein Agent des Trust sein könnte."

„Des ‚Trust'?"

„Lange Geschichte."

Isaacs Blick signalisierte Duke, dass er sich dieses Mal nicht so leicht vertrösten lassen würde. Duke seufzte.

„Also gut, Isaac. Die Kurzfassung ist, dass der Trust das größte und mächtigste und wahrscheinlich auch bis dato einzige wirkliche Verbrechersyndikat Proximas ist. Es gibt zahlreiche Verstrickungen mit der Zentralregierung des Planeten, aber naturgemäß auch zahlreiche Widersprüche und Spannungen zwischen beiden. Dabei versuchen beide, über alle Entwicklungen hier bei uns im Bilde zu sein – was schon mal mit dem offiziellen Kontaktverbot kaum vereinbar ist. Aber ehrlich gesagt tappen sie mehr als die Hälfte der Zeit ziemlich im Dunkeln, und haben wahrscheinlich noch nicht einmal bemerkt, dass wir über sie Bescheid wissen. Wir machen uns gelegentlich einen Jux daraus...", schmunzelte Duke verschmitzt.

„Klingt fast so, als würde sich die große Politik auf Proxima kaum von der hiesigen zu meiner Zeit unterscheiden…", musste Isaac lachen.

„Manche Angewohnheiten ändern sich wohl nie. Auf der USS Pilgrim liefen die Dinge ganz ähnlich. Jedenfalls ist Doktor Hess auf dem neuesten Stand seines Fachs – eine Tatsache, die wir uns dankbar zunutze machen.", rieb sich Duke weiter das Kinn und ergänzte:

„Wäre nicht einmal überrascht, wenn er uns etwas über die Khoronen sagen kann…"

KAPITEL 10

Rains Atmung war flach, aber beständig, wie auch ihr Puls.

Grummelnd packte Duke die Utensilien in den Klapp-koffer zurück und erhob sich schließlich von der Matratze. Die Wunde war gesäubert und vernäht, Rains Prothesen abmontiert. Das war so ziemlich alles, was sie bis zur Rück-kehr zum Speditionstruck würden tun können.

Noch immer war in fast regelmäßigen Abständen das Klopfen und Hämmern der Trife zu hören – und Duke hätte schwören können, dass einige der Lackledernen auch aufs Dach des Airliners geklettert waren.

Er ging die Wendeltreppe hinab und ließ sich von Isaac den Bereich im hinteren Teil der Kabine zeigen, wo dieser den ‚BODY ART'-Koffer gefunden hatte. Die Nische wies nebst einiger umstehender Regale einen drehbaren Liegesessel mit dem gleichen braunen Lederbezug wie die Sofas im Lobby-Bereich auf. Im Grunde hatte sich Junk hier hinten ein regel-rechtes kleines Tattoo- und Body-Art-Studio eingerichtet. Selbst das an sich pflegeleichte Leder hier war – wie auch der Teppichboden ringsherum – von Tinten-, Blut- und anderen Flecken übersät. Irgendetwas sagte Duke jedoch, dass Tattoos und andere Body-Art nicht das Einzige waren, das den Unglücklichen hier zugefügt worden war…

Noch weiter hinten befand sich ein durch eine weitere, wenn auch deutlich leichter gebaute Luke separierter Bereich: das Waffendepot.

„Poss-tausend…", grummelte Duke, als er hineintrat.

Gekleckert hatten die Growler wirklich nicht! Noch nie hatte er auf so engem Raum derart viele Handfeuerwaffen und Gewehre unterschiedlichster Bauweise aufgereiht und kategorisiert gesehen. So schmuddelig der Rest des Airliners war: Hier war alles blitzblank poliert, sortiert und geordnet. Bis etwa auf Augenhöhe waren Dutzende Munitionskisten gestapelt. Die Chaoten konnten also, wenn sie nur wollten.

Sogar zwei komplette USSF-Kampfrüstungen waren aufgehängt. Dukes Augenmerk fiel jedoch schnell auf ein zunächst unscheinbares Kästchen in jenem matten Schwarz, das ihm inzwischen als Ausweis besonders fortschrittlichen Equipments aus Centurion-Beständen vertraut war. Es handelte sich um eine sogenannte Multi-Kombox – eine kompakte Kommunikationseinheit, die sich modular auf die Nutzung fast aller gängiger Kommunikationstechnologien auslegen ließ.

Sanisco verfügte über einen Link zu einem der alten Space-Force-Komnetzwerke, das eine zwar rein textbasierte aber umso zuverlässigere Kommunikation ermöglichte, die auch zweihundert Jahre nach dem Krieg noch einwandfrei funktionierte – ohne, dass sich die Ingenieure in Sanisco wirklich erklären konnten, weshalb. Duke wollte wetten, dass die Box auch damit kompatibel war. Voraussetzung war freilich, dass sie überhaupt noch funktionierte und nicht erst weitere Komponenten erforderte, die gegebenenfalls nicht zur Verfügung standen.

Was Duke stutzig machte, war, dass Junk überhaupt ein solches Gerät in seinem Besitz hatte. War es bloß eine Trophäe, ein Sammlerstück vielleicht, das auf verschlungen

Pfaden in dessen Hände geraten war? Oder hatte er tatsächlich eine Proxima-Connection? Der Gedanke, dass Shurrath seine widerlichen Tentakel bereits bis zur neuen Heimat ausgestreckt haben könnte, ließ Duke erschaudern...

„Dachte ich mir schon, dass das dein Interesse weckt!", lugte Isaac Duke feixend über die Schulter.

Duke nickte brummend – dann aber:

„Eigentlich interessiert mich eher, ob uns die Rüstungen passen. Sie wären ein nettes Upgrade..."

Isaac grinste:

„Zwei Narren, ein Gedanke. Es ist faszinierend, immer wieder auf Dinge zu stoßen, die sich damals erst noch in der Entwicklung befanden – und jetzt habe ich sie hier vor mir, und sie sind Realität!"

„Und die Rüstungen hier sind bereits mindestens zwei Generationen alt. Die neuesten Centurion-Rüstungen sind halb so dick, halb so schwer, und doppelt so widerstandsfähig!", setzte Duke einen drauf.

„Kompletter Overkill eigentlich."

„Wie meinst du das?", verengte sich Isaacs Stirn.

„Erstens kämpfen die Centurions auf Proxima fast ausschließlich in Simulationen und Übungsdrills. Es gibt keine Trife auf Proxima. Die größte Bedrohung geht von Kleinkriminellen und korrupten Politikern aus. Und zweitens sind die meisten Centurions ohnehin Repliken."

„‚Repliken'? So etwas wie Klone, oder was?"

„So ähnlich. Repliken sind Kopien vorangegangener Elite-Soldaten, die zusätzlich genetisch modifiziert worden sind, um sie noch stärker, schneller und mitunter sogar smarter zu machen. Regelrechte Supermänner."

Skeptisches Erstaunen mischte sich in Isaacs Blick. So vieles klang wie aus einem regelrechten Science-Fiction-Roman.

„Je mehr ich über Proxima erfahre desto weniger Sinn

scheint das Ganze zu machen...", konstatierte er schließlich leicht resignierend.

„Es SCHEINT. Das ist das Schlüsselwort.", brummte Duke altväterlich und erntete dafür einen umso fragenderen Blick. Er fuhr fort:

„Was, wenn Proxima bereits über die Relyeh und die ‚Anderen' im Bilde ist? Vielleicht ist das der wahre Grund, warum man dort mit der Erde möglichst wenig bis gar nichts mehr zu tun haben will. Gleichzeitig will man für den Fall der Fälle gerüstet sein."

„Eine Invasion?"

„Vielleicht. Vielleicht befürchtet man auch, dass eine Einmischung auf der Erde bloß zu einer Eskalation des Konflikts führen würde, und man ist daher ganz froh über den Status Quo – auch wenn dieser für die Menschen auf der Erde ein Leben in Schrecken und Elend bedeutet." – womit Duke zu einer der beiden Rüstungen hinüberging.

„Ich glaube, diese hier ist deine Größe."

„Zieh ich sie mir einfach über?"

„Erst machst du dich frei bis auf die Unterbux. Schade bloß, dass die Helme zu fehlen scheinen..."

„Da drüben haben sie auch Helme.", deutete Isaac auf etwas, das eher nach polizeilichen Einsatzhelmen aussah.

„Nicht schlecht. Aber die Originalhelme haben Visier-Displays ähnlich den Anzeigen in meiner Spezialsonnenbrille."

„Verdammt...", schnippte Isaac mit den Fingern. „Die Brille ist erstklassig!"

„Also?", gab Duke ihm einen musternden Blick vom Scheitel zu den Zehen.

„Oh...! Immer langsam mit den jungen Pferden, Hayden...", druckste Isaac und begann, sich den Overall von den Schultern zu ziehen. Dann half Duke ihm dabei, sich die einzelnen Rüstungssegmente anzulegen.

„Doch ein bisschen groß vielleicht…", kommentierte er, während Duke da und dort rüttelte:

„Bisschen Luft ist nicht schlecht. Spürst du die Muskulatoren schon?"

„Was für Muskeltore?"

„Muskulatoren, Isaac: ein in die Rüstung integriertes assistives System synthetischer Muskeln. Es erhöht die effektive Muskelkraft um bis zu dreißig Prozent!"

„Jetzt wo du's sagst, Hayden: Ja!" – womit Isaac ein paar demonstrative Übungen der USSF-Leibesertüchtigung vollführte. Dabei war ein von den Gliedern der Rüstung ausgehendes leises Surren zu hören.

Als Nächstes packte er eine schwere metallene Munitionskiste am Griff… und hob diese mit einem Arm in die Höhe, als bestünde sie aus nichts als Pappe. „Woah…!", staunte er.

„Nicht übel, was?"

Rasch schlüpfte Isaac in seine Stiefel zurück, schnürte sie fest und begann, umherzugehen und dabei weitere Bewegungsübungen zu machen. Und mit jedem weiteren Schritt, den er in seiner neuen Rüstung tat, wurde sein Grinsen ein wenig breiter. Schließlich blieb er stehen und klopfte sich einige Male die Rüstungsplatten:

„Kugelsicher, nehme ich an?"

„Weitgehend, ja. Vor allem aber auch Trife-sicher – solange du nicht zulässt, dass sie dir an die Wäsche gehen."

„Gott bewahre!", lachte Isaac.

„Aber sag' mal, Isaac…", brummte Duke.

„Ja?"

„Deine Stiefel…"

„Was… was ist mit ihnen?"

„Warum ist auf ihnen der Name ‚DAVIS' eingenäht?"

„Oh…"

„Das sieht mir nicht nach einem Markennamen aus…"

„Dem alten Forensiker entgeht kein Detail, was?", wurde

Isaacs Lachen leicht verlegen. „Die Wahrheit ist… es sind die Stiefel meines Waffenbruders Korporal Davis. Er… war einer von den Guten."

„Was ist mit ihm passiert?"

„Vermutlich Selbstmord. Ich bin mir nicht sicher. Ich fand ihn tot, genauso wie weitere aus meiner Einheit. Alle mit Pistole in der Hand und Kugel im Kopf."

„Halluzinationen…", grummelte Duke.

„Ja… Das wäre zumindest eine Erklärung. Diese ‚Anderen' vielleicht… wer weiß?"

Isaac sah zu Boden.

„Danke, Hayden… wegen Rain und so. Ich hätte es verstanden, wenn du einfach kurzen Prozess mit ihr gemacht hättest wie mit den Growlern. Du hast vielleicht auch etwas Besseres zu tun, als ständig die Welt zu retten…"

„Es gibt etwas Besseres?", zog Duke die Augenbrauen hoch und schmunzelte. „Aber im Ernst: an dem Tag, da ich nicht länger das Nützliche mit dem Noblen verbinden kann, muss ich den Sheriff-Hut an den Nagel hängen!"

„Teufel auch, Hayden! Warst du schon immer so drauf?"

„Wie… ‚so'?"

„Na, das Nützliche mit dem Noblen verbinden und so… und dabei ein echter Teufelskerl!"

„Ich bin kein Teufelskerl.", schüttelte Duke mit dem Kopf. „Aber um dir eine Antwort auf deine eigentliche Frage zu geben: Nein. Vor zwei Jahren noch hättest du mich nicht wiedererkannt. Da war ich noch richtig grün hinter den Ohren… hatte noch meine biologischen Arme… und gerade einmal eine Menschenseele auf dem Kerbholz – und das war ein Unfall!"

„Kaum zu glauben… ein alter Haudegen wie du?"

„Simplere Zeiten. Naivere Zeiten."

„Und dann hatten sich die Zeiten plötzlich geändert?"

Duke nickte: „Vorher hatte ich keine Ahnung vom

Schicksal der Erde seit dem Ende des Kriegs. Ich wusste nicht, dass sie die Menschen hier im Stich gelassen hatten. Als ich davon erfuhr, ließ es mich nicht mehr in Ruhe. Ich musste diese Ungerechtigkeit wieder geraderücken – zumindest, soweit es meine bescheidenen Fähigkeiten zuließen. Darum bin ich jetzt hier."

„Darum bist du ein Held, Hayden!"

‚Held'.

‚Teufelskerl'.

Diese Etiketten waren Duke zuwider.

„Was ist mit dem Laptop? Hast du ihn in Gang bringen können?", versuchte er daher, die Konversation wieder aufs Konkrete zurückzulenken.

„Hab' ihn erst einmal eingestöpselt und laden lassen. Er dürfte inzwischen so weit sein. Lust, ihn anzuwerfen und einen Blick zu riskieren?"

Duke schmunzelte:

„Den Film kenn' ich schon: ‚Bitte Passwort eingeben' – und wir schauen drein wie bestellt und nicht abgeholt."

„Da liegst du vielleicht nicht falsch, aber man hat schon Trife vor den Metzgerladen scheißen sehen.", gab Isaac zu bedenken.

„Trife können doch gar nicht scheißen…"

„Da siehst du mal, wie viel Suff man haben kann!"

Duke lachte:

„Dem hab' ich nichts mehr entgegenzusetzen!"

Damit verließen sie das Waffendepot, Isaac voran.

Unterwegs sah Duke nochmals durch das kleine Lukenfenster. Es waren keine Trife mehr zu sehen – doch in der Ferne waberte noch immer der tosende Kreischchor der Lacklederneen, gelegentlich unterbrochen vom Kugeldonner aus den Waffenläufen jener Unglückseligen, die ihnen in die Quere kamen… Noch gab es also keinen Grund zu sonderlicher Eile.

Als Duke wieder zu Isaac aufschloss, saß dieser an einem kleinen runden Konferenztisch – der Laptop vor ihm aufgeklappt – mit einer Miene wie zwei Wochen Regenwetter.

„Lass mich raten… Passworteingabe?", grinste Duke.

„Klappe…", knurrte Isaac, und Duke musste lachen.

Isaac drehte den Bildschirm zu ihm hin:

„Der Laptop gehörte einer gewissen Frau Doktor Riley Valentine."

Ein kleines Foto der Dame zierte die Ecke des Passworteingabefensters. Sie schien eine Schnute zu ziehen, während sie über ihre Akademikerhalbbrille mit Kettchen hinweg in die Kamera schielte. Ein echtes Zickengesicht, das etwas von einem gerupften Papageien hatte…

„So, wie sie da dreinschaut, war sie auch immer drauf.", kommentierte Isaac Dukes Stirnrunzeln. „Ich wusste nicht einmal, dass das ihr Name beziehungsweise ihr Laptop ist – aber jetzt habe ich Gewissheit, dass er etwas mit den geheimen Forschungsarbeiten in den Tiefen der Basis in Dugway zu tun haben muss."

„Nicht schlecht.", lobte Duke Isaacs Detektivarbeit. „Aber ohne Passwort kommst du an dieser Stelle nicht weiter, oder?"

Isaac zuckte mit den Schultern.

„Irgendeine Idee, was das Passwort sein könnte?"

„Ich wette, es ist etwas Dämliches wie ihr Geburtsdatum… oder das ihres Hundes."

„Falls das so ist, kann Natalia das Passwort in fünf Minuten knacken. Du kannst noch ein bisschen herumprobieren, aber bis dahin wirst du dich wohl gedulden müssen."

„Ist recht.", wollte Isaac den Laptop schon wieder zuschlagen… da kam er mit dem Ballen seiner Hand auf das berührungsempfindliche Eingabefeld unterhalb der Tastatur.

Ein Piepen erklang.

Ungläubig klappte Isaac den Bildschirm wieder auf.

„Das mit dem dämlichen Passwort muss ich wohl zurücknehmen…"

Duke sah fragend auf den Schirm… dann wieder zu Isaac.

Der grinste breit:

„Die Frau Doktor hat sich die Passwortsicherung gleich ganz gespart. Ich bin drin!"

KAPITEL 11

„Eine optionale Passworteingabe?", kratzte sich Duke am Kinn und nahm neben Isaac Platz.

„Für den Administrator. Aber das normale Nutzerkonto der Frau Doktor ist ungesichert. Man braucht sozusagen nur die Türklinke zu drücken…"

„Und so jemand ist ein hohes Tier in eurer hochgeheimen Forschungsabteilung?"

Isaac zuckte mit den Schultern.

„Pozz-tausend…", schüttelte Duke mit dem Kopf.

Isaac fuhr mit dem Finger auf dem Eingabefeld umher. Ein Menüfenster erschien – darauf unter anderem ein kleines Symbol, das eine Leselupe darstellte.

„Als Erstes durchsuche ich mal den ganzen Laptop nach dem ID-Code der Forschungsabteilung."

War Doktor Valentine tatsächlich so inkompetent gewesen, ihr normales Nutzerkonto ungesichert zu lassen? Oder hatte sie der Nachwelt den Zugriff absichtlich nicht versperren wollen?

Isaac tippte den ID-Code der Forschungsabteilung in das Suchfeld ein. Eine kleine Grafikanimation in Form einer Leselupe erschien, die suchend um einen Computer kreiste. Nach einer knappen Minute erschien schließlich genau ein einzelnes Suchergebnis: ein Verzeichnis mit dem ID-Code als Verzeichnisname.

„Interessant…", murmelte Isaac und dirigierte den Eingabezeiger auf das Ordnersymbol des Verzeichnisses, um es zu öffnen.

Ein neues Fenster erschien, mit demselben Ordnersymbol samt Verzeichnisnamen in der Rahmenzeile. Überraschenderweise enthielt das Verzeichnis nur eine einzige Datei – betitelt mit dem kuriosen Namen:

‚lies_mich.txt'

„Da kommt man sich ja vor wie den Kaninchenbau herabgefallen…", murmelte Isaac.

Er öffnete die Datei, und ein weiteres Fenster voller Text erschien.

Augenscheinlich… ein Brief?

Isaac begann vorzulesen:

„‚Hallo. Ich bin Doktor Riley Valentine. Ich bin die leitende Gentechnikerin des Reaper-Programms des Militärs der Vereinigten Staaten von Amerika. Wenn Sie das hier lesen, sind Sie im Besitz meines privaten Laptops und wissen, wonach Sie suchen. Und es liegt aller Voraussicht nach… mindestens zweihundert Jahre zurück, dass ich diese Zeilen in diesen Laptop eingetippt habe. Ich bin mir sicher, Sie werden sich bald schon selbst beantworten können, woher ich diese Voraussicht nehme… Die Mission des Reaper-Programms besteht darin, ein Mittel gegen die Xenotrife zu finden – sowie gegen jenen extraterrestrischen Aggressor, der dieselben erschaffen und hier zu uns auf unsere einst so schöne Erde geschickt hat. Wir haben den Aggressor noch nicht weiter identifizieren können, aber sicher ist, dass er gezielt und in böser Absicht handelt. Was Sie vielleicht überraschen wird, das ist, dass die Xenotrife und ihre Erschaffer nicht die einzigen biologisch beziehungsweise technologisch hochentwickelten Extraterrestrier sind, die uns auf der Erde bereits besucht haben. Tatsächlich wandeln sie bereits seit Jahrhunderten unter uns: Zwei hochzivilisierte und technologisch extrem fortschrittliche Völker tragen auf der Xenotrife-geplagten Erde einen Konflikt hinter den Kulissen aus, von dem die meisten Menschen und auch die meisten Regierungen und Militärs noch nichts ahnen. Wie Sie inzwischen sicherlich wissen, verfügen wir vom Reaper-Programm nun über klare Beweisstücke, einschließlich biologischer Präparate, die all dies belegen. Nurmehr bleibt uns nichts Anderes übrig, als sie hier für die Nachwelt zu konservieren. Die extraterrestrische Invasion hat nicht erst mit dem Einfall der Xenotrife begonnen, sondern bereits vor mehreren tausend Jahren. Damit erstreckt sie sich über fast die gesamte Geschichte der menschlichen Zivilisation.'"

Isaac hielt an und tauschte mit Duke stirnrunzelnde Blicke aus.

„Kannst du das glauben, Hayden? Die ganze Menschheitsgeschichte hindurch sollen sich irgendwelche mächtigen Aliens in unserer Mitte befunden und einander bekriegt haben?"

„Keine Ahnung, Isaac. Es fällt mir ehrlich gesagt schwer, mir vorzustellen, wie es über all die Jahrhunderte war, als sich die menschliche Zivilisation noch für ganz alleine im All hielt und jeder, der etwas anderes behauptete, mehr oder weniger als Spinner und/oder Märchenerzähler galt. Aber lies weiter!"

Also wandte sich Isaac wieder dem Text auf dem Bildschirm zu:

„'Ebenso hinterlassen wir das Wurmlochportal. Es zu öffnen, war vielleicht unser größter Fehler. Es ist die Büchse der Pandora. Zwei erfolgreiche Expeditionen auf die andere Seite des Portals konnten wir durchführen. Seither haben wir den Durchgang blockiert – aber ganz schließen konnten wir ihn nicht. Was wir auf unserer ersten Expedition durch das Portal vorfanden, war ein Höllenort voll Chaos und Zerstörung, gegen den die Erde selbst inmitten des tobenden Kriegs wie ein Ort der Friedseligkeit wirkte. Dort begegneten wir Xenotrife-ähnlichen Kreaturen, die allerdings in kleinerer Anzahl auftraten und den Xenotrife physisch noch deutlich überlegen waren. Zwei Mitglieder des Expeditionsteams bezahlten jene Begegnung mit ihrem Leben. Auf der nachfolgenden Expedition durch das Portal gelangten wir hingegen auf einen zunächst scheinbar unberührten Planeten, der von riesigen Höhlensystemen durchzogen ist. Wegen des Verlusts unserer beiden Teammitglieder hatten wir uns gezwungen gesehen, ersatzweise zwei der hier stationierten Marines mit auf Expedition zu nehmen. Einer von ihnen kam mit einem gravierenden Parasitenbefall zurück... der andere gar nicht. Das wussten wir zunächst allerdings nicht. Es war ein Fehler, durch das Portal zu gehen. Von einem ‚Parasitenbefall' zu reden, täuscht darüber hinweg, womit wir es wirklich zu tun haben: Keine tumbe Kreatur, sondern etwas Intelligentes, hoch Manipulatives... eine fremde Macht, deren Natur über unseren gegenwärtigen Horizont hinausreicht! Dabei machte das Wesen keine großen Anstalten, sich zu verbergen. Es agierte skrupellos, nahm sich, was es brauchte... und entkam schließlich. Auch das ist zu tief gegriffen: Das Chaos, welches das Wesen auf seinem Weg hinterließ, kostete diverse Menschenleben... einige unserer besten Leute... von der Forschung wie vom Militär. Als Leiterin des Programms trage ich die Verantwortung. Ich habe daher die Schließung der Abteilung veranlasst und die Weiterführung des Reaper-Programms an einen anderen Standort verlegen lassen. Derweil sehen wir der Fertigstellung der USS Deliverance mit großer Hoffnung entgegen. Eine neue Heimat wartet auf uns. Aber selbst wenn wir tatsächlich von der Erde entkommen sollten, bleibt unser Auftrag unverändert: Wir müssen einen Weg finden, zurückzuschlagen! Einen Weg, die Erde zu retten! Da Sie meinen Laptop gefunden haben und nun diese Zeilen lesen, wage ich zu hoffen, dass ich erfolgreich war. Ich wage zu hoffen, dass wir die Invasion zurückschlagen und somit den Krieg und das Chaos beenden konnten – und dass die USS Deliverance somit auf dem Boden bleiben konnte. Dass die Trife nurmehr eine ferne Erinnerung darstellen, dass die Parasiten ausgerottet sind, und dass die ‚Anderen' entweder endgültig besiegt oder zumindest für lange Zeit zurückgedrängt sind. Und doch fürchte ich, dass das Schicksal der Erde nach wie vor besiegelt ist. Der Feind agiert nicht mit jener Hast, die für die Menschheit charakteristisch ist. Er hat Millionen Jahre an Wissen gesammelt und zieht konsequent Schlüsse für sein weiteres Handeln daraus – die er ohne Skrupel und mit umso größerer Beharrlichkeit umsetzt. Welches Ziel er genau verfolgt, weiß ich nicht. Aber er ist noch lange nicht fertig – so viel lässt sich mit Sicherheit sagen. Die Invasionen, die Kriege, das Chaos – das alles hängt nicht an den Trife. Die Anzahl der Überlebenden ist kein Zufall! Die Kommandozentrale glaubt mir nicht, aber ich bin mir dessen sicher! Falls Sie kämpfen können, so kämpfen Sie bitte! Falls Sie alleine dastehen... so beten Sie bitte! Sollten Sie der Feind sein: Gehen Sie zur Hölle! Wie Sie inzwischen sicherlich bemerkt haben, enthält dieser Brief nur wenig, was konkret zu unserem Sieg beitragen könnte. Ich halte nichts zurück. Tatsache ist: Ich habe nichts. Sollten meine Anstrengungen nicht von Erfolg gekrönt sein, und sollte die USS Deliverance ihre Reise zur neuen Heimat angetreten haben, dann werde ich versuchen, von dort aus eine Nachricht zurück zur Erde zu schicken. Ich bange, dass es dann viel zu spät sein könnte – entweder, weil niemand mehr lebt, oder weil niemand mehr die Mittel hat, die etwaigen neuen Erkenntnisse in die Tat umzusetzen. Aber ich werde es versuchen. Im Wesentlichen handelt es sich hierbei um einen Entschuldigungsbrief – für das, was ich getan habe und vielleicht gezwungen sein werde, noch zu tun. Viel Glück! Dr. Riley Valentine. Semper Fidelis.'"

Ungläubig starrten Duke und Isaac gleichermaßen auf die Abschiedsformel.

Immerhin hatte Doktor Valentine selbst gemerkt, dass ihr Brief wenig Substanzielles bot. Eine Entschuldigung? Wem außer ihrem Ego nutzte das etwas?

„Sie war ein Marine – jede Wette!", lag eine aus Dukes Sicht kaum gerechtfertigte Anerkennung in Isaacs Stimme. „Nur ein Marine beendet einen Brief mit diesen Worten!"

„Wenn juckt's, Isaac?", erwiderte Duke mürrisch. „Einen weitgehend nutzlosen, theatralisch schwafelnden Brief hat die Frau Doktor der Nachwelt hinterlassen. Eine Narzisstin, wenn du mich fragst."

„Das sagst du so einfach, Hayden… aber die Dinge, die sie im Brief so beiläufig erwähnt, unterlagen der strengsten Geheimhaltung!"

„Nichts als Wichtigtuerei!", winkte Duke ab.

„Aber was, wenn Doktor Valentine dann tatsächlich nach Proxima ausgewandert ist? Was, wenn sie ihre Forschung dort fortführen konnte? Was, wenn sie uns eine Nachricht schicken wollte, die Menschen auf der Erde diese aber aufgrund des Kontaktverbots oder wegen des Trusts oder weiß der Teufel warum nie bekommen haben?"

Duke grummelte unverständlich durch die zusammengebissenen Zähne. So unsympathisch ihm diese Valentine war, so wenig konnte er Isaacs Einwand von der Hand weisen. Er wusste, dass die Goliaths ihren Ursprung in den Genlaboren Proximas gehabt hatten. War womöglich gar Doktor Valentine daran beteiligt gewesen? Das würde Duke tatsächlich ein Stück Respekt abnötigen – so effektiv und nützlich, wie sich die Riesen im alltäglichen Kampf gegen die Trife erwiesen hatten. Angesichts der Bedrohung, mit der sie es inzwischen zu tun hatten, die weit über die lackledernen Horden hinausging, war auch dies jedoch ein Tropfen auf den heißen Stein. Und an der Torheit des Kontaktverbots und der diesem zugrunde liegenden Mentalität aus Feigheit, Selbstsucht und Arroganz änderte es noch weniger.

„Jedenfalls wissen wir jetzt, dass es Doktor Valentine und

ihr Team waren, die Shurrath Einlass gewährt hatten – und offenbar auch jenen ‚Anderen', also den Axonen.", hob Isaac hervor.

„Die einen den anderen auf den Fersen…", murmelte Duke. „Aber wer wem? Und was geschah damals mit jenen Axonen?"

„Das werden wir vielleicht nie erfahren…", schloss Isaac die Datei wieder. „Jedenfalls werde ich mal schauen, ob ich dem Kasten hier nicht doch noch etwas Zielführenderes entlocken kann – wobei ich mir keine großen Hoffnungen mache, dass Doktor Valentine derart achtlos gewesen ist."

„Gut, Isaac. Wir haben Strom hier. Vielleicht gibt's auf diesem lahmen Vogel sogar Wasser für 'ne Dusche…", erhob sich Duke.

„Darauf ein Pozz!", lachte Isaac und wedelte sich vor der Nase – was Duke grummelnd mit einer hochgezogenen Augenbraue quittierte.

„Lass auch bisschen Warmwasser für mich übrig, okay?", gab Isaac noch solidarisch hinterher, um sich selbst nicht auszunehmen.

„Pozz…", brummte Duke und verließ den kleinen Konferenzbereich wieder.

Zunächst aber ging er wieder in den Schlafbereich hinauf, um nach Rain zu sehen. Sie lag noch immer so, wie er sie gebettet hatte. Ihr Puls hatte an Stärke zugelegt, und sie atmete gleichmäßig.

Duke nahm sich den Stoffbeutel vor und suchte sich das am wenigsten benutzt erscheinende Paar Boxershorts heraus. Das einzige hellgraue unter den ansonsten wahlweise marineblauen oder schwarzen Exemplaren schien ihm diesbezüglich am vertrauenerweckendsten – obwohl glücklicherweise der gesamte Beutelinhalt nach kaum etwas anderem als frischer Wäsche roch.

Tatsächlich befanden sich neben den Toiletten auch zwei Duschkabinen. Sie waren winzig – gerade eben groß genug, um sich umzudrehen und den Kopf nicht an der Decke zu stoßen... vorausgesetzt, man hielt sich ein wenig geduckt. Zu Dukes Leidwesen waren die Duschen geruchlich weniger unauffällig als die Wäsche im Beutel. Er wollte hoffen, dass dies allem voran der Nachbarschaft zu den Toiletten geschuldet war...

Da sonst niemand zugegen war, beschloss Duke, sich keinen Zwang anzutun und sich bereits im geräumigeren Bereich vor den Nasszellen freizumachen. Das erwies sich als leichter gesagt denn getan, da eine Halteklammer des Schutzpanzers unter seinem auch äußerlich inzwischen arg mitgenommenen Sheriff-Outfit infolge der zahlreichen Kampfhandlungen ordentlich vergriesgnaddelt war und nun umso vehementer darauf bestand, ihren Posten zu verteidigen.

Isaacs Hohn war nicht wirklich deplatziert gewesen. Der erste Luftzug, als es Duke endlich gelang, wieder etwas Licht an sein Adamskostüm zu lassen, ließ ihm den Atem stocken. Geruchlich war er tatsächlich ein wandelnder Raubtierkäfig...

Auch optisch stand es nicht viel besser: So war er von allerlei fürchterlichen Blutergüssen und Verkrustungen übersät – deren Anblick im Spiegel ihm teils erst bewusst machte, dass ihm die betreffende Stelle schmerzte.

Überhaupt war die frische Luft an seinen Gliedern einerseits lindernd... andererseits schien ihm diese Linderung die Glieder schwer zu machen. Ein widersprüchliches Phänomen, das ihm schon allzu vertraut war.

Nun, da der Schutzpanzer abgelegt war, ließ sich Bilanz ziehen:

Neun beinahe Durchschüsse zählte Duke und brummte teils erleichtert, teils erschrocken. Ohne den Schutzpanzer hätte sich nicht einmal eine schwarze Katze sicher sein können, mit dem Leben davonzukommen.

Endlich drehte Duke das Wasser auf.

Es dauerte nicht lange und es wurde heiß.

„Ah...", brummte er, als das wohltuende Nass seinen geschundenen Körper hinabzuperlen begann...

...und war mit seinen Gedanken augenblicklich wieder bei Natalia, an einem warmen Frühsommertag in Sanisco.

Die Schuldgefühle ließen nicht lange auf sich warten.

Wie schon so oft ließ er Natalia wieder im Ungewissen. Er wusste, sie würde sich nicht zermartern darüber, würde davon ausgehen, dass er die Dinge schon richtet. Aber er machte sich keine Illusionen, dass das eine Strapaze war, die er seiner geliebten Frau und seiner kleinen Tochter zumutete – ein negativer Posten in der Bilanz ihrer Beziehung, der anderweitig aufzuwiegen war.

Verdammt... er war müde.

Verdammt müde.

Vier Stunden Schlaf würde er sich gönnen – auch Rain wegen. Dann musste es weitergehen.

Komme, was da wolle.

KAPITEL 12

Als Rain die Augen öffnete, war Dukes vertrautes Gesicht das erste, was sie erblickte.

Er zog seine Linke von ihrer Schulter zurück, hatte sie schon sachte wachschütteln wollen, doch die bloße Berührung hatte bereits genügt.

Rain wollte auffahren... doch in Ermangelung ihrer Armprothese fiel sie hilflos zur Seite.

„Sorry, Rain... Wir mussten dir deine Prothesen abmontieren."

„Ich... ich...", rief sie und begann zu schluchzen. „Ich wollte das alles nicht!"

Heiße Tränen rannen ihr aus den Augenwinkeln.

„Ist okay, Rain. Wir glauben dir, Isaac und ich."

„Was... was ist passiert? Alles dreht sich!", fasste sie sich mit ihrer verbliebenen biologischen Hand an die Stirn. „Ich habe gegen euch gekämpft... obwohl ich es nicht wollte... aber dann...?"

„Zum Glück konnten wir dich überwältigen. Dann haben wir dich hierhergebracht."

„Hierher?", blickte sie um sich. „Wir sind... in Junks Airliner?"

„Richtig. Eine Trife-Flut kam – wohl als Verstärkung – und schnitt uns den Weg ab. Wie fühlst du dich jetzt? Bist du wieder du selbst?"

„Ich... weiß nicht... bin mir nicht sicher...", wanderte ihre Hand in ihren Nacken. Mit einem schmerzerfüllten Zischen zog sie diese jedoch rasch wieder zurück.

„Was... was habt ihr?"

„Wir haben versucht, die Khorone zu entfernen, aber sie hat sich mit ihren Tendrillen fest in deinen Nacken hinein-gebohrt."

„Ich spüre sie noch!"

„Ja?", wurde Dukes Blick noch ein wenig besorgter.

„Es ist merkwürdig. Sie ist noch da. Ich kann die telepathi-sche Verbindung spüren... Sie sind alle miteinander verbun-den... Der Durst des Einen ist der Durst aller... Aber es ist so, als hätte die Khorone in meinem Nacken in den Leerlauf geschaltet. Eingeschlafen am Steuer... oder so! Wenn ich den Arm bewege, dann weil ich es will... nicht, weil sie es will..."

Nachdenklich grummelnd fasste sich Duke ans Kinn:

„Und die Trife? Kannst du die Trife spüren?"

„Die Trife...?"

Für ein paar Sekunden sah es so aus, als horchte Rain in ihrem Innern nach. Schließlich nickte sie:

„Ja... Die nächsten Trife sind nicht weit von hier... ein paar Dutzend..."

Einen Moment horchte sie wieder nach.

„Und... wow..."

„Und was?"

„Ich glaube, ich weiß jetzt auch, wo ihr Nest liegt... Es ist fast... als hätte ich es vor Augen..."

„Wenn das so ist...", brummte Duke, „...dann könnte sich die Khorone in deinem Nacken als Glück im Unglück entpuppen."

Rain lächelte und strich sich die Tränen aus den Augen. Auch wenn Duke und Isaac ihr tatsächlich keine Verantwortung an den Untaten gaben, zu denen sie von der Khorone gezwungen worden war, so schuldete sie es ihrem Gewissen, jede Chance zur Wiedergutmachung zu nutzen.

„Nun… Ich schätze, dann kann ich dir deine Prothesen auch wieder anlegen.", rieb sich Duke weiter das Kinn. „Aber dazu müssen wir dich wohl erst wieder zum Speditionstruck zurückbringen, oder?"

„Wie lange ist es denn jetzt her, dass ihr sie mir abmontiert habt?"

„Knapp fünf Stunden etwa."

„Dann können wir es auch gleich hier versuchen! Mit etwas Glück ist die Synchronisation noch nicht ganz verloren!"

„Meinst du?", brummte Duke. Er wusste, dass Rain recht hatte, versuchte aber, noch etwas Zeit zu schinden, um abzuwägen, ob er das Risiko wirklich eingehen wollte.

Was, wenn die Khorone bloß simulierte oder plötzlich wieder zu Sinnen käme?

Andererseits saß ihm die Huckepack-Flucht aus der Tiefgarage in Reno noch in den Gliedern, und er war alles andere als erpicht darauf, sich das Ganze binnen weniger Tage ein zweites Mal anzutun… oder überhaupt jemals wieder.

Derweil brütete Isaac weiterhin über dem Laptop von Doktor Valentine.

„IKE!", riss die vertraute Stimme sein Augenmerk vom Bildschirm fort.

„Rain…", sah er mit großen Augen auf.

Und unter heißen Tränen kam Rain mit ausgestreckten Armen auf ihn zugerannt, Duke wenige Meter hinter ihr. Sie hatte ein neues Outfit: Eine schwarze Lederjacke, enge Bluejeans und dazu zwei wadenhohe Damenstiefel – stilsicher zusammengestellt aus Junks üppigem Klamottensortiment.

Isaac konnte sich kaum rechtzeitig erheben, um Rains innige Umarmung zu erwidern:

„Woah…!"

„Es tut mir so leid, Ike!", schluchzte sie.

Ihre Haare dufteten nach teurem Shampoo.

„Ist schon okay. Du… warst ja nicht du selbst…", druckste Isaac ein wenig überfordert. „Sorry… äh… dass ich dir die Kugel verpasst habe und so…"

Rain musste lachen:

„Ach Ikey-Po-Pikey!"

„Quitt?", grinste er verschämt.

„Quitt!", lächelte sie, mit erneuten Tränen ringend.

„Schaust echt cool aus in deinem neuen Outfit.", bemerkte er.

„Gefällt es dir? An der Jacke war sogar noch das Etikett dran!", stieg nun ein zartes Rosa in Rains stets naturblassen Wangen auf.

„Auf geht's! Turteln könnt ihr später noch!", platzte Duke dazwischen.

„Hey!", protestierten Rain und Isaac im Duett.

Prompt hievte Duke eine große, schwarze, prall gefüllte Sporttasche auf den Konferenztisch und zog den langen Reißverschluss auf – aus dem sogleich die beiden Enden von Rains Sportbogen herauslugten: „Rüstzeit!"

Neben Bogen und Köcher, die Rain wie gewohnt auf den Rücken nahm, gurtete sie sich eine geholsterte M007 um das eine Bein sowie ein Armeemesser um die Wade des anderen Beins. Auch nahm sie gleich die ebenso in der Tasche befindliche schwarze Baseballkappe an sich – die Duke eigentlich für Isaac vorgesehen hatte. Sie fand, dass es eine ausgezeichnete Ergänzung zu ihrem neuen Look war… und außerdem half es ungemein, sich im Eifer des Gefechts die Haare aus dem Gesicht zu halten.

Duke setzte wie gewohnt auf seine beiden treuen, chromblitzenden Revolver – wobei er seine restliche Munition nurmehr auf einen einzelnen Patronengurt zusammengelegt hatte. Der P-70 kam auf den Rücken. Trennen musste er sich schweren Herzens von seinem langen und inzwischen zerfledderten Westernmantel – neben seinen beiden Revolvern, dem Sheriff-Stern und seinen beiden Roboterarmen sein Markenzeichen, wie er fand. Aber manchmal musste Praktikabilität eben Vorrang haben.

Hinzu kam schließlich die gute alte Satteltasche, in der Duke die Centurion-Komeinheit sowie weitere Zusatzmunition verstaut hatte. Darin enthalten auch der Zeremonienspeer im metallbeschichteten Spezialabteil, das die Vorbesitzerin nachträglich eingerichtet hatte.

Der auffälligste Teil von Isaacs Equipment wiederum war nach wie vor Jasons rotblaues Superhelden-Backpack. Wie zuvor war Doktor Valentines Laptop wieder darin verstaut – auch wenn dieser bislang keine weiteren Erkenntnisse von Bedeutung offenbart hatte. Natürlich war Isaacs treue M007 weiterhin seine erste Wahl – auch wenn er sie, nebst eines Armeemessers, aufgrund der Rüstung nun lieber um die Hüfte gegurtet trug.

Angetan von Rains coolem neuen Outfit, ließ Isaac es sich nicht nehmen, sich ebenfalls eine der schwarzen Lederjacken zu holen – ebenso noch mit Etikett. Erst hatte Rain die Augen darüber verdreht – bis er sie daran erinnerte, dass sie ‚seine' Baseballkappe trug.

Über alledem schulterte er gleich zwei Sturmgewehre.

„Okay, Leute…", rief Duke schließlich. „Die Lacklederdichte im Terminal ist mir immer noch zu hoch. Darum geht's über die Notrutsche direkt auf die Piste, und dann quer rüber zurück in Richtung Speditionstruck. Alles klar?"

„Pozz!", rief Rain gleich.

„Klingt nach 'nem Plan.", schloss sich auch Isaac nickend an. Dann aber:

„Was machen wir, wenn die Trife-Flut dort noch immer zu dicht ist, um mit dem Truck durchzukommen?"

„Dann fahren wir eben drumherum.", konterte Duke lapidar.

„Einfach drumherum?"

„Pozz. Einfach erst einmal Richtung Süden, mit Abstecher in Lavega. Ist zwar ein ziemlicher Umweg, aber…"

„Ich wüsste da vielleicht noch eine andere Route, Sheriff…", warf Rain ein.

„So? Dann lass hören…"

„Wir überqueren den Salzsee im Norden der Stadt, und dann gleich westwärts! Der Umweg ist auf alle Fälle kürzer!"

„Wissen wir denn, was uns am gegenüberliegenden Seeufer erwartet?", hakte Isaac nach.

Nach kurzem Zögern musste Rain gestehen:

„Das weiß ich auch nicht so genau. Die Leute hier hatten nie großartigen Grund, die Stadt in die Richtung zu verlassen. Oder überhaupt. Eins muss man Junk ja lassen: Bis wir kamen, hatte er Howl ziemlich Trife-frei gehalten. Vielleicht waren wir am Ende mehr Fluch als Segen für die Stadt?"

„Unsinn.", brummte Duke schroff. „Kurzfristige Verschlechterungen der Situation für mittel- und langfristige Verbesserungen sind entschuldbar."

„Wenn du's sagst, Sheriff…", gab Rain rasch klein bei.

„Aber um den See zu überqueren bräuchten wir so etwas wie ein Boot, oder?", hakte Isaac weiter nach.

„Ein Boot? Nein.", widersprach Rain gleich. „Es gibt dort einen langen, fast schnurgeraden Dammweg, der den See in zwei Teile spaltet. Was man übrigens gesehen haben muss! Denn die eine Seite des Sees ist grün, und die andere ist pink!"

„Pink?", meinte Duke, sich verhört zu haben.

„Ja, pink wie ein rosa Elefant!"

„Eine Kontamination?"

„Nein, ganz natürlich.", gab Isaac dazwischen. „Das liegt am besonders hohen Anteil mineralischer Salze im Wasser einer der beiden Seehälften. Dieser wiederum begünstigt das Wachsen bestimmter Algenarten, was sich in einer Verfärbung des Wassers äußert."

„Jedenfalls habe ich nie gehört, dass dort oben irgendetwas Bedrohliches lauern sollte.", verteidigte Rain ihren Vorschlag weiter.

„Nun…", rieb sich Duke das inzwischen frisch rasierte Kinn, „…die Trife hassen Wasser. Ob salzig oder süß. Von daher ist der Vorschlag vielleicht gar nicht so schlecht…"

„Allerdings werden wir bei der Überquerung des Dammwegs mit dem Truck nicht weit kommen…", schob Rain kleinlaut hinterher.

„Wieso das?", hakte Duke gleich weiter nach.

„Der Dammweg ist fast komplett mit zwei parallel laufenden Metallschienen belegt, die es praktisch unmöglich machen, mit so etwas wie einem Truck darüber zu fahren. Total unpraktisch!"

„Du meinst, es ist eine Eisenbahnstrecke?", wollte Isaac klarstellen.

„Ja, genau sowas!"

„Also lasst uns erst einmal zum Truck zurückkehren, dann schauen wir weiter.", schlug Duke vor.

Seine beiden Gefährten nickten.

„Wie ist das Wetter, Rain?"

Einen Moment ging sie in sich – dann:

„Heiter bis trifig…"

KAPITEL 13

Mit zwei pochenden, metallenen Schlägen sprang die Notausstiegsluke auf.

Vorsichtig trat Duke an die Lukenkante heran und sah hinab. Es ging mehr als fünf Meter abwärts – Direktflug mit Ziel Pistenasphalt.

Der Ausstieg per Notausstiegsrutsche schien ein frommer Wunsch zu bleiben – entweder, weil die Rutsche defekt war, ganz fehlte, oder weil weder Duke noch Isaac noch Rain wussten, was sie hier gerade taten. Dabei war Rain die Einzige von ihnen, die dank ihrer Beinprothesen einen Fall aus dieser Höhe problemlos überstehen konnte. Für jeden normalen Menschen ohne Hilfsmittel war ein Beinbruch praktisch garantiert – wenn nicht Schlimmeres.

Bereits erwies es sich als ungeheures Glück, dass sowohl Duke als auch Isaac nun muskulatorenverstärkte Rüstungen trugen – was zwar ebenfalls keine Garantie war, aber allemal besser als gar nichts. Schmerzlos würde die Landung sehr wahrscheinlich auch so nicht werden...

Eine regelrechte Todesfalle, die nur darauf wartete zuzu-schnappen, stellten die noch immer über das Flugfeld streunenden Trife dar – nicht für sich genommen, sondern aufgrund der Gefahr, dass jeder Gefechtslärm erneut Hundertschaften ihrer weiterhin in relativer Nähe befindlichen Artgenossen auf den Plan rufen und so eine weitere Trife-Flut heraufbeschwören konnte.

„Rain, kannst du das erledigen?", feixte Duke ihr zu. „Lass Diskretion walten…"

Sie erwiderte sein Feixen und zog den ersten von fünf Pfeilen hervor, den sie sogleich spannte.

Ein kurzes Zielen noch… und Abschuss!

Fünf Pfeile. Fünf tote Trife.

Null Aufhebens.

So hatte Duke es gern.

Ohne weitere Aufforderung war es dann auch Rain, die als Erste in die Tiefe sprang. Bei der Landung ging sie ein wenig in die Knie… und schon hatte sie den nächsten Pfeil gespannt, auf der Suche nach der nächsten lacklederenen Zielfigur.

„Alter vor Schönheit…", forderte Duke nun Isaac auf.

„Was? Ich bin mir sicher, ich bin jünger als du!"

„Du bist deutlich über zweihundert, Methusalem!", lachte Duke. „Was ist? Noch nie mit 'nem Fallschirm gesprungen?"

Isaac sah hinab.

„Schon… aber da hat man im schlimmsten Fall wenigstens 'ne Minute vor der Landung…"

„Bei 'nem HALD-Sprung sogar noch viel länger. Schon mal so einen absolviert?"

„Der Kelch ist zum Glück bisher an mir vorbeigegangen… Du etwa?"

Duke nickte emsig – mit einem breiten Lächeln und hochgezogenen Augenbrauen… und nahm Isaacs kaum verhohlenes Entsetzen mit einiger amüsierter Genugtuung zur Kenntnis.

„Lieber ein Ende mit Schrecken als ein Schrecken ohne Ende! In der Kürze liegt die Würze!", gab Duke ihm noch mit auf den Weg – dann gab er ihm mit seiner Rechten einen kameradschaftlichen Schubs zwecks Entscheidungshilfe…

Isaac sprang…

…und landete einen Augenblick später mit einem „Umpf…!" auf allen Vieren. Keine zwei Sekunden darauf hatte er sich bereits wieder aufgerichtet und zu Rain aufgeschlossen.

Jetzt hatte Duke keine Ausrede mehr.

„Los, Sheriff!", riefen Isaac und Rain zu ihm hinauf.

Innerlich sprach er noch ein Stoßgebet… dann sprang auch er…

„UFF!", kam es aus ihm hervorgeplatzt, als ihn die Landung auf all seinen Vieren jeden einzelnen Bluterguss und jede einzelne Schramme am Leib von Neuem spüren ließ.

„Alles okay, Hayden?", rief Isaac, während er bereits einen von Rains kostbaren Pfeilen aus dem betreffenden Trife-Kadaver zurückergatterte.

Duke ignorierte die Nachfrage, um kein weiteres Aufhebens zu machen – auch wenn er sein Schnaufen nicht ganz unterdrücken konnte, während er wieder auf die Beine kam.

„Rain!", rief er stattdessen in Richtung der jungen Bogenschützin. „Du weißt, wie's zum Truck geht?"

„Pozz, Sheriff!"

„Und die Trife-Lage?"

„Wird besser. Ich bin mir nicht sicher, warum, aber sie sammeln sich derzeit nahe des Stadtzentrums. Vielleicht, weil die Einwohner sich dort eingebunkert haben."

„Was meinst du, Hayden? Bereit für ein paar neue Heldentaten?", rief Isaac, halb im Spott, halb im Ernst.

„Was schlägst du vor? Was genau sollen wir tun?", spielte Duke mit hochgezogener Augenbraue den Ball zurück.

„Na, DU bist doch unser Trife-Experte Nummer Eins, Hayden! Wie Rain schon sagte, sind die Menschen hier Trife-Fluten nicht gewohnt… Ich meine, dass wir sie nicht einfach so ihrem Schicksal überlassen können, oder?"

„Wir können… und wir müssen, fürchte ich.", grummelte Duke.

„Ich weiß, deine eigenen Leute haben jetzt erst einmal Vorrang. Aber sie alle sind Menschen, oder nicht? Und die Menschen hier sind der sprichwörtliche Spatz in der Hand, oder nicht?", provozierte Isaac weiter.

Dukes Blick wurde finster.

Er ging geradewegs auf Isaac zu und baute sich vor ihm auf – sah ihm keine zwei Handbreit entfernt direkt in die Augen.

„Versuchen Sie, mich zu verarschen, Feldwebel? Haben Sie mir nicht vor ein paar Tagen noch erzählt, dass es Ihnen gleich ist, wenn Unschuldige hier sterben, weil es in Howl keine wirklich Unschuldigen gibt? Seit wann sind Sie so ein gottverdammter Peacenik?!"

Isaac begegnete Dukes grimmigem Starren mit ausdrucksloser Miene:

„Ich lerne eben auch dazu, Hayden! Du hast mir eine andere Sicht der Dinge gezeigt… aber jetzt frage ich mich, ob du wirklich konsequent bist. Ich meine, es ist nur menschlich verständlich, falls du's nicht bist…"

Schnaubend und ungebrochenen Blicks schien Duke eine Schnute zu ziehen. Dann endlich wandte er sich von Isaac ab… ging ein paar Schritte… sah dann zu Isaac zurück… und stieß ein seufzendes Grollen hervor:

„Dass Sie so gottverdammt recht haben müssen, Feldwebel! Daher wiederhole ich meine Frage, und sie ist ernst gemeint: WAS. SCHLAGEN. SIE. VOR."

Isaac schluckte sichtlich und begann halb schelmisch, halb verlegen zu lächeln:

„Ich hätte da vielleicht tatsächlich eine Idee…"

„Spann uns nicht auf die Folter, Ike!", klinkte Rain sich ein und ließ sich den Pfeil aushändigen.

„Gut, also wir gehen weiter in Richtung Truck… und einer

von uns bezieht dort Stellung. Die anderen zwei kapern den Geschützwagen vorm Eingang zum Terminalgelände."

„Den mit der Railkanone, meinst du…", rieb sich Duke das Kinn.

„Ganz genau! Was für mehrere Hundertschaften von Growler-Wachen gut ist, kann für mehrere Hundertschaften Trife nicht schlecht sein, oder?"

Duke musste schmunzeln.

Ihm gefiel, was Isaac da vorschlug.

„Natürlich wird das längst nicht reichen, um mit einer echten Trife-Flut fertig zu werden.", räumte Isaac ein. „Aber wir können ein paar Schneisen schlagen und so vielleicht ein paar Einwohnern das Leben retten. Und im Truck und im Geschützwagen sind wir relativ geschützt – zumindest, solange wir in Bewegung bleiben."

„Na schön…", rief Duke schließlich. „Du beziehst im Truck Stellung, während Rain und ich uns um den Geschützwagen kümmern."

„Nein, nicht Rain.", widersprach der Marine. „Es ist mein Vorschlag – darum sollte ich vorangehen."

„Unsinn, Ike. Ich muss vorangehen, weil ich wegen meiner Khorone immer noch ein Gespür für die Präsenz der Trife habe.", hielt Rain entgegen.

Duke grübelte sichtlich.

Sollte er sich auf die Rückbank versetzen lassen?

Andererseits… war das nicht gerade die Quadratur des Kreises, nach der er gesucht hatte? Einerseits seinen Prinzipien treu zu bleiben und andererseits besser auf sich aufzupassen, wie er es Natalia versprochen hatte?

„Also gut!", verkündete er schließlich.

„Ihr beiden erledigt das mit dem Geschützwagen und ich übernehme das Steuer des Speditionstrucks. Auf geht's!"

Isaac und Rain nickten mit Nachdruck und machten sich augenblicklich daran, die restlichen Pfeile aus den Trife-Kada-

vern zu bergen. Dann ging Rain voran, quer über das Flugfeld, zwischen zwei kleineren Hallen hindurch.

Plötzlich aber hielt sie inne…

…und im nächsten Moment führte sie ihre beiden
Gefährten rasch hinter einem Metallcontainer in Deckung.

Ohne Rains Führung wären sie geradewegs in eine
nahende Trife-Patrouille hineingerannt. Ihr Gespür für die
Trife-Präsenz war noch feinfühliger, als Duke angenommen
hatte. Auf diese Weise blieben sie für die Lacklederen praktisch unsichtbar – wie eine Bande infiltrierender Ninjas.

Als die drei Gefährten den ausladenden Flughafenter-
minal endlich fast zur Hälfte umrundet hatten, brachen sie
auf, das Areal ostwärts entlang des Flughafenwalls zu
verlassen.

Eine echte Trife-Flut war es auf dem alten Flughafenge-
lände ohnehin nicht mehr – doch zugleich zeugten immer
wiederkehrender Kugeldonner, aufgebrachte Rufe und pani-
sche Schreie sowie aufsteigender schwarzer Rauch in einigen
Blocks Entfernung von dem Ausnahmezustand, in dem sich
die Stadt angesichts dieser für sie neuen Herausforderung
weiterhin befand.

„Trife – und nicht wenige!", warnte Rain erneut – doch im
selben Moment kam eine kleine Gruppe augenscheinlicher
Einheimischer um die gegenüberliegende Gebäudeecke
gelaufen und ging hinter einigen umherstehenden Basarholz-
kisten in Deckung.

Es waren drei Männer und eine Frau.

So kauerten sie mit dem Rücken zu den drei ungleichen
Gefährten – anscheinend ohne etwas von deren Gegenwart
zu ahnen.

„Wirst du fertig mit den Trife?", raunte Duke Rain zu.

Schon hatte diese den nächsten Pfeil gespannt:

„Schätze schon. Aber die Leute da drüben könnten
Probleme machen."

„Okay. Warte erst einmal ab. Ich will schauen, ob ich mit

ihnen reden kann. Wie viel Zeit habe ich noch, bis die Trife hier sind?"

„Zwanzig Sekunden, höchstens.", antwortete Rain zuversichtlich.

Duke vergeudete keinen weiteren Moment und rannte los – möglichst leisen Fußes, um die Pferde nicht scheu zu machen. Es waren Siedler, keine Paramilitärs oder Bandenmitglieder. Gelegenheitsplünderer vielleicht. Sie trugen die typischen Lumpen und führten rostige Schießbüchsen, die eine größere Verletzungsgefahr für sie selbst als für etwaige nahende Trife darstellten.

„Bitte die Herrschaften um Entschuldigung…", kündigte Duke sich schließlich an – und wurde augenblicklich von drei Flintenmündungen und vier Paar Augen mit grimmigem bis angsterfülltem Blick begrüßt.

„Woah… Ich komme in Frieden!", hob er demonstrativ die Hände in die Luft:

„Ihr seid aus dem Ostteil der Stadt, oder?"

„Ja…", antwortete die junge Frau und wechselte verunsicherte Blicke mit zweien ihrer drei Begleiter.

„In all den Jahren haben wir hier noch nie so viele Trife gesehen!", entrüstete sich einer derselben, und der andere pflichtete ihm bei:

„Howl soll eigentlich Trife-frei sein, Mann! Darum sind wir hierhergezogen!"

„Ich fürchte, das wird sich bis auf Weiteres ändern…", erklärte Duke, „…denn inzwischen weht ein neuer Wind in Howl."

„Was meinst du damit?", wurde der Vierte im Bunde hellhörig.

„Das erkläre ich euch später. Wichtig ist jetzt, dass ihr Vier eure Krachmacher schweigen lasst, denn sonst lockt ihr nur noch mehr von den Lackledernen an. Mein Team kümmert sich bereits um das Problem."

„Dein Team?", sah einer der Männer Duke fragend an.

Dieser deutete mit dem Daumen hinter sich. Dann hielt er sich den ausgestreckten Zeigefinger vor die Lippen und ging zu den Vieren in Deckung.

Mit einem Mal war es totenstill.

Dann war das Schaben von Fußkrallen und das Fauchen eines ersten Trife zu hören... direkt auf der anderen Seite der Holzkisten! Die Kreatur hielt inne... und einen Moment darauf konnte Duke zwei weitere Exemplare hören.~~~

Einer der Männer wollte seine Flinte in Anschlag bringen... doch Duke hielt rasch die Hand davor und schüttelte mit dem Kopf.

Da... endlich: das erhoffte Zischen eines von Rains windflinken Projektilen! Zu Dukes Überraschung zielte es zum Terminaldach hinauf – von wo aus prompt ein weiterer Lacklederner vornüber hinabpurzelte, um mit einem dumpfen Schlag auf die Steinplatten am Boden vor dem Terminal endgültig das Zeitliche zu segnen.

Dessen drei Artgenossen vor den Basarkisten hatten offenbar davon Notiz genommen und quittierten dies mit schwellendem Fauchen und Kreischen in Rains Richtung.

Zwei der Lackledernen kamen nun um die Kisten herumgelaufen. Der dritte krabbelte prompt darüber und machte einen beherzten Satz – direkt über Duke und die vier Siedler hinweg, ohne deren Gegenwart zu bemerken...

...bis ihn Duke am Knöchel packte und er hilflos kreischend flach vornüber fiel.

Kaum weniger überrascht wichen die Siedler auseinander. Unbeirrt zog Duke den gepackten Trife am Bein zu sich, packte denselben schließlich am Schlafittchen... und zerschlug dessen unförmig länglichen Schädel auf dem Asphalt, als handele es sich um ein faules Straußenei.

„Urgs...", wandte sich die Frau ab und vergrub ihr Gesicht in den Armen eines ihrer Begleiter.

Mit einem weiteren Zischen erhielt der zweite Trife schließlich ein unfreiwilliges Schädelpiercing durchs linke

Auge, dem er sich nur noch weniger Sekunden lang mit wildem, unkontrollierten Zucken zu erwehren versuchte… während sein Kollege gleichsam intime Bekanntschaft mit Isaacs Armeemesser machte.

Zufrieden schmunzelnd sah Duke zu den vier Siedlern:

„Seht ihr? Leise ist weise, wie der Volksmund sagt."

Fragend und erleichtert zugleich sahen diese einander an. Derweil lief Rain die Kadaver ab, um die verschossenen Pfeile einzusammeln – und Isaac schloss zu Duke auf.

„Rain sagt, die Luft ist erst einmal wieder rein.", gab er an ihn weiter.

„Pozz. Zum Truck ist es nur noch ein Katzensprung."

„Wir wollen mit!", rief die junge Siedlerin… und wechselte abermals verunsicherte Blicke mit zweien ihrer Begleiter. Der dritte pflichtete ihr bei:

„Ganz recht! Wir wollen hier weg! Und wir helfen, wenn wir können!"

„Zeigt uns eure Brandmarken!", kam Rain hinzu und forderte die Siedler auf.

Erneut sahen diese einander fragend an, leisteten dann aber rasch Folge und krempelten ihre Ärmel hoch.

Der kleinste der drei Männer schien mit seiner ‚Brandmarke' Rains besonderes Augenmerk erheischt zu haben.

„Du bist also aus Smythe, hm?"

Er nickte:

„Habe der Farm den Rücken gekehrt, weil die Growler uns besseren Schutz boten. Heute Abend soll ich bei Junk vorsprechen."

„Kannst du dir abschminken.", klinkte Isaac sich ein. „Der Kerl ist nicht mehr."

Erneut fragende Blicke unter den vier Siedlern.

„Ihre Herkunft ist okay, Sheriff.", schloss Rain die Musterung schließlich ab. „Aber eine Garantie, dass man ihnen über den Weg trauen kann, ist das natürlich nicht."

„Oh bitte!", beschwor die Siedlerin erneut. „Wir sind

rechtschaffene Leute! Farmer und Handwerker! Wir wollen nichts, als in Frieden zu leben! Bitte helft uns, von hier fort zu kommen!"

„Also schön...", brummte Duke schließlich. „Ihr Vier macht genau, was ich sage. Und wenn ich nichts sage, dann haltet ihr den Ball immer schön flach. Verstanden?"

Die Frau nickte emsig, und die drei Männer schienen auch keine Einwände zu haben.

„Dann mir nach.", gab Duke ihnen noch ein Handzeichen – und angeführt von Rain, gefolgt von Isaac und Duke setzte sich die nunmehr siebenköpfige Gruppe in Bewegung.

Endlich erreichten sie die zerschossene Eingangspforte des Flughafenareals. Der Speditionstruck und der Geschützwagen lagen in jeweils etwa hundert Metern Abstand je auf einer Sichtlinie.

Duke wandte sich zu den Siedlern:

„Wir fünfe rennen zum Speditionstruck dort. Ich setze mich ans Steuer und ihr vier macht es euch im Laderaum bequem. Alles klar?"

„Alles klar!", machte sich die junge Frau erneut zur Sprecherin der Vier.

Dann zu Rain und Isaac:

„Weidmannsheil!"

...und mit einem raschen Nicken waren die beiden bereits flinken Fußes auf dem Weg in Richtung des Geschützwagens.

„Auf geht's!", brummte Duke, und die Gruppe der Siedler folgte ihm in Richtung des Speditionstrucks.

Fast alle verbliebenen Trife mussten sich inzwischen im Stadtzentrum versammelt haben. Außer ein paar vereinzelten Scouts in der Ferne war nichts mehr von ihnen zu sehen. So erreichten Duke und die Siedler den Speditionstruck ohne weitere Zwischenfälle.

Er öffnete den vieren die Türen in den Laderaum und ging selbst rasch zur Fahrerkabine durch.

„Ach du heilige Scheiße!", hörte er da einen der Männer raunen. „Das Zeug hier muss ein Vermögen wert sein!"

Duke gefiel ganz und gar nicht, wie der Kerl das sagte. Mit einem Fuß in der Fahrerkabine blieb er stehen. Plötzlich war es wieder totenstill geworden.

„Schlagt euch das aus dem Kopf…", knurrte er, ohne sich umzudrehen. Er konnte die Läufe ihrer Flinten bereits im Rücken spüren.

„Wenn wir am Salzsee ankommen, lassen wir den Speditionstruck ohnehin zurück. Wenn ihr ihn dann haben und verscherbeln wollt: Bitte."

„Oder wir sparen uns den Umweg!", rief die junge Frau mit einem plötzlich merklich anderen Tonfall als zuvor.

„Dann spart ihr am falschen Ende. Wenn ihr glaubt, mir mit euren lächerlichen Schießbüchsen in den Rücken fallen zu können und dann mit dem Leben davonzukommen, täuscht ihr euch gewaltig. Wir machen mit euch genauso kurzen Prozess wie mit den Trife vorhin."

Dukes Blick fiel auf den Innenspiegel.

Er konnte genau sehen, wie hin- und hergerissen die vier Siedler waren.

„Ihr seid doch vier schlaue Leute.", ergriff er erneut das Wort. „Sonst wärt ihr nicht mehr am Leben. Geduldet euch ein bisschen, dann könnt ihr den Truck haben, und alles, was in ihm ist. Wenn die Menschen einander Wolf sind, gewinnt nur der Feind!"

„Was laberst du da, Großmaul?", rief einer der Männer, und Duke konnte hören, wie die anderen vergeblich versuchten, ihn zur Zurückhaltung zu bewegen. „Was für ein Feind? Meinst du die Trife? Die juckt es einen Scheiß, was wir tun oder lassen! Die drehen so oder so ihr eigenes Ding! Und bis gestern haben wir uns ja ganz gut mit ihnen arrangiert!"

„Weil Junk mit dem Feind gemeinsame Sache gemacht hatte. Und jetzt ist er tot!", konterte Duke und fuhr fort:

„Nur wenn wir Menschen alle an einem Strang ziehen, können wir jemals wieder die Oberhand gewinnen."

Einer der Siedler lachte lauthals:

„‚Die Oberhand gewinnen'? Was bist denn du für ein Träumer?"

Ein lautes Brummen ließ Duke aufhorchen und rasch und unauffällig durch das Beifahrerfenster schielen. Der Geschützwagen hatte sich in Bewegung gesetzt! Duke schmunzelte:

„Eine kleine Demonstration gefällig?"

KAPITEL 14

Rain sprang auf und hatte sogleich beide Hände am Railgeschütz – als hätte sie ihr Leben lang nie etwas anderes getan.

Im nächsten Moment war Isaac mit einem ebenso beherzten Satz in den Fahrersitz gerutscht. Ein Knopfdruck genügte, um den Motor anzuwerfen.

Noch überraschender als diese Tatsache fand Rain jedoch, dass ihnen nicht bereits jemand anderes zuvorgekommen war. Andererseits hatte sie selbst ja unlängst dafür gesorgt, dass so ziemlich jeder in ihrer Nähe das Weite gesucht hatte...

Sie kniff die Augen zusammen...

Sie hatte mitansehen müssen, zu welchem Terror die Khorone sie benutzt hatte. Besonders perfide daran war, dass sie Rain dabei die Illusion gelassen hatte, nach wie vor die Kontrolle über ihren Körper zu haben... dass es Rains eigene Entscheidung gewesen sei, all die Unschuldigen zu töten.

Viel zu bewusst hatte sie an alledem teilhaben müssen.

Mehr noch: Mit jedem neuen Opfer hatte die Khorone unbeschreibliche Glücksgefühle in ihr hervorgerufen!

Rain hatte geglaubt, schlicht übergeschnappt zu sein. Jetzt war sie einerseits mehr als erleichtert darüber, dass dies nicht der Fall gewesen war. Andererseits fühlte sie sich nun umso mehr benutzt und beschmutzt... und die Schuldgefühle nagten noch immer an ihr – unbegründet oder nicht. Sie hatte jenen Durst gespürt. Jenen euphorischen Blutdurst, der nun im Rückblick drohte, ihr den Magen umzudrehen.

„Festhalten!", rief Isaac, und die plötzliche Beschleunigung des Fahrzeugs holte Rain dankbar ins Hier und Jetzt zurück.

Nun bemerkte sie auch den scheinbar endlosen Flechettengurt, der aus dem Geschütz hinab bis in eine große Munitionskiste führte, in der er sich zu einem mehrlagigen Stapel zusammenlegte. Daneben stand gleich eine weitere, augenscheinlich noch ungeöffnete Munitionskiste. Insgesamt mussten das über tausend Schuss sein – jeder einzelne davon stark genug, um zentimeterdicken Panzerstahl zu durchschlagen.

Die martialische Genugtuung, die dies versprach, trieb Rain ein fast unwillkürliches Lächeln auf die Lippen – eine Regung, für die sie sich jedoch alles andere als schuldig fühlte. Ein wenig erstaunt war sie schon darüber, wie wenig sie ihr Leben als einsiedlerischer Bücherwurm vermisste, der seine geplünderte Streichwurst mit den Kojoten teilte – selbst jetzt, da ihre Schwester tot war und ihr lange gehüteter Plan, sie aus Junks Fängen zu befreien, gescheitert war. Doch lag dies wohl daran, dass die Rechnung dafür noch nicht vergolten war.

Außerdem war da der Sheriff.

Irgendetwas riet ihr, an seiner Seite zu bleiben. War es vielleicht sein unerschütterlicher Idealismus? Oder dass er gewissermaßen ein Ersatzling war wie sie selbst? Er kämpfte für die gute Sache, für eine Zukunft, für die sonst kaum jemand auf diesem Planeten zu kämpfen schien... und das gab ihr ein Gefühl von... Hoffnung?

Weniger klar noch war ihr, welche Rolle Isaac in ihren Augen einnahm. Es gab Momente, da war er so etwas wie ihr

kleiner Bruder… dann aber wieder eher ihr großer Bruder…
oder vielleicht doch etwas ganz Anderes?

Sie hatte in der Stadt bleiben und aus Howl ‚Salt City'
machen wollen, um ein Stück weit die Arbeit des Sheriffs
vorwegzunehmen – in der Hoffnung auf eine baldige
Gemeinschaft mit Sanisco und eine Aufnahme in die Vereinigten Westlichen Territorien. Dann aber war plötzlich wieder
alles aus dem Ruder geraten…

Dabei fragte sie sich noch immer, wann die Khorone
überhaupt von ihr Besitz ergriffen hatte. Vermutlich bereits
auf der ersten Fahrt im Speditionstruck nach Howl. Aber war
der Kanister nicht die ganze Zeit verschlossen geblieben? Sie
war noch nicht einmal in seine Nähe gekommen. Und
geschlafen hatte sie in der Zwischenzeit auch nicht… oder
etwa doch?

Nicht nur, dass sie sich nicht an den Moment der Inbesitz-
nahme erinnern konnte – nicht einmal eine Erinnerungslücke,
die dies erklären könnte, konnte sie feststellen.

Die Khorone musste ihre Erinnerung nachträglich mani-
puliert und die entsprechende Episode entweder unzugäng-
lich gemacht oder gleich ganz ausgelöscht haben…

Das war neu.

Bisher hatte es stets so geschienen, dass sich die Khoronenwirte über ihre ‚Aszension' vollkommen bewusst waren –
ob diese nun freiwillig geschehen war oder nicht. Auf diese
Weise aber… würden sich die Khoronen künftig ganz unbemerkt ausbreiten können…

Vorsichtig fuhr Rain mit dem Finger über die Narbe an
ihrem Nacken – zog ihn aber rasch wieder zurück.

Ihr fröstelte.

Wenn es eine Erinnerungslücke gab… dann wusste nur
der Teufel, was in der Zwischenzeit geschehen war und wie
genau die Khorone den Weg in ihren Nacken gefunden hatte!
War sie womöglich erneut gefangen genommen und an einen
Stuhl gefesselt worden?

„Rain, verdammt! WO LANG?!", riss Isaacs ungehaltene Stimme sie aus den Gedanken.

„Sorry, Ike!", rief sie, ließ ihren Blick rasch über die Umgebung huschen und kniff dann die Augen zusammen, um sich auf ihre Wahrnehmung der Trife-Präsenz zu konzentrieren. Es war ein eher diffuses Kribbeln... wie Ameisen unter ihrer Schädeldecke. Und in Richtung des Stadtzentrums wuselte ein ganzer Ameisenhaufen!

„LINKS!", rief sie schließlich, und ihr Augenmerk fiel auf einige der dunklen, dichten Rauchschwaden, die aus dem Häusermeer emporstiegen.

Um den Flughafen herum lagen hauptsächlich Wohngebiete: alte Wohnhausruinen, mitunter vormalige Hotels, in denen nun vor allem das Growler-Fußvolk hauste – also die Ranglosen, Untätowierten unter ihnen. Das waren gewöhnliche Siedler, die Junks Angebot von relativer Sicherheit und einem bescheidenen Auskommen gefolgt waren... im Grunde wie Lucia damals. Und wie anfangs auch Lucia waren sie keine schlechten Menschen. Ihre Rufe und Gewehrschüsse waren es vor allem, die das Kreischen der Trife durchdrangen.

Rain entsicherte das Railgeschütz... zielte grob... und zog den Abzug:

FUMP!

Der wuchtig bassige Schlag des Probeschusses, gefolgt vom Flug eines rotglühenden Bolzens und vom kurzen Nachrattern der Munitionskette, ließ sie bis über beide Ohren grinsen.

„Die nächste rechts!", rief sie, und Isaac gab ihr ein Daumenhoch.

„Geh vom Gas! Ich fege von der Seitenstraße aus die Häuserschluchten durch!"

Isaac aber schien diese letzte Anweisung zu ignorieren und fuhr geradewegs weiter auf den pechschwarzen Teppich zu, der sich in einigen Blocks Entfernung gebildet hatte.

„Ike, was machst du?! Wir können nicht mitten hineinfahren!", rief Rain und eröffnete das Feuer auf die lackledernen Massen.

„Wenn wir nur ein bisschen an den Randbereichen wegtrimmen, können wir uns die Sache auch gleich sparen!", rief er zurück.

„Der Sheriff zählt darauf, dass wir uns die Hintern nicht verbrennen, Ike!"

„Der Sheriff zählt darauf, dass wir die Sache ordentlich machen und die Menschen retten! Also was soll's sein: Hüh oder hott?"

Rain seufzte.

Einerseits wollte sie kein unnötiges Risiko eingehen, sich erneut retten lassen zu müssen… andererseits waren sie hier, um Nägel mit Köpfen zu machen.

Sie kam zum Entschluss:

„Volle Fahrt voraus, Ike!"

KAPITEL 15

Isaac trat das Pedal bis zum Anschlag durch.

Der Geschützwagen war kein Rennbolide und brachte es auch so nur auf maximal fünfzig Sachen – weiter ging der Tacho auch gar nicht.

Aus dem pechschwarzen Teppich wurde allmählich ein tumulthaftes Gewusel. Lodernde Flammen tauchten alles in ein orangenfarbenes Flackern. Der funkendurchzogene Rauch schnürte einem die Kehle zu. Ohrenbetäubender Kugeldonner übertönte den Kreischchor der Trife und die Rufe der Menschen gleichermaßen. Es war Krieg!

Wer auch immer da Widerstand leistete – Isaac und Rain waren nun dessen Alliierte. Wenn die Plage der Trife irgendetwas Gutes an sich hatte, dann das, dass sie selbst geschworene Todfeinde gegen sich vereinen konnte. Das war ein ungeschriebenes, aber ehernes Gesetz.

Nur noch wenige Meter von der Trife-Front entfernt, schlug Isaac ein und trat auf die Bremse. Quietschend kam der Geschützwagen zum Stehen.

Wie schwarze Eisenspäne um einen Magneten schienen sich die Trife hier um das von hier aus nicht einsehbare Zentrum des Widerstands zu scharen.

„Volles Rohr, Rain!", rief Isaac.

Rain nickte, lenkte den Lauf des Railgeschütz mitten auf das lacklederne Gewimmel... und zog den Abzug durch.

Wie der Techno-Beat aus Junks Terminalbasar nach einer Überdosis Koffein paukten die rotglühenden Flechetten hervor und frästen einen regelrechten Graben in die tumbe Horde. Teils standen noch immer die qualmenden, abgetrennten Waden der Lacklederen da – derart geschmeidig waren sie von den Füßen gefegt worden.

„WOOHOO!", rief Rain begeistert und begann, das Geschütz hin- und herzubewegen, um die Flechetten breiter aufzufächern.

Erst jetzt nahmen die ersten der gelb funkelnden Schlangenaugen überhaupt Notiz von der sprichwörtlichen Kavallerie. Isaac ließ den Motor aufheulen. Sie hatten nur einen Überraschungsmoment – und er wollte ihn ausreizen.

„Draufhalten, Rain!"

Sie ließ es sich nicht zweimal sagen, und hatte binnen weniger Sekunden bereits drei weitere Dutzend der dämlich glotzenden Höllenschergen niedergemäht. Ein regelrechter Regen aus abgerissenen Trife-Gliedern prasselte auf das Straßenpflaster herab – als hätte ein Jongleur sie in die Luft geworfen und noch vor dem Auffangen Feierabend gemacht...

Allmählich wandte sich nicht nur das Augenmerk, sondern auch die Angriffsrichtung der Trife auf die Angreifer, die ihnen derart brachial in den Rücken gefallen waren. Die Trife-Woge begann allmählich, zurückzuschwappen – perfekt!

„Festhalten, Rain!", rief Isaac und ließ die Räder durchdrehen.

„IEK!", schrie diese, da im selben Moment bereits zwei der Lacklederen zu ihr aufgesprungen waren.

Letztere hatten sicher mit einigem gerechnet – nicht jedoch mit einer jungen Frau mit der Kraft zweier Mulis in den Beinen! Genauso schnell, wie sie auf den Wagen aufgesprungen waren, flogen sie postwendend im hohen Bogen wieder von ihm herunter – und Rain beinahe hinterher, da sich das Fahrzeug rasant in Bewegung setzte.

Im Rückspiegel konnte Isaac sehen, dass sich der pechschwarze Trife-Teppich entzwei zu teilen begann... Verdammt!

Das Feld der Angreifer so zu spalten, war besser als gar nichts, aber nicht optimal. Zu gerne hätte Isaac die gesamte Masse auf sich gelenkt. Dabei waren Geschwindigkeit und augenscheinliche Entschlossenheit der zurückschlagenden Woge beträchtlich: Im Nu galoppierten die ersten unter ihnen auf allen Vieren an den steilen Hauswänden entlang, während andere ihrer Artgenossen mit gewaltigen Sätzen versuchten, wahlweise zu Rain auf den Geschützwagen aufzuspringen oder sich demselben in den Weg zu werfen.

Derweil war es auf der Geschützplattform verdächtig still geworden...

„Rain, alles okay?", rief Isaac, während er durch die vergeblichen Blockadeversuche der vors Fahrzeug gepreschten Lackledernen pflügte.

Keine Antwort.

Isaac sah zurück.

Rain hielt sich unerschrocken weiter an den Führungsgriffen des Railgeschützes fest und federte die Erschütterungen des Fahrzeugs mit geschmeidigen Bewegungen ab... doch ihre Augen waren verschlossen.

Meditierte sie? War sie in Trance?

„RAIN!", brüllte Isaac.

„Still, Ike! Ich versuche, mich zu konzentrieren!", gab sie ihm schroff zurück, ohne ihn eines Blickes zu würdigen.

Also schön. Isaac wollte sich denn auch auf seine momentane Aufgabe konzentrieren und wandte den Blick wieder auf die Straße.

Noch zwei Blocks, ehe er in die Querstraße einzubiegen gezwungen wäre. Bis dahin musste er Abstand gewinnen.

„Komm schon...!", versuchte er, den letzten Tropfen Diesel aus dem Pedal zu quetschen.

Immer wieder warfen sich weitere Lacklederne in den Weg... und Isaac fragte sich unwillkürlich, ob sie sich wissentlich opferten, im Versuch, ihn so zu verlangsamen. Teilweise gelang es ihnen.

Aus Rücksicht auf Rain – sowie zur Vermeidung eines Achsenbruchs – musste Isaac die während seiner Marine-Ausbildung angeeigneten Buckelpistenfertigkeiten ausreizen, was zumindest gelegentliches Vomgasgehen und/oder Ausscheren erforderlich machte.

Die letzte Querstraße war nur noch wenige Sekunden entfernt... da begann von ihrem Ende rechterhand eine weitere schwarze Woge heranzurollen. In typischer Trife-Manier versuchten die Lacklederen, dem Geschützwagen den Weg abzuschneiden und ihn einzukreisen. Verdammt...

Gerade wollte Isaac einen weiteren Versuch wagen, Rain aus ihrer Meditation zu holen – doch schon setzte ein erneuter Flechettensturm ein, der direkt auf die auf der Quer-straße nahende Trife-Front gerichtet war... und seine verhee-rende Wirkung kaum verfehlte:

Die Geschosse verschonten weder Trife noch Backstein noch Glas und Beton, und bald schon begann eine graue Schuttwolke, sich über die teils zerfetzten, teils noch zuckenden Kadaver zu legen.

„Bieg nach rechts!", rief Rain und unterstrich mit einer beherzten Handbewegung unmissverständlich, welches Rechts damit gemeint war.

„Was?!", entgegnete Isaac der scheinbar widersinnigen Anweisung, da die Trife von hinten wie von rechts nahten und der Weg nach links frei schien... bis ihm etwas aufging:

„Wie ist die Lage, Rain? Was siehst du?"

„Das ist es ja, Ike: Wir werden umzingelt, egal, in welche Richtung du biegst. Aber nach rechts ist besser – vertrau mir!"

„Wir sitzen in der Falle?!"

„Jep."

„Shit…"

Das Hämmern der Flechetten drängte den von rechts nahenden pechschwarzen Teppich weiter zurück…

Isaac tat wie angewiesen und bog nach rechts.

„Nicht vom Gas gehen! Die nächste links!"

„Shit…", raunte Isaac erneut, da die Straße inzwischen mit Trife-Kadavern gepflastert war.

„FESTHALTEN!", rief er noch, als die sich stapelnden Lagen toten Trife-Fleischs das Bersten der Knochen unter den bulligen Rädern des Geschützwagens zunehmend absorbierten und das Fahrzeug buckeln ließen wie ein Wildpferd.

Isaac konnte hören, wie Rains Roboterglieder unter der Belastung aufheulten – sie waren zweifelsohne das Einzige, was die zierliche Schützin noch an ihrem Platz hielt.

Die Trife-Front kam immer näher, und das Buckeln des Geschützwagens wurde immer heftiger. Isaac sprach ein stilles Stoßgebet, auf dass die Achsen durchhalten mochten… dann schlug er hart nach links ein – so unglücklich, dass die Reifen den letzten Kontakt zum mit Trife-Kadavern gepflasterten Untergrund verloren und der Geschützwagen seitlich aus der anvisierten Fahrspur flog.

„Woah…!", rief Rain, während das Fahrzeug im Flug der Länge nach um fast fünfundvierzig Grad zur Seite wegkippte.

Isaacs Konzentration ließ ihm den Sekundenbruchteil wie einen Moment der Ewigkeit erscheinen. Würde das Fahrzeug auf der Seite landen, so wäre die Fahrt jäh zu Ende…

Isaac schluckte…

Doch statt umzukippen verlangsamte sich die Neigung des Fahrzeugs plötzlich wieder… und kam bei etwa sechzig Grad Seitenneigung zum Erliegen…

Isaac begriff erst gar nicht, was vor sich ging. Er sah zu Rain zurück, die sich weiterhin mit beiden Händen am Railgeschütz festklammerte... und sich dabei mit heftigem Strampeln ihrer Roboterbeine die Trife vom Leib hielt.

Rasch schob sich Isaac aus dem unverglasten Beifahrerfenster hinaus, um einen Überblick zu bekommen, was gerade vor sich ging. Es war ein Bild fürs Lagerfeuer:

Der gesamten Länge nach lag der zur Seite gekippte Geschützwagen nurmehr auf einem Wulst wütend protestierender Trife auf und machte sie so zu einer unfreiwilligen, polsternden Leitplanke aus lackledernen Dämonenkörpern, die den Sturz des Fahrzeugs auffing!

Das Kreischen der empörten Höllenknechte wurde ohrenbetäubend... und Isaac zog sich rasch wieder hinters Steuer zurück, da das Fahrzeug ominös zu knarzen und zu quietschen und sich schließlich wieder in Bewegung zu setzen begann... denn die nachrückenden Trife-Massen stießen das Fahrzeug zurück auf seine Spur!

Mit einem heftigen Schlag fiel es auf alle sechse seiner Räder zurück – und Isaac gab Gas!

„Macht's gut, Trottel!", lachte er und sah nochmals zu Rain zurück, die weiter tapfer die Stellung hielt.

Doch die Euphorie hielt nicht lange an.

Denn die kleine Stunt-Einlage hatte sie wertvolle Sekunden Zeit gekostet – Zeit genug, dass die Trife-Flut den nächsten Block umströmen konnte und ihnen nun abermals von der gegenüberliegenden Querstraße aus entgegenkam. Vom Regen in die Traufe: Der Geschützwagen wurde erneut umzingelt!

Klick... Klick... Klick...

Isaac sah auf.

„Shit! Ich muss 'ne neue Munitionskette einlegen, Ike!", rief Rain. Das hatte noch gefehlt...

Es war einfach nicht genug Zeit!

Schon erreichte der Trife-Teppich die Kreuzung und schnitt dem Geschützwagen den Weg ab. Isaac trat auf die Bremse. Trife-Teppich vorn, Trife-Teppich hinten.

Er sah an den umliegenden Wohngebäuden hinauf – die Lackledernen kamen bereits über die Dächer und Balkone gekrabbelt...

„Und was jetzt, Miss Cleo?", rief er zu Rain zurück.

„Was fragst du mich? Lassen Sie sich was einfallen, Monsieur Poirot! Sie sehen genauso gut wie ich, was los ist!"

Isaacs Atem stockte.

Das Herz schlug ihm bis unter den Scheitel.

Die Drecksviecher kamen von überall!

Verzweifelt zog er seine M007 und schoss zwei der nächsten Lackledernen nieder. Reine Munitionsverschwendung... aber es half ihm, klaren Kopf zu bewahren.

So fiel sein Augenmerk auf eine breite, teils offenstehende, lediglich mit ein paar morschen Holzplanken vernagelte Ladenfront zu seiner Linken.

Es war ein ehemaliger Supermarkt – leergeräumt und verlassen seit sicherlich gut zweihundert Jahren.

Wäre doch gelacht, wenn... – dachte Isaac sich.

Erneut schlug er das Lenkrad ein und gab Gas – direkt auf den offenstehenden Bereich in der Ladenfront zu.

„Duck dich, Rain!"

„Was tust du?!", rief sie zurück, folgte der Anweisung aber rasch.

Und mit einem dreifachen Holpern überquerte der Geschützwagen die Bordsteinkante, um im nächsten Moment laut krachend durch die morschen Bretter zu brechen, die den breiten Bürgersteig von den Reihen leerstehender, mit einem dicken Flaum aus Staub und Spinnenweben belegter Supermarktregale trennte.

Eine Woge aus Holzsplittern und Scherben prasselte über den Boden, als Isaac das Fahrzeug nach ein paar Metern kurz anhielt, um den Blick über die sich vor ihm ausbreitenden Räumlichkeiten wandern zu lassen:

Ein grauer, ebenso von dickem Staub und einigem Unrat bedeckter PVC-Boden erstreckte sich scheinbar bis zum Horizont. Zwischen den hellen Regalen ragten in regelmäßigen Abständen dicke, dunkle Rundsäulen von der mattschwarzen Decke hinab.

„Alles in Ordnung, Rain?"

„Uh... geht so...!", hustete sie und umklammerte auf dem Bauch liegend die Basis des Railgeschützes – ihr Rücken bedeckt von einer Schicht aus Staub, Holzsplittern und kleinen Glasscherben.

Mit Adleraugen scannte Isaac das weitläufige Interieur entlang der waagerechten Linie, entlang derer sich die Decke und der Fußboden in der Ferne zu treffen schienen.

„Sie kommen, Ike!", warnte Rain.

Der Moment der Wahrheit:

Hatten sie sich gerade in eine Sackgasse manövriert, die ihr Schicksal nur noch hinauszögerte? Oder würde sich Isaacs Kalkül bestätigen, indem sich der Supermarkt über den gesamten Gebäudeblock erstreckte, sodass am anderen Ende ein weiterer vernagelter Ein- und Ausgangsbereich wartete?

Von hier aus konnte Isaac es nicht erkennen... aber für gewöhnlich lag ein solch hinterer Ein- und Ausgangsbereich genau gegenüber dem vorderen. Also trat er erneut aufs Gas und fuhr schnurgerade weiter – zwischen den Rundsäulen hindurch in die Dunkelheit hinein.

Krachend und scheppernd flogen Regale und alte Werbeschilder durch die Gegend... und schließlich auch ein paar unbekleidete Schaufensterpuppen...

Dann, endlich, begann sich die Dunkelheit wieder zu lichten – irgendwo kam Tageslicht herein!

„Zwei Uhr!", rief Rain.

Isaac sah es auch:

Mehrere haarfeine, leuchtend weiße Linien bildeten ein waagerechtes Muster, das die Ritzen zwischen den Holzbrettern verriet, mit denen der hintere Ein- und Ausgangsbereich vernagelt war.

Was dahinter lag? Hoffentlich bloß der Bürgersteig...

Das donnernde Krachen berstender Bretter scheuchte die Tauben und Ratten auf, als der Geschützwagen in die eben noch verschlafene Seitengassenidylle hereinbrach und mitten in die dreifach gestapelten schwarzen Müllsäcke fuhr, die hier schon seit Gott weiß wie langer Zeit vor sich hinrotteten.

„UÄH...!", rief Rain, als der Inhalt eines der soeben zerplatzten Müllsäcke auf den Geschützwagen niederging.

Zum Glück bestand das meiste davon aus leeren Einwegflaschen, aufgerissenen Plastikfolien und anderem Verpackungsmaterial... doch der faulig süße Geruch der fast schon mumifizierten Lebensmittelreste dazwischen ließ Rain würgen. Isaac bekam nur einen ungleich kleineren Teil davon ab.

„Sorreeey...!", rief er zu Rain zurück, ohne sich ein leicht verschmitztes Lächeln ganz verkneifen zu können.

Doch auch hier waren sie noch längst nicht aus dem Schneider. Die Abkürzung durch den Supermarkt hatte ihnen nur wenige Sekunden gesichert, ehe die Trife-Flut sie wieder einholen würde.

Isaac hörte die neue Munitionskette ins Railgeschütz einrasten.

„Geschütz feuerbereit!", bestätigte Rain, und Isaac trat erneut ins Gas.

„Nach rechts! Zurück in Richtung Flughafen!", wies sie ihn an. Er nickte und tat wie angewiesen.

Ein Fehler.

Denn das, was sich nun vor seinen Augen ausbreitete, raubte ihm vollends den Atem:

Der gesamte Stadtteil voraus schien bis zu den Dächern hinauf von einem undurchdringlichen, fast durchgehenden pechschwarzen Trife-Teppich überzogen zu sein...

In all den Jahren des Kriegs hatte Isaac noch nie ein derartig dichtes, durchgängiges Trife-Aufkommen gesehen.

„Rain...?", warf er ihr einen fragenden, leicht vorwurfsvollen Blick zurück.

„Ich… sorry, es sind einfach zu viele!", kniff sie die Augen zusammen und fasste sich mit beiden Händen an den Kopf.

Es sind einfach zu viele…

Das war das ganze verdammte Problem mit den Trife, oder nicht? Das war der einzige Grund, weswegen eine solch krude Spezies in der Lage gewesen war, selbst über die raffinierteste Waffen- und Verteidigungstechnologie der Menschheit zu triumphieren.

Rasch legte Isaac den Rückwärtsgang ein, um zurückzusetzen… doch es war zu spät.

Die pechschwarzen Massen waren bereits von hinten nachgeströmt. Isaac sah zu seiner Rechten, dann zu seiner Linken.

Lediglich meterhohe Backsteinmauern mit schmalen vernagelten Fenstern flankierten die Straße hier. Ein zweites Mal in Folge wollte Fortuna ihm den gleichen Ausweg wohl nicht gönnen…

„Und nun, Ike?", war Rains Gesicht von einer Mischung aus Trotz und Resignation erfüllt.

Nach einem Moment innerer Bilanzierung ließ Isaac plötzlich vom Lenkrad ab und stieg aus:

„So, wie ich das sehe…", kletterte er zu Rain auf die Geschützplattform und nahm sich seine beiden Sturmgewehre von den Schultern, „…haben wir jetzt keinen Grund mehr, Munition zu sparen."

Er schmunzelte, doch sein Blick war todernst.

Rain erwiderte das Sentiment mit einem Nicken – dann richtete sie das Railgeschütz auf den riesigen Trife-Teppich vor ihnen… und eröffnete das Dauerfeuer.

Isaac brachte beide Sturmgewehre in Anschlag – eines in jeder Hand, denn auf Zielgenauigkeit kam es jetzt wirklich nicht mehr an – und nahm sich die von hinten aufrückende Dämonenbrut vor.

Einen wahren Höllensturm ließen die beiden tapferen Trife-Jäger auf die nahenden Fluten los. Rains Flechettenkette ratterte, und nach wenigen Sekunden wechselte Isaac bereits neue Magazine ein.

Trife-Schädel zerplatzten dutzendweise im Sekundentakt.

Aus Dutzenden wurden Hunderte... und doch schloss sich die lacklederne Schlinge langsam aber mit todbringender Sicherheit. Es würde keine Minute mehr dauern, bis sie auf Armlänge herankämen...

„War schön, dich kennengelernt zu haben...", rief Isaac trocken.

Rain schwieg... ihr Blick verbissen.

Glaubte sie noch an ein Wunder? Sie hatte bereits wieder etwa die Hälfte der neuen Munitionskette verschossen – ohne, dass dies irgendeinen bleibenden Effekt auf die nahenden Trife-Horden zu haben schien. Unter dem stationären Dauerbeschuss hatte sich ringsum eine durchgängige Lache aus dunkelviolettem Trife-Blut geformt, deren Ausläufer bereits das Profil der Reifen unterspülten.

Gerade wollte Isaac sein letztes Sturmgewehrmagazin einlegen... da erschien ihm das alles unheimlich sinnlos.

Er stellte das Feuer ein, schulterte das eine Gewehr und ließ das leere zu Boden sinken. Dann sah er über die Dächer hinweg in den blauen Himmel hinauf und atmete tief durch.

Wollte er seine letzten Sekunden auf dieser Welt mit wahllosem Töten verbringen?

Die Wolken sahen aus wie Zuckerwatte. Sie waren wunderschön. Isaac erinnerte sich an seine erste Zuckerwatte als kleiner Junge...

Einen Moment lang stellte nun auch Rain das Feuer ein – allerdings nur, um Isaac einen fragenden Blick zuzuwerfen. Dann eröffnete sie mit umso verbissenerer Miene das Feuer erneut.

Doch plötzlich fasste ihr Isaac ins Geschütz hinein.

Was zum...?

Sollte er es für sich halten, wie er wollte – aber sie hatte nicht vor, kampflos unterzugehen!

Gerade wollte sie seine Hand wegschlagen… da bemerkte sie, dass er auf etwas lauschte…

Dann hörte sie es auch:

Einen rasch anschwellenden Pfeifton…

Etwas kam vom Himmel nieder!

…

…KRAWUMM…

Eine gewaltige Detonation ließ Isaac und Rain zusammenfahren und in die Knie gehen. Eine heiße Druckwelle durchfuhr sie und ließ die Karosserie des Geschützwagens ein zweites Mal erbeben.

Als sie wieder aufsahen, verzogen sich noch die letzten, von dickem schwarzen Rauch umhüllten Flammen des mächtigen Feuerballs, der soeben emporgestiegen war – und im Trife-Teppich sowie dem darunterliegenden Asphalt einen Krater von gut fünf Metern Durchmesser hinterlassen hatte.

Jetzt horchten sie gleich beide auf…

Ein weiteres Pfeifen!

„Was zur Hölle…?", raunte Isaac noch–

…KRAWUMM!

Dieses Mal sahen sie den Feuerball direkt – auch wenn sie sich die Arme vors Gesicht halten mussten, um sich vor der Hitze, vor dem aufgeschleuderten Schutt und den glühenden Funken zu schützen.

Ungläubig sahen sie das verheerende Resultat:

Das mussten soeben knapp hundert Trife auf einen Schlag gewesen sein!

„SHERIFF!", rief Rain plötzlich mit leuchtenden Augen.

Isaac sah auf und in die Richtung ihres Winkens…

Dort in einigen hundert Metern Entfernung stand auf einer Fahrbahnbrücke der Speditionstruck – mit Duke auf dem Dach!

Neben ihm, unverkennbar: ein verfluchter Mörser!

In Armeegrün!

„JUUUUHUUUU!", rief Rain, während Duke ihr zurückwinkte.

Dann sah sie einen der Siedler herbeikommen, um Duke beim Laden der nächsten Mörserrakete zu assistieren.

„Juhu in der Tat...", raunte Isaac ungläubig...

...und legte sein letztes Magazin ein.

KAPITEL 16

Sanft brachte Grace Minerva zum Stehen und lobte sie tätschelnd.

„Gutes Mädchen."

Die weiße Stute antwortete mit einem kurzen munteren Wiehern und widmete sich prompt einem dottergelb blühenden Gewächs, das zwischen ihren Vorderhufen aus dem zerklüfteten Asphalt wuchs. Sie hatte ein paar Stunden gebraucht, um ihre ‚neue' Besitzerin zu akzeptieren… beziehungsweise, um sich daran zu gewöhnen, dass Grace nicht mehr ganz dieselbe war.

Auch Grace empfand sich nicht mehr ganz als dieselbe – und das nicht nur wegen der Khorone in ihrem Nacken. Sie war noch immer high von dem Rausch, den sie beim Angriff auf Dego erlebt hatte. Es war eines jener persönlichkeitsverändernden Aha-Erlebnisse gewesen, von denen experimentierfreudige Drogenkonsumenten berichteten. Oder wie sie sexuell erwachende Teenager erlebten…

Natürlich hatte sie auch Schuldgefühle.

Gewissensbisse.

Schließlich hatte sie in weniger als einer Stunde eine ganze Ortschaft unschuldiger Siedler ausgelöscht.

Der früheren Grace hätte sich der Magen umgedreht!

Doch die neue Grace war im Siebten Himmel.

Dass diese ihre Gewissensbisse einfach so abschütteln und im wohligen Schauer dieses ungeahnten Glücksgefühls untergehen konnte, intensivierte das Erlebnis nur!

In der Vergangenheit hatte sich Grace öfter gefragt, was Serienmörder und andere Psychopathen antrieb. Nun ahnte sie es wohl…

„Was siehst du?", fragte sie.

Die Frage war an Cain gerichtet, der hier, auf einem der Hügel der Umgebung, Lager aufgeschlagen hatte und nun, wie ein Alter Römer auf dem Ellenbogen liegend, durch sein Fernglas talwärts blickte.

„Schaut nach Farmland aus…", kommentierte er.

„Okay, und warum machen wir hier Rast?", verzog Grace den Mund, und Cain nahm das Fernglas herunter.

„Keshk sollte es eigentlich besser wissen. Der Durst ist unser Antrieb – aber auch unsere Schwäche, wenn wir es zulassen. Darum eile mit Weile!"

„Verdammt, Cain! Wir haben in den zwölf Stunden seit Dego gerade einmal zwanzig Kilometer hinter uns gebracht. Ich weiß doch ganz genau, dass du auch schneller kannst."

Endlich sah Cain auf, um Grace eines Blickes zu würdigen – wenn auch bloß aus dem Augenwinkel heraus.

„Wenn ich einen guten Grund habe…", murrte er.

„Einen guten Grund? Möchtest du nicht nach Norden, bevor Sheriff Duke die Chance hat?"

„Shurrath hat uns aufgetragen, Duke leiden zu lassen. Daher werden wir in seinem Herrschaftsgebiet, den sogenannten Vereinigten Westlichen Territorien, Angst und Schrecken verbreiten. Das hier ist kein Kampf gegen bloß einen Mann. Es ist der Beginn der Machtübernahme: die endgültige Unterwerfung der Menschheit durch den Urältesten! Siehst du? Darum sollte ich mich ja deiner annehmen! Nicht alles dreht sich um Sheriff Duke. Es ist Zeit, die Erde im Namen Shurraths zu erobern!"

Grace verstand. Schließlich war sie die Wirtin Keshks, der wiederum auf direktem Wege mit dem Kollektiv der Relyeh verbunden war.

Shurrath war von den Axonen besiegt worden und hatte nur deshalb fliehen können, weil jemand auf der Erde eines der Axon-Portale geöffnet und Leute hineingeschickt hatte – wie etwa auch Graces Vater, Cyrus Salk. Ihn hatte sich Shurrath also zum Wirt gemacht – und zum Vehikel seiner Flucht vor den Axonen. Und: Er hatte aus Graces Vater ein mordendes Monster gemacht – so, wie Kheshk nun aus ihr.

Dabei war Shurrath keineswegs der Einzige seiner Art, der die Erde zum Objekt seiner Ambitionen machte. Die Eroberung von Heimatplaneten hochentwickelter Lebensformen war sozusagen ein Prestige- und Statusprojekt unter den Urältesten. Shurraths Bruder Azoth – sofern man den Relyeh solche Verwandtschaftsverhältnisse überhaupt attestieren konnte – hielt bereits hunderte solcher Planeten in seiner Kontrolle.

Shurrath selbst hatte Mühe, seinen allerersten fremden Planeten zu erobern. Freilich hatte er sich mit der Erde ein besonderes Kleinod ausgesucht – vielleicht der einzige Umstand, der unter seinesgleichen noch zu seiner Ehrenrettung gereichte. Auch hatte er einige Fortschritte vorzuweisen – selbst wenn er noch weit davon entfernt war, den Planeten vollständig zu ‚konvertieren‘. Erst wenn dies gelänge, würden Azoth, Nodeth, Gal'kii und die anderen ihn als Gleichrangigen akzeptieren.

Seine Niederlage gegen die Axonen war verzeihlich, denn sie alle waren zu stolz gewesen, um dieselben als ernstzunehmende Bedrohung gegen die Dominanz der Relyeh wahrzunehmen. Die Axon waren anpassungsfähiger als jede andere Spezies und verfügten über enorme Mittel, mit deren Hilfe sie selbst gegen die Uluth – also die Xenotrife – hatten bestehen können. Zwar hatte Azoth ein paar der Axon-Planeten kapern können, doch lag dies nun schon einige Jahrhunderte zurück, und weitere Vorstöße ließen auf sich warten.

Die Erde war ein kleiner, unscheinbarer Planet, aber von spezieller Bedeutung. Ihre eingeborene Zivilisation war so weit entwickelt, dass diese bereits kurz davor gestanden hatte, nach den Sternen zu greifen. Das reizte die Relyeh – wie eine frühreife Jungfrau ihre Freier. Eine gleichsam kokette wie widerspenstige Jungfrau, wie sich zeigte…

Außerdem zeigten auch die Axonen Ambitionen, die Erde für sich zu beanspruchen. Das Rennen war eröffnet, und die Erde war die Trophäe. Dabei schienen die Axonen jüngst eine neue Taktik zu verfolgen, die darin bestand, der eingeborenen Zivilisation Musterexemplare zu entnehmen, um diese zu studieren und schließlich zum Widerstand gegen die Relyeh zu rüsten.

All dies wusste Grace nun, da Keshk notwendigerweise einen Teil des Relyeh-Wissens in ihr Gehirn übertrug. Sie begriff, dass für die Relyeh Jahrhunderte wie Tage waren.

Es gab also keinen Grund zur Eile. Sie hatte alle Zeit der Welt, sich am Stillen ihres Dursts zu laben…

„Sechs Farmen…", raunte Cain, während er erneut durch sein Fernglas in die Ferne blickte, „…vierzehn Feldarbeiter im Freien… und ein Bewaffneter auf einem der Silos. Hm… und zwei Armeelaster im Zentrum."

„Kinderspiel.", kommentierte Grace trocken.

„Ja. Bloß der Wachposten könnte Ärger machen."

„Was soll der schon ausrichten?"

„Er könnte eine Warnung nach Norden senden. Die beiden Armeelaster im Zentrum stehen da nicht von unge-fähr. Wir müssen hier genauso gründlich sein wie in Dego. Keine Gnade. Keine Gefangenen."

Grace musste an das Mädchen denken, dass sie verschont hatte. Ein Teil in ihr wollte die sträfliche Unterlassung melden… ein anderer aber gebot ihr, die verfluchte Schnauze zu halten…

Rasch suchte sie nach einem anderen, unverfänglicheren Gedanken, den sich auszusprechen lohnte:

„Falls wir unbemerkt auf fünfhundert Meter herankommen, kann ich kurzen Prozess mit der Wache machen. Sie wird nicht begreifen, was sie getroffen hat…"

„Aus dem Winkel, vom Boden aus? Unmöglich!", wies Cain die Idee zurück.

„Für dich vielleicht! Lass mich nur machen. Er fällt als Erstes, dann nehmen wie uns die Armeelaster vor, falls noch andere Milizionäre vor Ort sind, und dann die Farmer. Finito!"

Ein breites Lächeln zog sich über Cains Gesicht:

„Jedes Mal, wenn du etwas sagst, höre ich ein bisschen mehr Keshk aus dir sprechen. Schön, dass die Integrierung vorankommt!"

Grace wusste es besser. Die Khorone namens Keshk hatte fast völlige Kontrolle über sie… fast. Wenn Grace dieser vorauseilend nachgab, dann konnte sie den letzten Rest ihres Selbst vor der Khorone verborgen halten…

…um im entscheidenden Moment zu intervenieren.

KAPITEL 17

Grace hielt Minerva auf Trab – den Trampelpfad den Hügel hinab bis zum alten Highway-Abschnitt, der den abgelegenen Siedlerhof einst mit dem Rest der Zivilisation verbunden hatte.

Der Highway war von einer knapp zentimeterdicken Schicht beigem Sand bedeckt. Das markant dunkle Grau und die ebenso charakteristischen gelben Streifen des US-Highwayasphalts waren nur noch zu erahnen. Von der Mitte der winzigen Ortschaft aus aber ging eine zweite, augenscheinlich weniger verwitterte aber simpler konstruierte hellgraue Waschbetonstraße ab – einer der typischen, stets eher kurzlebigen Versuche eines lokalen Machthabers, eine eigene Infrastruktur aufzubauen. Wenn es nicht die Trife waren, die diese erhabenen Vorhaben vereitelten, dann waren es entweder Konflikte mit anderen lokalen Machthabern oder interne Konflikte und Intrigen.

Zu viele Menschen kochten nur ihr eigenes Süppchen und versuchten einen Vorteil zu erlangen, indem sie anderen in die Suppe spuckten. Es war ein Kommen und Gehen.

Die Menschheit hatte Jahrtausende von Versuch und

Irrtum gebraucht, um einzusehen, dass es besser war, an einem Strang zu ziehen. Vielleicht war es zu selbstverständlich geworden. Die bitteren Lektionen, die zu jener Einsicht geführt hatten, waren in Vergessenheit geraten. Eine Invasion, eine globale Krise hatte genügt, um aus der Menschheit wieder einen unkoordinierten Haufen von Barbaren zu machen.

Shurrath versprach eine neue Ordnung: Die Menschheit war nicht geboren, ihr eigener Herr zu sein. Ihre Bestimmung war es, zu dienen. Ihren Stolz musste sie aufgeben... aber der Lohn, den sie dafür erhielt, war köstlich...

Die Feldarbeiter sahen auf und fassten sich unter ihre Strohhüte und Baseballkappen, als sie die exzentrisch gekleidete Blonde auf dem weißen Ross vorbeitraben sahen. Diese führte ihren Bogen, drei Pfeile und ein Stilett mit sich. Die übrigen Waffen hatte sie oben bei ihrem Komplizen gelassen, um keinen allzu säbelrasselnden Eindruck zu erwecken. Was sie bei sich hatte, durfte genügen.

„Schönen guten Morgen, Miss!", rief ein hagerer, runzeliger, braungegerbter Mann mit Baseballkappe und trat mit einem mehr als unvollständigen Grinsen auf Grace zu:

„Da haben Sie aber ein prächtiges Pferd! Sehr artig und sehr gut gepflegt, wie ich sehe."

Dicke Perlen rannen ihm aus den schweißgetränkten dunklen Locken. Wie alt er wohl war? Wahrscheinlich erst Anfang dreißig oder so... Erschreckend!

Und doch hatte sein Lächeln etwas Grundehrliches, Gewinnendes... so als hätte er tatsächlich Freude an seinem kärglichen, mühevollen Dasein.

„Danke.", antwortete Grace leicht verlegen. „Sie heißt Minerva."

„,Minerva', hm? Ein schöner, fremder Name für das Pferd einer schönen Fremden..."

Grace wusste nicht recht, wie sie dem Kompliment begegnen sollte... doch noch ehe ihre Verlegenheit zu offensichtlich werden konnte, holte der sonnengegerbte Mann bereits einen Apfel hervor.

So klein und schrumpelig dieser auch war, so herrlich aromatisch duftete er doch – und so konnte Grace es der Stute kaum verdenken, dass sie dem Mann das Obst gleich begierig und mit bebenden Nüstern aus der mit Schwielen bedeckten Hand fraß.

„Habt ihr Farmer hier denn keine Sorge um die Trife, während ihr hier so ohne jeden Schutz auf den Feldern arbeitet?", wollte Grace wissen.

„Ach nein, Miss!", grinste der Mann weiter. „Bisschen weiter die Straße hinauf haben wir einen Schutzposten. Der sorgt dafür, dass wir unser gutes Land in Frieden vor den Trife bebauen können!"

Skeptisch neigte Grace den Blick zur Seite. Dann wieder zum Feldarbeiter:

„Ich bin dort vom Hügel hergekommen und konnte den Posten bereits von weiter oben sehen. Selbst wenn die beiden Armeetrucks voll besetzt sein sollten, so reicht das niemals, um einer Trife-Flut Herr zu werden."

„Trife-Fluten, Miss? Sowas haben wir hier schon lange nicht mehr!", lachte der Mann. „Sheriff Duke und seine Leute haben im Umkreis von hundert Meilen sämtliche Trife-Nester ausgeräuchert! Wir verdanken ihm so viel!"

„Und was, falls irgendwo ein neues Nest entsteht... oder falls sich ein weiter entferntes Nest auf den Weg hierhin macht?", hakte Grace weiter nach.

Der Mann zuckte nur mit den Schultern:

„Ich schätze mal, dann werden sie die großen Jungs zu Hilfe rufen."

„Die ‚großen Jungs'?"

„Die Goliaths, Miss. Es heißt, sie fressen der Frau des Sheriffs förmlich aus der Hand. Früher einmal habe ich in Haven gewohnt. Dort sind immer wieder Goliaths durchgekommen – dann haben wir uns immer versteckt. Zwar haben's die großen Jungs vor allem auf Trife abgesehen, aber sie nehmen's mit der Unterscheidung zwischen Trife und Mensch nicht immer so genau. Es heißt, es hapert bei ihnen am Grips dazu. Aber sagen Sie, Miss: Sie kommen wohl von Dego hier hinauf? Oder von weiter südlich?"

„Weiter südlich."

„Südlich der alten Staatengrenze?"

Grace war sich nicht ganz sicher:

„Äh, ja…"

„Dann ist klar, warum Sie so verwundert waren, Miss. Ich wette, Sie haben uns hier so freimütig in den Feldern arbeiten gesehen und sich gefragt: Was, verbimmelt und zugeknotet, geht hier vor sich?"

Grace musste schmunzeln:

„So kann man es wohl auch ausdrücken…"

„Darauf ein Pozz!", lachte der Mann. „Tja, hier oben laufen die Dinge inzwischen besser. Die nächsten fünfzig Meilen nordwärts finden Sie lauter Siedlerhöfe wie diesen. Alle erst in den letzten zwei Jahren wiederbesiedelt. Wir sind hier sozusagen die Kornkammer der Territorien."

Damit verschränkte der Mann die Arme, trat einen halben Schritt zurück, um Grace nochmals von oben bis unten zu mustern… worauf er sich ans Kinn fasste:

„Sie sind also eine Bogenschützin, Miss?"

„Kann man so sagen, ja…", wurde Grace erneut leicht verlegen.

„Nun, falls auch Sie, wie so viele, auf der Suche sind nach einem Leben in Frieden und Sicherheit, dann sollten Sie vielleicht mal beim Sheriff vorsprechen. Es heißt, er und die Gouverneurin suchen derzeit dringend nach neuen Deputys – und Sie scheinen mir aus dem richtigen Holz geschnitzt zu sein, wenn ich Sie mir so anschaue, Miss! Am besten wenden Sie sich direkt dort hinten an unseren Schutzposten!"

Grace sah zu den beiden Armeelastern auf. Von hier aus konnte sie dort niemanden ausmachen. Sie hatte mit allem gerechnet, bloß nicht damit, heute eine Empfehlung zum Anheuern als Deputy des Sheriffs ausgesprochen zu bekommen – ausgerechnet!

„Danke für den Tipp. Ich werd's mir überlegen…", gab sie bemüht höflich zurück.

„Viel Glück, Miss! Nun: War nett, mit Ihnen zu plaudern… aber ich muss wieder an die Arbeit!"

Grace nickte lächelnd.

Dann strich der Feldarbeiter Minerva nochmals über den langen Nasenrücken: „Auch schön, dich kennengelernt zu haben." – und gab ihr rasch noch ein zweites schrumpeliges Äpfelchen zu fressen.

„Also komm, Minerva…", rief Grace und dirigierte das treue Ross wieder auf den Feldweg zurück – worauf der Mann seine Baseballmütze lüftete und in Richtung des Felds kehrtmachte.

Die anderen Feldarbeiter hatten das Gespräch diskret verfolgt und schenkten der Fremden auf dem edlen Ross keine weitere Beachtung mehr.

Grace war nun keine fünfhundert Meter mehr vom Silo entfernt.

Sie sah hinauf.

Der Wachmann mit dem Sturmgewehr hatte sie längst im Blick. Mit demonstrativer Unbescholtenheit winkte sie ihm lächelnd und mit weit ausladender Bewegung zu – was er mit einem deutlich dezenteren Gestus erwiderte.

Ein Teil in ihr mochte diese Leute sehr und wollte sie schützen… oder ihnen zumindest das Schlimmste ersparen. Ein anderer wollte das genaue Gegenteil…

Wie sich herausstellte, handelte es sich bei dem Schutzposten um eine alte Geflügelbatterie, vor der die beiden Armeelaster abgestellt waren: ein schmucklos weiß verputzter länglicher Bungalow mit einigen wenigen kleinen, vernagelten Fenstern an den Seiten. Das Ungewöhnliche an den Armeelastern war, wie gewöhnlich sie waren: armeegrün und ohne die sonst dieser Tage üblichen Anbauten in Form von Nieten-, Panzer- und Dornenpaneelen oder anderem extravaganten Tuning. Lediglich der leicht abgenutzte, angerostete Zustand sowie die nachträglich mit Schablonen aufgesprühten falschen Sternadlerembleme verrieten, dass es sich nicht länger um Originalbestände aus den Fuhrparks des US-Militärs handeln konnte.

Eine in Beige uniformierte Frau saß auf einem Klappstuhl vor dem Bungalow und sah von dem deutlich abgegriffenen Buch hervor, in das sie eigentlich vertieft sein wollte.

„Guten Morgen!", rief Grace ihr mit einem dezenten Nicken zu.

Die Uniformierte lächelte, antwortete mit einem dezenten Nicken und wandte ihre Aufmerksamkeit wieder dem Buch zu.

„Entschuldigen Sie…", stieg Grace schließlich von Minerva ab und führte sie an den Zügeln weiter.

Erneut sah die Uniformierte aus ihrem Buch hervor.

Mit ungleich skeptischerem Blick begann sie, Grace zu mustern… dann schloss sie das Buch, stand auf und legte es hinter sich auf den Klappstuhl. Sie zupfte sich die Uniform zurecht und trat Grace gegenüber.

„Im hinteren Teil des Gebäudes haben wir einen mobilen Sanitärkubus aufgestellt…"

Mit dieser erteilten Auskunft streckte die Uniformierte der Fremden freundschaftlich die Hand entgegen.

„Ich bin Deputy Sims. Kommen Sie, ich zeige es Ihnen."

„Ah… ein Deputy! Ich habe schon von Ihnen gehört. Ich komme aus dem Süden der alten Staatengrenze – auf der Suche nach einem besseren Leben."

Deputy Sims' Blick bekam etwas aufrichtig Mitfühlendes:

„Wie übel ist die Lage dort unten denn inzwischen?"

„Naja… wie Ihnen sicherlich bekannt ist, können die Trife UV-Strahlung als Nahrung aufnehmen. Und sie wissen ja, wie dort unten das Klima ist…"

„Autsch…", biss sich Deputy Sims auf die Unterlippe.

„Während der letzten Trife-Flut habe ich… habe ich meinen Mann verloren…", heischte Grace um Mitleid.

„Sie Ärmste!", schüttelte Deputy Sims den Kopf und nahm Graces Rechte nun mit beiden Händen. „Nun, Liebes: Sie haben die richtige Entscheidung getroffen, zu uns zu kommen! Wie lautete Ihr Name noch gleich?"

„Äh… Grace…"

„Schön, Sie kennenzulernen, Grace!"

„Die… äh… Freude ist ganz meinerseits, Deputy Sims."

„Hier entlang…", ging Sims voran.

„Gerade wir Damen der Schöpfung haben es nicht immer leicht in diesen Zeiten…"

„Das können Sie laut sagen!", stimmte Grace ihr zu und folgte ihr durch die blechern wirkende Nebentür ins Innere des Bungalows.

Um einen runden Klapptisch herum saßen hier drei weitere beige Uniformierte und spielten Karten.

„Aufgehorcht, Jungs!", rief Deputy Sims ihnen zu. „Das hier ist Grace! Sie ist tief aus dem Süden hergekommen – auf der Suche nach einem besseren Leben."

„Hey, Grace!", winkte einer in der Runde, und die anderen schlossen sich der Begrüßung nickend an.

„Alles in Ordnung, Gracey?", fragte Deputy Sims besorgt nach, als Grace plötzlich wie angewurzelt stehenblieb und die Augen zusammenkniff.

„Ah… ich…", fasste sich Grace an die Stirn, „…ich müsste mich bloß wirklich ein bisschen frischmachen…"

„Hier drüben…", nahm Deputy Sims Grace nun an der Hand, führte die Fremde an den gestapelten Holzkisten und augenscheinlichen Getreidesäcken vorbei ans Ende des kargen Raums und öffnete ihr dort schließlich eine der beiden Türen, die in einen großen blauen Kunststoffcontainter führte.

Zwischen den Kisten und Säcken bemerkte Grace im Vorbeigehen auch zwei Motorräder sowie diverses kleineres

Landwirtschaftsgerät. Ein Teil in ihr schmiedete bereits Pläne, Minerva zurückzulassen und stattdessen auf eines der Benzinrösser umzusatteln. Ein anderer hasste sich dafür und brächte es nie übers Herz.

Mit einem Mal aber musste Grace erneut innehalten und sich mit beiden Händen an den Kopf fassen…

„Grace…?", hielt Deputy Sims sie rasch stützend an den Schultern fest.

„Deputy Sims… bitte verzeihen Sie mir…"

Grace spürte die Unerbittlichkeit, mit der Keshk von Neuem die Kontrolle an sich riss…

„Was soll ich dir verzeihen, Grace? Wovon redest du nuuurgh–…"

Die blitzende Klinge in Deputy Sims' Kehle ließ nur noch ein erbarmungswürdiges Krächzen aus ihrem Mund kommen. Mit weit aufgerissenen Augen fiel sie augenblicklich auf die Knie, als Grace das Stilett wieder herauszog.

Die Deputys um den Tisch hielten noch immer ihre Karten in den Händen – ahnungslos, welch ungeheuerlicher Verrat sich nur wenige Meter neben ihnen gerade vollzog.

Schon flog dasselbe Stilett dem nächsten Deputy in den Hals… der prompt ebenso krächzend mit seinem Stuhl hintüberfiel.

Die Spielkarten flatterten in alle Himmelsrichtungen. Die verbliebenen beiden Deputys sprangen auf und griffen nach ihren Pistolen.

Doch im nächsten Moment bereits landete Grace, einer hungrigen Raubkatze gleich, mitten auf dem provisorischen Pokertisch und trat den Deputys die frisch gezückten Waffen aus den Händen. Ein kläglicher Schuss löste sich noch und ließ eine Handvoll Schutt von der Decke rieseln…

Der dritte Deputy am Tisch jedoch hechtete auf die breite Hauptpforte der vormaligen Geflügelbatterie zu, noch ehe ihm Graces Stilett in den Rücken fuhr. Verletzt gelang es ihm dennoch, den Riegel aufzuschieben und das Tor aufzustoßen, ehe auch er ächzend zu Boden sank.

Sein Kollege war derweil zu einem Schalter an der gegenüberliegenden Wand geeilt und legte diesen nun um – bis ihm eine Kugel aus seiner eigenen Waffe in Graces Hand durch den Schädel schoss.

Sirenenheulen setzte ein.

Das Röcheln eines startenden Motors drang Grace ins Gehör. Sie lief zur Hauptpforte und sah, wie jemand auf eines der Motorräder aufgesessen hatte. Sie konnte es nicht genau erkennen... aber ein Deputy war das nicht. Da wollte sich wohl einer der Siedler noch schnell aus dem Staub machen!

Grace schmunzelte. Ihr Jagdinstinkt war geweckt.

Sie steckte sich die Pistole in die Jacke und nahm stattdessen Pfeil und Bogen hervor. Sie spannte den Pfeil und zielte... hatte den Hasenfuß genau im Visier...

Da riss sie ein plötzliches, funkenschlagendes Trommelfeuer aus der Konzentration.

Es war die verfluchte Turmwache auf dem Silo!

Grace wollte sich in den Hintern treten, dass sie sich noch immer von ein bisschen Kugelhagel beeindrucken ließ, als wäre sie eine Normalsterbliche.

Ungeachtet des Siloschützen legte sie also erneut an, spannte den Bogen... und musste feststellen, dass das Motorrad bereits zu weit entfernt war.

Hastig zog sie die Pistole hervor und eröffnete das Feuer. Fünf Schüsse gab sie ab, bis nur noch ein leeres Klicken zu hören war – doch das Motorrad fuhr weiter gen Horizont.

Großartig...

Ein markerschütternder Schrei ließ Grace wohlig erschaudern. Sie sah zum Dach des Silos hinauf. Dort stand Cain und ließ den elenden Turmschützen am Schlafittchen zappeln...

„Cain!", rief sie winkend mit demselben Enthusiasmus zu ihm hinauf, den sie dem Turmschützen vor wenigen Minuten noch vorgespielt hatte.

Im Gegenzug aber hatte Cain wenig mehr als einen despektierlichen Blick für sie übrig.

„Wie war das vorhin? ‚Lass mich nur machen'?", rief er zu ihr hinab.

Grace seufzte.

Cain hatte recht. Die Sache lief weniger als suboptimal… um nicht zu sagen stümperhaft.

Damit lief Grace weiter aus dem Bungalow hinaus. Von den Feldarbeitern war nichts mehr zu sehen.

„Schalte wenigstens die gottverdammte Sirene aus!", rief Cain ihr hinterher.

Also rannte Grace rasch zurück und legte den Schalter wieder nach oben. Die Sirene lief aus…

Damit hatte Grace nun also schon zwei ihrer Opfer davonkommen lassen. Cain wusste von einem, Keshk eigentlich von beiden. Sie fragte sich, wie lange Shurrath ihr das noch durchgehen lassen würde…

Jedenfalls war es wohl nurmehr eine Frage der Zeit, bis Sheriff Duke gewarnt sein würde.

Mit einem gewaltigen Satz sprang Cain vom Dach des Silos zu Grace hinab. Als er kaum mehr als zwei Armlängen vor ihr aufkam, erbebte der Boden unter ihren Füßen.

„Du bist noch immer zu zögerlich.", murrte er.

„Sorry… Ich muss mich an meine Unverwundbarkeit erst noch gewöhnen…", entschuldigte sie sich kleinlaut.

Sie konnte Cain ansehen, dass er sich manchen Kommentar verkniff.

„Gut, Grace. Bringen wir den Job zu Ende und brennen den Laden nieder."

KAPITEL 18

Der Speditionstruck hielt an – der Geschützwagen gleich dahinter.

In einem Rutsch ließ sich Duke die Leiter hinab, gefolgt von Cheri und Lazarus – zwei der Siedler, die mit ihm zusammen vor der Trife-Flut im vormaligen Howl geflohen waren. Die anderen beiden – Adam und Seth – kamen nun ebenso um den Truck herum.

„Heiliges Kanonenrohr!", rief Adam, noch sichtlich durch den Wind.

„Sowas macht man nur einmal im Leben…", schloss sich Lazarus kopfschüttelnd an.

„Ihr ward großartig!", lachte Duke und schlug ihnen kameradschaftlich auf die Schultern. „Ihr seid die Helden von Howl… ähm… Salt City!"

„Helden? Wow… Gestern waren wir nur ein paar verlorene Gestalten in einer verlorenen Welt…", merkte Cheri nachdenklich an.

„Nichts ist verloren! Jeder von uns hat es in den Händen, einen Unterschied zu machen – und sei er noch so klein!", erklärte Duke feierlich und fasste Cheri anerkennend an die

Schulter, während er bedeutungsträchtig mit dem Finger quer über das blaue Himmelszelt fuhr, über das die blassen Schäfchenwolken zogen.

Cheris Mienenspiel verriet, dass sie zwar angetan aber nicht vollends überzeugt war.

„Sheriff!!", kam Rain auf Duke zugestürzt und warf sich ihm um den Hals.

„Du hast Ike und mir den Arsch gerettet!"

„Wir waren echt gearscht... Danke, Hayden.", kam Isaac hinzu und fasste Duke an die Schulter. „Wir schulden euch allen Dank!"

Cheri und die drei anderen Siedler empfingen den Dank mit anerkennendem Nicken.

„Wo zum Teufel hast du den Mörser her?", wollte Isaac nun endlich wissen.

„Auch das haben wir unseren vier neuen Freunden hier zu verdanken. Sie wussten von einem versteckten Waffendepot der Growler. Natürlich war es verriegelt, aber naja...", drückte Duke demonstrativ die Finger seiner beiden metallenen Roboterhände durch. „Darum hat's auch einen Moment gedauert... sorry!"

„Wie immer auf den letzten Drücker...", spöttelte Isaac.

„Ende gut, alles gut!", jubilierte Rain.

„Wir konnten euch sehen, wie ihr vor den Horden geflohen seid.", offenbarte Lazarus. „Ihr habt wirklich ein paar beeindruckende Manöver hingelegt – Respekt!"

„Ich schätze, wir bekommen langsam Übung...", fasste sich Isaac verlegen an den Hinterkopf.

„Gut.", rief Duke schließlich. „Ich hole noch unsere Sachen heraus, dann gehört der Truck euch. Abgemacht ist abgemacht."

„Was?!", glaubte Rain, sich zu verhören. „Du hast ihnen den Truck versprochen?!"

„Wir haben keine Verwendung mehr für ihn, wenn wir die

Abkürzung über den Salzsee nehmen wollen. Danach finden wir schon einen neuen Untersatz.", wiegelte Duke grummelnd ab.

„Und… und die ganzen Waffen und das andere Equipment?", protestierte Rain.

„Wir nehmen mit, was ins Handgepäck passt. In Sanisco haben wir mehr als genug."

„In Sanisco…", zog Rain eine Schnute.

„Unsere vier Mitstreiter hier haben jetzt eine bessere Verwendung für das hier.", fügte Duke hinzu, und Adam nickte:

„Wir wissen jetzt, dass wir gebraucht werden und einen Unterschied machen können. Wir machen hier noch bis zum Morgen Rast, dann kehren wir nach Howl zurück und trommeln die anderen Überlebenden zusammen. Es ist Zeit, dass wir alle an einem Strang ziehen!"

„Richtig!", pflichtete Seth ihm bei, und auch Cheri und Lazarus nickten zustimmend.

Brüderlich schlug Adam in Dukes Rechte ein.

„Wir kommen zurück, sobald wir unsere Angelegenheiten arrangiert haben.", gelobte Duke und fügte hinzu: „Macht so weiter, und euch ist ein Platz in den Vereinigten Westlichen Territorien sicher – wir suchen Leute wie euch!"

Damit reichte Duke auch den anderen drei Siedlern die Hand, und Cheri gab ihm noch eine rasche Umarmung.

Nun kam Isaac mit einigen Taschen einschließlich der Satteltasche aus der Laderaumtür des Trucks:

„Hab' ich alles, Hayden?"

„Pozz.", nahm Duke einen Teil des Gepäcks an sich und übergab auch eine Tasche davon an Rain. „Ich schätze, das wär's dann! Wir machen uns auf den Weg."

„Passt auf euch auf! Und danke nochmals!", rief Adam.

„Pozz."

Damit wandten sich Duke, Isaac und Rain dem riesigen, zweigeteilten Salzsee zu – genauer gesagt, der Aufschüttung, die das Schienenbett des fast zwanzig Kilometer überspannenden Dammwegs bildete.

Ein schwerer, mineralischer Geruch lag in der Luft. Der hohe Salzgehalt gab der gesamten Landschaft etwas Surreales. Es gab kaum Gestrüpp oder sonstigen Pflanzenwuchs. Stattdessen wirkte die Umgebung flächenweise wie mit Mehl bestreut. Ein schnurgerader aber stark verrosteter Schienenstrang erstreckte sich von hier aus scheinbar bis zu den Hügeln am Horizont.

Duke ging voran – immer den Schienenstrang entlang. Nach einer Weile sah Isaac nochmals kurz zum Speditionstruck zurück, der inzwischen nurmehr in der Größe eines Daumennagels erschien.

„Du weißt echt, wie man die Menschen für die gute Sache gewinnt, oder, Hayden?"

„Tu ich das, Isaac?", erwiderte Duke grummelnd. „Da bin ich mir gar nicht so sicher. Ich glaube, ich versuche es bloß öfter. Aber die Hälfte der Zeit stoße ich auf Granit – und dann muss der Vorschlaghammer raus. Wer nicht hören will… Manchmal brauchen sie auch bloß den richtigen Ruck. Ein bisschen Ermutigung, damit sie begreifen, dass sie nicht immer nur ein Opfer der Umstände sind. Denn damit rechtfertigen sie sich ihr Fehlverhalten, statt zu versuchen, die Dinge in die richtige Richtung zu lenken."

„Da ist was dran…", pflichtete Rain ihm bei. „Viele Menschen erkennen ihr Potenzial gar nicht und richten sich lieber im Elend ein."

Duke brummte zustimmend und überprüfte den Ladestand seiner Armprothesen.

„Noch etwa halb voll… Wie schaut's bei dir aus?"

„Siebzig Prozent der Arm… und… äh… ich schätze, die Beine noch etwa fünf– Wow!", unterbrach Rain sich selbst.

„WOW!", rief sie erneut und lief an Duke vorbei.

„Schaut euch dieses Pink an!", sah sie staunend über die rechte, nördliche Hälfte des Sees. „So pink ist es nur selten!"

Die linke, südliche Hälfte kontrastierte in einem tiefen Blaugrün.

Duke wurde stutzig.

„Merkwürdig…“, murmelte er.

„Es sind die Bakterien, Hayden.“, erklärte Isaac.

„Das meine ich nicht…“, knurrte Duke. „Wenn das hier so eine praktische Abkürzung ist… und eine Sehenswürdigkeit obendrein… warum ist die Gegend so gottverlassen?“

„Ach, Sheriff!“, rief Rain. „Die Leute haben Schiss – das ist alles!“

Rains lapidare Bemerkung ließ Dukes linke Augenbraue emporschnellen:

„Schiss, Rain? Wovor?“

„Ach, irgendwelche Gespenstergeschichten, die früher mal verbreitet wurden, um die Territorien irgendwelcher rivalisierender Clans abzustecken. Seither glauben die Menschen, es spukt hier – vor allem am Westufer. Aberglaube, nichts weiter!“, wiegelte Rain lachend ab und wandte sich wieder staunend dem leuchtenden Pink des Salzsees zu.

„Hey Rain!“, rief Isaac schließlich.

„Ja, Ike?“

„Wie's ausschaut, sind wir hier noch 'ne Weile unterwegs. Wie wär's, wenn du mir das Bogenschießen beibringst?“

„Du willst das Bogenschießen lernen, Ikey-Po-Pikey?“, mokierte sie sich, halb geschmeichelt.

„Ja doch! Du bist doch so cool mit deinem Bogen und deinen Pfeilen und so… lautlos… und dann kannst du die Pfeile einfach wieder einsammeln und wiederverwenden!“

Rain musste lachen:

„Ich bin mir nicht sicher, ob dass das Richtige für dich ist, Ikey-Po-Pikey.“

„Was soll das jetzt wieder heißen?!“, wurde Isaac leicht ungehalten.

„Okay, Ike. Aber wenn du mir einen meiner Pfeile in den See schießt, lass ich dich hinterherspringen!“

„Abgemacht!", lachte Isaac.

„Was ist mit dir, Sheriff? Lust, das Bogenschießen zu lernen?"

Duke zögerte eine Sekunde – dann:

„Teufel auch, warum nicht? Wo ich schon so gern mit alten Eisen schieße…"

KAPITEL 19

Als am Horizont das Westufer auftauchte, war der Himmel bereits in ein kräftiges Dottergelb getaucht, und Duke, Isaac und Rain warfen Schatten, die fast bis ans Ostufer zurückzureichen schienen.

Rains Bogenschießunterricht war ein kurzweiliges wie lehrreiches Vergnügen gewesen... doch vor allem Isaacs Laune war nicht mehr die beste. Der angedrohte Sprung ins kühle Pink war ihm zwar erspart geblieben... doch war der Dammweg an einigen Stellen so weit erodiert, dass den Dreien nichts anderes übrig geblieben war, als durch das knietiefe Wasser zu waten. Dukes Centurion-Stiefel Made in Proxima waren wasserdicht. Rains Roboterbeine genauso. Nur Isaac musste mit einem Paar zweihundert Jahre alter Stiefel eines toten Soldaten auskommen... die nun bei jedem Schritt ulkige, nasse Furzgeräusche absonderten...

Natürlich verbot ihm die Soldatenehre auch nur das geringste Murren darüber – was Duke einige Achtung abnötigte. Dieser wiederum hatte Rain nur mit Mühe beschwichtigen können, als er tatsächlich einen ihrer Pfeile im pinken Teil des Salzsees versenkt hatte – worüber Isaac sichtlich amüsiert war.

Schließlich konnte Duke sich damit herausreden, dass er im Gegensatz zu Isaac ja nie eingewilligt hatte, einem derlei verlustig gegangenen Pfeil hinterherzuspringen, und er nahm bereitwillig vom weiteren Bogenschießunterricht Abstand.

Nichtsdestotrotz hatte das Ganze einen gewissen Eindruck bei Duke hinterlassen, und nun spielte er mit dem Gedanken, Jagdbögen als zusätzliche Option auch ins Arsenal und die Ausbildung der Territorien einzuführen. Von Anfang an hatten sie immer nur versucht, im Kampf gegen die Trife das Neueste und Modernste an Waffen zu ergattern und einzusetzen. Aber vielleicht war ein ‚Zurück-zu-den-Wurzeln‘ eine vielversprechende Alternative – zumindest als Ergänzung.

Interessant hatte Duke Rains Bemerkung gefunden, dass es schon etwas von den mittelalterlichen Ritter-Âventiuren hatte, wenn einer wie Duke hoch zu Ross und mit Schutzpanzerung am Leib ausritt, um Recht und Ordnung in die Welt zu bringen. Isaac hatte sich die Anmerkung verkniffen, dass auch ein gewisser Don Quixote das damals so gesehen haben soll…

Nicht, dass das Duke etwas gesagt hätte.

Rain war ein ausgesprochener Bücherwurm und hatte große Teile ihrer bisherigen Jugend damit verbracht, das komplette Taschenbüchersortiment des Warensortiments in Dugway zu durchschmökern, das neben zahlreichen Sachbüchern, Ratgebern und Groschenromanen auch einige ausgewählte Klassiker der Weltliteratur enthielt. Ansonsten aber hatten nur die wenigsten Menschen Zugriff auf das, was die Menschheit in den Jahrhunderten vor dem Krieg zu Papier gebracht hatte.

Auf den Salzsee folgte die Einöde.

Von der Eisenbahnschiene abgesehen, gab es weit und breit keine Spur von Zivilisation. Keine Straßen. Keine Gebäude. Und vor allem: kein fahrbarer Untersatz. Nichts außer Sand, Gestein und gelegentlichem Gestrüpp. Nicht einmal ein einziger Trife! Duke, Isaac und Rain hätten sich fast genauso gut auf Wanderschaft über den Mars befinden können.

Wie die Landschaft wurden auch die Konversationen karg, und die Stimmung ebenso flach – vor allem, als schließlich die Nacht anbrach. Zum Glück hatte Isaac noch immer eine der Taschenlampen dabei, mit denen er sich den Weg durch die unterirdische Militärbasis geleuchtet hatte, nachdem die Stromreserven dort endgültig zur Neige gegangen waren.

Mehr als zwölf Stunden waren die drei Gefährten inzwischen zu Fuß unterwegs. Mit jedem weiteren Meter Eisenbahnschiene wuchs ihre Sehnsucht, dass endlich wieder ein Anzeichen von Zivilisation am Horizont auftauche… und sie wurde wieder und wieder enttäuscht.

Der Dreiviertelmond stand hoch am Firmament – und noch immer schien die Einöde kein Ende zu haben.

Ihre knurrenden Mägen bekämpften die Drei, indem sie sich eine der letzten beiden Notrationskeksrollen aus Jasons Backpack teilten.

„Wir hätten doch den Weg über Reno nehmen sollen…", hatte Duke bereits einige Stunden zuvor eingeräumt, um dem Klagen seiner beiden Mitstreiter zuvor zu kommen. Sie waren den dortigen Trife aus dem Weg gegangen – doch zu welchem Preis? Hatten sie ein Ende mit Schrecken gegen einen Schrecken ohne Ende getauscht?

„Es ist alles meine Schuld…!", begann Rain schließlich zu schluchzen, doch Duke beruhigte sie gleich:

„Du konntest es genauso wenig ahnen wie ich. Wer baut denn extra eine Eisenbahnstrecke als Abkürzung über einen See… die dann aber direkt ins absolute Nirgendwo führt?"

„Jetzt wissen wir wenigstens, warum sie den Menschen Gespenstergeschichten erzählen: Um sie davon abzuhalten, in dieselbe Falle zu tappen wie wir hier gerade…", bemerkte Isaac mit hörbarem Spott.

„Diese blöde Salzwüste kann ja nicht ewig so weitergehen... oder?", seufzte Rain.

„Das hast du schon vor ein paar Stunden gesagt... und ein paar Stunden davor...", erwiderte Isaac.

„Aber wenn es doch stimmt? Es stimmt doch, Duke?"

„Jep. Wo Schienen sind, muss auch irgendwann ein Bahnhof kommen."

„Wär ja 'n Ding, wenn's dann schließlich ein Vorortbahnhof von Reno ist...", feixte Isaac und zog sogleich zwei tödliche Blicke auf sich.

Doch Rain setzte noch eins drauf:

„Bei unserm Glück endet die Schiene plötzlich irgendwo hier im Nirgendwo... einfach so. Ende Gelände."

„Unsinn...", knurrte Duke... musste sich aber eingestehen, dass dies auch bloß ein frommer Wunsch sein mochte. Da blieb er unvermittelt stehen, ließ seine Taschen in den Sand fallen und begann, sich zu strecken.

Nach ein paar weiteren Schritten hielten auch Isaac und Rain an und sahen fragend zu Duke zurück.

„Also, ich weiß nicht, wie's euch geht, aber ich bin bereit für 'ne Mütze Schlaf!", ächzte dieser.

„Ach... jetzt einfach so? Unter freiem Himmel, mitten im Nirgendwo?", wollte Isaac seinen Ohren kaum trauen.

„Ich halte Ausschau!", bot Rain an.

„Ausschau? Wonach?", höhnte Isaac. „Gespenstern?"

„Du sagst es, Isaac.", brummte Duke, während er sich ächzend zu Boden ließ, und sich die Satteltasche zum provisorischen Kopfkissen zurechtzuklopfen begann:

„Hier gibt's keine Menschenseele. Keine Trife. Keine Vögel. Nichts. Nur der freie Nachthimmel. Was für einen besseren Ort könnte es geben, um sich ein bisschen Schlaf zu gönnen?"

Das war kaum von der Hand zu weisen – wie Isaac sich eingestehen musste, auch wenn es ihm noch immer so vorkam, als würde Duke es sich ein bisschen zu leicht machen…

Noch immer halb verdutzt sahen Rain und er zu, wie Duke sich auf Satteltasche und Sandboden bettete, die Hände auf der Brust zusammenfaltete und mit einem behaglichen Seufzer die Augen schloss.

Dann sah Rain wiederum Isaac fragend an… doch dieser ließ prompt Jasons Backpack zu Boden und schickte sich an, es Duke gleichzutun.

„Du kannst ja Ausschau halten, Rain. Aber Hayden hat recht, und ich hab' auch genug für heute. Weck uns, falls du Gespenster siehst. Oder Kojoten oder sowas.", sagte er noch, während er sich mit einem erleichterten Stöhnen die noch immer feuchten Stiefel von den geschundenen Füßen zog.

Rain zog eine Schnute und machte keine Anstalten, sich den beiden Männern anzuschließen.

Duke schien bereits ins Land der Träume entfleucht zu sein. Isaac sah noch eine Weile in den Sternenhimmel und lauschte Rain, wie sie um den soeben entstandenen Rastplatz inmitten des Nirgendwos noch zwei verunsicherte Kreise zog. Es war herrlich still hier draußen – nur ein leiser Wind und das Knirschen des sandigen Bodens unter Rains Stiefelsohlen. Als auch die junge Bogenschützin endlich stehenblieb und hörbar ihr Gepäck zu Boden ließ, fielen auch Isaac die Augen zu.

Wie viel Zeit war wohl vergangen?

Dukes innere Uhr meldete eine, höchstens zwei Stunden. Als er aufwachte, stand der Mond noch immer hoch. Isaac und Rain schliefen friedlich. Aber irgendetwas hatte Duke aufwachen lassen. Irgendetwas hatte sein Unterbewusstsein registriert und zum Anlass genommen, ihn aufzuwecken.

Er sah sich um – und tatsächlich:

Im Osten, genau dort, wo das Gleis den Horizont berührte, war ein sternförmig ausstrahlendes, fahlweißes Licht aufgetaucht… und es kam näher!

Rasch aber ohne Hast begann Duke sich aufzurichten, und seine Linke wanderte fast unwillkürlich zum Knauf des entsprechenden Revolvers.

Nach wenigen Sekunden identifizierte er die Lichtquelle als Scheinwerfer... und nicht irgendein Scheinwerfer... sondern der eines... Centurion-Transporters?

Duke blieb wie erstarrt.

Er wusste absolut nicht, was er davon halten sollte. Ein Centurion-Transporter, also ein proximantischer Raumgleiter, war so ziemlich das Letzte, mit dem er gerechnet hatte – erst recht hier draußen.

Das Raunen der Triebwerke erfüllte die Luft mehr und mehr... und schließlich rauschte der Transporter in nur wenigen Metern Höhe und fast zum Greifen nah an Duke vorbei – augenscheinlich immer den Gleisen nach.

Etwa auf drei Vierteln des Wegs zum westlichen Horizont flog der Transporter unvermittelt eine scharfe Rechtskurve und verschwand kurz darauf hinter einigen Hügeln. Duke raffte sich auf und sah noch immer ungläubig dem letzten Schein der Scheinwerfer hinterher, während das Raunen der Triebwerke rasch verklang.

„Sheriff...!", kam Rain schlaftrunken herbeigetorkelt. „Was... was ist passiert? Was war das?"

„Hast du's gesehen?"

„Ich bin vom lauten Rauschen wach geworden und hab nur gesehen, dass irgendetwas ganz dicht an uns vorbeigefahren sein muss... oder geflogen?!"

Duke stemmte eine Hand in die Hüfte und fuhr sich mit der anderen über die Stoppelfrisur.

Hatte Rain schon zu viel gesehen?

Er hatte Isaac eingebläut, Rain nichts zu verraten, was mit Proxima zu tun hatte. Sollte Duke also lügen und so tun, als hätte er keine Ahnung, was das eben war? Oder war dies das Zeichen, dass es Zeit war, Rain einzuweihen?

Nochmals sah er in die Richtung, in die der Raumgleiter

verschwunden war… und bemerkte nun auch ein sanftes, hellgelbes Leuchten, das einen Teil des Sternenhimmels nahe des Horizonts zu übertönen drohte. Was auch immer dort hinter den Hügeln lag, war der Grund, dass der Transporter hier vorbeigeflogen war… und das Gleis, dem er, Isaac und Rain folgten, führte geradewegs dorthin.

Duke stieß ein brummelndes Grummeln aus und wischte sich durchs Gesicht… dann endlich:

„Das, liebe Rain, war ein Centurion-Transporter."

„Was für ein Zentrumstransponder?"

„Ein Centurion-Transporter. Ein Raumgleiter."

„Du meinst ein Raumschiff??"

„So ähnlich, ja…"

„EIN AUßERIRDISCHES RAUMSCHIFF?? ALIENS??"

„Pozz-tausend…", wischte sich Duke erneut durchs Gesicht. „Außerirdisch: ja. Aliens: nein. Ich erklär's dir unterwegs."

Damit lief er zu Isaac herüber – der noch immer den Schlaf der Gerechten schlief, als wenn nicht das Geringste vorgefallen wäre. Also ging Duke neben ihm in die Knie und rüttelte ihn an der Schulter.

„Sag' dem Sarge, er kann mich mal…", murmelte Isaac noch im Schlaf.

„Aufwachen, Winterschläfer!", insistierte Duke, und Isaac tat die Augen auf:

„Sheriff…? Was ist los?"

„Vielleicht der Teufel, Isaac. Vielleicht der Teufel…"

KAPITEL 20

„Und diese Räuberpistole soll ich glauben?!", rief Rain mit zornigem Blick.

„Wenn wir längst einen anderen Planeten besiedelt haben und dort alles besser ist… was zur Hölle machen wir dann noch hier? Und warum erfahre ich jetzt davon?"

„Rain…", versuchte Isaac vergeblich, sie zu beschwichtigen.

„Und du willst die ganze Zeit davon gewusst haben?", fuhr sie ihn weiter an.

„Auch erst seit kurzem.", verteidigte er sich.

„Ich habe ihn eingeweiht, weil er zur Space Force gehört. Aber deshalb ist er eigentlich auch verpflichtet, es für sich zu behalten. Wir machen eine große Ausnahme für dich, Rain.", erklärte Duke in stoischem Tonfall.

Er hatte befürchtet, dass Rain diese Offenbarung nicht gerade gelassen aufnehmen würde. Bislang hatte keiner der Menschen der vergessenen Erde es gelassen aufgenommen. Erst klang es zu unglaublich… dann zu ungeheuerlich.

„Warum die ganze Geheimnistuerei?"

„Weil die Dinge komplizierter sind, als sie eigentlich sein sollten…", räumte Duke ein.

„Warum lassen sie uns hier unten verrotten? Warum helfen sie uns nicht?"

„Warum sollten sie? Was hätten sie davon?", räsonierte Isaac. „Sie sind uns in jeder Hinsicht überlegen. Was haben wir ihnen zu bieten?"

„Warum sie uns helfen sollten? Wie wär's, weil die Erde ihre ursprüngliche Heimat ist? Oder weil wir immer noch zur selben verfluchten Spezies gehören? Oder weil sie es nie nach Proxima geschafft hätten, wenn jeder immer nur fragen würde: ‚Was hab' ich davon?' Das ist einfach nur egoistisch!"

„Stimmt.", brummte Duke. „Andererseits ist es wohl auch demselben Egoismus zu verdanken, dass sie doch nicht ganz von uns lassen können. Überall auf der Erde betreiben sie geheime Einrichtungen – und wie's ausschaut, sind wir gerade dabei, eine davon zu finden."

Und es war nicht nur irgendeine.

Duke kannte die offiziellen Geheimstandorte längst, aber es gab auch inoffizielle Geheimstandorte – wie wohl auch denjenigen hinter den Hügeln. ‚Inoffiziell' bedeutete, dass der Trust involviert war – stärker noch als sonst. Dass dieser inoffizielle Geheimstandort in relativer Nähe zum ehemaligen Salt Lake City lag, konnte kaum ein Zufall sein – und das beunruhigte Duke nur noch mehr.

„Du solltest ihnen sagen, sie sollen bleiben, wo der Pfeffer wächst, Sheriff!", rief Rain. „Sollen sie sich mal entscheiden! Wir brauchen ihre Almosen nicht!"

„Ich fürchte, wir brauchen sie doch…", widersprach Duke. „Ja, es müsste so viel mehr sein. Aber ohne die Almosen würde es die Vereinigten Westlichen Territorien nicht geben. Nicht in dieser Form. Das ist eine Realität, die wir anerkennen müssen: Zehntausend Menschen inzwischen, die wieder in Freiheit und Sicherheit leben können, fast wie vor dem Krieg."

Das wollte Rain so nicht gelten lassen.

„Und wie viele mussten wegen der unterlassenen Hilfe-
leistung Proximas mit dem Leben bezahlen?"

„Schau, Rain... Ich verstehe deine Wut voll und ganz...
aber sie bringt uns nicht weiter. Herr, gib mir die Kraft zu
ändern, was ich nicht ertragen kann. Gib mir die Kraft zu
ertragen, was ich nicht ändern kann..."

„Und gib mir die Weisheit zu entscheiden, was ich
ertragen muss und was ich ändern kann. Amen!", ergänzte
Isaac.

„Das ist gut... Wo habt ihr das her?", musste Rain
einräumen.

„Also wie lautet der Plan?", wollte Isaac nun allerdings
wissen. „Wir klopfen höflich an die Tür und stellen uns vor?"

Duke schüttelte den Kopf:

„Die werden sagen: ‚Freut uns, Sie kennenzulernen. Jetzt
müssen wir Sie leider töten.' Das mit dem Kontaktverbot
nehmen die schon ziemlich genau."

„Wenn die so drauf sind, warum machen wir nicht einen
Riesenbogen um sie herum?", schlug Isaac vor.

„Wie lange willst du noch ziellos durch die Wüste
wandern, Isaac?", verwarf Duke den Vorschlag. „Lasst mich
nur machen. Ich weiß, wie man den Damen und Herren vom
fernen Proxima entgegentreten muss, damit sie nicht erst
schießen und dann Fragen stellen."

„Großartig!", schlug Rain die Hände über dem Kopf
zusammen.

„Notfalls werden wir uns eben verteidigen müssen. Wenn
wir mit einer Trife-Flut fertig werden, dann auch mit einem
Haufen Centurions. Zwar haben die bessere Waffen, aber
dafür ist ihre Anzahl mehr als überschaubar.", erläuterte
Duke.

„Kann mir nicht vorstellen, dass ein paar abgeknallte
Centurions den Handelsbeziehungen der Territorien mit
Proxima gut tun werden...", bemerkte Isaac.

„Werden sie nicht. Darum sollte das wirklich nur der letzte Ausweg sein."

„Seit zweihundert Jahren…", haderte Rain noch immer mit dem Schicksal, „…schauen sie schon zu, wie wir hier ums Überleben kämpfen. Dann rümpfen sie die Nase über uns, weil wir nach Schweiß und Blut riechen. Was zum Teufel verlangen sie von uns?!"

„Wir müssen sie eben widerlegen. Was Anderes bleibt uns nicht übrig.", erklärte Duke und ergänzte:

„Das ist im Wesentlichen meine Mission. Der Fortschritt, für den wir sorgen, hilft den Menschen auf der Erde in gleich mehrerer Hinsicht."

Hinter den Hügeln begannen die Berge, vor deren Hintergrund das ominöse Leuchten immer sichtbarer wurde, je näher Duke, Isaac und Rain ihnen kamen. Auf ihrem einstündigen Weg vom Ort der Begegnung mit dem Transporter bis hierhin war alles still geblieben. Noch immer keine Menschenseele und auch keine Trife weit und breit.

Es war ein gutes Zeichen.

Hätte der Centurion-Transporter bemerkt, dass man ihn gesehen hatte, dann hätte man mit hoher Wahrscheinlichkeit bereits ein Team ausgesandt, um das Kontaktverbot ‚rückwirkend durchzusetzen'.

Natürlich gab es längst Gerüchte über Raumschiffe. Es kam weitaus öfter zu Sichtungen als je ein Offizieller Proximas zugeben würde. An Außerirdische glaubte inzwischen jeder… aber Raumschiffe… aus Menschenhand? Das schien angesichts des allgegenwärtigen Elends dann doch zu weit hergeholt.

„Wir klettern die Hügel hinauf, um von dort einen Überblick zu bekommen…", erläuterte Duke das weitere Vorgehen. „Haltet die Augen und Ohren nach ihren Wachen offen – ob menschliche oder androidische."

„‚Androidisch'? Du meinst, sie haben auch Roboter??", hakte Rain ungläubig nach.

„Pozz."

„Wie schauen die aus?"

„Unterschiedlich. Du wirst sie schon erkennen."

„Bevor ich in den Tiefschlaf gegangen war, hatten wir in Dugway bereits mit ersten Tests prototypischer Wach-Androiden begonnen.", merkte Isaac an. „Soweit hatten sich die Bots ganz gut gegen die Trife geschlagen – zumindest, bis ihnen der Akku ausging."

„So ist es.", pflichtete Duke dem bei und führte weiter aus:

„Einer unserer Butcher-Mechs entspricht in der Kampfkraft etwa hundert Mann. Aber wenn man nicht aufpasst, schaltet er sich mitten im Gefecht einfach aus. Es ist ziemlich egal, wie dick dein Fell ist: Wenn du in einer Trife-Flut stehen bleibst, und die können dich riechen, pellen die dich auch aus jeder Konservenbüchse!"

„Worauf du einen pozzen kannst...", nickte Isaac – was Duke mit einer hochgezogenen Augenbraue quittierte.

„Okay, ab hier jetzt erst einmal Funkstille – es sei denn, es ist dringend, okay?", wies Duke an, und Isaac und Rain nickten im Duett.

Von hier aus wurde der Weg voran unangenehm steil, wobei allen dreien die Abwechslung vom schier unendlichen Flachland, das sie bis dahin durchquert hatten, nichtsdestotrotz willkommen war. Teils auf allen Vieren erklommen sie den Geröllhang Meter um Meter, und es dauerte nochmals eine geschlagene Stunde, bis sie endlich den Kamm erreichten.

Isaac kam als erster oben an... und warf sich sofort flach auf den Bauch. Per Handzeichen mahnte er seine beiden Gefährten sogleich, seinem Beispiel zu folgen – was sie auch taten.

„Dort!", deutete Isaac zischend auf ein metallisches Objekt. Duke erkannte es sofort.

Ein Mech war es jedenfalls nicht – sondern ein Komsystem, ähnlich der Komeinheit in Dukes Satteltasche, bloß in einer älteren, klobigeren und deutlich größer dimensionierten Ausfertigung. Der Grad der Verwitterung suggerierte, dass das Gerät schon eine ganze gute Weile dort stehen musste.

Duke stand auf und huschte hinter einen breiten Felsbrocken, der aus dem Geröll herausragte.

„Was tust du?", zischte ihm Isaac hinterher, während Duke die Tasche mit der Komeinheit von der Schulter nahm und öffnete.

„Ich gehe einer Vermutung auf den Grund, Isaac…"

– womit Duke einen Schnappverschluss an der Seite des Geräts aufklappte, unter dem ein Knopf zur Inbetriebnahme zum Vorschein kam. Beherzt betätigte er den Knopf…

…worauf prompt mit einem leisen Piepston hörbar die Lüftung des Geräts ansprang. Drei Sekunden später erschien auf dem Boden davor die Projektion einer Tastatur.

„Und davon hast du eine Ahnung?", schloss Isaac huschend zu Duke auf, Rain dicht hinter ihm.

„Nicht wirklich…", brummte Duke und schien abzuwarten.

Schließlich erschien in der Luft oberhalb der Tastatur eine zweite Projektion – ein blinkender Schriftzug, der da las:

‚CONNECTING…'

Fünfzehn Mal blinkte er, wie Isaac mitzählte, ehe sich der Schriftzug änderte und am Gerät ein bis dahin orange leuchtendes Lämpchen auf ein ebenso leuchtendes Grün umsprang:

‚CONNECTED.'

Vorsichtig lugte Duke hinter dem Fels hervor – und siehe da: Auch auf dem größeren Gegenstück des Geräts war ein grünes Lämpchen angegangen!

„Jackpot…", raunte Duke, sank zum kleineren Gerät zurück… und schaltete es aus.

Nun sah er wieder zum größeren Gegenstück… und das grüne Lämpchen war wieder erloschen.

„Vermutung bestätigt.", folgerte er. „Das Kleine verbindet sich mit dem Großen."

„Und... das heißt?"

„Das heißt, unser verblichenes Freundchen Junk, dem das kleine Gerät hier gehörte, hielt von dem Kontaktverbot mit Proxima genauso wenig wie ich – und die Preisfrage lautet: Warum?"

KAPITEL 21

„Die Growler haben Geschäfte mit Proxima gemacht?", hakte Isaac ungläubig nach.

„Mit den Centurions, um genau zu sein.", bestätigte Duke.

„Warum sollten die Centurions irgendwas mit Junk zu tun haben wollen?", fasste sich Rain nachdenklich ans Kinn.

„Das ist es ja, was mich stutzig macht.", grummelte Duke. „Die naheliegende Antwort ist: Es hat etwas mit Shurrath und den Khoronen zu tun. Und das gefällt mir gar nicht."

Duke packte die portable Komeinheit wieder in die Satteltasche, schulterte dieselbe, und verließ mit seinen beiden Gefährten die Deckung des Felsens. Noch ein weiterer, paralleler Hügelkamm lag zwischen ihnen und dem ominösen Leuchten, das inzwischen stark genug war, um lange Schatten auf den Geröllboden zu werfen.

Kaum hatte Duke den ersten Kamm überwunden, verlor er auch schon den Halt und begann auf dem Hosenboden hinabzurutschen. Einen Moment noch sahen Isaac und Rain einander fragend an… dann rutschten sie ihm hinterher.

Endlich erreichten sie den zweiten Kamm – dieses Mal Duke voran, der sich die letzten Meter bereits nur noch robbend fortbewegt hatte.

Und dort hinter der Kontur des Kamms stand er nun:

Der Centurion-Transporter, der vor wenigen Stunden über die Ebene der Salzwüste gerauscht war!

Die Form des Raumgleiters war kurzflüglig und gedrungen, von etwa zwanzig Metern Länge und zehn Metern Höhe. Exponierte Ionendüsen schlossen das Heck ab. Das Cockpit war nur leicht vom runden Bug abgesetzt, mit je einer mächtigen, schwenkbaren Plasmakanone zu beider Seiten. Am Backbord prangte ein großes Sternadler-Emblem.

„Wow...", kam Rain aus dem Staunen nicht mehr heraus.

Rund um den Raumgleiter waren ein Dutzend mobile Scheinwerfer aufgestellt, die vor allem das umliegende Areal sowie die geöffnete Ladeluke beleuchteten, welche wiederum direkt in eine rechteckig geschnittene, schachtartige Einbuchtung im Felsboden führte – mit Sicherheit der Eingang in eine unterirdische Geheimbasis.

Unweit des Eingangs schließlich stand ein Trupp von vierzehn Mann: Centurion-Marines in voller Rüstung, in Reih und Glied.

Was immer hier vor sich ging, war von Bedeutung.

„Was machen die da?", flüsterte Rain.

„Sie warten auf weitere Befehle...", antwortete Duke – und dann:

„Haltet die Stellung... ich werde mit ihnen reden."

„Das ist verrückt, Hayden!", zischte Isaac. „Sagtest du nicht, die nehmen das mit dem Kontaktverbot todernst?"

„Jep. Darum haltet ihr hier die Stellung."

„Wenn, dann sollte ich mit dir kommen!", wandte Isaac ein. „Immerhin bin ich ja sozusagen einer von ihnen. Du sagtest selbst, ich hätte als Marine sogar das Recht, mit ihnen zurück nach Proxima zu fliegen!"

„Stimmt schon...", brummte Duke, „...aber du kannst Rain hier nicht alleine lassen. Außerdem musst du mir versprechen, falls das jetzt schiefgehen sollte, dass du umgehend nach Sanisco gehst und meiner Frau ausrichtest, sie soll Rico verständigen. Verstanden? Rico verständigen!"

„Wer zum Geier ist Rico?", wurde Isaac ob Dukes überstürzter Vorgehensweise leicht ungehalten.

„Meine Kontaktperson auf Proxima. Also: dein Wort?"

„Pozz…"

„Egal, was kommt."

„Egal was kommt, Hayden."

Duke nickte… und schlitterte weiter den Hang hinab.

„Sei vorsichtig, Sheriff…!", rief ihm Rain noch halblaut hinterher.

Sollte tatsächlich der Trust die Regie hier führen, standen die Chancen allenfalls fünfzig zu fünfzig, dass er in einem Stück unten ankommen würde – wusste Duke. Wieder einmal setzte er alles auf eine Karte. Diese Gelegenheit war zu wichtig, um sie nicht beim Schopfe zu packen.

Zwar standen die Marines alle mit dem Rücken zu ihm, doch nurmehr zehn Meter vom Boden entfernt, war es praktisch ausgeschlossen, dass ihre Helmsensoren ihn nicht längst bemerkt hatten.

Unten angekommen, richtete er sich auf und klopfte sich den Sand und Staub vom Hosenboden…

…und ehe er recht begriff, was passiert war, hatten sie ihn bereits an den Armen gepackt – ein Marine zu jeder Seite, und ein dritter stieß ihm den Lauf eines Launchers in den Rücken. Ihre Gesichter waren von ihren dunkelblau getönten Helmvisieren verdeckt.

„Sie sind auf unerlaubtes Terrain eingedrungen!", krächzte markig die Lautsprecherstimme aus dem Helm des Hintermanns.

Sicherlich hätte Duke sich losreißen können. Seine Roboterarme waren stärker als die Muskulatoren der Marines. Aber er war gekommen, um zu reden, nicht um zu kämpfen.

„Verzeihung, die Herren. Mein Name laut–"

– doch ehe Duke zu Ende reden konnte, trat ihm der Marine hinter ihm mit Wucht in den Rücken, während die beiden anderen ihn von sich warfen, sodass er notgedrungen und überaus unsanft vornüber auf alle Viere fiel.

„Ihr Name tut nichts zur Sache! Sie haben hier nichts zu suchen!"

„…sagt der Space-Forcer dem Einheimischen, vier Lichtjahre von seiner Heimat entfernt.", höhnte Duke.

Augenblicklich verharrten die drei Marines wie erstarrt.

Duke konnte die Rädchen unter ihren dicken Helmen knirschen hören.

„Stehen Sie auf!", schnauzte der Hintermann schließlich.

Duke erhob sich gemächlich und hielt demonstrativ die Hände hoch.

„Kontrolliert ihn!"

Die beiden anderen Marines taten wie beordert. Als einer der beiden vor Duke trat, erkannte dieser, dass es sich um eine Frau handelte. Als diese ihm seine beiden Revolver abnahm, fiel das Licht der Scheinwerfer für einen Moment in genau dem richtigen Winkel in ihren Helm hinein.

Dunkle Haare, hohe Wangenknochen, Rehaugen.

Sie war eine Rico.

„Wo haben Sie Ihre Schutzpanzerung her?", wollte die Rico-Replik wissen.

„Ich bin froh, dass Sie fragen. Tatsache ist nämlich, dass–", wollte Duke antworten, wurde aber jäh vom Hintermann unterbrochen.

„Klappe!", stieß er ihm erneut den Lauf in den Rücken.

„Vazquez ebenso!"

„Jawohl, Sir. Verzeihung, Sir."

„Die Frau Oberst will, dass wir ihn und seine beiden Freunde zu ihr bringen."

Verdammt…!

Duke verkniff sich, zu Isaac und Rain zurückzusehen.

Es war eindeutig genug, was geschehen war, und jede unnötige Regung konnte sich nur zu ihrer dreier Nachteil auswirken.

So oder so hatten sie jetzt den Fuß in der Tür – und noch war kein Schuss gefallen.

KAPITEL 22

Die Centurions führten Duke die Rampe hinab.

Das war gut und schlecht zugleich.

Sie ließen ihn näher an sich heran, erhöhten damit aber auch die Hypothek, die auf ihm lastete. Denn je mehr von ihrer Einrichtung er zu sehen bekam desto höher das Risiko, dass er ‚zu viel sah'.

Von seinen beiden Gefährten war jedenfalls nichts zu sehen – was ihn kaum verwunderte. Es entsprach der Standardmethode, sie zu separieren, damit sie sich nicht weiter absprechen konnten und unabhängig voneinander befragt werden konnten. Doch was würden Isaac und Rain ihnen erzählen?

Isaac war bereits im Bilde über die Rolle des Trust auf Proxima, Rain jedoch nicht. Allerdings war sie argwöhnisch genug gegenüber Proxima eingestellt, dass ihre Verhörer wahrscheinlich alles andere als leichtes Spiel mit ihr haben würden. Wie würden sie mit ihr umgehen, falls sie sich renitent zeigen sollte? Vieles hing davon ab, was genau Proxima hier überhaupt im Schilde führte – mitten in der Salzwüste des ehemaligen US-Bundesstaats Utah.

Die Rampe führte zunächst in eine Art Hangar hinab. Als

Erstes erblickte Duke diverse große, teils gestapelte Holzkisten, die er für Waffenlieferungen hielt – bis er an einer der Kisten vorbeikam, die entweder bereits geöffnet oder noch nicht ganz verschlossen worden war.

Beim Inhalt zumindest dieser einen Kiste schien es sich um eine Art überdimensioniertes Computersystem zu handeln – eines von einer extravaganten Erscheinung aus schwarzem Metall, Chrom und goldenen Drähten, die Duke in dieser Form zuvor noch nie bei einem Computersystem begegnet war. Das Ganze mutete technologisch extrem fortschrittlich an – wobei der Schein unter Umständen auch täuschen konnte.

Den Kisten folgten zwei alte, mit allerlei Panzerpaneelen und Spikes versehene Milizionärsboliden, dann ein ganzes Drohnengeschwader sowie schließlich zwei Hoverbikes. Ein eher kleiner und unkoordiniert wirkender Fuhrpark also…

Dem Hangar schloss sich ein mit einer breiten Sicherheitstür aus Stahl bewehrter kurzer Durchgang an, der Duke und die ihn geleitenden Marines schließlich in einen mit gebürstetem Aluminium ausgekleideten, elegant futuristisch wirkenden Korridor führte. Dieser gabelte sich nach kaum zehn Metern bereits. Je eine holografische Projektion unterhalb der Decke zeigte an, wohin es ging. Als hätte es ein schlichtes Schild nicht auch getan – dachte Duke bei sich.

Über dem Gang, in den sie ihn führten, stand geschrieben: ‚ADMINISTRATION‘

Wie Duke den Sprachgebrauch Proximas kannte, rechnete er hierbei mit einem Euphemismus, der verharmlosen sollte, was manch einen wirklich dort erwartete.

Wenige Meter hinter der Gabelung ging es durch eine weitere Sicherheitstür aus Stahl hindurch, hinter der es plötzlich deutlich lebendiger wurde:

Lauter Uniformierte in unterschiedlichen Farben und mit unterschiedlichen Dekorationen gingen hier ihren Angelegenheiten nach. Nur die wenigsten konnte Duke zuverlässig kategorisieren, doch die weißen Uniformen schienen ihm am häufigsten vorzukommen.

Immer wieder blieben die Blicke an Duke haften.

Kein Wunder: Er stach hervor wie ein bunter Hund. Wahrscheinlich war er für viele hier der erste Erdling, den sie persönlich beziehungsweise aus nächster Nähe zu Gesicht bekamen.

Dukes flotter Spruch musste jene Frau Oberst wohl einigermaßen beeindruckt haben, dass sie ihn derart quer durch die Katakomben zu sich führen ließ, statt ihn einfach in ein Verhörzimmer sperren zu lassen oder ihm gleich auf dem Landeplatz an der Oberfläche entgegenzutreten. Er hoffte weiterhin, dass dies ein gutes Zeichen war…

Schließlich wurde er in einen weit ausladenden Saal geführt, der in etliche individuelle Bürokuben gleicher Größe unterteilt war. Jeder einzelne Kubus hatte eine Glastür, hinter der sich unterschiedliche Steuerkonsolen stapelten. Die Stapel wiederum waren stets halbkreisförmig um ein zentrales Bildschirmterminal samt drehbarem Bürosessel angeordnet. Auf manchen der Bildschirmterminals erschienen mehrmals pro Sekunde neue Grafiken sowie Text- und Zahlenkolonnen – von denen Duke eine kryptischer erschien als die nächste.

Natalia wäre begeistert gewesen – kein Zweifel.

Soweit Duke es deuten konnte, handelte es sich bei den Terminals samt der Konsolen um so etwas wie Systemmonitore. Die Tatsache, dass die allermeisten davon unbesetzt zu sein schienen, verriet ihm, dass es entweder gerade Wichtigeres zu tun gab… oder dass nur wenige Mitglieder der Belegschaft qualifiziert genug waren, um die Terminals tatsächlich zu bedienen. Insgesamt wirkte dieser Bereich im Vergleich zu dem davor regelrecht verlassen.

Schließlich öffnete Vazquez die Tür zu einem angrenzenden Raum und postierte sich daneben als Wachsoldat. Ihr Kamerad tat es ihr gleich.

Duke sah hinein.

Der Raum war fast leer – bis auf einen kleinen Metalltisch mit einem einzelnen Klappstuhl. Ein klassisches Verhörzimmer… doch warum so weit hier unten?

„Platz nehmen!", rief eine Stimme.

Duke atmete kurz tief ein… und tat wie angewiesen. Er hatte keine Wahl, als abzuwarten, wie sich die Dinge hier entwickeln würden. Statt um sich selbst war er eher um Isaac und Rain besorgt – vor allem, falls sich sein Verdacht betreffs des wirklichen Zwecks dieses Raums bestätigen sollte. Sollten die Dinge hier aus dem Ruder laufen, wer würde dann Natalia und die Territorien verständigen?

Noch aber war er zuversichtlich. Bis hierhin hätten die Dinge soweit deutlich schlechter laufen können. Hätten sie ihm etwa Aktionsbegrenzer angelegt oder ihm die Prothesen abmontiert, dann wäre das ein deutlich ominöseres Vorzeichen. Stattdessen gaben sie ihm einen Vertrauensvorschuss und behandelten ihn mit einem Mindestmaß an Respekt – zumindest seit seiner cleveren Bemerkung bei seiner Festnahme.

Duke genoss den Moment der Ruhe. Durch das Sichtfenster in der Gleittür konnte er sehen, dass nurmehr Vazquez die Tür bewachte, während sich ihr Vorgesetzter und ihr anderer Kamerad zunächst von dannen machten.

Einfach zurücklehnen und abwarten, in einem spärlich eingerichteten, aber sauberen und klimatisierten Raum – das war mal ein willkommenes Kontrastprogramm. Sie hatten ihn nicht einmal wirklich gründlich kontrolliert. Der Zeremonienspeer hinter seinem Revers war ihnen völlig entgangen – vielleicht auch aufgrund des untypischen Formats der Waffe. Nichtsdestotrotz war das eine grobe Nachlässigkeit jener Sorte, für die im Ernstfall der Kopf des Vorgesetzten rollen müsste. Aber vielleicht hatte jene Frau Oberst die Situation einfach nur korrekt eingeschätzt und bei Duke auf eine Leibesvisitation verzichtet?

Eine gute Viertelstunde saß Duke so da – als ihn das Zischen der Tür aufschauen ließ.

Eine Offizierin vom Rang des Oberst trat herein.

Duke stand auf, sah ihr kurz in die Augen, senkte den Blick dann jedoch. In jenem kurzen Augenblick hatte sie ihre Überraschung kaum verbergen können, auch wenn sie sich alle Mühe gab. Sie war eine Frau mittleren Alters mit einer eleganten, grauen Kurzhaarfrisur und einem schmalen, strengen Gesicht mit ebenso schmalen, ungeschminkten Lippen. Sie trug eine marineblaue Offiziersuniform mit aufgeknöpftem Stehkragen – streng, aber nicht unerbittlich. Zumindest äußerlich schien sie unbewaffnet.

„Setzen Sie sich.", gebot sie ihm mit vergleichsweise sanfter Stimme.

Duke nahm Platz.

Die Frau Oberst verschränkte die Hände in ihrem Rücken und drehte sich nachdenklich zur Seite.

„Sie führten eine Tasche mit sich, in der sich ein Telekommunikationsgerät befand, zu dessen Besitz und Nutzung Sie über keine Befugnis verfügen. Richtig?"

„Korrekt."

„Nichtsdestotrotz haben Sie das Gerät eingeschaltet, worauf sich dieses mit unserem lokalen Telekommunikationsnetzwerk verbunden hat. Richtig?"

„Korrekt."

„Wie gesagt sind Sie weder der rechtmäßige Besitzer noch befugter Nutzer des fraglichen Geräts. Sie haben es sich widerrechtlich angeeignet, und wir wissen auch, wo und von wem."

„Dann können Sie mir vielleicht auch sagen, was es dort zu suchen hatte?", ging Duke zur Gegenoffensive über.

„Bitte?", fragte die Frau Oberst indigniert zurück.

„Das fragliche Telekommunikationsgerät, Ma'am. Was hatte es dort, wo ich es mir ‚widerrechtlich angeeignet' habe, zu suchen – offenbar ja mit Ihrem Wissen?"

„Ich stelle hier die Fragen!"

„Darf ich wenigstens erfahren, wer fragt?"

„Was?"

„Laut Centurion-Protokoll hätten Sie sich eigentlich vorstellen sollen…"

Einen auffälligen Moment lang sah die Frau Oberst Duke in die Augen – gefasst und mit ausdrucksloser Strenge… und doch offenkundig stutzig ob seiner Nachfragen.

„Behalten Sie's ruhig für sich, Frau Oberst.", kam er ihrer Antwort zuvor.

„Ihren Rang kann ich Ihrem Revers entnehmen, und ich weiß auch, woher Sie kommen, und wer Ihre höheren Vorgesetzten sind – zumindest offiziell. Ich weiß, dass unser Plausch hier gerade gegen das Kontaktverbot verstößt. Was ich nicht weiß, ist, was zum Teufel Sie hier auf meinem Planeten machen… und in wessen Auftrag. De-facto, nicht pro-forma – wenn Sie verstehen, was ich meine."

Die linke Augenbraue der Frau Oberst war nach oben gewandert. Musternd sah sie von oben auf Duke herab. Dann brach sich ein süffisantes Lächeln in ihrem Antlitz Bahn:

„Ein Erdling, der so viel weiß, lebt gefährlich…"

Duke erwiderte mit einem Feixen:

„Wem sagen Sie das! Aber ich will keinen Ärger. Eigentlich war ich auf dem Weg nach Westen und bin eher zufällig über Ihre kleine Basis hier gestolpert."

„Ach ja… und rein zufällig hatten Sie eines unserer Telekommunikationsgeräte dabei, das Sie bei dieser Gelegenheit gleich einmal ausprobiert haben…"

„Butter bei die Fische, Frau Oberst: Junk ist tot. Ich habe ihn eliminiert."

„Weshalb?"

„Das wissen Sie nicht?"

„Meine erste Vermutung war, dass Sie an unserem Arrangement mit Mister Kurosawa Anstoß nahmen – aber wie es scheint, sind Sie über dieses gar nicht im Bilde."

Ein Arrangement mit Junk also…

Etwa auch… mit Shurrath?

Zu gerne hätte Duke nun einen Blick auf den Nacken der Frau Oberst geworfen…

Stattdessen gähnte er und streckte sich demonstrativ:

„Schon verdammt spät, oder? Wie wär's, wenn wir den Ringelpiez hier ein bisschen abkürzen, und ich sage Ihnen, was ich weiß, und Sie sagen mir, was Sie wissen?"

„Wie wär's mit ‚Nein'? Machen Sie sich keine Illusionen: Sie sind mein Gefangener. Ich stelle die Fragen, und Sie geben brav Antwort, wenn Sie wissen, was gut für Sie ist!"

„Ach, so ist das?", runzelte Duke die Stirn. „Die viel gelobte proximantische Gastfreundschaft – ich merke schon…"

Die Frau Oberst lachte:

„Nun gut, wenn Sie es so haben wollen: Es obliegt dem Gast, sich vorzustellen, oder nicht?"

„Punkt an Sie, Frau Oberst. Duke mein Name."

Er analysierte ihr Mienenspiel genau… konnte diesem aber keinen Aha-Moment entnehmen.

„Nun, Mister Duke, ich schätze, heute ist Ihr Glückstag. Mir gefällt Ihre Chuzpe. Und wenn ich Sie mir so anschaue, dann schauen Sie mir ohnehin nicht aus wie jemand, der sich von… sagen wir… ‚physischer Belastung'… beeindrucken lässt."

„Na, Sie wissen vielleicht, wie frau einem Mann Komplimente macht, Frau Oberst…", tat Duke verlegen.

„Genauer gesagt, schaut es mir doch so aus, als seien Sie erst kürzlich frisch verwundet worden. Und dem rosigen Behandlungszustand der Wunde nach zu urteilen, haben Sie eines unserer patentierten Medi-Pflaster dazu verwendet – richtig?"

„Korrekt."

„Gegen das Kontaktverbot zu verstoßen, scheint also gewissermaßen zu Ihrem Alltag zu gehören."

„Könnte alltäglicher sein. Ich würde Ihnen ja vorschlagen, mal bei Proxima Command durchzuklingeln und meinen Namen zu erwähnen, um zu schauen, was passiert – aber ich weiß ja, dass das Ganze mindestens zwei Wochen in Anspruch nehmen würde... und dass Sie vermutlich keinen Wert darauf legen, Proxima wissen zu lassen, dass Sie überhaupt hier sind. Richtig, Frau Oberst?"

Lächelnd erwiderte sie sein Stirnrunzeln.

Dieser Duke wusste, wie man pokert.

„Stehen Sie auf und folgen Sie mir.", ging sie zur Tür.

Duke ließ es sich nicht zweimal sagen.

Die Tür glitt auf, und Vazquez, ihr Kamerad und ihr Vorgesetzter erschienen. Die Frau Oberst trat heraus, Duke hinter ihr. Sie tat einen Schritt zur Seite:

„Feldwebel Hale, Korporal Dyne und Gefreite Vazquez: Mister Duke hier ist bis auf Weiteres als mein persönlicher Gast anzusehen. Feldwebel, ich möchte, dass Mister Duke dem Prozess als Beobachter beiwohnt."

„Sehr wohl, Ma'am."

„Ich unterstelle sein Betragen Ihrer Verantwortung."

„Verstanden, Ma'am."

Duke konnte Feldwebel Hale ansehen, wie sehr diesem die Order der Frau Oberst gegen den Strich ging.

Letztere ging nun voran und führte den kleinen Tross zurück zur Korridorgabelung. Von hier aus bogen sie prompt in die zweite Abzweigung ein. Die holografische Projektion darüber las:

‚RESEARCH'

Eines der wenigen Worte im Wortschatz Proximas, das in puncto unterschwelliger Bedrohlichkeit selbst das Wort ‚ADMINISTRATION' noch übertraf...

„Also, Mister Duke...", wandte sich die Frau Oberst erneut an Duke, während die Gruppe die Gänge passierte, „...da Sie ja jetzt mein Gast sind: Was genau hat Sie nach Howl verschlagen?"

„Ist 'ne lange Geschichte."

„Ich dachte, wir hätten uns geeinigt?"

„Ich habe vorgelegt. Jetzt sind Sie erst einmal an der Reihe."

„Punkt an Sie, Mister Duke."

Schließlich kamen sie erneut in einen ausladenden Saal mit etlichen Bürokuben, der seinem Gegenstück im Administrationsbereich zu gleichen schien. Auch hier enthielt jeder Kubus halbkreisförmig um ein zentrales Bildschirmterminal samt drehbarem Bürosessel angeordnete Steuerkonsolentürme – mit dem Unterschied, dass fast jeder Kubus hier von mindestens einer Person besetzt war, teils im Overall, teils im Laborkittel. Eine große Leinwandprojektion zeigte eine rasterförmige Zusammenstellung aus einem Dutzend Kamerabilder – augenscheinlich Live-Bilder von unterschiedlichen Standorten der Salzwüste.

Ein Mann im Laborkittel samt dicker Hornbrille kam auf die Frau Oberst zu und salutierte:

„Frau Oberst Gillick, Ma'am!"

„Doktor Stern.", erwiderte Gillick.

„Sind wir so weit?"

„Jawohl, Ma'am. Alles bereit!"

Doktor Stern würdigte Duke nur eines flüchtigen, aber ebenso unverkennbar überraschten Blicks.

„Also gut. Beginnen wir! Wie lautet das Szenario?", wollte Gillick wissen.

„Xenotrife-Angriff.", antwortete Doktor Stern.

„Schon wieder?"

„Wir haben an den Transmittern einige Modifikationen vorgenommen, um die Frequenzeffizienz zu steigern. Es ist wichtig, dass wir einhundertprozentige Compliance sicherstellen, ehe wir die Schwierigkeitsstufe weiter erhöhen."

„Natürlich, Doktor. Fahren Sie fort."

‚Szenario'?

‚Xenotrife-Angriff'?

Das Ganze klang nach einer Art Test oder Experiment, doch ansonsten konnte Duke sich keinen Reim darauf machen.

„Verwenden wir die Requisiten?", erkundigte sich Frau Oberst Gillick weiter.

„Bis wir einhundertprozentige Compliance sichergestellt haben, ja.", wiederholte Doktor Stern, und es klang so, als müsste es bereits das tausendste Mal sein, dass er diese Phrase herunternudelte.

Einer der Weißkittel in einem der Kuben verlautbarte etwas für Duke Unverständliches, ein zweiter reagierte hörbar, und im nächsten Moment fuhren die beiden Milizionärswagen aus dem Hangar die Rampe hinauf und unter dem Centurion-Transporter hindurch, um in einem gut von den Scheinwerfern ausgeleuchteten Bereich wieder stehenzubleiben.

Gemeinsam mit den Umstehenden verfolgte Duke das Geschehen aus unterschiedlichen Kamerawinkeln auf der großen Leinwandprojektion.

„Ma'am, sind Sie sicher, dass ein Außenstehender…", trat Doktor Stern bemüht diskret an Oberst Gillick heran. „General Haeri hat–"

„…mir die volle Verantwortung übertragen.", fiel sie ihm ins Wort.

General Haeri also. Duke war kaum überrascht, diesen Namen zu hören.

„Jawohl, Ma'am.", senkte Doktor Stern unterwürfig den Kopf und wandte sich wieder dem Fortlauf der Dinge zu.

Oberst Gillick hatte ein schelmisches Lächeln auf den Lippen, das Duke ganz und gar nicht gefiel. Waren ihre Gründe, ihn dieser Vorführung beiwohnen zu lassen, tatsächlich gerechtfertigt?

„Nun die Probanden!", rief sie, als wäre dies der Moment, den sie bereits voll Vorfreude erwartet hatte.

Eine Pforte im Hangarinneren öffnete sich, und heraus

traten zwei Marines mit Gewehren in Anschlag... gefolgt von etwa zwei Dutzend augenscheinlicher Zivilisten, teils in abgegriffenen Klamotten, teils in Lumpen – offensichtlich einheimische Siedler.

Männer, Frauen, Alte, Junge:

Sie alle wirkten verunsichert bis verängstigt und fanden sich von weiteren Marines umgeben – ebenfalls mit den Gewehren im Anschlag.

Da stockte Duke der Atem:

Denn Isaac und Rain waren auch darunter!

Duke spürte, wie sein Puls beschleunigte und das Adrenalin in seine Glieder schoss.

Das schelmische Lächeln der Frau Oberst verwandelte sich zusehends in ein geradezu dämonisches...

KAPITEL 23

Beunruhigt sah Rain an Isaac hinauf.

Dieser schien gefasst und ließ den Blick immer wieder über die Umgebung schweifen... auf der Suche nach einem möglichen Ausweg.

Weder er noch Rain wussten, was man mit ihnen vorhatte, doch die Tatsache, dass man sie zusammen mit den Siedlern wie eine Herde heraustrieb – umzingelt von schussbereiten Gewehren – sprach der Bände genug.

In der Kampfschule der sogenannten ,Kriegsköter' hatte Rain gelernt, ihre Prothesen nach Möglichkeit stets zu verbergen. Als die Centurions sie und Isaac abgeführt hatten, da hatte sie wiederholt so getan, als würde sie auf dem Geröllhang ebenso leicht die Balance verlieren, und auch sonst, als wäre sie ein ganz zierliches, schwächliches Mimöschen – mit dem Erfolg, dass man ihr zwar sämtliche Waffen abgenommen hatte... nicht aber ihre Prothesen.

Das war ein Glück in doppelter Hinsicht: Denn wenn man erst bemerkt hätte, was für ein nutzloses Häufchen Elend Rain ohne ihre Prothesen war... es wäre wahrscheinlich ihr sofortiges Todesurteil gewesen.

Isaac und Rain hatten versucht, mit den Centurions zu

reden. Das Ergebnis für Isaac war ein blaues Auge. Das Schlimmste daran war die Demütigung, es herunterschlucken zu müssen, statt es dem betreffenden Bastard postwendend und einschließlich Zins und Zinseszins heimzuzahlen...

Schließlich hatte man Isaac und Rain zu den Siedlern in eine mit dicken Gitterstäben bewehrte Kaverne geschlossen. Rain hatte die meisten der Siedler gleich erkannt: Sie kamen aus dem Umland von Howl – teils von Stämmen, die Rains eigenem Stamm nahestanden. Zwar hatte es nicht lange gedauert, bis die Centurions mit ihren Gewehren wiederkamen, um sie alle zurück auf den Landeplatz des Centurion-Transporters zu führen, doch bis dahin hatten die Siedler Rain bereits erzählt, dass auch sie von Junk als Sklaven gehandelt worden waren. Und dass dieser sie seinerseits als Gefangene gehalten hatte... bis eines Nachts auf dem alten Flughafen ein Raumschiff gelandet war, um sie abzuholen und hierherzubringen.

Junk hatte nur einen kleinen Teil der Sklaven, die er einfangen oder erstehen ließ, für seinen persönlichen Bedarf oder den seiner Leute gebraucht. Den Rest verkaufte er weiter – und nun wusste Rain endlich, wer zu Junks Kunden gehörte.

Was sie nicht wusste, das war, was man nun mit ihnen vorhatte.

Sie war beunruhigt, aber nicht verängstigt. Isaacs stoischer Ernst spendete ihr Mut. Innerlich musste er kochen. Nicht nur wegen des blauen Auges, sondern weil man natürlich gleich auch das Backpack seines ermordeten Sohnes konfisziert hatte.

„Was wird das hier?", flüsterte Rain ihm möglichst unauffällig zu.

„Wenn ich das wüsste...", antwortete er. „Sie haben die Milizionärswagen herausgefahren und gleich dort drüben abgestellt. Weiß der Teufel..." Dann mit einem deutlicheren Anflug der Beunruhigung:

„Aber Trife spürst du keine in der Nähe, oder?"

„Nein, Null. Bin mir nicht mal sicher, ob ich überhaupt noch auf Empfang bin!"

Isaac ließ weiter konzentriert seinen Blick umherwandern – dann:

„Siehst du das?"

„Seh ich was?"

„Kameras! Dort... und dort... und dort..."

„Ziemlich viele..."

„Jep. Bloß zum Überwachen bräuchten sie weder so viele Kameras noch so viele Scheinwerfer. Schaut eher so aus wie die Live-Übertragung eines Sport-Events oder so..."

„Was, glaubst du, haben sie mit dem Sheriff gemacht?"

„Ich schätze mal, es kommt drauf an, was er ihnen erzählt hat. Er meinte ja, er wüsste, wie man mit ihnen reden muss, damit sie einem nicht auf die Pelle rücken."

„Das hätte er uns vielleicht mal verraten sollen, bevor wir uns ihnen genähert haben..."

Isaac nickte mit einem stillen Seufzen.

„Wie hoch, glaubst du, ist unsere Chance, hier heil wieder herauszukommen?"

„Du stellst vielleicht Fragen, Rain... Schwer zu sagen. Aber all die anderen Leute hier scheinen genauso ahnungslos zu sein wie wir – was suggeriert, dass es für diese Veranstaltung nur Premierenkarten gibt..."

Rain gefiel ganz und gar nicht, wie Isaac das sagte.

„Wenn wir alle hier bloß zusammenhalten würden...", raunte Rain...

„...dann könnten wir die Wachen überwältigen, uns ihre Gewehre schnappen und den Laden auf den Kopf stellen?", führte Isaac ihren Gedanken fort. Rain schluckte.

Die Centurion-Wachen blieben außerhalb des von den Scheinwerfern beleuchteten Bereichs stehen und dirigierten die Gefangenen weiter.

„Weitergehen!", bellte einer der Bewaffneten. „Wer stehenbleibt, bevor wir es sagen, bekommt unseren bleiernen Märtyrerorden verliehen!"

Dümmliches Gelächter machte sich unter den Centurions breit.

Die Traube der Siedler tat wie befohlen und fand sich schließlich genau in der Mitte des fraglichen Bereichs, als die Wachen sie zum Stehenbleiben beorderten.

Die beiden abgegriffenen Milizionärsboliden standen wenige Meter von der Traube entfernt. Allein auf Sicht versuchte Rain vergeblich zu ermitteln, ob man die beiden Fahrzeuge nicht kapern könnte. Wohl eher unwahrscheinlich, dass den Centurions ein derartiges Sicherheitsrisiko entgehen würde. Andererseits waren ihnen auch Rains Prothesen entgangen. Vielleicht waren es nicht die Kompetentesten des Planeten Proxima, die man von dort auf die Erde schickte?

„In Reih und Glied aufstellen! Los, los!", bellte eine der Centurion-Wachen nun.

„Als Nächstes wollen sie, dass wir durch brennende Ringe springen…", murrte Isaac.

„Auseinander! In Reih und Glied! Zwei Armlängen Abstand!"

Träge und unkoordiniert begannen die Siedler, die Anweisung in die Tat umzusetzen.

„Komm…", raunte Isaac und nutzte das Gewusel, um sich mit Rain zusammen nahe der beiden Fahrzeuge zu platzieren.

So fand sich Rain schließlich in Reih und Glied zu Isaacs Rechter… und zur Linken eines anderen, noch deutlich jüngeren Manns, der kaum volljährig sein konnte. Er wirkte nervös und aufgewühlt.

„Du stehst auf meinem Platz!", motzte er Rain unvermittelt an.

„Bitte?!"

„Aus dem Weg!", zischte er und versuchte für etwa fünf Sekunden, sie niederzustarren – bis er nicht umhin kam zu bemerken, dass ihr deutlich mehr Mut in den Knochen steckte als ihm.

Isaac war nun nah genug an einem der Wagen, um diesen zu berühren. So unauffällig wie möglich versuchte er, einen Blick ins Innere zu werfen.

Selbst, falls eine Flucht darin nicht möglich sein sollte, so könnten die Wagen im Zweifelsfall ein wenig Deckung bieten – rechnete er sich aus. Und mit gezielten Blicken versuchte er, Rain unauffällig sein Vorhaben zu signalisieren. Sie nickte ihm zu und schien verstanden zu haben…

„Gut! Alle stillgestanden!", kommandierte einer der Centurions schließlich.

Ein Raunen ging durch die Reihen.

Rain sah, wie sich ein anderer Centurion direkt an eine der Kameras wandte – so als würde er sich mit jemandem am anderen Ende der Leitung verständigen. Kurz darauf drehte sich derselbe Centurion wieder zurück – offenbar zufrieden mit dem Ergebnis der Konversation.

Damit wollte sich auch Rain wieder Isaac neben ihr zuwenden.

Doch dieser stand plötzlich da wie erstarrt… sein Blick entsetzt.

„Ike?"

„Rain… sagtest du nicht, es wären keine Trife in der Nähe?"

„Was? Ja, ich spüre keine Tri–…"

Ehe sie den Satz beenden konnte, hatte sie Isaacs Blick in Richtung eines der umliegenden Hügelkämme verfolgt.

Nun schien vollends unwiderlegbar, dass sie kein Gespür mehr für die Anwesenheit der Trife hatte. Denn mit einem schwellenden Kreischchor kamen hinter den Kämmen rundherum hunderte, nein… tausende Paar gelb funkelnder Schlangenaugen hervor…

„Jetzt wissen wir wohl, was wir hier sollen, Rain:
Wir sind Trife-Futter!"

KAPITEL 24

Konzentriert sog Duke das auf die Leinwand projizierte Kamerabild in sich auf, ehe es auf eine weitere Ansicht umsprang.

Er hatte gesehen, wie Isaac gebannt auf die umliegenden Hügel gedeutet hatte. Doch auf welche Kameraansicht das Bild auch wechselte... er konnte dort nichts erkennen. Nichts außer den wogenden Hügelkämmen und dem Nachthimmel darüber.

Derweil begannen mehr und mehr der in Reih und Glied aufgestellten Siedler ebenso, gebannt die umliegenden Hügel hinaufzuschauen – ihre Blicke angsterfüllt... aufkeimende Panik. Einige von ihnen fielen flehend und jammernd auf die Knie.

„Was zum...", raunte Duke. Dabei schwante ihm längst, was dort tatsächlich vor sich ging. Er hatte so etwas Ähnliches schon einmal erlebt – auch am eigenen Leib...

Oberst Gillick war Dukes innere Aufgewühltheit über diese für Außenstehende kaum wahrzunehmende Bedrohung nicht entgangen.

„Was wissen Sie, Mister Duke? Was glauben Sie, was zum

Teufel hier vor sich geht? Ich seh's Ihnen an, dass Sie nicht ahnungslos sind!"

„Ich… habe wirklich keinen Schimmer…", bemühte Duke sich, Oberst Gillick etwas vorzumachen.

Das Geschehen auf dem Schirm hatte inzwischen so weit an Dramatik gewonnen, dass dies auch einem tatsächlich ahnungslosen Außenstehenden nicht länger verborgen bleiben konnte. Die eben noch geordneten Reihen der Siedler waren in der Auflösung begriffen. Einige von ihnen rannten erst in die eine Richtung, blieben dann abrupt stehen und rannten in die andere Richtung… um erneut abrupt stehen zu bleiben und schließlich kauernd zu Boden zu gehen. Andere schlugen wild um sich. Wieder andere lagen einander in den Armen – mit schmerzverzerrten Tränen in den Gesichtern. Vergeblich versuchte Duke noch auszumachen, wo Isaac und Rain geblieben waren.

„Sie wissen, was mit den Menschen dort gerade geschieht – oder nicht, Mister Duke? Sie wissen vielleicht nicht, wieso es ihnen geschieht – gerade hier und jetzt – aber einordnen können Sie es wohl… Oder sollte ich vielleicht eher sagen: diagnostizieren können Sie es!"

„Das reicht! Beenden Sie dieses unmenschliche Experiment!", beschwor Duke sie eindringlich.

„Ich habe meine Befehle, Mister Duke. Und ich habe einen Auftrag, eine Mission. Sie sind Zeuge wegweisender Forschungsarbeit!"

„Forschungsarbeit für wen und zu welchem Zweck?"

Dukes Frage erntete nichts als ein selbstzufriedenes Lächeln von Oberst Gillick.

Er hatte genug. Mit bebenden Nüstern begann er auf sie zuzugehen – doch Feldwebel Hale schob sich gleich dazwischen und baute sich mit breiter Brust vor ihm auf.

„Na, na, Mister Duke!", rief er ihm ins Gesicht.

Oberst Gillick wandte sich wieder dem großen Schirm zu – die Hände hinterm Kreuz verschränkt.

„Für wen und für was, Gillick!?", brüllte Duke an Feldwebel Hale vorbei. Doch Oberst Gillick ignorierte ihn.

Natürlich hätte Duke Hale überrumpeln können, wenn er gewollt hätte... doch wäre eine akute Bleivergiftung der Preis dafür gewesen.

„Bemerkenswert...", meldete sich Doktor Stern plötzlich zu Wort.

„Schauen Sie, Ma'am! Wie es scheint, wollen diese beiden Probanden versuchen, die Requisiten dazu einzusetzen, aus der Situation auszubrechen!"

„Das ist in der Tat eine Premiere...", fasste sich Oberst Gillick ans Kinn.

Das große Kamerabild schaltete auf eine Ansicht der beiden Fahrzeuge. Zwei der Probanden waren in eines davon eingestiegen – und es waren Isaac und Rain!

„Mister Duke, Sie sind wahrlich ein unverhoffter Segen. Leider sind die meisten Erdlinge schicksalsergebene Feiglinge. Ursprünglich wollten wir hier unter anderem den Aspekt der menschlichen Kampf-oder-Flucht-Reaktion experimentell beleuchten. Aber wimmernd auf die Knie zu fallen, ist weder das eine noch das andere. Ihre beiden Gefährten scheinen hier genauso sehr aus dem Rahmen zu fallen wie Sie selb– Oh... schauen Sie nur!"

Auf dem großen Kamerabild zu sehen war nun, wie Rain mit bloßen Händen eines der aufgebohrten seitlichen Auspuffrohre des Milizionärsboliden herausgerissen hatte und nun augenscheinlich als Schlagwaffe verwendete.

„Jetzt sagen Sie bloß, die Kleine dort ist ein Ersatzling wie Sie selbst, Mister Duke?"

„Ich bin kein Ersatzling..."

„Haarspalterei, Mister Duke! Sie wissen schon, was ich meine. Sie müssen mir Ihre Story und die Ihrer Gefährten erzählen!"

„Zuallererst müssen Sie Ihr krankes Spielchen dort oben beenden, Frau Oberst!"

„Einhundertprozentige Compliance erzielt!", verlautbarte Doktor Stern und schien auf eine Reaktion seitens Oberst Gillick zu warten. Da eine solche jedoch ausblieb, schob er sich bedröppelt die Hornbrille zurecht und wandte sich wieder seinem Computertablett zu.

„Reden Sie endlich, Mister Duke! Sie haben verdammt schnell begriffen, was da oben vor sich geht!", ließ Oberst Gillick nicht locker.

„Warum fragen Sie mich Dinge, die Sie längst wissen, Frau Oberst?"

„Weil ich wissen will, was Sie wissen, verdammt! Beantworten Sie meine Frage, und ich sehe mich vielleicht bewogen, den Test für abgeschlossen zu erklären!"

Dukes Augenmerk kehrte zur Projektion der Kamerabilder zurück. Die meisten Siedler waren dazu übergegangen, sich im eingebildeten Todeskampf auf dem sandigen Boden zu winden und zu wälzen. Eine junge Frau packte sich an die Kehle, verdrehte die Augen und fiel zu Boden. Dort verharrte sie regungslos – wie nach und nach immer weitere ihrer Schicksalsgenossen.

Derweil hatte sich um die beiden Fahrzeuge eine kleine Traube gebildet. Isaac hielt inzwischen das zweite Auspuffrohr in den Händen und schwang es umher. Rain riss mehr und mehr Einzelteile aus dem Wagen – alles, was sich irgendwie als Hieb- oder Stichwaffe eignen könnte – und händigte diese an die umstehenden Siedler aus. Duke konnte Rains Lippen lesen. Sie ermutigte die Siedler, sich zur Wehr zu setzen.

Einerseits machte es Duke stolz auf Rain… andererseits war auch sie bloß ein bemitleidenswerter Narr, der glaubte, von imaginären Trife oder anderen Chimären angegriffen zu werden. Das war nun mal die nackte Tatsache.

„Wie zum Teufel sind sie an die Technologie der Axonen herangekommen, Oberst?", benannte Duke die Dinge beim Namen, um Gillick endlich aus der Reserve zu locken.

„Ihr Wissen ist beachtlich, Mister Duke. Ich bin froh, dass Sie allmählich zu begreifen scheinen, wie wenig es Sie weiterbringt, ein Geheimnis daraus zu machen. Und nun sagen Sie mir: Welchen Grund hatten Sie, Junk zu eliminieren?"

Ein Verdacht kam in Duke auf…

Konnte es möglich sein, dass es Oberst Gillick und ihren Leuten gelungen war, sich einen Teil der Technologie der Axonen anzueignen… dass sie aber gleichzeitig nichts von den Khoronen wussten? Und umgekehrt: Wusste Shurrath überhaupt von Proxima und den Centurions?

Duke verfolgte weiter das Geschehen auf der großen Projektion. Einigermaßen fassungslos machte ihn nach wie vor, dass die Technologie der Axonen derart mächtig war, dass die Betroffenen an ihren eingebildeten Verwundungen und Verletzungen im Kampf gegen den halluzinierten Feind tatsächlich sterben konnten. Die Illusion musste bis auf die Ebene der Zellkommunikation hinabreichen. Da war es fast schon ein Wunder, dass die Betroffenen nicht auch tatsächlich bluteten…

Also gut.

Duke beschloss, weiter in Vorleistung zu gehen, um die Konversation auf konstruktivere Bahnen zu lenken:

„Sagt Ihnen der Name ‚Shurrath' etwas, Frau Oberst?"

Fast rechnete er schon damit, dass sie sich über die Nennung eines solch scheinbaren Fantasienamens mokieren würde. Doch ihre Antwort fiel so nüchtern wie ernüchternd aus:

„Nein, sagt mir nichts."

Derweil vollführte Isaac mit dem Auspuffrohr in seinen Händen eindrucksvolle Kampfsportchoreografien, und Rain ließ unter Einsatz ihrer beiden Roboterbeine jeden Cyber-Ninja aus den Filmen in Duncans

Archiv alt aussehen.

„Gut pariert…", ließ sich nun sogar Feldwebel Hale zu einem anerkennenden Nicken hinreißen.

„Also wer oder was ist dieses ‚Shurrath', dessen Name mir etwas sagen sollte?", hakte Oberst Gillick nach.

Duke hatte nicht vor, dieses Fass aufzumachen. Noch nicht. Ihm genügte die Bestätigung, dass Oberst Gillick den Namen noch nie gehört hatte.

„Was versprechen Sie sich von diesen Menschenversuchen?", begegnete er ihr stattdessen mit einer Gegenfrage.

„Kontrolle natürlich! Überlegenheit!", gab sie prompt zurück.

Es klang wie ein Klischee.

Dann weiter:

„Das Leid Ihrer beiden Freunde dort scheint Sie ja doch nicht sonderlich zu tangieren, Mister Duke. Glauben Sie mir: Auch sie werden ihren imaginierten Kampf letztlich verlieren!"

Duke biss sich auf die Zunge. Oberst Gillick hatte recht.

Soweit ihm bekannt, war aus diesen Halluzinationen noch niemand als Sieger hervorgegangen. Die imaginäre Trife-Flut konnte stets die Oberhand behalten – egal, was Isaac und Rain ihr entgegenwarfen. Nicht, dass sie gegen eine reale Trife-Flut deutlich bessere Chancen gehabt hätten…

Und doch zögerte Duke.

Die Bedrohung, die von Shurrath ausging, war so gravierend, dass es geradezu verantwortungslos schien, Proxima darin einzuweihen – und mit Oberst Gillick sicherlich auch den Trust. Die Aussicht auf eine Einmischung dieser Parteien schien das Risiko nur noch zu potenzieren.

Oberst Gillick aber lachte:

„Selbst Ihr Schweigen verrät Sie, Mister Duke! Jetzt weiß ich, dass Sie ein Geheimnis hegen, für das Sie dieselben Gefährten sterben lassen würden, um deren Verschonung Sie mich vor wenigen Minuten noch bekniet haben!"

„Frau Oberst, Ma'am…", trat Doktor Stern an sie heran.

„Was denn noch, Doktor? Sie haben doch Ihre einhundertprozentige Compliance bereits erzielt, oder?"

„Schon… aber… wie soll ich sagen? Wir haben sie nicht mehr."

„Wie, wir haben sie nicht mehr?"

„Sie haben sie nicht mehr alle!", musste Duke lachen.

Doktor Stern tupfte sich den Schweiß von der Stirn:

„Wir haben keine einhundertprozentige Compliance mehr."

„Was soll das heißen, Doktor?"

„Sehen Sie selbst!", deutete er auf die große Projektion und schaltete erneut auf eine Ansicht um, die Isaac und Rain zeigte:

„So etwas habe ich noch nie gesehen…!"

Isaac hatte aufgehört zu kämpfen.

Stattdessen schien er Rain mit aller Kraft am Boden festzuhalten – was ihm nur gelingen konnte, weil sie es ein Stück weit zuließ. Er redete auf sie ein. Duke las es ihm von den Lippen:

‚Rain… Es ist nur eine Einbildung!'

Dicke Schweißperlen kullerten über Doktor Sterns gerunzelte Stirn:

„Er… er hat es durchschaut! Er hat es einfach so durchschaut!"

„Das ist noch nie vorgekommen – richtig, Doktor?"

„Noch nie, Ma'am!"

Oberst Gillick schien gleichsam freudig erregt wie aufgebracht über diese unerwartete Wendung:

„Der Test ist beendet! Bringen Sie Mister Dukes Freunde auf der Stelle zu mir!"

Dann zu Duke:

„Sie werden mir alles sagen, was Sie wissen, oder ich lasse Sie ausquetschen wie eine alte Zahnpastatube, Mister Duke!"

„Das hat schon mal jemand versucht…", gab er trocken zurück. „Der Betreffende starb mit einem Loch im Schädel. Sie erreichen bei mir mehr, wenn Sie einfach nett fragen, Frau Oberst."

„Feldwebel Hale! Mister Duke ist ab sofort mein Gefangener. Bringen Sie ihn in den Kerker und schließen Sie zweimal ab!"

„Mit dem größten Vergnügen, Ma'am.", packte der Feldwebel Duke am Arm: „Gehen wir, Erdling!"

„Wir reden dann später weiter, Mister Duke.", rief Oberst Gillick noch hinterher. „Machen Sie's sich erst einmal bequem… solange Sie noch können…"

KAPITEL 25

Kaum überraschend war die Handhabung, die Feldwebel Hale Duke nun angedeihen ließ, wieder ähnlich ruppig wie bei ihrer allerersten Begegnung am Fuße des Hügels vor dem Eingang der Geheimbasis.

Dyne und Vazquez folgten Hale auf dem Fuße – die Läufe ihrer Waffen auf Dukes Rücken gerichtet.

Wie sich zeigte, befand sich der Kerker nicht unweit der Forschungsabteilung. Genauer gesagt: Er war Teil derselben.

Eine schwere, gewölbte Bleikernpforte mit armdicken Scharnieren stand bereits offen. Sie erinnerte Duke an jene Pforte, hinter der man ihn die ersten dreißig Jahre seines Lebens auf der USS Pilgrim eingesperrt gehalten hatte. Ein wesentlicher Unterschied lag freilich darin, dass jene Pforte dazu dienen sollte, die Kolonisten vor den potenziellen Gefahren der Außenwelt zu schützen – wohingegen diese hier nun offenkundig dazu diente, die Außenwelt vor den Gefahren dahinter zu schützen. Duke verstand es als unfrei-williges Zeichen der Anerkennung, dass eine derart korrupte Figur wie Oberst Gillick ihn also offenbar als eine Gefahr einstufte…

Hinter der schweren Pforte lag ein schmaler, aber umso

höherer und längerer Felsenschacht, der sich über eine noch schmalere Metallgitterbrücke passieren ließ. An deren Ende wartete bereits eine ebenso offenstehende zweite Bleikernpforte. Der eigentliche Sinn der Brücke – wie Duke messerscharf analysierte – lag weniger in der Überbrückung des Schachts als in der Möglichkeit, sie bei Bedarf einzufahren und so einen fast unüberwindlichen Abgrund zu hinterlassen. Offenbar hatten die Architekten auf Teufel komm raus sicherstellen wollen, dass im Zweifelsfall keiner der Kerkerinsassen würde fliehen können.

„Vor wem oder was versucht Ihr hier, die Erde zu bewahren?", feixte Duke und schielte über die Schulter zu seinen drei Bewachern zurück.

Dafür kassierte er einmal mehr einen Stoß mit Hales Gewehr in den Rücken – dieses Mal mit dem Kolben zwar, dafür aber mit solcher Heftigkeit, dass es Duke vornüber auf die Knie sandte.

„Niemand hat dir Redeerlaubnis erteilt, Erdling!"

Duke hielt einen Moment inne und atmete tief durch, ehe er sich wieder erhob… und dabei mit seinen Fingern knirschende Dellen im Metallgitter hinterließ. Die Versuchung war groß, das Arschloch von Feldwebel zu packen und ihm sogleich eine Freikarte zur eingehenden Schachtbesichtigung auszustellen. Dyne und Vazquez würden sicher sofort schießen… aber das wär's verdammt nochmal wert!

Auf die zweite Bleikernpforte folgte ein langer Korridor, in dessen Felswände links und rechts je eine Reihe weiterer schmalerer Sicherheitstüren eingefasst waren. Auch diese bestanden aus einer hoch strapazierbaren Metallkonstruktion und schienen zusätzlich mit einer Art pulsierendem, plasmischem Kraftfeld versehen zu sein, das dem Ganzen eine fast schon dekorative Note verlieh. Duke wunderte sich gleich, ob es sich dabei etwa auch um einen Technologieimport aus ‚Axonien' handelte…

„Weiter!", trieb Hale Duke unnötigerweise an, da ihm

auch dessen neugierige Blicke gegen den Strich gingen. „Ganz durch, wenn du mal was wirklich Interessantes zu sehen bekommen willst, Erdling…"

Duke verdrehte die Augen ob der unterschwelligen Drohung, die in dieser scheinbar spielerischen Äußerung mitschwang.

Tatsächlich aber befand sich ganz am Ende des Korridors noch eine größere, endständige Sicherheitstür ohne Kraftfeld. Während Duke und seine Bewacher auf diese zukamen, schallten vom Anfang des Korridors aus die Schritte einer weiteren Person herauf. Schon wollte Duke einen Blick zurück riskieren – doch sofort war Hale zur Stelle:

„Augen geradeaus!" – womit er Duke eins mit dem Gewehrkolben über den Schädel zog. Dieser schnaubte und bebte und rang mit letzter Kraft um Beherrschung, um Hale keine Gründe zu geben…

An der Pforte angekommen, hielt Hale Duke an und ging voran, um mit seinem Handgelenk über den dortigen Biometrie-Scanner zu fahren.

Unter schwerem Zischen glitt die Pforte auf.

„Um deine Neugier ein wenig zu stillen, Erdling…"

Vor Duke eröffnete sich eine Art Maschinenraum.

Dutzende Kabel hingen von mattschwarzen, an der Decke des Raums befestigten Maschinenkomponenten nicht identifizierbarer Funktion und waren durchhängend in eine bleiern anmutende, etwa einen Meter durchmessende, frei schwebende Metallkugel eingesteckt.

Duke bemerkte, dass die Kugel vibrierte, ja, leicht eierte, und dass sich diese minimalen Bewegungen auf die Kabel zu übertragen schienen – nicht bloß als notwendige physische Reaktion, sondern in einem Vorgang aktiver Übertragung. Der Zweck der Konstruktion erschloss sich Duke nicht.

Nun war dies nicht die erste freischwebende Metallkugel, der Duke begegnet wäre. Von daher war er zunächst nur mäßig beeindruckt:

„Das ist alles?"

Hale lachte:

„Bloß das gefährlichste Ding auf dem gesamten Planeten, den du dein Zuhause schimpfst, Erdling!"

„Ach?", wanderte Dukes linke Augenbraue nach oben.

„Ein Axon, um genau zu sein.", rief jemand von hinten.

Die Stimme gehörte Doktor Stern. Er trat heran und erläuterte:

„Natürlich ist der Axon selbst nicht direkt sichtbar. Er steckt im Innern der Kugel – mitsamt einer gerüttelt Menge Nanotechnik, um ihn in Schach zu halten."

Ungläubig musterte Duke die schwebende Kugel samt Kabel und Maschinerie von Neuem.

„So also haben Sie die Neuromanipulationstechnologie der Axone verkapselt und beherrschbar gemacht – ohne sie wirklich im Detail zu verstehen. Inputs, Outputs, und in der Mitte eine Blackbox… beziehungsweise eine ‚Metalsphere'.", fasste Duke sich ans Kinn.

Doktor Stern lachte:

„Respekt, Mister Duke. Sie haben das Grundprinzip gleich durchschaut… und auch seine grundlegenden Limitationen."

„Was machen Sie hier, Doktor? Wir haben zu tun!", stellte Hale ihn unwirsch zur Rede.

„Nehmen Sie sich nicht so wichtig, Hale. Ich bin hier, um die Hirnwellen des atypischen Subjekts zu messen, das mir heute meine einhundertprozentige Compliance gekostet hat! Überlegen Sie sich lieber schon mal, wie Sie Oberst Gillick erklären, was SIE hier zu suchen haben…"

Mürrisch ließ Hale erneut sein Handgelenk über den Biometrie-Scanner fahren, und die Pforte glitt zischend wieder zu.

„Der Kerl soll Chuck ruhig mal persönlich kennenlernen. Kerle wie er halten sich für Supermann. Chuck gibt ihnen ein bisschen Bodenhaftung zurück."

„Unser ‚Chuck' ist weder ein Spielzeug noch eine Trophäe, Feldwebel.", mahnte Doktor Stern.

„Wie auch immer, Doc…", erwiderte Hale angeödet.

Doktor Stern wandte sich erneut an Duke:

„Was Sie da eben gesehen haben, Mister Duke, ist mein Lebenswerk… und das meines Vaters obendrein."

„Ein regelrechtes Familienerbstück, hm?", brummte Duke, und Hale musste schmunzeln. „Wie lange ist es schon funktionsfähig?"

„Seit ziemlich genau fünfundneunzig Jahren. Aber der Test, dessen Zeuge Sie heute sein durften, ist der bisherige Höhepunkt dieser Arbeit. Die Sprache der Axonen zu entschlüsseln ist dabei vielleicht die größte Herausforderung. Sie ist unglaublich komplex, sowohl in ihrer Expressivität wie in ihrer Informationsdichte."

Feldwebel Hale seufzte laut:

„Heben Sie sich's für den Hörsaal auf, Stern! Messen Sie Ihre Hirnwellen und dampfen Sie ab!"

„Mit Ihrem Gebaren kaschieren Sie nur Ihre Unsicherheit, Hale.", gab Doktor Stern zurück.

„Ja, ja… Ihre Mutter, Doktor Freud."

Zu Duke: „Umdrehen!"

Duke tat wie angewiesen… und sah, wie Doktor Stern mit einem kleinen Schalenkoffer auf Isaac und Rain zuging, die soeben von drei weiteren bewaffneten Centurions in den Korridor geführt worden waren.

„Folgen Sie dem Doktor, Duke!", wies Hale ihn weiter an.

Duke schloss zu Isaac und Rain auf und nickte ihnen zu, ohne eine Miene zu verziehen. Sie erwiderten dies mit ebenso verschworenem Blick.

„Feldwebel Hale.", grüßte der Feldwebel der anderen Gruppe diesen.

„Feldwebel Choi.", erwiderte Hale.

„Nach Ihnen."

„In die Zelle!", gab Hale Duke einen deutlich sanfteren

Schubs als zuvor… fast schon kameradschaftlich. Doktor Stern ging voran, gefolgt von Duke.

Von innen wirkte die Zelle geräumiger als von außen. Für drei Insassen reichte der Platz damit gerade so. Zwei schnöde Matratzen lagen auf dem nackten Betonboden, in den weiter hinten in der Zelle ein Loch als krude Sanitäreinrichtung eingelassen war. Darüber kam ein ebenso krudes Wasserrohr mit einem Kaltwasserhahn am Ende aus der Wand hervor.

Rain sah Duke mit großen Augen an, als wolle sie ihm etwas sagen – doch mit einem knappen Kopfschütteln signalisierte er ihr, dass die Zeit zum Plauschen noch nicht gekommen war. Zwar sah er ihr an, dass ihr etwas unter den Nägeln brannte, doch das sollte ohnehin besser warten, bis sie wieder halbwegs unter sich sein würden…

Isaac derweil ließ sich nicht die geringste Regung anmerken.

Doktor Stern sah zu Vazquez und nickte dabei in Isaacs Richtung. Die junge Soldatin verstand, was gefordert war, trat flugs an den Glatzköpfigen heran, und ehe dieser recht begriff, was geschah, hatte sie ihn bereits gepackt und ihm mit einem raffinierten Manöver ein Bein gestellt, sodass er augenblicklich die Balance verlor und mit einem Rums und dem Hosenboden voran auf der Matratze landete.

„Uff! Das war unnötig!", beschwerte er sich.

„Es wird leichter für alle Beteiligten, wenn Sie kooperieren.", gab Doktor Stern zu Protokoll und stellte den kleinen Schalenkoffer eine Armlänge entfernt neben Isaac auf derselben Matratze ab.

Rains Blick wurde immer nervöser – fast panisch. Auch Duke war alarmiert und verfolgte das Geschehen genau.

„Feldwebel Choi…", rief Doktor Stern, „…dieser werte Gentleman hier hat mich heute um meine einhundertprozentige Compliance gebracht. Wir haben lange genug auf so einen Kandidaten gewartet, oder nicht?"

„Das können Sie laut sagen, Doktor.", antwortete Choi.
„Wir haben lange genug gedürstet…" / / /

KAPITEL 26

Duke wartete auf eine falsche Bewegung von Hale – doch er irrte sich.

Hale war nicht das Problem… sondern selbst ein Opfer.

Ein gleißender Plasmaball aus der Mündung von Chois' Launcher fegte den Feldwebel mit Wucht zu Boden und schlug ihm dabei einen glühenden Krater ins Brustsegment der Centurion-Rüstung. Im selben Augenblick eröffneten Chois' Begleiter ihrerseits das Feuer auf ihre Gegenüber, Dyne und Vazquez, mit denselben verheerenden Folgen für die Betroffenen.

Noch ehe Duke Doktor Stern angehen konnte, um ihn zur Geisel zu nehmen, hatte Choi, der offenkundig über extrem geschärfte Reflexe verfügte, ihn bereits im Visier:

„KEINE Bewegung, Sheriff!"

Ertappt hielt Duke inne und hob demonstrativ die Hände hoch. Einem Plasma-Launcher in der Hand eines erfahrenen Centurions hatte er zunächst nur wenig entgegenzusetzen.

Mit einer zackigen Kopfbewegung wies Choi seine beiden Wachen an, sich vor der Zelle zu postieren, was diese mit einem Nicken in die Tat umsetzten. Vom meuterischen Eklat sowie von Dukes vereitelter Absicht ungerührt, hatte Doktor

Stern die Schnallen des Schalenkoffers aufschnappen lassen und klappte diesen nun auf.

In die beiden Aluminiumschalen eingebettet lag etwas, das wie der Prototyp einer portablen Analyse- und Rechnerkonsole aussah, mit der über farbige Drähte ein ebenso prototypisch wirkendes, mit allerlei Elektronik besetztes steifes Lederstirnband verbunden war.

„Sie gehören also zu diesen Schuhratten…", grollte Duke im Ärger darüber, dass er nicht schneller begriffen hatte, worauf Rain ihn hatte aufmerksam machen wollen. Doch seine Feststellung wurde keines Kommentars gewürdigt.

„Was haben Sie vor?!", konnte Isaac nicht länger an sich halten.

Nach einer längeren Pause konzentrierten Schweigens ergriff Doktor Stern schließlich das Wort:

„Die Axone bereiten Shurrath große Schwierigkeiten. Das liegt nicht zuletzt an ihrer Neuromanipulationstechnologie."

Womit er sich anschickte, Isaac das Lederstirnband aufzusetzen – was dieser nicht mit sich machen ließ… bis Choi ihm mit der Mündung des Launchers gegen die Schläfe stieß:

„Stillhalten!"

„Unser kahler Freund hier hat sich bis dato als erster unter unseren unzähligen Probanden als resistent gegen die Neuromanipulation erwiesen. Es ist unerlässlich für uns, den Grund für seine Resistenz zu ermitteln. Im Namen Shurraths!"

„Ich bin nicht resistent!", widersprach Isaac energisch. „Auch ich habe die Trife um uns herum gesehen, und wie sie über die Menschen herfielen!"

„Bemerkenswert…", raunte Doktor Stern nur, und Isaac musste einsehen, dass diese Auskunft den Forscherdrang des Manns nur weiter angestachelt hatte:

„Tausende Probanden mussten wir diesem Halsabschneider Junk abkaufen – bis zum Glück auch er in unsere Reihen aufstieg und begann, sie uns kostenlos zu liefern. Und das war noch bevor wir herausfanden, dass er und seine Leute eines Axons habhaft geworden waren."

Damit justierte Doktor Stern das Stirnband auf Isaacs Kopf und wandte sich wieder dem Schalenkoffer zu. Mit einem gezielten Griff aktivierte er die portable Konsole, die mit einer blinkenden Leuchte und einem Piepston darauf reagierte. Das Surren eines kleinen Ventilators war zu hören…

„Sie halten Shurrath für Ihren Feind, Sheriff Duke. Aber Sie täuschen sich. Shurrath ist gerecht. Er nimmt sich nur, was er braucht, und schützt diejenigen, die würdig genug sind, ihm zu dienen. Er kehrt niemandem einfach den Rücken zu und hält stets sein Wort. Sie wissen besser als ich, Sheriff Duke, dass man das von unseren irdischen ‚Artgenossen' nicht gerade behaupten kann…"

„Die Menschen sind Narren…", knurrte Duke, „…voller Irrungen, Laster und Schwächen. Gleichzeitig sind sie meine Brüder und Schwestern, meine Eltern und meine Kinder. Weder das eine noch das andere kann ich für Shurrath gelten lassen."

„Shurrath hat meinen Sohn auf dem Gewissen!", griff Isaac das Stichwort auf. „Ihn und Dutzende seiner Schulkameraden!"

„Eine unerfreuliche Komplikation – auf verdrängte Persönlichkeitsaspekte von Major Salk zurückzuführen, die durch die Aszension zu Tage getreten waren.", wiegelte Doktor Stern ab.

„NIEMALS!", entrüstete sich Isaac über diese ungeheuerliche Behauptung.

„Wie lange ist die Geschichte jetzt her, Feldwebel Pine? Mehr als zweihundert Jahre?"

„Ich bin nachtragend!"

„Reden wir lieber über das Hier und Jetzt. Sheriff Duke: Ziehen Sie weiter als freier Mann, indem Sie sich Shurrath anschließen – und sichern Sie damit Ihren Liebsten ein weiteres Leben in Frieden und Sicherheit! Oder fristen Sie als unser unbeugsamer Gefangener Ihr Schattendasein und sehen Sie mit an, wie wir aus Ihren Vereinigten Westlichen Territorien eine bloße Randnotiz der Geschichte machen!"

Mit einem mehr als süffisanten Lächeln ließ Doktor Stern die Konsole im Schalenkoffer eine holografische Projektion in die Luft knapp drei handbreit darüber werfen. Eine im Halbsekundentakt weiterwandernde abstrakte Berglandschaft war zu erkennen, die Duke und Isaac laienhaft als grafische Aufzeichnung von Hirnaktivitäten deuteten.

Doktor Sterns Worte hatten Duke ins Grübeln gebracht. Waren Proxima Command geschweige denn der Trust den Menschen auf der Erde tatsächlich so viel wohler gesonnen als Shurrath und dessen Khoronenlegion, dass Duke mit den Einen zu kooperieren und die Anderen aufs Blut zu bekämpfen bereit war? Keine Illusionen machte er sich, dass sie alle primär ihre eigenen Interessen verfolgten. Kämpfte er selbst nicht vor allem deshalb für eine bessere Welt, damit er und seine Liebsten darin ein besseres Zuhause hätten?

Nach einer Weile verengten sich Doktor Sterns Augen mehr und mehr zu Schlitzen und sein süffisantes Lächeln verblasste, während er die holografische Berglandschaft analysierte und mit seiner Rechten um die eigene Achse drehte sowie den angezeigten Landschaftsausschnitt hin- und herschob.

„Sieh einer an…!", machte der eben noch resolute Forscherblick erneut süffisanter Heiterkeit Platz.

„Was?", stellte Isaac ihn zur Rede… und Doktor Stern begann zu lachen:

„Das Rätsel wäre wohl geklärt. Und die Antwort ist so simpel wie unbefriedigend…"

„Reden Sie Klartext, verdammt!", zischte Isaac.

„Nun, Feldwebel Pine…", schob sich Doktor Stern die dicke Hornbrille zurecht, „…wie sich herausstellt, weisen Sie deshalb eine gewisse Resistenz gegenüber der Neuromanipulationstechnologie der Axone auf, weil… nun… weil Sie einen dicken, fetten Tumor in ihrem Gehirn sitzen haben."

„Was…?", wich Isaac erblassend zurück.

„Was?", schloss Duke sich knurrend an. Dabei entging ihm nicht, dass Rain erneut versuchte, ihn dezent, aber mit großer Dringlichkeit auf etwas aufmerksam zu machen…

„Mit anderen Worten…", fuhr Doktor Stern fort, „…sind Sie absolut nutzlos für uns, Feldwebel Pine!" – und mit einem Nicken wollte er Feldwebel Choi das Zeichen geben, dass die Zeit gekommen war.

Derweil kam Dukes Linke bereits hinter seinem Revers hervorgeschnellt…

KAPITEL 27

Noch ehe Doktor Stern ganz begriff, was vor sich ging, war ihm die Klinge des Zeremonienspeers bereits in voller Länge in den Nacken gefahren.

Mit weit aufgerissenen Augen und offenem Mund erstarrte er sofort.

Fast gleichzeitig sprang Rain mit einem beachtlichen Satz direkt auf Feldwebel Choi zu… und bog mit ihrer robotischen Rechten im letzten Moment noch den Lauf des Plasma-Launchers nach oben weg, während der Abzug unter dem rasant ansteigenden Druck von Chois Zeigefinger nachgab…

Zwei Schüsse lösten sich…

…und krepierten auf halbem Wege im nun gekrümmten Lauf.

Das warnende Piepen kam nicht mehr rechtzeitig, und die Waffe explodierte in Chois Hand, noch ehe der Feldwebel Gelegenheit hatte loszulassen…

Doch statt sich augenblicklich schmerzgebeutelt auf den Boden zu werfen oder das Bewusstsein zu verlieren wie ein normaler Mensch, sackte er bloß mit leicht verdutztem Gesichtsausdruck auf die Knie, nachdem die rauchenden, teils noch glühenden Trümmer des Launchers bereits neben ihm zu Boden geprasselt waren. Seine Hand zu verlieren schien ihm kaum mehr als ein Missgeschick zu bedeuten, und so machte sich seine noch intakte Hand gleich auf den Weg zu seiner noch geholsterten Laserpistole.

„Sheriff!", rief Rain und gab Duke Handzeichen.

Er verstand und warf ihr den Zeremonienspeer zu wie einen Staffelstab. Diesen griff sie noch aus der Luft, machte einen akrobatischen Flickflack rückwärts – über den noch knienden Feldwebel hinweg – und stieß diesem die Klinge in den Nacken.

Choi fuhr zusammen, ließ die bereits im Schuss begriffene Laserpistole fallen und verdrehte die Augen, bis man nur noch das Weiße in ihnen sah… dann sackte er vollends zusammen.

Kaum, dass eine der vor der Tür postierten Centurion-Wachen einen Blick riskieren wollte, um sich ein Bild vom plötzlichen Tohuwabohu im Innern der Zelle zu machen, wurde sie von drei Kugeln aus Hales Sturmgewehr begrüßt – aufgelesen und in Anschlag gebracht von Isaac, der noch immer Doktor Sterns elektronikgespicktes Lederstirnband auf dem Kopf trug.

Eine der Kugeln fuhr der Wache in den Schulterpanzer, die anderen beiden schlugen Funken aus dem metallenen Türrahmen. Augenblicklich zog sich die Wache zurück, und Isaac lief zu Tür, um ihr nachzusetzen.

„Nicht!", rief Duke noch…

…doch ehe Isaac die Tür erreichte, war die Wache zurück. In ihrer Linken hielt sie eine Handgranate… der Zeigefinger ihrer Rechten am Ring.

Überrascht blieb Isaac stehen. Da ertönte das durchdringende Dröhnen des Sicherheitsalarms… und die Zellentür hinter der Wache fuhr augenblicklich zu und sprang auf Rot.

Die Wache zog den Ring:

„FÜR SHURRATH!"

„Shit…", raunte Duke… und stürmte auf die Wache los.

Mit seiner Linken packte er sie am Handgelenk, und mit seiner überdimensionierten Rechten umschloss er ihre Hand mitsamt der Granate.

Das würde verdammt wehtun...

Isaac wich weiter zurück, und geistesgegenwärtig warf sich Rain ihm entgegen – mit aller Kraft, sodass er mit ihr zusammen hintüber zurück auf die Matratze fiel. Schützend vergrub sie ihr Gesicht und bedeckte seines mit ihrer metallenen Rechten.

Ein ohrenbetäubender, krachender Knall ließ die Zelle erzittern, als die Granate detonierte und das Zellinnere augenblicklich mit einer dichten Wolke dunkelgrauen Rauchs erfüllte. Und mit einem Mal wurde es still in der Zelle.

Nur das plärrende Dröhnen des in Zehnsekundenintervallen ertönenden Sicherheitsalarms war noch zu hören... und schließlich auch das Husten Rains...

Vorsichtig öffnete Duke die Augen.

Es war wahrlich kein schöner Anblick.

Dort, wo eben noch seine mächtige Rechte war, ragte nurmehr das verschmauchte, skelettartige Gerüst des Handrückens aus seinem Unterarm hervor, an dem lose und krumm die zerborstenen Reste der Finger hingen.

Die Wache hingegen hatte es regelrecht auseinandergerissen. Sollte die Khorone in ihrem Nacken überlebt haben, war mit einer zeitnahen Erholung nicht zu rechnen. Für einen Moment erwog Duke, mit dem Zeremonienspeer für Gewissheit zu sorgen... doch wäre ihm das nunmehr als reine Leichenfledderei vorgekommen.

Erleichtert nahm er von Rains und schließlich auch Isaacs Husten und Keuchen Notiz, und ein banger Blick zur Matratze bestätigte ihm zu seiner Erleichterung, dass sie beide jeweils noch an einem Stück waren.

Doch kaum, dass er sich von der Stelle rührte, fuhr ihm ein elend dumpfer, lähmender Schmerz aus der zerborstenen Hand über die angeschlossenen Nervenbahnen ins Bewusstsein auf. Laut zischend sank er auf die Knie und fasste sich mit der Linken an den Steuerring, der seine Schulter mit der rechten Armprothese verband.

„Alles okay, Hayden?", kam Isaac auf Duke zu.

Kauernd und mit schmerzverzerrter Miene betätigte dieser eine verborgene Taste am inneren, unteren Rand des Steuerrings und gab demselben mit Ruck einen Dreh... und die Erleichterung war ihm augenblicklich anzusehen.

„Geht wieder...", knurrte er, „...aber was ist mit euch beiden?"

Sich vergewissernd sah Isaac zu Rain zurück. Diese richtete sich auf und antwortete für sie beide:

„Ohne dich wären wir jetzt Geschmortes, Sheriff!"

„Isaac?", hakte Duke dennoch nach.

Isaac verstand, weswegen.

„Schon gut, Hayden. Auf die Diagnose dieses Quacksalbers gebe ich keinen Pfifferling. Ich fühle mich gesund und habe noch alle meine Glieder beisammen. Nur darauf kommt es jetzt an." – womit Isaac sich endlich den Lederriemen von der Glatze riss und ihn dem leblosen Körper Doktor Sterns auf den Brustkorb warf.

Duke nickte brummelnd – dann sah er sich um.

Der Alarm dröhnte noch immer, und Rain versuchte vergeblich, die weiterhin beharrlich auf Rot stehende Zellentür zu öffnen.

„Was machen wir jetzt?", wollte Isaac wissen.

Da fiel Dukes Blick auf Hale zurück, der nach wie vor tot auf dem Boden lag. Unter leichtem Wanken richtete Duke sich auf und ging zum Toten hin, um wiederum neben demselben in die Knie zu gehen. Dann fasste er ihm beherzt unter die Kante des Helms... und zog ihm diesen vorsichtig vom Kopf, ohne dabei die Kabelverbindung zum Rest der Rüstung zu kappen. Er beugte sich weiter zu ihm hinunter... und setzte sich den Helm schließlich selbst auf.

„Was machst du da?", wollte Rain wissen.

„Wart's ab…", hielt Isaac sie zurück.

Duke lauschte.

„Hale? Hale! Melden Sie sich, verdammt!", schepperte Oberst Gillicks Stimme durch die Lautsprecher im Innern des Helms.

„Oberst Gillick…", beantwortete Duke den Funkspruch, „…Hale ist tot!"

„Duke?!", krächzte es zurück. „Elender Bastard!"

„Bleiben Sie geschmeidig, Ma'am. Ich war's nicht. Hören Sie gut zu!"

„Damit kommen Sie nicht durch, Duke!"

„Ma'am! Hören Sie zu! Es gab eine Meuterei! Stern, Choi und Chois begleitende Wachen! Sie sind Hale, Dyne und Vazquez in den Rücken gefallen!"

„Doktor Stern? Das ist lächerlich! Doktor Stern ist derzeit…"

„Nicht dort, wo Sie glauben… Kommen Sie und überzeugen Sie sich selbst. Oder stellen Sie den verdammten Alarm ab und entriegeln Sie die Tür!"

„Das würde Ihnen so passen! Ihre Räuberpistolen können Sie sich selbst in die Holster stecken, Duke! Choi ist absolut zuverlässig! Und niemand ist so töricht, sich mit dem Trust anzulegen – außer Ihnen vielleicht."

Zumindest hatte Duke jetzt ein indirektes Geständnis von Oberst Gillick – was auch immer dieses in der aktuellen Situation wert sein mochte.

„Sie wissen viel zu viel, um irgendein dahergelaufener Erdling zu sein, Mister Duke! Was wollen Sie? Wer hat Sie geschickt? Der Hüter?"

Der wer? Duke hatte keinen Schimmer, wer das sein sollte.

„Niemand hat mich geschickt, Ma'am. Ich reise auf eigene Faust und bin auf dem Heimweg nach Westen. Das ist alles. Proxima und der Trust gehen mir letztlich am Arsch vorbei. Aber wenn's hart auf hart kommt, stehe ich immer auf der Seite der Menschen hier auf der Erde!"

„Den treuherzigen Bockmist können Sie Ihrer Großmutter aufs Brot schmieren, Duke!", keifte Gillick weiter.

Im Gegenzug versuchte Duke, sie zu beschwören:

„Wenn Sie wissen, was gut für Sie ist, dann öffnen Sie jetzt die verdammte Pforte!"

Gillick lachte:

„Schreiben Sie's dem Weihnachtshasen, Duke! Ich lasse Sie da unten modern, bis die Verstärkung aus Proxima kommt, um Sie abzuholen und von unseren Verhörprofis in Praeton ausquetschen zu lassen wie 'ne fiese alte Tube Zahnpasta! Sie haben da unten Wasser zum Trinken und 'n Loch zum Pissen. Ein paar Tage Fasten werden Ihnen vielleicht ganz gut tun, Dickerchen!"

Ein scharfes Klicken signalisierte das Ende der Sprechverbindung. Wutschnaubend riss sich Duke den Helm vom Kopf – ohne Rücksicht auf das dabei heraussplitternde Anschlusskabel – und warf ihn gegen die ihm viel zu nahe Zellenwand. Im nächsten Moment bereute er seinen Ausbruch und sah nurmehr grimmig zur Seite weg.

„Lass mich raten, Hayden: Wir sitzen fest wie Waschbeton…", trottete Isaac auf ihn zu.

„Gillick will uns zum Verhör nach Proxima bringen lassen.", grummelte Duke und wischte sich über seinen weißgrauen Stoppelkopf. „Je nachdem, wann die Frau Oberst die Verstärkung gerufen hat, kann es bis zu zwei Wochen dauern, bis sie eintrifft, um uns mitzunehmen."

„Soll das heißen, die wollen uns ganze zwei Wochen hier unten verrotten lassen?!", hakte Rain ungläubig nach. „Mit denen zusammen??", deutete sie naserümpfend auf die Toten.

„Wenn uns nicht etwas Besseres einfällt…", murmelte Duke.

„Wenigstens haben wir der Schuhratte Kante gezeigt.", ließ sich Isaac demonstrativ mit dem Hosenboden voran auf die Matratze fallen.

„Aber… was ist, wenn… ich meine… versteht mich nicht

falsch… aber was, wenn Shurrath und die Khoronen das kleinere Übel sind?", rieb sich Rain nachdenklich das Kinn.

Isaac sah sie an, als käme sie von einem anderen Planeten.

„Ist die Khorone in deinem Nacken etwa wieder aufgewacht, Rain?", fragte er halb mahnend, halb drohend. „Ihr habt doch gehört, was Doktor Stern gesagt hat. Ich traue keinen Außerirdischen!"

„Die Belegschaft hier ist nicht repräsentativ für die Menschen auf Proxima.", hielt Duke Rains Hypothese entgegen. „Rico beispielsweise ist ungebrochen eine große Unterstützerin aller Anliegen und Vorhaben der Vereinigten Westlichen Territorien. Sie nutzt ihren Einfluss, um uns ungeahnte Dinge zu ermöglichen."

Isaac runzelte die Stirn und ließ sich nun demonstrativ mit hinter dem Kopf verschränkten Armen auf den Rücken fallen.

Rain griff die Erwähnung auf:

„Und kannst du diese Rico irgendwie zu Hilfe rufen, Sheriff?"

„Selbst wenn ich es könnte, würde es wieder mindestens zwei Wochen dauern, ehe irgendeine Reaktion zurückkäme.", grummelte Duke.

„Verflixt…", schnippte Rain mit den Fingern.

„Nun…", brummte Duke und ließ sich seinerseits mit dem Rücken an der Zellenwand auf den Hosenboden herabsinken, „…jetzt haben wir eine Menge Zeit, uns etwas einfallen zu lassen!"

Missmutig schritt Rain zur ungebrochen auf Rot stehenden Zellentür und begann, sie weitergehend zu untersuchen. Nicht, dass sie irgendeine Ahnung von pneumatischen Hochsicherheitstüren gehabt hätte…

Nach etwa fünf Minuten Ergebnislosigkeit gab sie schließlich auf. Niedergeschlagen ging sie zur Matratze und trat den leblosen Körper Doktor Sterns von dieser herunter, um sich Platz zu machen. An Isaacs Kopfende ging sie in einen Schneidersitz und lehnte sich wie Duke mit dem Rücken an die Zellenwand. Schon jetzt spürte sie eine Sterbenslange-weile in sich aufkommen.

Selbst für ein Verlies war es öde hier.

Es gab absolut gar nichts.

Nicht einmal Ratten oder Schaben, denen man zuschauen könnte!

Stattdessen würden die Toten wohl bald zu stinken beginnen.

Wundervoll.

„Ich hätte da einen Einfall…", rief Isaac plötzlich.

Duke und Rain blickten einander fragend an…

KAPITEL 28

„Für so 'nen Einfall wurde man früher geteert und gefedert, Isaac…", knurrte Duke.

„Oder in die nächste Klapse gesteckt!", schloss sich Rain Dukes Zetern an.

Isaac nickte leicht ungehalten:

„Ich habe ja gesagt, dass die Sache mit einem gewissen Risiko verbunden ist."

„Bloß weil du's gesagt hast, ist es noch lange nicht von der Hand zu weisen…", monierte Duke.

„Außerdem zäumst du das Pferd von hinten auf!", fügte Rain hinzu. „Bevor wir deinen genialen Plan in die Tat umsetzen können, müssen wir erst einmal aus dieser Zelle herauskommen!"

„Nichts leichter als das!", entgegnete Isaac und sprang mit einem Satz von der Matratze auf. Dann ging er zum Leichnam von Feldwebel Hale, packte diesen am Handgelenk und zerrte ihn zur auf Rot stehenden Zellentür.

„Das klappt doch nie…", brummte Duke und beobachtete Isaacs Vorgehen mit mäßiger Gespanntheit.

„Abwarten…", winkte Isaac selbstsicher Dukes Skepsis ab

und hielt Hales bleiches Handgelenk unter die rote Leuchte der Tür.

Ohne sich einen Millimeter vom Platz zu rühren, beäugte auch Rain das Geschehen mit mehr als gedämpfter Erwartung. Nichts tat sich.

„Rain hat Recht.", brummte Duke nach etwa fünfzehn Sekunden. „Man muss schon den ersten Schritt vor den zweiten setzen!"

„Abwarten...", wiederholte Isaac... während sich ein Anflug von Verbissenheit in sein Antlitz schlich.

Zehn weitere lange, ereignislose Sekunden verstrichen...

KLICK!

Die Zellentür sprang auf Grün um.

Ein Zischen ertönte, und sie glitt auf!

Rain fiel vornüber...

...und Duke konnte gerade noch seine Kinnlade oben halten.

„Pozz-tausend..."

„Zeitverzögerte Biometrie als Sicherheitsvorkehrung für den Krisenfall...", grinste Isaac so breit er konnte.

„So kommen Leute mit ausreichend hoher Befugnis immer heraus, während neunundneunzig Komma neun Prozent der Unbefugten bereits nach ein paar Sekunden glauben, es funktioniert nicht."

Lachend kam Rain auf Isaac zugerannt und begann, vor ihm auf- und abzuhüpfen:

„Du bist der Größte, Ike!"

„Bloß ein Marine, der bei den Security-Schulungen aufgepasst hat...", gab er sich bescheiden.

„Alle Achtung, Isaac! Den Trick kannte ich noch nicht.", erhob sich nun auch Duke, und rasch verließen die drei Gefährten die Zelle.

Der zuvor noch fast taghelle Zellenkorridor war nurmehr in rotes Notlicht getaucht, das allenthalben schwarze Schatten warf.

„Ich bezweifle, dass die Feldwebel Krisenbefugnis für die Zellenkorridorpforte haben.", murrte Rain.

„Und falls doch, kommen wir spätestens an der Schlucht nicht weiter…", ergänzte Duke.

Isaac nickte:

„Genau. Darum ja mein genialer Plan."

„Ich erinnere dich an deine Worte, wenn uns die Sache um die Ohren fliegt, Isaac.", grummelte Duke.

„Abwarten, Hayden! Also? Wo ist unser Wonneproppen?"

„Letzte Tür, am Ende des Korridors.", deutete Duke mit dem Daumen über seine Schulter, rannte dann jedoch prompt in die Zelle zurück:

„Wir werden den Herrn Feldwebel nochmals brauchen…!"

Wenige Sekunden später kam er mit Hales leblosem Körper im Gamstragegriff wieder hervor, und ging mit diesem voran, den Korridor hinab.

Isaac und Rain folgten ihm.

Es würde ein Spiel mit dem Feuer sein. Eine halsbrecherische Idee… aber eine Chance. Oder waren sie gerade dabei, die Büchse der Pandora zu öffnen?

Duke hatte bereits ein Stelldichein mit einem Mitglied jener mysteriösen Alien-Spezies der Axonen gehabt… oder zumindest mit einem Kalfaktor, einer High-Tech-Marionette in deren Dienst. Die Trife waren vor allem eine physische Bedrohung – nur indirekt eine psychische. Aber die Axonen waren vor allem eine psychische Bedrohung… und dadurch kaum weniger eine physische. Wie es stand, hatten die Trife die Menschheit in den Wilden Westen zurückkatapultiert. Die Axonen aber konnten die Menschheit spielend ins absolute Chaos stürzen, konnten selbst aus den tapfersten Männern wimmernde Häufchen Elend machen.

So trat Duke also an die große Pforte am Ende des Korridors heran – mit Hales Körper auf seinen Schultern.

„Was macht dich eigentlich so sicher, dass uns das Kerlchen da drin weiterhelfen will… oder überhaupt kann?", grummelte er zu Isaac zurück.

Isaac überlegte kurz – dann:

„Dankbarkeit dafür, dass wir es befreien? Und du bist doch derjenige, der immer davon erzählt, was für clevere Bastarde seinesgleichen sind, oder nicht?"

„Noch haben wir wenigstens unseren Verstand, Isaac. Du hast doch oben selbst erlebt, was die Neuromanipulation der Axonen mit den Menschen anstellt! Und ich habe mit eigenen Augen mitangesehen, wie eine ganze blühende Großstadt in mörderische und selbstmörderische Halluzinationen verfällt! Ich selbst zählte zu den Betroffenen, und ich sage: Diese Büchse der Pandora lassen wir zu!"

„Zeit für eine Abstimmung!", rief Rain viel zu vergnügt.

Duke seufzte:

„Pozz-tausend…"

…ließ sich aber breitschlagen:

„Also gut. Wer ist dafür, dass wir versuchen, das Axon zu befreien, in der bangen Hoffnung, dass es uns hilft, hier herauszukommen, obwohl wir damit wahrscheinlich alles nur viel, viel schlimmer machen?"

„Ich bin dafür! Isaac hat vorhin schon den richtigen Riecher bewiesen!", reckte Rain weiterhin viel zu vergnügt die Rechte in die Höhe.

„Pozz-tausend…", schüttelte Duke erneut den Kopf.

„Also schön. Hier ist das Patschehändchen…", ließ Duke Hales leblose Hand vor Isaac hin- und herbaumeln.

Dieser nahm sie am Handgelenk und hielt sie an den Biometriescanner. Geduldig verharrten sie so dreißig Sekunden…

vierzig…

fünfzig…

„Ich glaub', es funktioniert nicht…", konstatierte Rain halblaut.

„Scheint, außer mir gab's doch noch eine weitere Gegen-
stimme…", brummte Duke und ließ Hale zu Boden gleiten.

„Stern!", kam es aus Rain hervorgeplatzt.

Aber natürlich!

Isaac schlug mit der Faust auf die flache Hand und eilte in
die Zelle zurück – um wenige Sekunden später nun mit
Doktor Stern auf den Schultern hervorzukommen. Schnaufend erreichte er abermals die Sicherheitspforte und hielt nun
also Doktor Sterns Rechte an den Scan-Bereich.

Doch Duke pfiff ihn gleich zurück:

„Der Kerl ist Linkshänder. Jede Wette, er trägt seine ID an
der anderen Hand."

Einen Moment war Isaac stutzig… dann nickte er und
wechselte zum anderen Handgelenk. Dreißig Sekunden lang
hielten er, Duke und Rain die Luft an… dann endlich sprang
auch hier das Licht auf Grün um!

Noch wartete die Pforte jedoch auf eine Aufforderung per
Tastendruck – ein weiteres Sicherheitsmerkmal, das Duke als
erneute Warnung verstand.

Isaac ließ nun auch Doktor Sterns leblosen Körper zu
Boden – gleich neben dem Hales. Als er sich wieder ganz
aufgerichtet hatte, sahen ihn Duke und Rain erwartungsvoll
an und standen ihm regelrecht Spalier.

„Die Ehre gebührt wohl mir?", druckste er.

Duke nickte, nachdrücklich grummelnd.

Isaac schluckte.

Dann trat er an die Taste heran…

…atmete nochmals tief durch…

…und drückte die Taste.

Mit einem lauten Zischen glitten die beiden Hälften der
Sicherheitspforte auf und gaben den Blick auf jene schwebende Stahlkugel frei, die Duke bereits gesehen hatte.

Doch schien Isaac ebenso mäßig beeindruckt wie er:

„Das ist also ein Axon?"

„Ach Ikey-Po-Pikey! Der Axon steckt doch im Innern der Kugel… richtig, Sheriff?"

„Richtig.", brummte Duke.

„Hat jemand einen Dosenöffner dabei?", kommentierte Isaac trocken.

„Wie öffnen wir es, Sheriff?", übersetzte Rain.

„Keine Ahnung.", brummte Duke. „Wenn bloß Natalia hier wäre…"

„Macht die bei euch zu Hause auch die Gurkengläser auf?", feixte Isaac leicht deplatziert.

„Was, wenn der Axon außerhalb der Kugel gar nicht überleben kann?", gab Rain nun obendrein zu bedenken.

„Ihr könnt ja wieder in die Zelle zurückgehen…", erwiderte Isaac mit halblautem Schmoll.

Duke aber ging in die Knie und machte weitere Verrenkungen, um nach irgendwelchen Nahtstellen oder Ähnlichem an der Kugel zu suchen – ohne sie zu berühren. Die einzigen Unterbrechungen der Metalloberfläche schienen in den rund eingefassten Einlässen für die Kabel und Drähte zu sein.

Rain hatte Recht: Wer sagte überhaupt, dass der Axon eine Befreiung überleben würde? Oder dass die Befreier es überleben würden?

Duke hatte weiterhin ein ungutes Gefühl bei der Sache. Aber er war nun einmal überstimmt worden – und wie konnte er mit der Demokratie der Vereinigten Territorien werben, wenn er dieselbe im kleinen Maßstab nicht gelten lassen wollte?

„Der Zeremonienspeer!", platzte es erneut aus Rain heraus.

Wieder schien die Antwort mit einem Mal offensichtlich:

Mochte Isaac auch bloß im Scherz nach einem Dosenöffner gefragt haben: Sie hatten doch einen!

Nur jenes spezielle Fach, das mit dem gleichen Metall wie die Klinge des Zeremonienspeers ausgekleidet war, und das Duke der Satteltasche entnommen und kurzerhand zu einem

Holster umfunktioniert hatte, konnte der überirdisch scharfen Klinge standhalten. Also zog Duke den Zeremonienspeer aus dem Holster hinter seinem Revers hervor.

„Unser Dosenöffner…!", verkündete er schmunzelnd und nicht ohne einen Anflug von Stolz.

„Tu's!", spornte Rain ihn an, und Isaac schien ihr beizupflichten.

Duke besah skeptisch Speerspitze und Kugel…

…dann sah er in Rains leuchtende Augen und atmete tief ein:

„Holen wir das Küken aus dem Ei!"

Vorsichtig führte er die Speerspitze an das fast zu perfekt gewölbte Metall der Kugel heran… und stach zu!

Die Klinge drang hinein als wäre die Kugel aus Marzipan… und im selben Moment fuhr Duke zusammen – denn sein metallener Arm begann augenblicklich heftig zu prickeln, so als stünde er unter Strom.

Das Prickeln schwoll derart heftig an und fuhr ihm schmerzhaft bis in die Schulter hinauf, dass er den Griff erschrocken gehen und den Zeremonienspeer stecken ließ.

Im nächsten Augenblick begann der Speer zu glühen – doch nicht rot, orange oder weiß wie normales Metall, wenn es heiß wird – sondern cyanblau.

Ein allmählich lauter werdendes elektrisiertes Summen war zu hören… und mit einem Mal begann an derselben Stelle, an welcher die Klinge in die Kugel gedrungenen war, ein gleichfalls cyanblaues geometrisches Muster zu entstehen, das sich von dort aus spinnennetzartig auszubreiten begann – immer Abschnittsweise, in kleineren abrupten Schüben, ähnlich den Rissen in einer Eierschale oder in einem zugefrorenen See.

Duke tat zwei Schritte zurück, und Isaac und Rain taten es ihm gleich.

„Abstand halten…", mahnte er brummelnd.

Als die cyanblau leuchtenden geometrischen Rissmuster

die ganze Kugel zu umgeben schienen, begannen die eingesteckten Kabel und Drähte zu rauchen, und es roch immer deutlicher nach verbranntem Gummi…

Innerhalb weniger Sekunden fingen die Kabelisolierungen zu schmelzen an, unter denen die nackten Drähte erst rot, dann weiß glühend zum Vorschein kamen – ehe die Verbindungen zur Kugel unter hellem Funkenregen abbrachen, sodass die verbleibenden Abschnitte der Kabel und Drähte nurmehr lose von der Decke baumelten.

Ein wulstiger, raunend abfallender Ton signalisierte den Schwund eines Kraftfelds… worauf die Kugel mit einem dumpfen, metallisch nachhallenden Schlag aus ihrer eben noch schwebenden Position herabfiel und auf den Boden schlug. Der jähe Fall jedoch tat dem Glühen der Kugel keinen Abbruch – im Gegenteil: Es wurde nur immer intensiver, und selbst seine cyanblaue Farbe hatte begonnen, in ein gleißendes Weiß überzugehen.

„Besser in Deckung!", winkte Duke hastig und lief in Richtung der Zelle zurück. Isaac und Rain ließen sich das nicht zweimal sagen und folgten ihm. Im Schutz der Zelle angekommen und vom bedrohlichen wie faszinierenden Schauspiel gefesselt, sahen die drei Köpfe vorsichtig hinter dem Zellentürrahmen hervor und zur Kugel zurück…

Die befürchtete Explosion der Kugel blieb jedoch aus.

Stattdessen schien nun auch die Kugel selbst zu schmelzen!

Darunter übrig blieb…

…ein Häuflein blassgelber Gallerte, das Duke an die gelegentlichen gestrandeten Quallen entlang der einst kalifornischen Westküste erinnerte.

Übrig blieb ferner noch der Zeremonienspeer, der nun unweit des Gallertehäufleins flach auf dem Boden lag.

Das cyanblaue Leuchten war noch rascher verklungen als es aufgetaucht war.

„Ist… es hinüber?", wagte Rain kaum zu fragen.

Doch schon hatte Isaac die Deckung verlassen und ging nun vorsichtig, aber entschlossen auf das Gallertehäuflein zu. In etwa anderthalb Metern Abstand davor blieb er stehen und starrte es an. Es rührte sich nicht.

War es tatsächlich tot?

Bemerkenswerterweise schien es sich von alledem keine äußerlichen Blessuren zugezogen zu haben. Isaac beschloss, eine Weile abzuwarten. Inzwischen hatten auch Duke und Rain zu ihm aufgeschlossen, die das Häuflein ebenso gespannt beäugten…

Eine weitere Minute verstrich.

Nichts regte sich.

„Nun… einen Versuch war's wert.", fasste Duke Isaac tröstend an die Schulter. Die Sache hätte auch deutlich schiefer laufen können.

„Vielleicht braucht es bloß einen kleinen Stupser…", murmelte Rain.

Duke hatte schon befürchtet, dass sie so etwas sagen würde.

„Vielleicht hat es noch nicht realisiert, was passiert ist…"

„Das haben wir gleich.", brummte Duke und ging prompt zum Gallertehäuflein hin, um ihm mit der Stiefelspitze einen hoffentlich belebenden Stupser zu verpassen.

„Nicht so!", protestierte Rain jedoch gleich.

„Anfassen, Sheriff! Mit der Hand!"

Duke lachte kopfschüttelnd:

„So weit kommt's noch…"

„Mach doch selbst…", fiel Isaac Rain in den Rücken – denn das wollte sie nun auch wieder nicht. So weit es Duke und Isaac betraf, war die Angelegenheit damit erledigt.

„Lass uns die beiden Kerle wieder in die Zelle schaffen, bevor sie zu stinken anfangen.", forderte Duke Isaac auf.

Dieser nickte, und machte sich sogleich daran, den Leichnam von Feldwebel Hale zu schultern. Dann aber über-legte er es sich anders und packte denselben stattdessen an den Stiefeln, um ihn so über den Boden hinweg zur Zelle zurückzuschleifen. Durch die Zugbewegung wiederum spreizten sich die Arme des Toten jedoch – sodass Duke nicht mehr umhin kam, Isaacs Faulheit mit einem weiteren Kopfschütteln zu quittieren.

„Shit…", zischte Isaac schließlich, als sich Hales blutbenetzte Linke im Gallertehäuflein verfing.

Doch da geschah es…

KAPITEL 29

Es rührte sich!

Kein Zweifel: Das Gallertehäuflein begann, sich zu bewegen!

Erst dachten Duke und Isaac, dass dies allein der mechanischen Einwirkung von Hales linkem Unterarm zuzuschreiben war. Doch die Regungen setzten sich fort, auch nachdem Isaac mit Hales Leichnam im Schlepptau stehengeblieben war. Tatsächlich begann das Gallertehäuflein nun, sich auf Hales Hand zuzubewegen... und diese mit seeanemonenhaften Tentakeln zu umschließen!

„Pozz-tausend...", murmelte Duke.

Handelte es sich bei den Axonen also um Schmarotzer wie die Khoronen? War das der gemeinsame Nenner ihres Kampfs um die intergalaktische Vorherrschaft?

Neben den offensichtlichen äußerlichen Unterschieden zwischen den beiden Alien-Spezies zeigte sich nun allerdings auch ein deutlicher Unterschied im Verhalten:

Statt sich geradewegs auf den Nacken des Wirts zu stürzen wie eine Khorone, schien sich der Axon zunächst ganz über den Wirtskörper ausbreiten zu wollen – und so hatte dieses Exemplar nach kaum dreißig Sekunden bereits den gesamten Arm des Leichnams umschlungen.

Dann aber traf eines der seeanemonenhaften Tentakel des Axon auf die noch fast frische Schusswunde, die Choi dem Toten zugefügt hatte...

...und das Verhalten der Kreatur änderte sich im Nu:

Dem fündig gewordenen Tentakel folgte rasch der Rest der eben noch den Arm des Leichnams ummantelnden gallertartigen Masse, die sich somit direkt oberhalb der Wunde erneut zu einem Häuflein zusammenzog, um von dort aus wie durch einen Trichter regelrecht in den leblosen Körper einzusickern!

Duke, Isaac und Rain beobachteten den Vorgang mit makaberer Faszination – bis Rain schließlich hörbar aufgebracht rief:

„Es ergreift von ihm Besitz! Sollen wir denn nichts dagegen tun, Sheriff?"

Doch Duke entgegnete bloß:

„Wogegen denn? Wenn es nun mal einen Wirt braucht?"

„Aber..."

„Wenigstens war dieser Wirt bereits tot. Und ich glaube, im Besitz eines menschlichen Körpers kann uns der Axon wohl eher behilflich sein als in Form eines Wackelpuddings."

Rain nickte einsichtig... fuhr im nächsten Moment aber zusammen:

„Sh-Sheriff! Schau!"

Die linke Hand des toten Feldwebels bewegte sich und begann, unkontrolliert zu zucken und zu beben. Dem folgte der Rest des linken Arms... dann auch der rechte Arm... und schließlich durchzuckte es den gesamten Körper!

Gebannt sahen Duke, Isaac und Rain dem Spuk zu, der nach etwa zehn Sekunden abrupt wieder zu enden schien, sodass die Glieder des Toten erneut kraftlos zu Boden sanken. Derweil hatte sich Rain schutzsuchend an Isaacs Arm geklammert – was Duke ein amüsiertes Schmunzeln entlockte.

Eine knappe Minute lang lag Hales Körper wieder scheinbar völlig leblos da... dann, mit einem Mal...

...richtete sich der tote Feldwebel kerzengerade auf!

„Grundgütiger!", entfuhr es Rain, als der Leichnam plötzlich dasaß und seinen starren, ausdruckslosen Blick über seine drei Zeugen des Geschehens sowie die weitere Umgebung wandern ließ. Alles an ihm wirkte steif und auf merkwürdige Weise robotisch.

„Feldwebel Hale, Sir?", trat Duke heran und wagte einen Versuch der Ansprache.

Ebenso steif und robotisch wie zuvor drehte sich der Blick des Toten nun zu Duke hin... und schien so etwas wie ein Grinsen oder Lächeln nachzuahmen. Dann öffnete sich der Mund und stieß Folgendes hervor:

„TEST: EINS... ZWEI... DREI!"

– ebenso monoton wie die Stimme eines Roboters.

Duke schwieg und bemerkte nun, wie sich die Augen des nunmehr wohl als ‚untot' einzustufenden Feldwebels zu verändern begannen. Aus den Augenwinkeln trat je ein kleines Bisschen der blassgelben Gallerte hervor und verteilte sich im Nu wie ein dünner Film über die Wölbung der Augäpfel. Und im nächsten Moment teilte sich der Film in unzählige, wabenförmige Segmente auf – nicht unähnlich den Facettenaugen eines Insekts.

Der Mund des Untoten öffnete sich... und ohne erkennbare Artikulation kamen nun die folgenden Worte daraus hervor:

„STATUS-UPDATE: WURDE... BEFREIT... ABER... WARUM?"

Auf ein kurzes Grummeln hin, wollte Duke die Frage nicht unbeantwortet lassen:

„Meine beiden Gefährten und ich... wir drei hier sind ebenso Gefangene an diesem Ort."

Einen Moment lang rang Duke nach den richtigen Worten – dann fuhr er fort: „In Anbetracht unser aller gemeinsamen Interesses, die Freiheit wiederzuerlangen, erscheint es logischerweise zweckmäßig, die Kooperation zu suchen."

„Wir brauchen Hilfe, um hier rauszukommen!", sprach Rain Klartext.

Der untote Feldwebel drehte den Kopf zu ihr:

„ABSICHTSERKLÄRUNG: MEIN HANDELN ZIELT DARAUF, MICH SELBST ZU BEFREIEN. SYNERGIEEFFEKTE ZUGUNSTEN DRITTER NICHT AUSGESCHLOSSEN."

„Ähm… oder so herum, ja…", druckste Rain.

„Es sagt, es will der Boss sein…", lieferte Duke nun den Klartext.

„Ahso…", staunte Rain.

„DIREKTIVE: KOOPERATION DURCH SUBORDINATION.", gab der Axon im Menschenkörper hinterher.

„Na, unser ‚Hale 2.0' scheint jedenfalls genau zu wissen, was er will…", klinkte sich Isaac feixend ein.

„Du bist also ein Axon, richtig?", hakte Rain nach.

„NOMENKLATUR: ‚AXON' – MASKULIN, PLURAL ‚AXONEN' – DER URSPRÜNGLICHE MENSCHLICHE TERMINUS ZUR BENENNUNG UNSERER SPEZIES. AXON: ARTIFIZIELLER EXTRATERRESTRISCHER ORGANISMUS'"

„Und wie lautet… ähm… der ‚Terminus', mit dem ihr selbst euch benennt?", wollte Rain weiter wissen.

„DIFFERENZ: AXONEN KOMMUNIZIEREN NICHT VIA TERMINI.", wies ‚Hale 2.0' die Frage ab.

„Du bist also artifiziell… also künstlich? Nicht biologischen Ursprungs? Oder wie?", griff Isaac die Nomenklatur auf.

„FEHLSCHLUSS: FALSCHE DICHOTOMIE.", wies ‚Hale 2.0' auch diese Nachfrage ab.

„Wie bist du hierhergelangt?", schloss sich nun auch Duke der Fragerunde an.

„TRANSPORTMODUS: INTERPLANETARE LOKOMOTION."

„Auf ‚ner Lokomotive?", huschte Isaacs nicht vorhandene linke Augenbraue nach oben.

„Er meint vermutlich eine Art Raumschiff.", versuchte sich Duke als Übersetzer.

„KORREKT."

„Was ich jedoch meinte war: Wie bist du HIER hergelangt?", stampfte Duke demonstrativ auf.

„HYPOTHESE: ALS DIE ENERGIERESERVEN DIESER EINHEIT ZUR NEIGE GINGEN, ERFOLGTE DER ZUGRIFF AUF DIESELBE SEITENS FRAU OBERST GILLICK."

Duke zurück:

„‚Hypothese'? Soll heißen, du bist dir nicht sicher?"

„KORREKT. HYPOTHESE BERUHT AUF K.I.-ANALYSE DER VORHANDENEN AUFZEICHNUNGEN."

„Zweifelhaft, dass die Frau Oberst persönlich daran beteiligt gewesen war...", murmelte Duke und schob gleich eine weitere Frage hinterher:

„Kennst du deinen aktuellen Standort?"

„BESTÄTIGUNG. ERWEITERUNG UND MODIFIZIERUNG DES NEUROMANIPULATIONSSIGNALS ERFORDERN BIDIREKTIONALEN ZUGRIFF. FOLGE: KOMPROMITTIERUNG DER SUBNETZWERKE."

„Mit anderen Worten: Du hast sie gehackt?"

„VERKÜRZTE, ABER KORREKTE DARSTELLUNG."

„Dann kannst du uns hier raushacken!?", wurde Rain hellhörig.

„NEGATIV. LOKALES SECURITY-SYSTEM IST PHYSISCH SEPARIERT. HUMANOIDE INTERVENTION ERFORDERLICH."

„Das ist dann wohl unser Part...", brummte Duke.

„ZUSTIMMUNG ERFORDERLICH: BEGINN DER KOOPERATION – JA ODER NEIN?"

„Moment!", gebot Duke Aufschub. „Was hast du vor, wenn wir's nach draußen schaffen?"

„INPUT: SYSTEM MELDET ÜBERSCHREITUNG DER KRITISCHEN OFFLINE-DAUER. OUTPUT: PRIMÄRE ABHÄNGIGKEIT VON ETWAIGEM ERREICHEN DER AXON-DOMÄNE SEITENS DER ‚DÜRSTENDEN'."

„Diese Frage kann ich beantworten…", brummte Duke.

„BITTE UM BEANTWORTUNG."

„Nun… sagen wir, ich weiß, wo sich einer der altehrwürdigen Relyeh auffinden lässt. Was dann?"

„DIREKTIVE: INFORMATION IST UMGEHEND AN DAS KOLLEKTIV WEITERZULEITEN!"

„Okay. Sagen wir weiter, das… ‚Kollektiv'… weiß dann also Bescheid. Und nun?"

„FOLGEDIREKTIVE: LOKALISIERTE RELYEH SIND ZU NEUTRALISIEREN!"

Ein zufriedenes Lächeln zog sich über Dukes Gesicht.

„Dann haben wir also auch nach einem erfolgreichen Ausbruch hier ein gemeinsames Ziel. So, wie ich das sehe, haben wir dir aus der Patsche geholfen, nicht du uns. Also schließt du dich uns an, nicht umgekehrt."

Eine auffällige Pause – dann:

„PROPOSITION LOGISCH – ZUSTIMMUNG ERTEILT."

KAPITEL 30

„Ich kann immer noch nicht glauben, dass wir mit so einem... Ding... jetzt gemeinsame Sache machen...", zischte Isaac Duke flüsternd zu.

„Das war doch deine Idee, Isaac!", raunte Duke mit einem amüsierten Brummen zurück. „Willst du dich jetzt beschweren, dass es geklappt hat?"

„Das nicht... aber..."

Die vier mehr als ungleichen Gefährten hatten sich der noch intakten Waffen der im Zellentrakt Gefallenen angenommen. Genauer gesagt, hatte Duke ‚Hale 2.0' erst eines der Gewehre in die Hand gedrückt, dieses dann aber rasch wieder fortgenommen, als der Axon im Menschenkörper die Waffe offenbar ahnungslos vor sich hertrug wie ein Bündel Zweige. Es machte offenkundig einen gehörigen Unterschied, ob man als außerirdischer Symbiont einen toten Körper vollständig übernahm oder stattdessen einen noch lebenden Körper einschließlich dessen Wissen und Erinnerungen...

„...wenn du mich fragst, hat das Ding ein paar Schrauben locker.", gab Isaac schließlich zu. „Es spricht wie ein verfluchter Roboter aus 'nem B-Movie!"

„Genauer gesagt, hat es gar keine Schrauben…", feixte Duke.

„Du weißt schon, was ich meine! Selbst, falls uns ‚Hale 2.0' tatsächlich helfen kann, hier herauszukommen, wird er uns spätestens dann zum Klotz am Bein. Und was zur Hölle macht er da gerade mit Chois Helm??"

Über seine Schulter sah Duke nach hinten…

Unaufgefordert hatte ‚Hale 2.0' den Helm seines Ex-Kameraden an sich genommen und besah diesen nun von allen Seiten.

„Wie du schon sagtest, Isaac: abwarten. Lass ihn mal machen. Selbst ein wandelnder Taschenrechner kann besser Kopfrechnen als wir drei zusammen. Schlimmstenfalls müssen wir unsere Zeit hier unten eben absitzen."

Womit sich Duke wieder auf die Matratze niederließ.

Und mit einem leisen Seufzen tat Isaac es ihm gleich.

Ein oder zwei geschlagene Stunden mussten Duke und Isaac so durchdöst haben…

„Aufwachen, ihr Schnarchnasen!", rief Rains Stimme sie wieder ins Hier und Jetzt zurück.

Schlaftrunken blinzelte Isaac fragend zu Rain hinauf, während sich Duke wiederholt den letzten Schlafsand aus dem Gesicht wischte.

„Max sagt, er ist so weit!"

„‚Max'?"

„So heißt er jetzt! Ihn ‚Hale 2.0' zu nennen, war doch albern."

„Aber doch irgendwie treffend.", hielt Isaac dagegen.

„Gar nicht! Max ist eine Persönlichkeit für sich, keine zwei Punkt null!"

„Persönlichkeit?? Und deinen Toaster hast du wohl ‚Moritz' getauft?"

„Meinen Wasfürnding?"

„Woher willst du überhaupt wissen, dass ‚Maxens' Axon überhaupt ein Männchen ist?"

„Ja, was denn sonst? Sollte er in einen weiblichen Körper schlüpfen, dann können wir ihn ja meinetwegen in ‚Maxine' umtaufen oder so!"

Isaac verdrehte die Augen und schüttelte den Kopf.

„Gehen wir!", beendete Duke mit einem weiteren Gähnen das Gezänk.

Rain ging voran und führte die beiden Männer durch die zu deren Erstaunen bereits offenstehende zweite Durchgangspforte in den vorgelagerten Korridor zurück, über den sie zuvor in den Zellentrakt geführt worden waren.

An der ersten Durchgangspforte schließlich wartete bereits ‚Max' – nun mit Chois Helm auf dem Kopf. Einer kurzen Unterredung konnten sie entnehmen, dass der Plan ihres neuen Gefährten nun darin bestand, Oberst Gillick zum Einsenden einer Einheit zu verleiten. Dabei konnte Max sich sogar festlegen, welche Einheit er Gillick schicken lassen würde.

Es ging los…

Max ließ das Visier herunterfahren.

Duke, Isaac und Rain konnten ihn mit seiner klischeehaft monotonen Stimme reden hören, verstanden jedoch nur Bruchstücke.

Sprach er direkt mit Oberst Gillick?

Dann… nach einer knappen Minute… fuhr das Visier des Helms wieder hoch.

Duke, Isaac und Rain sahen einander fragend an.

„Und?", drängte Isaac nach Auskunft.

„VORAUSSICHTLICHES EINTREFFEN NICHTMEN-SCHLICHER INTERVENTION IN WENIGER ALS DREIßIG SEKUNDEN…"

‚Nichtmenschliche Intervention'?

Duke übersetzte:

„Gillick wird uns einen Butcher oder sowas schicken. Einen Roboter also – denn den kann Max mit seiner Neuromanipulation nicht verwirren."

„Aber wir mit unseren popligen Sturmgewehren??", fragte Isaac nervös zurück.

„Irgendwas ist immer.", wiegelte Duke ab.

Da sorgte ein lauthallendes metallisches Poltern für augenblickliche Funkstille und gespitzte Ohren...

Es kam von der anderen Seite der Sicherheitspforte – genauer gesagt, von der anderen Seite der Felsschlucht. Ganz klar: Sie fuhren die Verbindungsbrücke aus!

Und nun?

Von der Brücke bis zum hinteren Ende des Zellentrakts verlief hier lediglich ein schnurgerader Korridor. Es stand also ein frontaler Zusammenstoß mit jener ,nichtmenschlichen Intervention' bevor. Allenfalls die Zellen boten noch eine arg begrenzte Ausweichmöglichkeit – die jedoch rasch zur Todesfalle würde geraten können.

„Und was jetzt?", brachte Duke sein Sturmgewehr in Anschlag.

„DIREKTIVE: TAKTISCHER RÜCKZUG!", rief Max... und ehe sie sich versahen, hatte er prompt die Beine in die Hände genommen und war wieder auf dem Weg zurück in Richtung Zellentrakt.

„Shit...", raunten Duke und Isaac im Duett, während Rain Max bereits auf dem Fuße folgte.

Kaum, dass sich endlich auch Duke und Isaac in Bewegung gesetzt hatten, tat es hinter ihnen einen weiteren Schlag, und mit einem lauten Zischen begann die schwere Bleikernpforte sich zu öffnen!

Während Duke und Isaac losliefen, blieben ihre Blicke an der Gestalt haften, die in der Pforte erschien. Sie war definitiv nicht menschlich. Duke hatte recht behalten: Es handelte sich um einen Kampfroboter – jedoch nicht um einen jener betagten, klobigen Butcher. Jene Vorhersage erwies sich als Dukes frommes Wunschdenken. Denn mit ihren vier waffenstarrenden Armen, ihren geschwungenen, chromblitzenden Formen und ihren rubinrot funkelnden Augen hatte diese übermannshohe Gestalt eher etwas von einem Todesengel aus der südostasiatischen Mythenwelt. Es handelte sich um ein selbst Duke bisher unbekanntes Modell gut zweihundert Jahre jüngeren Datums, das offenbar erst unlängst von den Bändern der Waffenfabriken Proximas gelaufen sein musste.

„STEHEN BLEIBEN!", rief eine gebieterisch hallende synthetische Männerstimme den beiden Fliehenden hinterher… und nach einer Bedenkzeit von kaum einer Sekunde eröffnete sie bereits das Feuer.

Die gleißenden Plasmabälle der ersten Salve verfehlten Duke und Isaac um Haaresbreite und hinterließen glühende Schmauchkrater in den Wänden und Türbögen. Die nächste Salve würde sitzen.

„Wohin läuft der Kerl?!", rief Isaac noch mit Hinsicht auf Max, ehe er und Duke im letzten Moment durch die offenstehende Zellentür in Deckung hechten konnten, während bereits die nächsten Plasmabälle durch die Luft zischten!

„Vielleicht hofft Max, dass der Roboter erst zu uns in die Zelle kommt, sodass Rain und er dann freie Bahn hätten…", postierte sich Duke knurrend an der Zellentür und erwiderte das Feuer mit ein paar offensichtlich vergeblichen Schüssen aus dem Sturmgewehr.

„Na großartig…", raunte Isaac und postierte sich neben Duke.

Von hier aus konnten sie sehen, wie Rain Max den gesamten Zellentrakt hinab folgte – bis zu jenem Raum am Ende, in dem die Metallkugel angeschlossen gewesen war.

„Max! Was machst du da?!", hörten sie Rain plötzlich rufen. „Nein, NICHT!!"

Und mit einem Mal begann ein lautes Knistern und Knacken den Zellentrakt hinabzuschallen – und die Intensität der Deckenlampen geriet stark ins Wanken.

Rain war auf die Knie gefallen und sah fassungslos zu, wie Max mit bloßen Händen zwei der Kabelstränge gepackt hatte, die zuvor mit der schwebenden Metallkugel verbunden gewesen waren, und nun regelrecht durchelektrisiert wurde. Mit bebenden, schüttelnden Gliedern hielt er eisern an den Strängen fest.

„Ist er jetzt völlig lebensmüde oder einfach nur durchge-knallt?", raunte Isaac.

„Er... lädt sich auf...?", mutmaßte Duke mit hochgezo-gener Augenbraue und bemerkte dabei die cyanblauen Entla-dungen, die zusehends über Max' Körper zu huschen schienen.

„Er bringt sich um – und Rain gleich mit!", protestierte Isaac.

„Nicht, wenn wir die Aufmerksamkeit des Roboters ganz auf uns lenken.", wandte Duke ein.

Isaac nickte und eröffnete aus der Deckung der Zelle nun ebenso das Feuer auf die nahende Killermaschine. Natürlich verursachten die Kugeln der beiden Sturmgewehre kaum mehr als ein paar Kratzer an der Panzerung. Und so schritt der Kampfroboter unbeirrt voran und betrat schließlich den Zellentrakt.

Inzwischen verbreitete sich ein penetranter Geruch nach geschmortem Fleisch und verbranntem Horn – denn Max ließ sich weiterhin unter ständigem Knistern, Knacken und Flackern durchrösten. War er überhaupt noch am Leben, oder waren seine Zuckungen nurmehr unwillkürliche Reaktionen auf die Energie, die durch seinen geschundenen Wirtskörper peitschte?

Derweil hatte sich Rain ganz in die Ecke neben dem Eingang in den Axon-Containment-Raum zurückgezogen, von wo aus sie gebannt das Wüten des vierarmigen Kampfro-boters verfolgte. Diesem war die junge Rebellin jedoch ebenso wenig entgangen – und so hatte er keinerlei Schwierigkeit, einen seiner vier Arme samt Plasma-Launcher genau auf sie zu richten, noch während er die beiden Männer in der Zelle konfrontierte.

„Hey!", rief Duke resolut. „HEY! Hier spielt die Musik!"

Womit er mit nur zwei Schritten Anlauf einen fulminanten Satz direkt auf den Kampfroboter zu machte und dabei mit seiner noch intakten und geballten Linken zum Schlag ausholte!

Ein weitgehender Bluff – der jedoch die erhoffte Reaktion hervorrief: Denn prompt packte einer der vier robotischen Arme Dukes Faust mit einem solchen unbarmherzigen Griff, der jede Hand aus Fleisch und Blut augenblicklich zermalmt hätte. Dann zog die Maschine Duke wie er war, an einem Stück in die Höhe, sodass er die Bodenhaftung verlor.

Im nächsten Moment kam auch Isaac brüllend auf den Kampfroboter zugerannt – mit dem Kolben des Sturmgewehrs voran… der sogleich von einer weiteren metallenen Klaue abgefangen wurde. Auch Isaac wurde in einem Stück in die Höhe gezogen. Dabei hätte er die Waffe jederzeit einfach gehenlassen und das Weite suchen können – doch das wäre nicht der Sinn der Aktion gewesen.

„Rain! JETZT!", zischte Duke.

„Lauf, Rain! LAUF!", schloss sich Isaac ihm an.

Die Kopfbewegungen des Killerroboters verrieten, dass er die plötzlich wiederaufkeimende Bewegungsfreude der eben noch ängstlich Kauernden durchaus registriert hatte – doch hatte er mit den beiden ergriffenen Aggressoren schon fast alle Hände voll zu tun, und um mit seinen verbliebenen Bewegungskapazitäten auch die Dritte im Bunde zu ergreifen, dazu war diese einfach zu flink! Ohnehin schien sie das ungleich geringere Bedrohungspotential innezuhaben… zumindest, solange sie lediglich vorbeihuschte. Als Rain dann jedoch nicht nur den Zellentrakt passiert hatte, sondern auch den Korridor davor, und als sie schließlich auch noch der Pforte zur ausgefahrenen Brücke immer näher kam, änderte sich die Lage. Der Killerroboter hatte seine Direktiven… und ließ Duke und Isaac fallen wie zwei feuchte Kartoffelsäcke!

„Oof!", beschwerte sich Isaac über seine Steißlandung.

Bei der raschen Drehung des Kampfroboters um die

eigene Achse zurück in Richtung des Korridors, aus dem er gekommen war, konnte auch diese neueste Kriegsmaschine aus den Werken Proximas ihre Behäbigkeit nicht ganz verbergen. Dennoch relativierte sich der Vorteil in puncto Flinkheit und Geschwindigkeit auf Rains Seite schnell, da sich die Pforte zur Brücke bereits auf halbem Wege durch den Korridor wie von Geisterhand wieder zu schließen begann! Rain trat in die Steinplatten des Korridorbodens, was ihre Roboterbeine hergaben. Es war ein Hundertmetersprint mit nur einem Siegerpodest:

Alles oder nichts!

Noch halb auf ihren Hosenböden sitzend, sahen Duke und Isaac gebannt die knapp kilometerlange Korridorsequenz hinab. Würde Rain es schaffen?

Die Pforte zur rettenden Brücke verengte sich unerbittlich…

Mit einem Urschrei stieß sich Rain nochmals vom Boden ab…

…und mit einem lauten Knirschen schlossen die Hälften der schweren Bleikernpforte Rains Oberschenkel zwischen sich ein!

Sie saß fest – buchstäblich mit dem Fuß in der Tür, die Freiheit direkt vor Augen! Verzweifelt versuchte sie, sich zu befreien… doch sie war fest eingekeilt! Keinen Millimeter ging es vor oder zurück!

Der integrierte Plasma-Launcher des Kampfroboters heulte leise auf – bereit zum Abschuss der nächsten Salve. Duke wollte aufspringen, um sich an den Arm der Maschine zu hängen und so das Bevorstehende vielleicht noch abzuwenden– doch da tippte ihn Isaac auf die Schulter und deutete hinter ihn.

Duke sah zurück…

Es war Max.

Er sah furchtbar aus.

Immer wieder zuckten cyanblaue Entladungen wie kleine

wandernde Blitze über seinen noch immer leicht zuckenden, verschmauchten Körper hinweg – bis in die Spitzen seiner steil abstehenden, qualmenden Haare.

Endlich hatte er von den Drähten abgelassen.

Nun baute er sich breitbeinig hinter dem nichtsahnenden Kampfroboter auf – sein Blick nicht länger ausdruckslos, sondern entschlossen und grimmig. Er hob seine beiden steif ausgestreckten Arme – mit den flachen Handtellern nach vorn – und was nun geschah, kannten sowohl Duke als auch Isaac allenfalls aus alten, abgedrehten Zeichentrickfilmen:

Aus Max' Handflächen trat gebündelt und konzentriert eben jenes markante cyanblaue Leuchten hervor, das den Korridor um ihn herum nun in ebenso gefärbtes Licht tauchte. Noch einmal schien er tief einzuatmen… dann gingen seine Hände komplett in zwei pulsierende Kugeln hellstrahlenden cyanblauen Leuchtens auf – und ein gewaltiger cyanblauer Energiestrahl von knapp einem Meter Durchmesser schoss wie ein überdimensionierter cyanblauer Laser aus seinen Handgelenken heraus… direkt in den Rücken des noch immer ahnungslosen Killerroboters!

Zischend und knisternd gab dieser einen lauten, metallischen Schlag von sich – und schien nurmehr regungslos zu verharren, während dunkle Rauchschwaden aus den Fugen und Ritzen seiner chromblitzenden Panzerung aufstiegen…

„Heiliges Kanonenrohr…", raunte Isaac.

„Pozz-tausend…", pflichtete Duke ihm bei.

Plötzlich war es wieder fast totenstill geworden. Allein ein leises Ächzen und Stöhnen schallte die lange Korridorsequenz zu Duke und Isaac hinauf…

„Rain!", riss es Isaac aus der Schockstarre, und mit aller Hast verließ er den relativen Schutz des Zelleneingangs wieder, um seiner in missliche Lage geratenen Mitstreiterin zu Hilfe zu eilen.

Duke wollte ihm folgen, sah aber noch rasch zu Max zurück. Dieser stand nur ungerührt da, sein Blick wieder ausdruckslos… bloß dass dort, wo vor wenigen Sekunden noch seine Hände gewesen waren, nurmehr dunkler Rauch aus den Ärmelenden des Overalls stieg. Da ihn dies nicht sonderlich aus dem Konzept zu bringen schien, gab Duke ihm nur ein anerkennendes Nicken zurück, ehe er sich an Isaacs Fersen heftete.

„Rain!", rief Isaac erneut, als er zu seiner tapferen Gefährtin aufschloss.

Ohne zu zögern packte er die Hälften der Sicherheitspforte an den Kanten und versuchte nach Kräften, dieselben auseinanderzuschieben.

„Lass mich mal…", kam schließlich auch Duke hinzu, und Isaac machte rasch Platz, ohne selbst ganz von der Pforte abzulassen.

Mangels seiner zerstörten rechten Hand schob Duke gleich seinen rechten Arm bis zum Ellenbogen durch den Spalt und packte die linke Kante wiederum mit seiner Linken.

Drei Roboterarmen und drei menschlichen Armen gemeinsam gelang es schließlich, die beiden Hälften unter lautem metallischem Protest der Pforte weit genug auseinanderzudrücken, dass Rain ganz hindurchschlüpfen konnte!

„Hey!", rief Isaac, überrascht von ihrer Flucht nach vorn.

„Die Brücke!", rief sie. „Sie beginnt zurückzufahren!"

Und mit einem Satz übersprang sie die just entstandene Lücke, um sogleich zur ersten Pforte weiterzulaufen, die nun ebenso im Begriff war, sich zu schließen…

Noch hätte Rain problemlos hindurchschlüpfen können.

Es hätte bedeutet, ihre drei Gefährten bis auf Weiteres hier zurückzulassen. Also blieb sie stehen… und schob erneut ihren Oberschenkel dazwischen, um die Pforte zu blockieren.

„Vom Regen in die Traufe…", seufzte sie schwer.

Inzwischen hatte auch Max zu Duke und Isaac aufgeschlossen, die sich weiterhin an der zweiten Pforte zu schaffen machten.

„Lauf, Ike!", knurrte Duke.

„Aber Hayden…"

„Lauf, verdammt! Die Brücke fährt zurück, und Rain braucht deine Hilfe!"

Isaac sah zu Rain, nickte dann und schlüpfte ebenso durch die Pforte, die sich sogleich mit einem lauten Rums wieder verengte – nun jedoch von Dukes verkeiltem Unterarm blockiert.

„Hayden!", rief Isaac von der gegenüberliegenden Seite der Brücke zurück. Der Abstand war inzwischen kaum noch zu überspringen, ohne einen Sturz in den Abgrund zu riskieren.

„Shit…", zischte Duke und sah rasch zu Max zurück.

Diesem waren derweil zwei neue Hände gewachsen… oder besser gesagt: zwei seeanemonenhafte Tentakelbüschel. Die Axonen waren fürwahr eine Kategorie für sich…

So trat Max nun an die Pforte heran… und legte seine rechte Seeanemonenhand auf. Im nächsten Moment begann sich von dort aus ein cyanblau leuchtendes Linienmuster auszubreiten – so als würde Max über seine Tentakelhand mit der Elektronik der Pforte kommunizieren…

Just im nächsten Moment tat es einen dumpfen Schlag, und die beiden Hälften der Pforte begannen, von alleine wieder auseinanderzufahren.

„Danke… äh… Max.", brummte Duke nicht ohne Verblüffung – bloß um unsanft von Max zur Seite geschoben zu werden.

Grummelnd folgte Duke ihm durch die Pforte.

„Hayden, verdammt!", drängte Isaac erneut.

Doch es war zu spät. Die Brücke war bereits fast zur Hälfte zurückgefahren – das Überspringen für einen normalen Menschen nun praktisch unmöglich.

Nicht aber für einen Axonen im Menschenkörper.

Kaum, dass Duke zu Max aufgeschlossen hatte, drehte dieser sich zu ihm … und ehe er reagieren konnte, hatte Max mit seiner Tentakelhand das Ende von Dukes lädiertem Roboterarm gepackt und sich blitzschnell mit diesem verbunden – als bestünden die Tentakel aus einer Art magnetischem Sekundenkleber, der nur darauf wartete, mit etwas Metallenem in Kontakt zu kommen!

„Woah…!", zog Duke seinen Arm zurück – doch die Verbindung ließ sich nicht mehr abschütteln. Stattdessen zog sich ein geschmeidiger, gallertartiger Strang wie geschmolzener Pizzakäse vom Ende des lädierten Roboterarms zum Ärmelende von Max' Overall!

Ehe Duke Max fragen konnte, was dieser mit der absonderlichen Verschmelzung bezwecken wollte, hatte sich Max an die Kante des Brückenkopfs gestellt, wo er in die Knie ging… um im nächsten Moment und ohne weitere Vorwarnung mit einem riesigen Satz über den Abgrund auf die gegenüberliegende Seite zu springen – wobei sich die Verbindung zu Dukes Arm entsprechend in die Länge zog.

„Woah…", staunten nun auch Isaac und Rain nicht schlecht – in einem Moment der Ablenkung von ihrer eigenen Situation. Doch der Höhepunkt der Zirkusnummer stand erst noch bevor:

Max drehte sich zu Duke zurück, der noch immer auf der anderen Seite stand. Dann packte er den dicken, gummiartigen Strang mit seinem anderen Arm, wickelte diesen drei Mal um jenen herum… und mit einem beherzten Ruck zog er daran wie an einem Lassoseil!

„WO-HOAH!", konnte Duke nur noch rufen, als es ihn am anderen Ende von den Stiefeln riss und er unfreiwillig dieselbe Flugbahn nachvollzog, die Max vor wenigen Sekunden noch vorgelegt hatte.

Mit allen Vieren wedelnd kam er auf Max zugeflogen, der bereits die Arme ausbreitete, um ihn aufzufangen. Und mit einem heftigen ‚UMPF!', gleich einer menschlichen Abrissbirne, schlug Duke in Max ein und fegte ihn ebenso von der Stelle… bis er mit ihm zusammen schließlich kaum anderthalb Meter vor Isaacs und Rains Füßen landete.

Rain lachte entzückt und applaudierte:

„Ihr beiden seid ja die Größten! Die Allergrößten!"

„Ihr solltet Eintritt verlangen!", schloss sich Isaac feixend an – während Duke noch kopfschüttelnd Gewissheit darüber zurückzuerlangen versuchte, wo oben und wo unten war.

Max hatte sich bereits wieder aufgerichtet und bot ihm eine helfende Tentakelhand. Duke sah zu ihm auf:

„Du bist mir vielleicht ein Teufelskerl!"

KAPITEL 31

Dank Rains selbstloser Blockade mittels ihres Oberschenkels stellte auch die letzte Sicherheitspforte kein wirkliches Hindernis mehr dar.

Die Basis dahinter war im Ausnahmezustand.

Von allen Seiten plärrten Sirenen und Alarmsignale, blinkten und flackerten Warnleuchten. Männer und Frauen in weißen Kitteln liefen nervös umher, als hätten sie es sehr eilig, riefen einander hastige Dinge zu. Vereinzelte bewaffnete Centurion-Wachen beobachteten das Treiben mit stoischer Strenge – während ihre Kameraden in Gruppen die Korridore hinaufliefen.

„Diese ganze Aufregung... wegen uns?", wunderte sich Rain.

„Sie evakuieren.", stellte Isaac richtig.

„Sind wir denn so gefährlich?", lachte Rain.

„Nicht wegen uns.", brummte Duke, und Isaac erklärte weiter:

„Schau sie dir an: Sie alle haben sich ihre Aktenkoffer, Kartons und stapelweise Ordner unter die Arme geklemmt. Ich will kein USSF-Marine sein, wenn Gillick nicht den Selbst-zerstörungscountdown eingeleitet hat."

„Darum sollten auch wir schleunigst zusehen, unser Zeug wiederzubekommen, und Land gewinnen.", konstatierte Duke. „Max, weißt du zufällig, wo sie hier die beschlagnahmten Gegenstände verwahren?"

„DIREKTIVE: BESCHLAGNAHMTE GEGENSTÄNDE SIND IRRELEVANT.", gab Max nur zurück.

„Nicht für uns, Neunmalklug!", watschte Isaac ihn ab, und Duke mahnte: „Wir haben eine Abmachung, Max…"

„STANDORT ASSERVATENKAMMER: SUB-EBENE 1, NAHE DES AUSGANGS.", gab Max nach.

„Danke. Wie lange haben wir noch, Isaac?"

„Da es keine automatische Durchsage zu geben scheint, nehme ich an, dass Gillick eine manuelle Selbstzerstörungssequenz eingeleitet hat. Kommt drauf an, wie lange die schon läuft. Ich schätze mal, seit zirka zehn Minuten – kurz nachdem der Kampfroboter den Geist aufgegeben hat, ziemlich genau als die Brücke begann, sich zurückzuziehen. Laut Sicherheitsprotokoll sind dreißig Minuten Countdown-Dauer Standard."

„Also vielleicht noch zwanzig Minuten?"

Isaac nickte: „Im Zweifelsfall eher weniger."

„Max, kannst du den Countdown abstellen?"

„NEGATIV: SELBSTZERSTÖRUNGSPROZEDUR UNTERSTEHT LOKALEM SICHERHEITSNETZWERK. KEIN EXTERNER ZUGRIFF."

„Machen wir also, dass wir rauskommen…", zog Duke nochmals sein grummelndes Fazit.

Sämtliche Bildschirme der Stationen waren entweder schwarz oder zeigten rot blinkende Warnmeldungen an. Keine der Centurion-Wachen oder ihrer Kameraden schienen den vier Flüchtigen auch nur noch die geringste Aufmerksamkeit zu schenken – weniger noch als die übrige Belegschaft, die diesen immerhin den ein oder anderen Blick zuwarf.

Schließlich kollidierten die vier ungleichen Gefährten

sogar regelrecht mit einem der Centurions in voller Montur, der gerade aus einem Quergang gelaufen kam. Unter dem Eindruck ihrer gezückten und entsicherten Sturmgewehre ließ dieser jedoch gleich von seiner Waffe ab und hob demonstrativ die Hände.

„Hey... ich will hier nur raus, okay?", rief er mit fast um Verzeihung heischendem Blick. „Und auch ihr solltet schauen, dass ihr an die Luft kommt! Der Laden hier macht dicht!"

Duke trat zur Seite, und seine Gefährten senkten ebenso die Läufe, um den Marine passieren zu lassen.

„Was ist das denn für ein Saftladen, in dem die Marines ihre Befehle missachten und flüchtende Gefangene einfach so laufen lassen?", wunderte sich Rain fast beleidigt.

„Willst du dich beschweren?", feixte Duke – aber Isaac erklärte:

„Sie haben jetzt andere Sorgen, Rain. Wahrscheinlicher ist, dass sie nur noch Befehl zur umgehenden Evakuierung haben, womit alle vorigen Befehle hinfällig sind. Mit anderen Worten: Sie haben kapituliert."

„Das war ja einfach...", staunte Rain.

„‚Einfach'?!", fuhr Isaac sie an.

Duke aber klopfte ihm schmunzelnd auf die Schulter:

„Wildfang ist wild, Junge."

„Hey!", zog Rain eine Schnute, da sie sich nicht sicher war, ob das als Kompliment aufzufassen war...

Inzwischen hatte sich die Basis deutlich geleert.

Wahrscheinlich passte die gesamte Belegschaft in den bereits wartenden Centurion-Transporter, der sie prompt zurück nach Proxima schaffen würde. Die Soldaten kämen dann bald schon zurück in ihre großzügigen Baracken – inklusive täglich frischer Wäsche, drei warmen Mahlzeiten und Snack-Automaten zur Stärkung zwischen den garantiert nichttödlichen Simulatormissionen – und die Laboranten und Offiziere kämen zurück in ihre gemütlichen, vollklimatisierten Wohnkuben mit fließend Warmwasser, Fast-Food-Lieferservice und einhundertdreißig Unterhaltungskanälen.

Wie man sich bettet… – dachte Duke sich und seufzte innerlich.

Oberst Gillick hingegen hätte die unangenehme Aufgabe, dem Trust Rede und Antwort zu stehen. Sie hatte General Haeri erwähnt.

Es war kaum abzusehen, wie sich all die Verstrickungen auswirken würden. Jedenfalls ging Duke nicht davon aus, dass der Trust irgendeinem persönlichen Groll nachhängen würde. Man würde dort kaum weniger pragmatisch und interessengeleitet entscheiden wie in den obersten Etagen von Proxima Command. Nicht, dass es noch einen großen Unterschied zwischen den beiden Organisationen gegeben hätte. Mal konnten sie als Verbündete auftreten, dann wieder als Erzfeinde – je nachdem, wie es das tägliche Geschäft erforderte.

Duke war ein Mann von Recht und Gesetz. Das schloss nicht aus, mit jenen zusammenzuarbeiten, die anderswo als Kriminelle galten. Als Sheriff war er lediglich jenem Recht und Gesetz verpflichtet, dass er und seine Leute sich gegeben hatten. Aber eines nach dem anderen…

Im Laufschritt setzten die vier Gefährten ihren Weg fort – den augenscheinlich letzten der Laboranten folgend – bis sie alle schließlich wieder im Hangar ankamen. Für einen Moment befürchtete Duke, dass sie sich spätestens dort in einem Hinterhalt wiederfinden würden – doch Isaac behielt recht. Tatsächlich rannte die gesamte Belegschaft direkt auf die Ausgangspforte zur Oberfläche zu, über der bereits der Transporter mit herabgefahrener Rampe wartete – flankiert von je zwei weiteren Wachen in voller Montur.

Überrascht war Duke darüber, dass Oberst Gillick als augenscheinlich endgültig letztes Mitglied der Belegschaft tatsächlich noch vor Ort war und mit angewinkelten Armen in der Mitte des Hangars stand – in makelloser Festtagsuniform. Eher hätte er sie so eingeschätzt, dass sie zu den ersten gehören würde, die an Bord gehen und den Transporter bis Proxima nicht mehr verlassen würden. Im Augenwinkel sah sie Duke und Kompanie in den Hangar kommen und drehte sich zu ihnen.

„Duke!", rief sie ihm zu.

Ihre Stimme hallte herrisch durchs Gewölbe, aber ohne Zorn, hingegen fast schon anerkennend, respektvoll.

Duke hielt seine Gefährten an:

„Max, bring Isaac und Rain zur Asservatenkammer. Ich hab' hier noch was zu erledigen."

„BESTÄTIGE.", verlautbarte Max und lief voran.

Isaac und Rain sahen einander fragend an... dann kurz zu Duke, der ihnen bestätigend zunickte – worauf sie sich Max anschlossen.

Damit ging Duke weiter auf Gillick zu und blieb in etwa anderthalb Armlängen breitbeinig vor ihr stehen – sein Blick offen, aber entschlossen:

„Ich hätte Ihnen den Trubel ja gerne erspart, Ma'am. Aber Sie mussten mich ja festhalten, auf Teufel komm raus."

„Den Teufel haben Sie rauskommen lassen, Sheriff Duke.", erwiderte Gillick mit leicht zur Seite geneigtem Kopf. „Aber ich sehe Ihnen schon an, dass Sie nicht wirklich wussten, was Sie taten. So viel zu Ihrer Ehrenrettung."

„Sie meinen die Befreiung des Axons?", lachte Duke. „Ein eigenwilliger Geselle mit zugegebenermaßen unheimlichen Kräften... aber man kann sich mit ihm einigen."

„Ein Pakt mit dem Teufel, Sheriff! Sie werden sich noch umschauen, falls Sie wirklich glauben, einen Axon im Schach halten zu können – ganz gleich, ob Sie nun ein Hüter sind oder nicht."

„Ich lass' die Dinge auf mich zukommen. Immer eines nach dem anderen. Ich habe schon einmal einen Axon besiegt."

„So, Mister Duke? Spielen Sie nur weiter mit dem Feuer,

und schauen Sie, wo Sie bleiben – vorzugsweise wo der Pfeffer wächst. Aber ich gebe Ihnen Recht: Eines nach dem Anderen! Was unsere Mission betrifft, kehren wir nicht mit leeren Händen zurück. Der unverhoffte Beitrag Ihrer Freunde hierzu war beträchtlich. Ich würde Ihnen ja danken, wenn das nicht offensichtlich unbeabsichtigt gewesen wäre. Selbst die Zerstörung des KRX 5000 hat uns wertvolle Daten geliefert, die uns helfen werden, künftige Modelle besser zu wappnen."

„Nichts zu danken. Wir haben bloß getan, was nötig war."

„Na sehen Sie? Wir sind uns einig! Leben Sie wohl, Mister Duke… dort, wo der Pfeffer wächst."

Und mit einer dezent angedeuteten Verneigung steckte Oberst Gillick ihre Offizierspistole zurück, machte auf der Hacke kehrt und begann, stramm und mit rasch zunehmendem Tempo auf die Transporterrampe zuzulaufen. Die vier Wachen begrüßten sie mit einem Salut, um sie sogleich die Rampe hinaufzubegleiten. Duke sah ihr hinterher.

Da begann der Boden zu beben…

KAPITEL 32

„WARNUNG: SEISMISCHE AKTIVITÄT DETEKTIERT.",
bestätigte Max das Offenkundige.

Das Beben wurde so heftig, dass Duke das Gleichgewicht
verlor und sich nur noch mit seiner Linken vom Felsboden
abstützen konnte. Er sah zu Gillick zurück, die auf den
letzten Metern die Rampe hinauf in die Knie ging und
sogleich von zweien der Wachen gestützt wurde.

„Sheriff!", kam Rain auf ihn zugelaufen.

Mit den Stabilisatoren in ihren beiden Beinprothesen fiel
es ihr deutlich leichter, sich trotz des Bebens aufrecht zu
halten. Sie hatte Bogen und Köcher wieder und bereits einen
der Pfeile gespannt.

„Hab' die Hexe im Visier, Sheriff!", zielte sie Oberst Gillick
in den Rücken. Eine unverhoffte Vergeltung? Das war
verlockend...

„Lass gut sein!", rief Duke jedoch.

Einen Moment rang Rain sichtbar mit sich selbst... dann
senkte sie Blick und Bogen und kam den Rest des Wegs auf
Duke zu. Neben dem Köcher und dem Sturmgewehr hatte sie
auch seinen Revolvergürtel geschultert.

Auch Max – wenige Schritte hinter ihr und mit Dukes

Satteltasche behangen – schien zumindest körperlich kaum vom Beben beeindruckt zu sein.

„WARNUNG: STRUKTURKOLLAPS IN ZIRKA DREIßIG SEKUNDEN.", ersetzte er die fehlende Lautsprecherdurchsage.

„Was jetzt, Hayden?!", kam als letztes Isaac auf allen Vieren und mit Jasons Backpack auf dem Rücken herbeigekrabbelt.

Das Beben wurde immer heftiger.

Duke sah sich um.

„Dort!", rief er. „Die Hoverbikes!"

„Los!", rief Rain und stützte Duke, während Max Isaac unter die Arme griff.

Kaum hatten sie sich vom Fleck bewegt, ging ein lautes, markiges Krachen durch die Gewölbedecke über ihnen… und mit einem gewaltigen Donner fuhr ein mannshoher, keilförmiger Felsbrocken in den Boden, auf dem sie gerade noch gestanden hatten!

„Ffffuck…!", entwich es Isaac.

„Weiter!", knurrte Duke.

Rund um sie herum zogen sich mehr und mehr klaffende Risse durch den Felsboden. Allenthalben rieselten Sand und Staub von der Decke. Rain lief voran, um das erste Hoverbike klarzumachen… doch musste sie rasch feststellen, dass sich dieses doch stärker als zunächst vermutet von klassischen Motorrädern unterschied, und dass sie nicht wirklich ein Ahnung hatte, wie man es bediente.

„Der Touchscreen!", rief Duke ihr zu.

„Ich soll einen Passcode eingeben!", gab Rain kurz darauf zurück.

Max schloss zu ihr auf… und legte eine seiner gallertartigen Tentakelhände auf. Einen Moment darauf drang ein cyanblaues Leuchten aus den Ritzen der Hoverbike-Steuereinheit.

„PASSCODE: 36512", konstatierte Max… und ein apartes

Jingle, gefolgt von einem leisen Heulen signalisierte die Fahr-
bereitschaft des Gefährts. Rain übernahm das erste Hoverbike, während Max zum zweiten wechselte.

Duke wies Isaac dem ersten, bereits startklaren Hoverbike
zu.

„Ich hab' noch nie ein Hoverbike gefahren... nicht mal ein
Motorrad...", gestand dieser jedoch.

„Todesangst ist der beste Fahrlehrer.", gab Duke knochen-
trocken zurück.

Hoverfahrzeuge stellten so ziemlich die bestgehütete nicht
hauptsächlich militärische Technologie Proximas dar und
waren dementsprechend eine außerordentliche Seltenheit auf
der Erde – seltener noch als Centurion-Transporter. Hinzu
kam ihre mangelnde Praktikabilität. Denn zum einen waren
die Antigravitationsspulen im Innern der Radhalbkugeln
ausgesprochene Stromfresser, und zum anderen musste man
sie irgendwie aufgeladen bekommen. Kein Problem, wenn
man einen Centurion-Transporter mit eigenem Fusionskraft-
werk in der Nähe hatte. Aber ohne einen solchen verwandelten sich die Hoverbikes nach dem Aufbrauchen der
Ladung umgehend in Altmetall, das man sich allenfalls noch
als Trophäe in die Garage stellen konnte.

„ÜBERNEHME.", stieß Max Isaac zur Seite, der sich nur
mit verhaltenem Murren auf den Sozius verweisen ließ.

Duke seinerseits ließ Rain vor... und musste einen
Moment lang an seine Flucht vom alten Nuklearkriegsschiff
vor Manhattan zurückdenken, bei der er ebenfalls mangels
funktionsfähiger Rechter einer tapferen jungen Kriegerin das
Steuer hatte überlassen müssen...

Schließlich vergewisserte er sich noch, dass seine drei
Gefährten ordentlich aufgesetzt hatten... dann gab er Rain
das Zeichen:

„Einfach nur Gas!"

Das ließ sie sich nicht zweimal sagen... und drehte
beherzt den Gasgriff des Lenkers um.

Wie ein aufgescheuchter Mustang schoss das Gefährt voran, sodass Duke nur im letzten Moment noch notgedrungen die guten Manieren beiseite werfen und sich an Rains zierlichem Oberkörper festklammern konnte.

„YEEEEHAW!", rief sie nach einem kurzen Japsen – während Max sein Hoverbike deutlich geschmeidiger anfahren ließ.

Die Risse im Boden hatten sich inzwischen zu klaffenden Spalten ausgewachsen, aus denen teils weißer Dampf, teils schwarzer Rauch emporstieg. Mehr und mehr Geröll mischte sich in den herabrieselnden Staub, und das Beben wurde so heftig, dass selbst ein Geradeausfahren auf den bodenkontaktlosen Hoverbikes zur Herausforderung wurde…

Beherzt griff Duke unter Rains linkem Arm hindurch, um ihr zu helfen, den Lenker zu stabilisieren, während sie sich schützend die Hand vor Augen hielt und nurmehr einhändig fuhr – wenn auch mit ihrer ungleich stärkeren Roboterhand.

Max schlängelte ein wenig, hielt aber Kurs.

„WOAH…!", wich Rain einem soeben von der Decke in den Boden gestürzten Felsbrocken aus.

Dabei krachten die Antigravitationshalbkugeln seitlich gegen den Fels, wovon das Hoverbike zu allem Überfluss nebst leichter Schlagseite eine dauerhafte Tempoeinbuße davontrug.

„Sorry…!", entschuldigte sich Rain für das Malheur.

„Schon gut, Rain… halt' drauf!", brummte Duke ihr Mut zu.

Größere Sorge machte ihm der Zustand der Auffahrt aus dem Hangar hinaus in die Freiheit: Nur noch eine schmale Schneise war weder von klaffenden Spalten noch von herabgefallenen Felsbrocken behindert…

Max und Isaac hielten sich wacker – noch ohne erkennbare Blessuren an Mann oder Maschine. Sie hatten den Vorteil, in Rains Windschatten zu fahren. Doch schallte ihnen ein rasant lauter werdendes Grollen in den Nacken, welches das Getöse vollends ohrenbetäubend zu machen drohte:

der Klang detonierender und kollabierender Strukturen!

Da bestätigte sich Dukes Befürchtung zum Teil:

Eine Reihe kleinerer Brocken fiel zunächst auf die größeren, bereits herabgefallenen Felsen, purzelte von diesen jedoch herunter – zielgenau in die eben noch freie Schneise in die Freiheit, um diese zu blockieren.

Nicht, dass es wirklich einen Unterschied machte.

Denn es gab nur einen Weg: den nach vorn!

„Schon mal einen Wheelie gefahren, Rain?"

„Was für ein Willie?"

„Eine Fahrt auf dem Hinterrad! Wenn ich ‚Jetzt!' rufe, richtest du dich auf und ziehst den Lenker nach oben, okay?"

„Okay!"

„Halt' drauf!"

„Aber..."

„JETZT!", rief Duke und richtete sich auf.

Mit minimaler Verzögerung tat Rain es ihm gleich, und beide zogen sie den Lenker nach oben. So konnte Duke genau abwägen, wie weit er sich mit seinem relativen Übergewicht nach hinten werfen musste, um das Stuntmanöver auszuführen. Und siehe da: Mit Schwung hob die vordere Antigravitationshalbkugel des Bikes von seinem unsichtbaren Kissen ab, während sich das Gefährt auf der hinteren Halbkugel aufrichtete – erneut wie ein scheuender Mustang!

„Woah...!", rief Rain, und Duke musste gefühlt jede einzelne Muskelfaser seines Körpers anspannen, um das Gefährt in der Position zu halten – vor allem, da die blockierenden Felsbrocken rasend schnell näherkamen.

Es tat einen weiteren blechernen Schlag, als die hintere Halbkugel auf die steile Frontseite des ersten Brockens traf und dabei das Antigravitationskissen bis ans Limit strapazierte. Dann aber gewann das Kraftfeld rasch wieder die Oberhand... und das Hoverbike wurde über den im Weg

stehenden Felsbrocken hinweg regelrecht in die Höhe kata-
pultiert!

„WOOOOHOOOO!", rief Rain, als das Gefährt vollends
abhob.

Dem Sand- und Geröllniesel von oben folgte eine heiße
Staubwolke von unten, da das Hoverbike im hohen Bogen ins
Freie schoss, wo der Centurion-Transporter seinerseits gerade
im allmählichen Aufstieg begriffen war. Ein majestätischer
Anblick!

Weniger majestätisch war die Landung des Hoverbikes.

Rain musste sich schon auf halbem Wege vom Erreichen
des Scheitelpunkts der Flugkurve zurück zum Boden ausgerechnet haben, dass das bereits lädierte Gefährt damit überfordert sein würde – und nutzte prompt die Gelegenheit, sich
mit ihren beiden Roboterbeinen abzustoßen und stattdessen
auf eine Landung auf den eigenen Füßen zu setzen.

Duke hatte diese Option nicht und klammerte sich am
Hoverbike fest – das nun immerhin um Rains Gewicht
erleichtert war. Dennoch schlug es härter auf, als er
erwartet hatte. Mit nur einer intakten Hand verlor er die
Kontrolle über das Gefährt, und mit einem scheppernden
Krachen schlug der Lenker hart und abrupt ein – was
Duke in einem weiten, flachen Bogen vom Sitz kata-
pultierte.

Geistesgegenwärtig zog er die Beine an und den Kopf ein,
den der mit seinen metallenen Armen schützte. Noch als er
mit den Schultern zuerst auf dem Boden aufschlug, registrierte er im Augenwinkel, dass Max und Isaac seinen
waghalsigen Stunt erfolgreich nachvollzogen hatten und mit
ihrem Hoverbike ebenfalls im hohen Bogen aus dem just
einstürzenden Hangarausgang geschossen kamen – eine
Vergewisserung, die den Aufprall um Vieles erträglicher
machte.

Ganze drei Male prallte Duke auf und verließ den harten,
salzigen Sandboden kurzzeitig wieder… bis er noch gut zehn

Meter seitwärts über den Boden kullerte und endlich auf dem Rücken zum Stillstand kam.

„Heilige Mutter…!", entwich es ihm, während er eine stille Bilanz all seiner schmerzenden Stellen zog.

Genau über ihm stieg der Centurion-Transporter in den Himmel auf und richtete seine Lenkdüsen aus, um in den Horizontalflug überzugehen.

„Sheriff!", kam Rain herbeigelaufen: „Alles in Ordnung?"

Erleichtert hatte er es nun umso weniger eilig, sich wieder aufzurichten. „Könnte schlimmer sein…", brummte er und lachte… bis ihn ein blitzender Schmerz im Oberschenkel ermahnte, dass er wohl nicht ganz ungeschoren davongekommen war.

„Unser Hoverbike ist jedenfalls hin…", stellte Rain fest – gerade als Max mit Isaac herbeigefahren kam.

„Schau mal, Max: zwei Tramper!", feixte Isaac.

KAPITEL 33

Natalia starrte auf den Bildschirm.

Ihr Blick war ganz auf die unterste der darüber flitzenden, in ihrer Abfolge schier endlos erscheinenden Textzeilen konzentriert. Jede einzelne davon stellte ein potenzielles Passwort dar: eine mal mehr mal weniger zufällige Abfolge von Zahlen und Buchstaben, mit denen sich der Zugang zum Inhalt des Speichersticks, den Duke als Beweisstück aus Dego mitgebracht hatte, öffnen lassen mochte.

Das Interface, um die Buchstaben- und Zahlenkombinationen prüfen zu lassen, ohne dass das Laufwerk Verdacht schöpfte, hatte Natalias Ingenieurteam binnen eines Vormittags erstellt. Seither war eine geschlagene Woche verstrichen, in der unentwegt jede Sekunde dreißig neue Zahlen- und Buchstabenkombinationen geprüft worden waren – bislang allesamt Nieten.

Freilich hatte, von abergläubischen oder quantenmechanischen Effekten abgesehen, Natalias konzentriertes Starren nicht den geringsten Einfluss auf die Wahrscheinlichkeit, dass die nächste Kombination endlich der ersehnte Treffer sein könnte, aber es lenkte ihre Gedanken ab... von der Sorge um ihren Purzel.

Der eigentliche Schock war im Morgengrauen gekommen: in Form eines Rappens namens Zorro, der Deputy Shohei vom Außenposten zugelaufen gekommen war – jenes Pferd also, mit dem Duke vor etwas mehr als einer Woche ausgeritten war. Ein untrügliches Zeichen, dass er in Ärger geraten war… um es gelinde zu formulieren.

Stallmeister Bale hatte umgehend nach Natalia geschickt. Vornehmlich nicht einmal aus dem Grund, dass Duke ihr Mann war, sondern aus dem, dass sie die Gouverneurin war, und er ihr Sheriff. Damit war es nicht bloß die Privatangelegenheit einer besorgten Ehefrau. Es war Staatsangelegenheit.

Natalia hatte auf dem Sofa geschlafen – wie immer, wenn Duke auf Mission war. Sollte jemand an die Tür klopfen, wollte sie sofort zur Stelle sein.

Es war Deputy Kisha gewesen, die geklopft hatte. Sie musste dann auch gleich als Babysitterin für Hallia einspringen – zumindest bis deren Nanny, Heather, später am Morgen zum Dienst erscheinen würde.

Das Ross selbst befand sich in einem unauffälligen Zustand. Leicht dehydriert war es – was nicht überraschend war. Es trug keine erkennbaren Verletzungen – allerdings diverse Spuren eingetrockneten Trife-Bluts.

Außerdem fehlte eine der beiden Satteltaschen.

Dass nur eine fehlte, war immerhin ein Indiz, dass die Trennung von Ross und Reiter in diesem Fall wohl eher nicht auf das Konto von Banditen ging…

Als Natalia noch mit Hallia schwanger gewesen war und gemeinsam mit Duke entschieden hatte, auf der Erde zu bleiben, da war ihr die Sorge, ihre Tochter womöglich als Witwe aufziehen zu müssen, noch weitgehend fremd gewesen. Je älter Hallia wurde desto nagender wurde diese Sorge jedoch. Weniger, weil Natalia fürchtete, auf sich allein gestellt zu sein – denn Sanisco war eine starke Gemeinschaft, in der keine alleinerziehende Mutter alleingelassen wurde, und schon gar nicht eine alleinerziehende Gouverneurin.

Sondern vielmehr, weil der Verlust für Hallia immer schmerzlicher werden würde, je bewusster sie ihren Vater kennengelernt haben würde. Noch würde sie es wahrscheinlich kaum registrieren, wenn ihr Vater nicht mehr wiederkäme. In spätestens zwei Jahren jedoch würde es ihre Welt erschüttern.

Noch war das Passwort auf eine Länge von zwölf Zeichen begrenzt. Erst wenn sämtliche Kombinationen durchprobiert worden wären, käme eine dreizehnte Stelle hinzu. Jede weitere Stelle bedeutete einen exponentiellen Anstieg in der Anzahl möglicher Kombinationen.

Dabei hatte Natalia Duke zum Abschied versprochen, sie würde das Passwort geknackt haben, bis er zurück wäre. Eigentlich lag ihr jeder Aberglaube fern... aber sie hegte die bange, heimliche Hoffnung, dass Duke schon zurückkommen werde müssen, wenn sie erst ihren Teil der Abmachung erfüllte...

„Gouverneurin Duke, Ma'am...", holte eine vertraute Stimme Natalia aus ihrer meditativen Beschäftigungstherapie. Es war Deputy Kisha, begleitet von Ingenieur Lutz.

„Deputy Kisha...", begann Natalia, sich zu erheben. Sie konnte ihr ansehen, dass etwas angebrannt war.

„Ich muss Sie bitten, umgehend mit mir mitzukommen, Ma'am."

Die Tatsache, dass Deputy Kisha Natalia siezte, bestätigte den Verdacht weiter: Es war etwas Ernstes.

„Hayden?"

„Nicht direkt."

„Lutz, Sie kontaktieren mich, sobald wir hier einen Treffer haben."

„Jawohl, Ma'am."

Damit folgte Natalia Deputy Kisha zum Fahrstuhl.

„Also spann mich nicht länger auf die Folter...", drängte Natalia.

„Vor etwa einer Stunde hat unsere Straßenwacht ein

Motorrad gestoppt, das von außerhalb in die Stadt gekommen ist.", antwortete Deputy Kisha endlich.

„Das klingt erst einmal nicht ungewöhnlich…"

„Nun, die Fahrerin ist minderjährig. Ein Mädchen, vielleicht zwölf."

„So so! Eine klare Verkehrswidrigkeit… aber sicher kein Grund, so eine Miene zu ziehen und mich aus dem Büro zu holen, Deputy."

„Natürlich. Bloß scheint das Mädchen unter Schock zu stehen, und es sagt immer nur: ‚Alle tot!'"

„Oh…", wurde Natalia hellhörig.

„Und: Offenbar kam das Motorrad aus Richtung Dego."

„Oh…!", glich Natalias Gesichtsausdruck zusehends dem Deputy Kishas.

Dabei betraten sie den Fahrstuhl, wo Deputy Kisha die Taste für die dritte Etage drückte.

„Ich bin davon ausgegangen, dass sich das Mädchen in den Quartieren wohler fühlen wird als auf der Wache."

Natalia nickte zustimmend. Dann kam sie auf den entscheidenden Punkt zurück:

„‚Alle sind tot'?"

„Jep."

„Was meint sie damit? Wer sind ‚alle'? Und wie sind sie gestorben?"

„Das haben wir noch nicht aus ihr herausbekommen. Sie ist wirklich durch den Wind. Ich habe bereits Doktor Hess bestellt."

„Gut."

Der Fahrstuhl war am Ziel.

Das turmförmige Hochhaus war ursprünglich vor allem für Großraumbüros konzipiert worden. Als es zum Administrations- und Regierungshauptsitz der Vereinigten Westlichen Territorien gemacht wurde, war ein Großteil der Einrichtung längst ausgeschlachtet. Einige abgeschlossene Büros sowie Lagerbestände hatten jedoch einen mehr als willkommenen

Grundstock geboten, sodass man nicht alles erst mühsam hatte herbeischaffen müssen. Etliche der Etagen standen allerdings weiterhin leer. In der dritten Etage befanden sich die Quartiere der Deputys – dementsprechend war hier alles vergleichsweise behaglich eingerichtet.

Die Quartiere bestanden aus zwölf Schlafstuben mit je zwei Einzelbetten sowie aus einer kleinen Gemeinschaftsküche und schließlich aus einem großzügigen Gemeinschaftswohnraum. Wie alle bemöbelten Räume im Gebäude war auch letzterer mit einer eklektischen Mischung aus Einrichtungsgegenständen unterschiedlichster Provenienz ausgestattet:

Eine große, abgegriffene und etliche Male geflickte Ledersofagarnitur in Dunkelblau bildete das zentrale Stück, kombiniert mit einem pinken Textilsessel und einem zedernfarbenen Schaukelstuhl aus der stadteigenen Schreinerei – eines von einer Handvoll Möbeln aus Erster Hand.

In letzterem schließlich fand Natalia das Mädchen vor.

Barfuß und mit angewinkelten, umschlungenen Beinen kauerte es auf der Sitzfläche des Schaukelstuhls und brachte diesen nur durch minimale Gewichtsverlagerungen zum Schaukeln. Sein Blick schien gedankenverloren, fast apathisch. Sein Pyjama war schmutzig, voller Knitter und an einigen Stellen zerschlissen, seine rötlich hellblonden Haare verschwitzt und zerzaust.

Deputy Salino hatte es sich auf dem Ledersofa bequem gemacht und blätterte in einer alten Zeitschrift aus den letzten Tagen des Kriegs. Als er Natalia und Kisha bemerkte, legte er sie rasch zur Seite und sprang auf.

„Gouverneurin, Ma'am…", verneigte er sich dezent.

„Deputy Salino! Warum sehe ich nirgends etwas zu trinken für die Kleine?", kam Natalia gleich zur Sache.

Der Deputy wollte schon etwas zu seiner Verteidigung sagen… besann sich dann jedoch eines Besseren:

„Wie nachlässig von mir, Ma'am! Ich hole umgehend

etwas aus der Küche für die junge Dame!" – womit er davon-
spurtete.

„Gouverneurin Duke!", schallte es Natalia und Deputy
Kisha in den Rücken.

Es war Doktor Hess, der wie immer ausgesprochen gut
gelaunt schien. Er wirkte jung für sein Alter – was nicht
zuletzt an seinen dicken schwarzen, zurückgegelten Haaren
und seinen ebenso dicken schwarzen Augenbrauen lag – und
war von schlanker, aber recht sportlicher Statur... wenn man
mal von dem Fußbällchen absah, das er hinter dem Gummi-
bund seiner Arzthose zu verstecken schien.

„Wie ich höre, haben Sie einen neuen Patienten für mich?"

„Eine neue Patientin, um genau zu sein.", deutete Natalia
auf das kauernde Bündel Elend auf dem Schaukelstuhl.
„Danke, dass Sie so schnell gekommen sind, Doktor. Geben
Sie mir eine Minute."

„Aber sicher!"

Sachte schritt Natalia zum Mädchen hinüber und ging in
die Hocke.

„Hi...", begrüßte sie es mit der besten ‚Lass uns beste
Freundinnen werden'-Stimme, der sie Herr werden konnte:

„Ich bin Natalia. Natalia Duke, die Gouverneurin dieser
Stadt. Meine Deputys haben mir schon ein paar Dinge über
dich gesagt – zum Beispiel, dass du auf einem Motorrad den
ganzen Weg von Dego aus hier nach Sanisco gekommen
bist... richtig?"

Das Mädchen sah nur weiter stumm vor sich hin und
neigte den Blick eher noch ein wenig von Natalia fort.

„Sagst du mir wenigstens, wie du heißt?"

„Ginny...", stammelte es hervor.

‚Ginny'? War das nicht dasselbe Mädchen, von dem Duke
ihr erzählt hatte? Die Augenzeugin des Saloon-Massakers?

„‚Duke'?", sah Ginny plötzlich zaghaft zu Natalia auf.
„Du... bist die Frau des Sheriffs, oder?"

„Richtig!", lächelte Natalia so ermutigend sie konnte.

Doch schon im nächsten Moment brach Ginny in Tränen aus:

„Der… Sheriff… wir müssen es ihm sagen! Es sind alle tot!" Schluchzend suchte sie die Umarmung.

Natalia drückte sie sachte an sich und strich ihr über den Kopf:

„Okay, es ist alles okay, Ginny. Ich verspreche dir, der Sheriff und ich werden uns darum kümmern. Aber ich muss erst einmal wissen, was genau passiert ist. Wer sind alle, die tot sind? Und warum sind sie tot?"

„Die Menschen von Dego! Jace, Lola, Granderson! Alle! Sie haben sie alle umgebracht!"

„Wer hat sie umgebracht?", erwiderte Natalia den besorgten Blick der Deputys.

„Das waren dieser Riesenkerl und die blonde Frau mit den hohen Stiefeln! Die Fremde vom Saloon! Sie beide haben die Trife auf uns gehetzt!"

„Sie haben die Trife auf euch gehetzt?"

„Ja! Sie sind mit einer Trife-Flut nach Dego gekommen! Von den Trife wurden sie aber in Ruhe gelassen! Stattdessen haben sie den Trife durch unsere Absperrung geholfen!"

Ginny löste die Umarmung wieder, um sich schluchzend und ächzend die Tränen aus den Augen zu wischen.

„Es ist gut, dass du hergekommen bist, und erzählst, was passiert ist, Ginny! Wir haben deshalb einige weitere Fragen an dich, und ich hoffe, du hilfst uns dabei, sie zu beantworten. Willst du das tun?"

Ginny nickte, und Deputy Salino reichte ihr ein Papiertaschentuch.

„Eigentlich heiße ich Gertrude…", gestand sie unaufgefordert, „…aber alle nennen mich Ginny, weil Gertrude ein bescheuerter Name ist!"

„Okay, Ginny… hier, trink erst einmal was…!", nahm Natalia das Glas Wasser auf, das Deputy Salino eben auf dem Sofatisch abgestellt hatte, und reichte es dem Mädchen.

Mit sichtlich bebenden Händen führte Ginny das Glas an ihre Lippen, nippte daran… bekam dann plötzlich große Augen… und leerte das Glas in einem Zug!

„Sachte! Wir haben noch mehr, falls du magst!"

Ginny stieß ein erfrischtes Ächzen hervor:

„Ich habe noch nie so ein gutes Wasser getrunken!"

Die Deputys lachten angetan. Ein Blick von Natalia genügte, und Deputy Salino eilte, um ein zweites Glas Wasser zu holen.

„Das ist unser berühmtes Sanisco-Heilwasser!", flunkerte Natalia ein wenig und ließ das proximantische Filtersystem unerwähnt.

„Du bist jetzt unser Gast, Ginny, und wir wollen, dass es dir gut geht. Hier…", ließ Natalia Deputy Salino das zweite Glas reichen.

Ginny nahm einen weiteren großen Schluck und strahlte.

Gute Gastfreundschaft war noch immer der beste Eisbrecher. Es war unübersehbar, wie die Anspannung von Ginny abfiel.

Nichtsdestotrotz wurde sie rasch wieder ernst:

„Ich habe die beiden verfolgt… also den Riesenkerl und die Blonde mit den hohen Stiefeln… Sie heißt übrigens Ronin, und ich habe gehört, wie sie den Kerl ‚Cain' genannt hat, oder so. Das war gar nicht so einfach, weil ich zuerst nur ein altes Fahrrad hatte, Ronin aber ein Pferd, und zwar ein richtig tolles, mit weißem Fell und blonder Mähne!"

„Und der Riesenkerl?"

„Ist die ganze Zeit gerannt! Im Sprint!"

„Er konnte mit einem Pferd mithalten?"

„Ja… krass, oder?"

Natalia und die Deputys warfen einander skeptisch fragende Blicke zu. Freilich hatte man schon Trife vor den Metzgerladen defäkieren gesehen – wie Duke zu sagen pflegte – aber gelegentlich konnte den Menschen noch immer die Fantasie durchgehen.

„Woher kennst du den Namen der blonden Frau mit den hohen Stiefeln – ‚Ronin'?", hakte Natalia weiter nach.

„Ja: Ronin! Hundertprozentig! So hatte Randy sie genannt, als sie bei ihm in den Saloon kam."

„Derselbe Saloon, in dem neulich die ganzen schlimmen Dinge passiert sind?"

„Ja, genau! Und zwar war sie erst kurz vorher durch die Saloontür gekommen! Ich hatte ja geglaubt, sie wäre eine von den Guten – auch weil ich sie cool fand mit ihrem Jagdbogen und ihren hohen Stiefeln und so. Aber seit heute glaub' ich das nicht mehr! Sie ist eine Mörderin! Eine gemeine Bestie!"

„Hast du eine Idee, warum Ronin ihr Verhalten derart geändert hat?"

„Keine Ahnung! Im Saloon sah es noch so aus, als wäre sie nicht auf einer Seite mit den Schurken. Aber heute… Es war merkwürdig, irgendwie."

„Was war merkwürdig?"

„Ich glaube, wenn Ronin mich nicht verschont hätte, wäre ich jetzt tot wie alle anderen in Dego…!"

„Moment… Sie haben dich verschont? Als Einzige?"

„Ich glaube schon… wobei ich mir ziemlich sicher bin, dass der Riesenkerl mich genauso umgebracht hätte wie alle anderen auch. Aber Ronin hat mich laufen lassen… und es war merkwürdig… weil…"

„Weil…?"

„Weil sie so dreinguckte, als könnte sie sich nicht entscheiden."

„So, als wäre sie hin- und hergerissen?"

„Ja, genau! Und dann hat sie sich entschieden, mich laufen zu lassen, als der Riesenkerl gerade abgelenkt war."

Natalia suchte den Augenkontakt zu Doktor Hess. Dieser hatte andächtig Ginnys Schilderungen gelauscht, kommentierte das Ganze aber bloß mit einem Schulterzucken. Sagte ihm das alles wirklich nichts? Oder hielt er sich bloß bedeckt? Es war nicht das erste Mal, dass sich Natalia ihm gegenüber diese Frage stellen musste. Dabei ärgerte sie sich eigentlich über diesen Anflug von Argwohn – den sie Dukes ihrer Ansicht nach grundlosen, ja, albernen Verdacht zuschrieb, Doktor Hess wäre ein ‚Spion'.

Sie beschloss, sich lieber wieder auf die Befragung zu konzentrieren:

„Also du bist Ronin und diesem ‚Cain' oder so ähnlich auf einem alten Fahrrad hinterhergefahren?"

„Ja! In weitem Abstand, damit sie mich nicht sehen! Wenn sie nicht zwischendurch Halt gemacht hätten, wäre ich nicht hinterhergekommen. Ich hab' die ganze Zeit nur daran gedacht, wie Sheriff Duke sie dafür büßen lassen wird, was sie getan haben!"

„Du bist eine tapfere junge Frau, Ginny. Darf man fragen, wie jung?"

„Man darf! Zwölfeinhalb… und du?"

Doktor Hess und die Deputys lachten.

„Ups…", bemerkte Ginny ihren Fauxpas und hielt sich den Mund zu.

„Ich verrat's dir nach Feierabend, okay? Aber nur, wenn du's nicht weitersagst!", zwinkerte Natalia ihr zu, und Ginny grinste über beide Ohren.

„Wo ist der Sheriff denn? Kann ich mit ihm reden?", kam Ginny auf den Punkt… und legte damit den Finger genau auf die Wunde.

Auch wenn sich Natalia eigentlich nichts anmerken lassen wollte – jedenfalls nicht vor einem Kind, das ihre Hilfe benötigte – so verfinsterte sich ihre Miene jedoch merklich. Ginny registrierte die gewandelte Stimmungslage und spiegelte dieselbe prompt auch in ihrem eigenen Gesichtsausdruck.

„Tut mir leid, Ginny, aber der Sheriff ist derzeit im Einsatz unterwegs. Ich bin mir jedoch sicher, er brennt darauf, hiervon zu erfahren und sich der Sache anzunehmen."

Die Enttäuschung war Ginny anzusehen.

„Wann wird er denn zurück sein vom Einsatz?"

„Das… wissen wir leider nicht."

„Oh…"

„Ginny, was wollen Ronin und der Riesenkerl denn? Machen sie das alles nur grundlos, oder verfolgen sie irgendein Ziel damit?", sprang Deputy Kisha in die Bresche.

„Sie wollen Rache!"

„Rache?"

„Ja, Rache am Sheriff!"

Beunruhigte Blicke gingen durch die Runde…

„Aber warum töten sie dann die Menschen in Dego?"

„Na, weil Dego dem Sheriff am Herzen liegt! Sie wollen alles töten und zerstören, was ihm lieb und wichtig ist! Aber ich halte zu ihm! Ich will, dass er SIE tötet und zerstört!", füllte zorniger Trotz Ginnys Blick.

„Was hat der Sheriff ihnen getan?", klinkte sich Natalia wieder ein.

„Sie hassen ihn, weil er gegen ihren Anführer ist oder so. ‚Schuhratt' nennt der sich und kommt aus Dugway oder so!"

Dugway – das war das Stichwort! Das fehlende Verbindungsstück, das alles zusammenfügte.

Natalia richtete sich wieder auf und versuchte, die Informationen zu sortieren und einzuordnen.

„Das Massaker fand erst heute statt?", hakte schließlich Deputy Salino nochmals nach.

Ginny nickte.

„Dann ist das eine gute Neuigkeit, Gouverneurin, Ma'am!"

Natalia sah Deputy Salino an, als rede er in Rätseln.

„Ich meine, diese Ronin beziehungsweise ihre Anstifter würden sich wohl kaum die Mühe machen, wenn der Sheriff… äh… wenn er ‚kein Problem mehr' wäre…", erklärte er.

„Stimmt!", pflichtete Deputy Kisha ihm bei – und Natalia fiel es sichtlich ebenso wie Schuppen von den Augen.

Dann beugte sie sich wieder zu Ginny hinunter:

„Liebe Ginny, ich danke dir von Herzen! Du bist eine unglaublich tapfere junge Lady, und ich freue mich sehr, dass ich dich kennenlernen durfte – auch wenn ich mir sicherlich erfreulichere Umstände gewünscht hätte."

„Ehrensache!", grinste Ginny stolz und schnappte sich eine der alten Zeitschriften vom Sofatisch.

KAPITEL 34

„Kisha! Trommle ein Ranger-Einsatzteam zusammen! Sie sollen den Kopter startklar machen! Anschließend kontaktiere bitte sämtliche Einheiten in der Region. Wir beginnen mit dem Aufbau einer Verteidigungslinie!"

„Gegen zwei Personen?", musste sich Deputy Kisha doch wundern.

„Du hast Ginny gehört! Wenn es stimmt, dass diese Terroristen in der Lage sind, die Trife-Flut zu kommandieren, dann haben wir es mit weit mehr als bloß zwei Personen zu tun. Also los! Wir sollten keine Sekunde mehr verschwenden!"

„Jawohl, Ma'am!", nickte Deputy Kisha und nahm die Beine in die Hand.

„Doktor Hess! Bitte untersuchen Sie das Mädchen auf Herz und Nieren, und übergeben Sie es dann Schwester Jaquard! Sofern medizinisch nichts dagegen spricht, werde ich Ginny bei uns zu Hause unterbringen."

„Sehr wohl, Ma'am. Ich kann Ginny anschließend auch persönlich vorbeibringen."

„Ist recht. Richten Sie Heather aus, dass ich ein bis zwei Tage außer Haus bleiben werde."

„Sie werden sich den Rangers anschließen, Ma'am? Das klingt… riskant…"

„Ich weiß, was Sie meinen, Doktor, aber mein Mann braucht jetzt meine Unterstützung, und er weiß, ich bin bereit dazu. Hallia ist gut aufgehoben."

„Selbstverständlich, Ma'am."

„Gouverneurin, Ma'am!", meldete sich Ginny zu Wort und sah aus der alten Zeitschrift auf.

Dann legte sie diese zur Seite, stand auf und kam auf Natalia zu:

„Ich will mitkommen und dem Sheriff helfen!"

Natalia fuhr zusammen.

Das fehlte gerade noch!

Einige der Deputys waren noch so jung, dass Natalia regelmäßig Gewissensbisse hatte, irgendetwas anderes von ihnen zu verlangen, als ihre Hausaufgaben zu machen und sich vor dem Schlafengehen die Zähne zu putzen.

„Ich verstehe, liebe Ginny. Aber du solltest dich jetzt erst ein bisschen erholen und schauen, dass du weiter groß und stark wirst. Und wenn es so weit ist, verspreche ich dir, kannst du auf allen Missionen des Sheriffs ganz vorne mit dabei sein!"

„Echt?"

„Ja, Ehrenwort! Außerdem gebe ich dir als Gouverneurin und Chefin des Sheriffs den ganz offiziellen Auftrag, mit Heather zusammen auf meine kleine Tochter Hallia achtzugeben. Das heißt: Nur, wenn du den Auftrag annehmen willst. Du musst nicht."

„Und– und ob ich will!", rief Ginny und bekam leuchtende Augen:

„Bekomme ich auch einen Revolver oder was anderes zum Ballern?"

Natalia fiel fast vornüber, und die Deputys lachten.

„So gefährlich ist es bei uns zu Hause zum Glück nicht.

Auch der Sheriff hängt seine beiden Revolver immer als Erstes in den Schrank, wenn er nach Hause kommt."

„Hast du denn schon mal mit einem Revolver geschossen?", wurde Deputy Kisha neugierig.

„Mit einem Revolver noch nicht."

„Und mit anderen Pistolen?"

„Ja, klar! Ich bin doch kein Baby mehr!"

Deputy Kisha runzelte die Stirn.

So waren nun einmal die Verhältnisse da draußen:

Wer gerade groß genug war, eine Feuerwaffe zu halten, tat dies auch – aus der Wiege in die Waffenkammer. Es war höchste Zeit, dass Dego unter die Fittiche der Territorien kam… oder was auch immer von Dego noch übrig war…

„Gut, Ginny. Geh jetzt erst einmal mit Doktor Hess. Er wird dich untersuchen, um zu schauen, ob du vielleicht noch Medizin oder einen Verband oder sonst etwas brauchst."

„Okay.", war Ginny einverstanden und lief zu Doktor Hess, der ihr fürsorglich die Hand auf die Schulter legte.

„Deputy Salino…", forderte Natalia diesen auf, sie zum Fahrstuhl zu begleiten – und von dort weiter hinunter zur Wache und in die Waffenkammer.

Im Fahrstuhl trafen sie bereits auf Oberrangerin Latos.

Deren hoher Rang stand im sichtbaren Kontrast zu ihrem jungen Alter. Eine schnelle Schusshand und ein noch schnellerer Verstand hatten sie in den Rängen aufsteigen lassen wie ein Komet!

Zugegebenermaßen war der Konkurrenzdruck nicht sonderlich groß, da die Ranger eine neu formierte Einheit darstellten, die als Antwort auf den letzten, verheerenden Terrorangriff auf Sanisco gegründet worden war. Trainiert wurden sie von einem ehemaligen Centurion, den es auf abenteuerlichen Wegen von Proxima auf die Erde verschlagen hatte.

„Nora!", grüßte Natalia Latos mit einem herzlichen

Lächeln. „Bist du zufällig hier, oder bloß mal wieder schneller als alle anderen?"

„Gouverneurin, Ma'am…", lächelte Latos zurück und verneigte sich dezent mit dem Kopf. „Stimmt es, dass Sie uns begleiten wollen?"

„Worauf du wetten kannst!", antwortete Natalia prompt.

Latos' gefrierendes Lächeln verhehlte kaum, was sie davon hielt:

„Mit allem Respekt, Ma'am… aber wir haben erst unlängst einen Gouverneur verloren."

„Purzel braucht mich jetzt, Nora. Ich weiß es. Und es war schon immer Teil unserer Vereinbarung, dass ich nur so lange Däumchen drehend am heimischen Herd auf seine Rückkehr warte, wie ich es selbst für richtig halte."

„Es ist auch Teil meines Jobs, für Ihre Sicherheit zu sorgen, Ma'am. Es wäre nicht das erste Mal, dass Sie dem allseits verehrten Sheriff zuliebe zu vieles aufs Spiel setzen…"

Natalia verdrehte die Augen. Diese Geschichte wieder…

„Es ging da nicht nur um Hayden, Nora, und das weißt du auch. Mein Entschluss steht fest!"

In diesem Moment öffnete sich die Fahrstuhltür, noch in der ersten Etage, und weitere Ranger traten hinzu.

„Hi Chief! Gouverneurin, Ma'am…", grüßte Ranger Yao die beiden Frauen. „Sie begleiten uns, Ma'am?"

„Auf keinen Fall!", fiel Latos dazwischen.

„Pscht, du!", knuffte Natalia sie in die Schulter und antwortete selbst:

„Auf jeden Fall!"

Yao schmunzelte: „Machen Sie sich die Gouverneurin besser nie zum Gegner, Chief!"

„Ja, ja.", lächelte Latos schief.

In der Waffenkammer angekommen, sicherte Natalia sich eine volle Einsatzrüstung samt Helm. Dieses Privileg zumindest wollte sie sich bei aller Solidarität und Opferbereitschaft nicht vorenthalten.

Das Advanced Tactical Combat System, kurz ATCoS, fuhr hoch und schloss auch Natalias Rüstung dem Verbund der Rüstungen an. Augenblicklich erschienen auch die anderen anwesenden Ranger, sechs an der Zahl, als projizierte rote Punkte in ihrem Helmvisier. Das ATCoS-Netzwerk lieferte jedem verbundenen Helmträger eine Fülle an nützlichen Informationen – ein unschätzbarer taktischer und mitunter auch strategischer Vorteil, weshalb es trotz der hohen Kosten und organisatorischen Aufwendungen der Anschaffung zusehends zur Standardausrüstung für sämtliche Exekutivkräfte der Territorien wurde.

Als die Ranger schließlich nur noch darum rangen, welche Zweitwaffe und sonstige Zusatzausrüstung sie mitnehmen wollten und sollten, trat Latos vor sie und erhob das Wort:

„Rangers!", gab sie gleichzeitig durchs Interkom ihres Helms. „Der Vogel ist startklar, und augenscheinlich seid ihr es auch! Lasst uns den Sheriff finden!"

„YEAH!", riefen sie und Natalia im Chor und liefen mit Latos voran im Laufschritt zum Fahrstuhl zurück.

Der Laufschritt setzte sich im Erdgeschoss fort, und das Team verließ den Tower über den Hintereingang. Dort, in einiger Entfernung, am Ende einer stillgelegten Hauptverkehrsstraße, wartete im schräg durch die Hochhausschluchten einfallenden Nachmittagslicht bereits mit schallgedämpften Rotoren die stolze Iroquois.

Insgesamt war keine halbe Stunde verstrichen, seit Natalia von Ginny Kunde erhalten hatte, als sich der Kopter schließlich mit den sechs Rangern und Natalia an Bord fast flüsterleise in die Lüfte erhob.

„Captain Bronson!", wandte sich Natalia direkt an den Piloten.

„Gouverneurin, Ma'am!", antwortete dieser überrascht. „Es ist mir eine Ehre, Sie an Bord zu hab–"

„Ja, ja. Danke, Bronson. Kurs auf Checkpoint Hotel. Und von dort aus so weit in die Berge wie möglich."

„Pozz. Aber sind Sie sich ganz sicher, Ma'am? Viel Treibstoff für so einen Ausflug hat die Lady hier nicht."

„Notfalls lassen wir einen Treibstofftruck von Hotel Checkpoint aus kommen. Den Sheriff zu finden hat Vorrang!"

„Jawohl, Ma'am!"

Es war ein riskantes Unterfangen – zumal sie nordwärts flogen, wohingegen Ronin und ihr Komplize von Süden aus nahten. Aber für eine Trife-Flut waren die Verteidigungskräfte Saniscos gut gewappnet – ob nun eine dirigierte oder anderweitig.

Merkwürdig war, dass Natalia von der Territorialstadt Haven im Süden keinerlei Alarmmeldungen oder Notrufe erhalten hatte. Zweifelsohne hätten Ronin und ihr Komplize die Stadt bereits erreichen sollen. Oder hatten sie einen Bogen darum gemacht? Vielleicht, weil es dort kein so lohnendes Ziel gab? Vielleicht, weil sie wussten, dass sich der ‚Jackpot' in Sanisco befand, wenn es darum ging, dem Sheriff eins auszuwischen: das, was er am meisten liebte auf der Welt – seine Frau und seine Tochter…

Natalia war versucht, abzubrechen und Bronson umkehren zu lassen. Aber sie beruhigte sich damit, dass es außer Ginny im ganzen Gebiet der ehemaligen Vereinigten Staaten von Amerika wohl kein anderes Kind gab, das so gut und sicher aufgehoben war wie Hallia.

Und warum hatten die beiden Terroristen Ginny verschont?

Natalia hatte das Feuer in den Augen des Mädchens gesehen. Es erinnerte an sie selbst: eine Kämpfernatur, hart im Nehmen, optimistisch bis an die Schmerzgrenze.

Ginny war einem Massaker entkommen, war den Tätern gefolgt und auf eigene Faust von Dego bis nach Sanisco hinaufgefahren.

Sie war jetzt Hallias irdischer Schutzengel…

KAPITEL 35

„Glaubst du, deine kleine Spionin hat die Stadt im Norden bereits erreicht?", neckte Cain.

„Falls sie durchgefahren ist, möglich…", antwortete Grace kleinlaut, aber ernsthafter als es nötig war.

Shurrath wusste über ihre sträfliche Nachlässigkeit und war, wie befürchtet, alles andere als amüsiert darüber.

Die Strafe war auf dem Fuße gefolgt:

Wie sich zeigte, hatten die Relyeh nicht nur die Fähigkeit, ihre Wirte – oder das, was von diesen übrig blieb – zu euphorisieren, sondern auch, im Gegenteil, sie psychosomatischen Höllenqualen auszusetzen. Es glich etwa dem, was Grace über Drogensüchtige auf kaltem Entzug wusste.

Die Relyeh drehten kurzerhand den Hahn zu:

Sämtliche Hormone und Botenstoffe, die den Menschen auch im vermeintlich nüchternen Zustand weit genug berauschten, um die permanente nackte Existenzangst, die stets unterschwellig vorhanden war, auf ein erträgliches Maß abzufedern, blieben plötzlich aus. Die so Bestraften kollabierten binnen Minuten zu wimmernden, zitternden Bündeln Elend auf einem psychotischen Horrortrip kontinuierlicher Todesangst.

Für Grace war es gewissermaßen eine erhellende Erfahrung gewesen, die Fragen aufwarf:

Freude, Hoffnung, Liebe, Genuss… waren das alles bloß die Auswirkungen körpereigener Rauschgifte? Sozusagen kostenloses LSD von Mutter Natur? Hatten die Relyeh durch den erbarmungslosen Entzug auch ihren Vater gebrochen?

Noch einmal würde Grace das Mädchen jedenfalls nicht mehr entkommen lassen. Nicht, wenn DAS die Strafe dafür war – so viel stand nun fest.

Grace verbarg ihre dunklen Augenringe hinter einer noch dunkleren Sonnenbrille, die Cain ihr gegeben hatte. Als könnten sie kein Wässerchen trüben, saßen die beiden vor einer kleinen Taverne mitten in Haven – der zweitgrößten Stadt der Vereinigten Territorien und Zuhause von knapp zehntausend Einwohnern.

Damit war die Stadt eine Nummer zu groß, um sie mit einem Blitzangriff komplett zu überwältigen, wie es Shurraths Duo Infernale am Tag zuvor mit dem kleinen Dego getan hatte. Überdies war das Gebiet weitgehend von Trife befreit. Es würde Wochen brauchen, um ausreichende Trife-Massen aus südlicher oder östlicher Richtung zu mobilisieren.

Für Grace war es das erste Mal, dass sie einen Fuß in eine Territorialstadt gesetzt hatte, und selbst Keshk war beinahe beeindruckt von derselben. Grace freilich wusste, dass auch diese Stadt nur ein Schatten ihres Vorkriegsselbst war: die Millionenstadt Los Angeles nämlich, die sich einst von Horizont zu Horizont erstreckt hatte.

Haven war im Wesentlichen das alte Stadtzentrum, wo sich die meisten Wolkenkratzer befanden. Letztere waren Ruinen – wie überall – jedoch Ruinen in deutlich weniger zerfallenem und teils erkennbar renoviertem Zustand.

Über das Relyeh-Kollektiv hatte Grace erfahren, dass das US-Militär in seiner Verzweiflung gegen Ende des Kriegs eine Atombombe im Osten der Stadt abgeworfen hatte. Ein fataler Fehler, da die Explosion zwar wie erhofft Millionen von Trife den Tod gebracht, die Strahlung aber den besten Dünger für ein umso rapideres Nachwachsen der Trife-Population geboten hatte. Jene Atombombenabwürfe waren wohl das bis dato größte Eigentor der Menschheitsgeschichte gewesen...

Heute pries man in Haven auf großen, handgemalten Werbeplakaten stolz das intakte Trink- und Abwassersystem der Stadt an – obwohl dies vor allem der Verdienst der Vorkriegsstadtplaner war, die kurz vor der Invasion noch veranlasst hatten, das alte Rohrsystem durch eine fortschrittlichere Alternative aus extrem flexiblen und haltbaren High-End-Verbundstoffen zu ersetzen. Dennoch war der gegenwärtigen Administration durchaus anzurechnen, dass sie die anhängigen Anlagen wieder in Stand gebracht hatten.

Strom erhielt die Stadt von einer riesigen Solaranlage im Osten von Lavega – wobei der Stromverbrauch pro Haushalt streng limitiert und teils stundenlange Stromausfälle Alltag waren.

Im Vergleich zu dem, was die Menschheit zuvor bereits erreicht hatte, mochten das alles bescheidene Erfolge sein, aber sie waren Ausweis des ehrlichen Bemühens der Menschen um eine bessere Welt, die ihren Wünschen und Bedürfnissen entgegenkam, sowie der Früchte, die dieses Bemühen tatsächlich trug.

Ebenso über das Kollektiv erfahren hatte Grace, dass sich der Warlord, der vor der Machtübernahme durch die Territorien unter der Führung Sheriff Dukes über die Region geherrscht hatte, einen Teil der strategischen Ölreserven hatte sichern können. Unter der Ägide der Territorien wurden diese Reserven nun raffiniert und als Treibstoff zur Befeuerung der essenziellen Logistik genutzt: Neben den üblichen Pferde- und Ochsenkarren fuhren daher Lastwagen und Kleintransporter ein und aus, um Lebensmittel und Rohstoffe zu liefern und den Abfall zu entsorgen.

Zu den Abnehmern dieser Dienste zählte auch eben jene Taverne, in der Cain und Grace nun saßen, die im Unterschied zu den vereinzelten Verschlägen, die man landauf, landab vorfand, nicht nur ein Tagesgericht feilbot, sondern mit einer veritablen Speisekarte aufwartete. Und statt billigem Fusel gab es hier tatsächlich Bier. Echtes Bier! Nicht etwa aus zweihundert Jahre alten Restbeständen – die für fast unbezahlbare Preise auf den Schwarzmärkten gehandelt wurden, sofern man überhaupt noch welche fand – sondern frisch gebraut und direkt aus der Territorialhauptstadt Sanisco angeliefert!

Cain exte bereits die dritte Flasche und ächzte erfrischt.

Die Kellnerin in schlichter, aber gepflegter schwarzer Hosenkombi eilte mit ihrem Tablett herbei, um sich der leeren Flasche anzunehmen.

„Noch eine!", wuffte Cain.

„Sehr wohl.", nickte die junge Frau höflich und eilte genauso rasch wieder davon.

Grace hatte ihre erste Flasche noch vor sich.

Sie schielte nach links.

Dort saß ein Uniformierter – offenbar Mitglied des Paramilitärs unter dem Kommando des Sheriffs. Er versuchte, es sich nicht anmerken zu lassen, aber er hatte ein Auge auf Grace geworfen.

Ein Teil in Grace fühlte sich geschmeichelt.

Ein anderer wollte dem jungen Mann das Genick brechen.

„Trink nicht so viel!", lenkte sie sich ab, indem sie Cain zurechtwies.

„Wieso? Dank Vorsk baut mein Titanenkörper den Alkohol schneller ab als ich ihn trinken kann. Einer der Vorteile dieses Daseins als Khoronenwirt... oder einer der Nachteile, wie man's nimmt."

„Aber es fällt auf!", zischte Grace zurück. „Vor allem, falls das Mädchen es tatsächlich nach Sanisco geschafft haben sollte. Die Territorien haben ein überspannendes Netz an Funkstationen errichtet, über das sich die Territorialstädte jederzeit miteinander kurzschließen können. Wenn die Kleine den Autoritäten in Sanisco ihr Herz ausschüttet, geht von dort aus ruckzuck ein Fahndungsbescheid aus. Wir sind ohnehin nicht gerade die unauffälligsten Gesellen und haben Schwein, dass die Kleine von diesen technologischen Möglichkeiten anscheinend nichts weiß – sonst hätte sie sich wohl kaum persönlich auf den mühsamen Weg gemacht."

„Was schaust du mich an? Ich bin sozusagen von Natur aus so ein kräftiger Bursche…", wehrte sich Cain gegen den unterschwelligen Vorwurf.

„Ja nee, ist klar…"

„Aber mit deinen kniehohen Stiefeln bist du wohl nicht zur Welt gekommen…"

„Bring du mal deinen Pudelmob in Ordnung, dann reden wir weiter!"

„Pft.", gab sich Cain geschlagen und fuhr sich demonstrativ kokett durch seine wilden dunklen Locken.

„Ernsthaft jetzt: Wie lautet der Plan?", kam Grace aufs Geschäftliche zurück.

„Als Erstes sabotieren wir Strom und Wasser.", antwortete Cain. „Neben dem alten Gerichtsgebäude am Stadtrand steht ein Treibstofflaster. Vielleicht können wir den kapern, ins Zentrum bringen und dann schön in die Luft jagen. Ein bisschen guter alter Terrorismus. Ich hab' schon wieder ordentlich Brand… nach etwas Erfrischenderem als Bier, wenn du verstehst…"

„Verstehe…", grinste Grace verstohlen.

„Die Territorien sind wie eine verfluchte Angstwüste. Unter Duke verweichlichen die Menschen. Sie glauben wieder an eine heile Welt, leben ohne Angst. Das ist doch widernatürlich!", ereiferte sich Cain.

„Widerlich! Wir tun den Menschen im Grunde einen Gefallen, indem wir sie daran erinnern, wie die Dinge wirklich stehen!", pflichtete Grace ihm bei.

Die Kellnerin brachte eine frische Flasche Bier.

Dieses Mal nahm Cain nur ein kleines Schlückchen und

spreizte dabei demonstrativ den kleinen Finger ab. Grace verdrehte die Augen ob seiner Albernheit.

„Wir sollten uns vielleicht aufteilen.", empfahl sie schließlich. „Du nimmst dir die Verteilerstation vor, und ich die Pumpenanlagen. Dann finden wir uns wieder zusammen und lassen die Party steigen!"

Cain schwieg, lehnte sich zurück und fasste sich an den Bart.

„Was ist?", neigte Grace den Kopf zur Seite.

„Sorry, aber ich bin mir nicht sicher, ob du schon so weit bist, dass wir dich auf eigene Faust agieren lassen können."

„Ich habe meinen Fehler eingeräumt, und Shurraths Strafe hat mich zur Vernunft gebracht!", führte Grace zu ihren Gunsten an.

Cain aber blieb sichtlich skeptisch.

„Verzeihung, bitte.", rief eine charmante Männerstimme.

Grace und Cain sahen auf…

Es war der Deputy, der Grace beäugt hatte.

„Was gibt's, Deputy?", rief Cain mit hochgezogener Augenbraue.

„Sie beide sind Reisende und neu in dieser Stadt, richtig?"

„Kann man so sagen…", gab sich Grace zugeknöpft.

„Nichts für ungut. Im Namen der Vereinigten Territorien wollte ich Sie bloß herzlich willkommen heißen."

„Uns willkommen heißen… oder uns warnen?", erwiderte Cain mürrisch.

„Das können Sie sich aussuchen.", antwortete der Deputy mit einem schiefen Lächeln. Dann jedoch ernster:

„Haven ist eine friedliebende Stadt, und unsere Ordnungskräfte tragen dem jederzeit Rechnung."

Schließlich direkt an Grace gewandt:

„Darf ich Ihnen eine kleine kostenlose Stadtführung anbieten, Miss? Ich gehe davon aus, Ihr werter Bruder wird sich derweil lieber auf eigene Faust umschauen wollen…"

„Ich hör' wohl nicht recht…", blieb Cain beinahe die Spucke weg.

Grace lachte sich ins Fäustchen. Die Einladung kam ihr mehr als recht.

Ein Teil in ihr brauchte dringend eine Auszeit von Cain. Und ein anderer Teil interessanterweise ebenso…

„Gerne, Deputy!", sprang sie also auf. „Du kannst ja gut auf dich selbst aufpassen, nicht wahr, Bruderherz?"

Cain zog eine Schnute und nickte nur, ohne Grace oder den Deputy noch eines Blickes zu würdigen. Dann tat er so, als würde er in der Speisekarte lesen.

„Vor Anbruch der Dunkelheit bist du zurück, Lady.", brummte er noch großbrüderlich. „Am vereinbarten Treffpunkt!"

„Schon klar, Bruderherz. Man sieht sich da–", fiel Grace dem überraschten Deputy plötzlich in die Arme.

„Miss, was haben Sie?!"

Benommen fasste sie sich an den Kopf.

Cain blätterte bloß die Speisekarte um.

Er wusste, was vor sich ging.

Shurrath nahm sich Grace zur Brust – per Direktverbindung in ihren Kopf:

SHERIFF DUKE MISCHT SICH MEHR UND MEHR IN MEINE ANGELEGENHEITEN! EURE SAUFTUR DES TERRORS KANN WARTEN! ICH WILL, DASS IHR DEN SHERIFF JAGT UND MIR SEINEN KOPF AUF DEM SILBER-TABLETT PRÄSENTIERT! SEINEN KOPF UND DEN SEINER FRAU, SEINER TOCHTER… UND DEN DER SPIO-NIN! VERSTANDEN?

Cain stand auf und nahm Grace in seine baumstamm-haften Arme:

„Sie ist schon okay, Deputy. Solche Ohnmachtsanfälle hat sie schon seit ihrer Kindheit. Sorry, die Führung ist abgesagt."

Mit besorgtem Blick trat der Deputy einen Schritt zurück.

„Wie schade. Dann… richten Sie Ihr doch bitte gute Besserung von mir aus…"

„Wird schon.", gab Cain noch lapidar zurück, und der Deputy begab sich respektvoll, aber erkennbar aufgewühlt an seinen Platz zurück.

Eilig zog Cain ein Bündel aus mit Sternadlerstempeln versehenen Zettelchen hervor, legte es auf den Tavernentisch und exte noch den Rest der angebrochenen Flasche.

„Hast du… ihn auch gehört?", kam Grace langsam wieder zu sich.

„Glasklar. Wir sollten rasch weiter nach Norden."

„Der Tanklastwagen?"

„Gute Idee. Auf geht's!"

Grace ließ sich von Cain nach draußen führen. Es war ihr egal gewesen, ob Cain eifersüchtig gewesen war. Solche zwischenmenschlichen Regungen interessierten sie nicht mehr… und ihn vermutlich genauso wenig.

Sie hatte den Deputy benutzen wollen, um Zugang zu Bereichen der Stadt zu erhalten, die ihr normalerweise verwehrt gewesen wären. Es wäre beileibe nicht das erste Mal gewesen, dass sie ihre weiblichen Reize gezielt dazu einsetzte, ihre Ziele zu erreichen. Shurrath mochte ihr diese Gelegenheit, ihre Loyalität zu beweisen, nun verwehrt haben.

Doch die nächste nahte…

KAPITEL 36

Wie viele halbstarke Chaoten hatte Duke schon angehalten, die es für eine gute Idee gehalten hatten, sich zu viert auf ein Motorrad zu setzen?

Nie hätte er sich träumen zu lassen, einmal selbst in die Verlegenheit zu geraten. Dass Rain gewissermaßen nur ein halber Mann war, reichte kaum zum Trost. So glitt das Hoverbike träge über die zum Glück fast völlig flache Salzebene.

Keiner sprach ein Wort. Weniger, weil allen noch der Schrecken in den Gliedern saß, im letzten Moment einem felsigen Grab entkommen zu sein, sondern weil sie den wohltuenden Moment der Stille genossen, der darauf folgte.

Zwei Stunden glitten sie durch die Nacht, bis fern am Horizont nicht nur der Morgen anbrach, sondern auch die erste ersehnte Ortschaft erschien – so klein und verlassen diese auch war.

Auf Dukes Geheiß hielten sie vor einem leergeplünderten und vandalisierten Mini-Markt an – der augenscheinlich einzigen vormaligen Einkaufsmöglichkeit des Orts.

„ANFRAGE: WARUM WIRD ANGEHALTEN?", tat sich Max mit unerwarteter Neugier hervor.

„Weil wir mangelbehafteten Erdlinge einmal pro Tag für etwa sechs bis acht Stunden Pause einlegen müssen, um nicht durchzudrehen.", antwortete Duke – heilfroh, endlich absteigen zu können.

„Außerdem müssen manche von uns alle paar Stunden für kleine Mädchen…", fügte Rain hinzu und verschwand prompt hinter dem kleinen, zerfallenen Flachbau.

„Puh…", sah Isaac in den Nachthimmel zurück und fasste sich an den Hinterkopf.

Die Welt war bereits aus allen Fugen geraten, als man ihn unfreiwillig in seinen zweihundertjährigen Tiefschlaf versetzt hatte. Aber, die Welt, die er danach vorgefunden hatte, glich eher einem Fiebertraum – furchteinflößend und mitreißend zugleich.

„Ich werde immer noch nicht ganz schlau daraus, Hayden.", wandte er sich an Duke.

„Die Menschen auf Proxima und die Menschen auf der Erde… wir stehen doch auf derselben Seite, oder nicht?"

„Das sollte man zumindest meinen.", nickte Duke grummelnd.

Dann wandte sich Isaac an den Axonenwirt:

„Max… Was macht ihr Axonen hier? Was wollt ihr hier, auf der Erde? Wie's scheint, könnt ihr die Relyeh mindestens genauso wenig leiden wie wir Menschen. Aber euch mit uns zu verbünden scheint euch bisher nie in den Sinn gekommen zu sein…"

„INKOMPATIBLE DIREKTIVEN.", gab Max zurück. „AXON-DIREKTIVE: EINHEGUNG DER RELYEH-AKTIVITÄTEN ÜBER MINDESTENS ZWANZIG ENS."

„‚Zwanzig Ens'?", hakte Duke nach.

„UMRECHNUNGSFAKTOR: EIN EN ENTSPRICHT ZIRKA FÜNFHUNDERTZWÖLF ERDJAHREN."

„Also etwa zehntausendzweihundertvierzig Jahre insgesamt?"

„ARITHMETISCH KORREKT."

„Arithmetisch eine arschlange Zeit!", lachte Isaac und fragte weiter:

„Die Axonen sind also rein synthetischen Ursprungs? Wie ist das möglich?"

„INKORREKT. DER URSPRUNG DER AXONEN IST ORGANISCH. ABER DIE MEISTEN VON UNS SIND INZWISCHEN SYNTHETISCH."

„Was kannst du uns über die Trife sagen, Max?", gab Duke als nächste Frage ein.

„KORREKTE NOMENKLATUR: DIE ULUTH. SIE SIND DIE VORHUT DER RELYEH ZUR EROBERUNG DER ERDE. GESCHAFFEN, UM DIE MENSCHHEIT ZU SCHWÄCHEN UND ZU DEZIMIEREN."

„Also nicht, um sie auszurotten?", fasste sich Duke ans Kinn und fand sich in seiner lange gehegten Hypothese bestätigt.

„KORREKT. RELYEH-DIREKTIVE: UNTERWERFUNG UND AUSBEUTUNG DER WIRTSPOPULATION."

„Hier auf der Erde, unter uns Erdlingen kursiert die Vermutung, dass man uns die Trife deshalb auf den Hals gehetzt hat, weil wir den technologischen Durchbruch zum interstellaren Reisen erreicht haben.", legte Duke dar. „Also um die Menschheit an der Eroberung der Sterne zu hindern."

„VERMUTUNG UNZUTREFFEND.", negierte Max sogleich. „AUSSCHLAGGEBENDER FAKTOR: EFFEKTIVE NUTZBARKEIT DER WIRTSINTELLIGENZ DURCH DIE RELYEH."

„...was also bloß zufälligerweise mit dem Erzielen des interstellaren Reisens zusammenfiel?", folgerte Duke.

„KORREKT: DIE STARKEN WERDEN ZU WIRTEN GEMACHT, DIE SCHWACHEN WERDEN GEMOLKEN."

„‚Gemolken'??", rief Rain ungläubig, noch auf dem Weg zurück von der Rückseite des Mini-Markts.

„KORREKT: ZUM STILLEN DES DURSTS."

„Aber... was genau melken sie denn? Milch oder was?",

sah Rain nun umso verdutzter drein … und Isaac musste prusten.

„PHEROMONE.   INSBESONDERE   STRESS-PHEROMONE."

„Ihgitt?", verzog Rain das Gesicht.

„Erstaunlich…", brummelte Duke nur. „Ich habe ja schon einmal die Ehre gehabt, einen Axon kennenzulernen. Der war aber ganz anders als du."

„ALTE   ERDLINGSWEISHEIT: ‚JEDER   JECK   IST ANDERS.'"

„Touché.", gab Duke zu. „Aber wenn bei uns einer umhergeht und wahllos Menschen in den Tod schickt, dann distanzieren wir uns in aller Regel von demjenigen und bestrafen ihn. Oder zumindest war das so bei uns üblich, bevor die Trife alles ins Chaos stürzten… Dein Axon-Kollege war jedenfalls bereit, die Menschheit auszulöschen, wenn dabei bloß auch die Trife mit draufgingen."

„BEURTEILUNG: FRAGLICHER AXON HANDELTE KORREKT NACH DIREKTIVE. NICHT TEIL DER DIREKTIVE: DIE BEWAHRUNG DER MENSCHHEIT."

„Deine Direktive kannste dir an den Hut stecken!", zischte Rain.

„Rain?!", staunte Isaac.

„Was denn? Der komische Kauz da sagt uns ins Gesicht, dass es okay wäre, uns alle umzubringen, weil die Menschheit es nicht wert wäre, sie zu erhalten oder so!"

„Vielleicht hat er ja nicht mal unrecht…", wurde Duke nachdenklich. „Wir Menschen sind eine Familie. Wir selbst sind es uns wert. Aber die Axonen sind fremde Wesen in jeder Hinsicht. Warum sollten wir es ihnen wert sein? Warum sollten sie unseren Tod nicht skrupellos in Kauf nehmen, wenn wir einander mitunter nicht besser behandeln? War Gillick nicht gerade noch bereit gewesen, uns vier samt ihrer Basis in die Luft zu jagen? Wir müssen der Tatsache in die Augen sehen: Wir Erdlinge sind den Axonen ziemlich einerlei. Wir haben ihnen nichts zu bieten. Wir schmutzen nur."

„EXAKTE FESTSTELLUNG.", pflichtete Max Duke bei.

„Aber gut genug, um unserm Maxerl hier aus seiner Metallkugel zu helfen, waren wir wohl doch...", hielt Isaac dem entgegen.

„AUSNAHMEN BESTÄTIGEN DIE REGEL. BEISPIEL: AXONEN ÜBERNEHMEN NUR AUSNAHMSWEISE FREMDE WIRTSKÖRPER, SOFERN IHR TESTION ABHANDEN GEKOMMEN IST. FEHLSCHLUSS: AXONEN HABEN GENERELL MENSCHLICHE GESTALT."

„Ihr... ‚Testion'?", wanderte Dukes linke Augenbraue nach oben.

„TESTION: SUBSTANTIV, SÄCHLICH. BEDEUTUNG: HÜLLE ODER HAUT EINES AXONS."

„Oh mein Gott... Heißt das, ich habe Max NACKT gesehen?!", fasste sich Rain an die errötenden Wangen, und Isaac musste erneut lachen.

„Bilde dir nichts ein, Rain.", brummelte Duke feixend. „Es ist wohl eher so, als würde man sich ein Röntgenbild von jemandem anschauen."

„Ahso... ein Röntgenbild... davon hab' ich schon gelesen...", wurde Rain kleinlaut.

„Wenn wir in Sanisco sind, kann Doktor Hess ja mal ein Röntgenbild von dir machen...", feixte Duke weiter.

„Was?! Nichts da!", protestierte Rain, und Isaac brach in lautschallendes Gelächter aus:

„Du bist so ein Huhn, Rain!"

„Pöh!", zog sie eine Schnute und wandte sich beleidigt ab.

„Also gut. Unser Proviant ist praktisch aufgebraucht.", kam Duke auf die dringlicheren Angelegenheiten zurück.

„Rain, warum schaust du nicht, ob du ein paar der Karnickel oder Tauben erwischt bekommst?"

„Super Idee, Sheriff!", nahm Rain sogleich ihren Jagdbogen hervor.

„Isaac, du hältst ihr den Rücken frei.", wies Duke weiter an. „Max und ich setzen ein Lagerfeuer auf."

„Aye, Sir!"

Damit machte die kleine Karawane der Tapferen endlich wohlverdiente Rast.

Doch sie war nicht länger allein…

KAPITEL 37

Als Isaac und Rain aus dem Schlaf der Gerechten aufwachten, stand die Sonne bereits am Zenit.

Der Spätsommerhimmel war strahlend blau, der Wind trug eine angenehm kühle, leicht mineralische Brise. Duke war bereits wach, denn er, Isaac und Rain hatten einander beim Wachehalten abgewechselt. Max hingegen zeigte ohnehin keinen Schlafbedarf und hatte die ganze Zeit wie ein meditierender Mönch im Schneidersitz vor sich in die Leere geschaut.

„Also gut: Schauen wir, dass wir wieder auf den Asphalt kommen.", packte Duke bereits die Satteltasche. „Nach allem, was passiert ist, und in Anbetracht unseres neuen Gefährten hier, schlage ich vor, wir bleiben auf der Achtzig und fahren westwärts zurück nach Reno."

„Und die Trife?", gab Isaac zu bedenken.

„Die Überzahl war uns ohnehin bereits nach Howl gefolgt. Der Restbestand wird zu gering sein, um uns ernsthafte Probleme zu machen. Und selbst mit dem Hoverbike sind wir schneller als sie – zumindest solange wir Vollgas geben. Alle einverstanden?"

Isaac und Rain nickten.

„ERINNERUNG: BRING UNS ZU SHURRATH!", verlangte Max.

„Ja doch, Max! Zur Schuhratte kommen wir auch noch.", wiegelte Duke ab und nahm seinen Platz auf dem Hoverbike ein.

Rain nahm am Lenker Platz, Max hinter Duke, und Isaac hinter Max. So setzte sich der einwagige Zug der Tapferen wieder in Bewegung.

Als endlich die Skyline von Reno hinter den sanft wogenden Hügeln in der Ferne auftauchte, waren die Schatten bereits lang. Schwärme von Vögeln zogen zwischen den wenigen Hochhäusern der Stadt umher, als gäbe es keine Sorgen auf der Welt. Die Straßen waren leer. Leere Straßen – gute Straßen.

Auch von der Trife-Flut gab es keine Spur mehr – bis die vier Gefährten auf dem Hoverbike auf einen regelrechten Pfad aus zusehends im Verfall begriffenen Trife-Überresten stießen – Zeugnis ihrer eigenen neuerlichen Begegnung mit den lackledernen Horden.

Schließlich kamen sie auch an jenem Casino-Multiplex vorbei, aus dessen Tiefgarage Duke Isaac und Rain aus den Fängen von Junks Shurrath-Jüngern befreit hatte. Auch dieses schien inzwischen vollkommen verlassen zu sein – sowohl von den Trife wie von Junks Leuten. Was auch gut war, da sich der Ladestand des Hoverbikes bedrohlich dem unteren Ende zuneigte.

Ein neues Gefährt zu finden, das nicht nur funktionstüchtig war, sondern auch ausreichend betankt, das war freilich leichter gesagt als getan. Bedauerlicherweise hatten Junks Leute auch sämtliche ihrer Fahrzeuge abgezogen.

Dies gab Anlass zu einer kleinen Diskussion über die Vor- und Nachteile traditionellerer Fortbewegungsmethoden…

„Darum satteln wir in Sanisco ganz aufs Pferd.", erklärte Duke und deutete auf eines der Grasbüschel, die allgegenwärtig aus dem zerklüfteten Asphalt sprossen. „Der Treibstoff wächst regelrecht aus dem Boden!"

„Pferde stinken.", konterte Isaac schroff.

„DU stinkst!", schnaubte Rain ihn an, was Isaac veranlasste, sich demonstrativ unter den Achseln zu schnuppern und das sensorische Ergebnis mit einem Schulterzucken zu quittieren:

„Wo gehobelt wird…"

„Ich würde so gerne mal fliegen und die ganze Welt von ganz weit oben sehen wie ein Vogel! In einem Flugzeug oder besser noch in so einem Centurion-Transporter! Das muss ein tolles Gefühl sein!", bekam Rain leuchtende Augen.

„Du bist noch nie geflogen?", hakte Isaac ungläubig nach – kam sich aber im nächsten Moment schon albern vor, denn er wusste ja eigentlich, dass es auf der ganzen Erde seit gut zweihundert Jahren praktisch keinen Flugverkehr mehr gab, und dass daher die allermeisten Menschen der Gegenwart noch nie in einem Flugzeug oder ähnlichem gereist waren.

„Wir können gerne tauschen, Rain!", grummelte Duke schmunzelnd. „Ich musste schon viel öfter fliegen, als mir jemals lieb war."

„Auch schon in einem Centurion-Transporter?", fragte Rain mit staunender Bewunderung.

„Jep. Bin sogar schon aus einem herausgesprungen – ganz oben, mitten im Flug."

„Das geht doch gar nicht!"

„Mit Fallschirm beziehungsweise düsengetriebener Landeeinheit geht das schon…"

„Ahso… wow… Wie fühlt sich das an? Das Fliegen, meine ich?"

„Da fragst du vielleicht den Falschen. Ich könnte, wie gesagt, darauf verzichten. Meiner Ansicht nach hat es seinen guten Grund, warum Mutter Natur dem Menschen keine Flügel hat wachs–"

…verschlug es Duke die Sprache, da Max plötzlich und

ohne jede Vorwarnung unter seiner Schulter hindurch in den Lenker griff und diesen scharf zur Seite riss.

„WOAH…!", riefen alle außer Max, als das Hoverbike schlagartig ausscherte und sich dabei in einen Fünfundvierzig-Grad-Winkel neigte.

Einen Moment lang glaubte Duke schon, der Axon hätte endlich beschlossen, ihnen in den Rücken zu fallen… als er die zahlreichen Staubfontänen bemerkte, die genau dort samt rotglühender Klumpen aus dem Asphalt emporschossen, wo die Fahrtroute des Hoverbikes eben noch entlang hatte führen sollen…

Mit anderen Worten:

Sie waren unter Beschuss, und zwar von oben!

„Absprung und in Deckung!", rief Duke, und während Rain noch versuchte, das Schlenkern des Hoverbikes wieder unter Kontrolle zu bringen, tat er selbst wie geraten, und Isaac folgte ihm gleich darauf.

„Shit…!", zischte Rain, die gemeinsam mit Max sitzen blieb, bis sie das Hoverbike glücklich unter Kontrolle und zum Stillstand bringen konnte.

Intuitiv sah sie einen wertvollen Moment noch zurück, um den Angreifer zu identifizieren.

Da… flog etwas!

Etwas Schwarzes… von gedrungener Gestalt und deutlich kleiner als ein Centurion-Transporter oder irgendein sonstiges Rain bekanntes Fluggerät!

Ein einzelnes rotes Auge blitzte auf – gefolgt von einer weiteren Plasma-Salve, direkt auf Rain und das Hoverbike zu!

Rain hechtete zur Seite, und gleichzeitig auch Max zur anderen Seite – ehe das Hoverbike unter lautem Krachen und Scheppern in einem Ball aus tobenden Flammen und dichtem schwarzem Rauch aufging…

„Eine Centurion-Drohne!", konnte sie Duke rufen hören.

„HIER LANG!", rief Max ihr zu und deutete auf eine

schmale, dunkle Seitengasse. Dabei blieb er ungerührt, furcht- und ausdruckslos stehen, bis Rain zu ihm aufschloss.

Derweil in etwa zwanzig Metern Entfernung:

„RUNTER!", rief Duke Isaac zu, der wie er selbst hinter einem rostenden Fahrzeugwrack am Straßenrand in Deckung gesprungen war.

Querschläger schlugen Funken aus dem rostigen Blech. Duke ächzte auf, als ihm kurz hintereinander zwei Kugeln in den Schulterpanzer fuhren.

„Diese Schüsse kommen nicht von der Drohne!", rief Isaac ihm zu.

„Entweder Centurions… oder Siedler…", knurrte Duke. „Die Drohne hat uns wahrscheinlich schon seit der Basis begleitet!"

„Rain und Max sind dorthin verschwunden!", deutete Isaac auf die betreffende Seitengasse. „Die beiden werden versuchen, ihren Arsch zu retten. Wir sollten hinterher!"

Besorgt sah Rain hinter der Eckmauer zu Duke und Isaac zurück…

„Äh… Max, kannst du die Drohne vielleicht hacken oder so?"

„NEGATIV. ZIELOBJEKT KNAPP AUßER REICHWEI- TE.", gab Max zurück.

Duke brachte sein Sturmgewehr in Anschlag.

„Lauf, Isaac! ich halte dir den Rücken frei!"

„Du weißt doch nicht einmal, woher das Kreuzfeuer kommt…", erwiderte dieser skeptisch.

„Ich habe eine Vermutung. Hoffen wir, dass ich richtig liege. Auf drei!"

Rasch sah Isaac aus der Deckung hervor und zog sich wieder zurück:

„Also schön! Weidmannsheil, Sheriff!"

„Eins… zwei… DREI!"

Wie abgesprochen, sprang Isaac mit einem Satz und gezo- gener M007 hinter dem Fahrzeugwrack hervor und spurtete auf die dunkle Seitengasse zu, während Duke das Feuer eröffnete. Im Augenwinkel sah der Marine die Drohne tief zwischen der Hochhausschlucht schweben… und sprach in Gedanken ein Stoßgebet des Danks für jede Sekunde, da das Plasmafeuer ausblieb.

Aus der Deckung konnte Duke schließlich sehen, wie Isaac am Beginn der Seitengasse von Rain empfangen wurde.

„Wo ist denn dein kleiner Axon-Liebling, Rain?", feixte Isaac.

„Halt die Klappe, Ike! Max ist… äh…", sah sie über ihre Schulter und suchte den Axonenwirt genau dort, wo er eben noch gestanden hatte… wo er aber nicht länger war. Sie konnte bis ans Ende der schmalen Gasse durchsehen. Doch von Max keine Spur!

„…weg?!"

Aber dafür war jetzt keine Zeit. Isaac gab Rain Zeichen, es ihm gleichzutun, das Gewehr anzulegen und erneut das Gegenfeuer auf Unbekannt zu eröffnen. Aus dem leicht veränderten Winkel hatten die Schüsse wieder eine einschüchternde Wirkung, die jedoch wie zuvor rasch wieder verklingen würde.

„Sheriff!", rief Rain Duke zu.

Dieser sah rasch auf, und wie schon Isaac kaum zwei Minuten zuvor, sprang nun auch dieser aus der Deckung des Fahrzeugwracks hervor und nahm die Beine in die Hand.

Anders als zuvor jedoch blieb die Drohne nicht länger passiv.

Im Augenwinkel konnte Duke noch das rote Auge der Drohne aufblitzen und den Lauf der Plasmakanone aufglühen sehen… ehe ihm bereits die detonierenden Bälle ultraheißen Gases um die Füße fuhren! Nur mit einem beherzten Hechtsprung konnte er verhindern, dass ihm die Stiefel noch im Lauf unter den Knien fortgepustet wurden. Die Schockwelle unter seinen Sohlen katapultierte ihn höher, als er erwartet hatte – sodass er, mit allen Vieren wedelnd, unsanft auf denselben landete.

Das Surren der Drohne glitt über ihn hinweg, und er konnte das mörderische Fluggerät in einigen Metern Entfernung bereits zum erneuten Angriff wenden hören…

„Shit…", zischte es ihm zwischen den Zähnen hervor.

Da packte ihn etwas unter den Armen und hievte ihn wie er war mit einem Ruck auf die Füße zurück…

Es war Max!

„LOS GEHT'S…", rief dieser lapidar, als ob Duke noch der Anweisung bedurfte – und noch ehe die Plasmakanone den nächsten Schuss abgab, erreichten die beiden Nachzügler endlich die rettende Seitengasse.

Das feindliche Feuer verstummte fast umgehend.

„Wo hast du dich herumgetrieben, Freundchen?", stellte Isaac Max gleich zur Rede.

„LAGEERKUNDUNG."

„Mitten im Gefecht, du Gestörter?", fuhr Isaac ihn an.

„POSITIV. RESULTAT: CENTURION-STRAßENBLO-CKADE BESTÄTIGT."

„Die Bastarde haben den Weg nach Sanisco blockiert.", knurrte Duke. „Das ist kein Zufall."

„Dann umgehen wir die blöde Blockade eben einfach!", drängte Rain, leicht ungehalten.

„Oder wir nähern uns so weit, dass Max sie… äh… hacken kann!"

„Können die Kerle uns tracken?", wollte Isaac hingegen wissen.

„Pozz.", antwortete Duke. „Genau dazu ist die Drohne da."

Rain bemerkte, wie dieselbe vor dem Eingang in die Seitengasse hin- und herschwebte und dabei vergeblich versuchte, einen guten Winkel zu finden, um mit ihrem roten Laser tief genug einzudringen.

„Ist die Drohne jetzt nicht nah genug, Max?"

„ERFOLGSCHANCE: SECHZEHN KOMMA SIEBEN PROZENT."

„Hast du vielleicht irgendeinen erfolgversprechenderen Vorschlag, Max?", fühlte Duke ihm auf den Zahn.

„NEGATIV."

„Worauf wartest du dann noch, Einstein?!", klatschte sich Isaac gegen die Stirn.

„HANDLUNGSEMPFEHLUNG: ABWARTEN."

Demonstrativ flehend hob Isaac die Hände in den Himmel.

„KÖDER IST AUSGELEGT."

„Wovon faselst du, verdammt nochmal?! Red' Klartext!"

Stimmen unterbrachen die plötzliche Stille vor der Seitengasse – gefolgt von heftigem Stiefel- und Waffengeklapper...

„Sie rücken an...", stellte Duke fest.

Im selben Moment tat es einen krachenden Schlag...

...und direkt über Isaacs Tiefschläferglatze regnete es glühende Funken aus der unverputzten Seitenwand.

„RUNTER!", rief Duke und hechtete hinter den nahestehenden, von Moos und Flechten überwachsenen Müllcontainer.

Augenblicklich taten es ihm seine Gefährten gleich. Nur Max musste Rain am Revers packen und mit zu sich herunterziehen.

Ein krachender Schlag folgte auf den nächsten!

Ringsum rieselte es herausgesprengten Schutt und weitere Funken.

Querschläger heulten.

Mündungsfeuer blitzte zu beider Enden der Gasse.

Sie waren umzingelt!

Dreißig Sekunden lang dauerte der Beschuss fort, ohne dass die vier Gefährten wussten, wie klein sie sich noch würden machen können und wie lange der Container noch halbwegs standhalten würde.

Dann wurde es unvermittelt wieder still.

Der letzte Kugeldonner verhallte.

„SHERIFF DUKE, ERGEBEN SIE SICH!", krachte eine Lautsprecherstimme.

„SIE SIND UMZINGELT!"

Eine zweite, etwas dezentere Lautsprecherstimme kam hinzu:

„Legen Sie Ihre Waffen nieder und kommen Sie mit erhobenen Händen hervor! Andernfalls sehen wir uns gezwungen, eine Fusionsgranate einzusetzen!"

Duke sah zu Max, in der Hoffnung auf einen subtilen Hinweis – musste aber einsehen, dass solches absolut nicht in dessen Naturell lag. Zumindest aber äußerte der Axon keinen Protest – das musste reichen.

„Nicht schießen!", rief Duke also. „Ich stelle mich!"

„Hayden…?", rief Rain verwundert und tauschte mit Isaac einige mehr als fragende Blicke aus.

Und tatsächlich tat Duke das Unvorstellbare:

Er zog erst den einen, dann den anderen seiner beiden chromblitzenden Revolver aus dem jeweiligen Holster und warf die Waffen gut sichtbar aufs Gassenpflaster. Dann kam das Sturmgewehr hinterher. Nur den Zeremonienspeer hielt er weiter verborgen – eine Waffe, mit der ohnehin niemand rechnete.

Drei Centurions zählte Duke je zu beider Enden der Gasse – somit mindestens ein halbes Dutzend schussbereiter Gewehrläufe, zuzüglich der Drohne. Schließlich hob er demonstrativ die Hände:

„Richtet Gillick aus: Nein heißt nein!"

„Unsere Frau Oberst will Antworten!", gab der Wortführer zurück.

„Euch ist aber schon klar, dass wir einen Axon bei uns haben, oder?"

„Ist uns klar… und ziemlich egal!"

– womit der Kommandeur hör- und sichtbar an seinen Helm tippte:

„Neurostörfrequenz, Cowboy!"

Mit hochgezogener Augenbraue sah Duke zu Max zurück: „Können die das wirklich, oder labert der Kerl nur?"

„POSITIV: SIE KÖNNEN."

„Pozz-tausend…", wischte Duke sich durchs Gesicht, setzte dann sein süffisantestes Schmunzeln auf und wandte sich wieder dem Kommandeur zu.

„Ich schätze, ihr sitzt am längeren Hebel!"

„So ist es! Und jetzt alle rauskommen und Waffen auf den Boden!"

Eines aber machte Duke noch stutzig:

Warum hatte Max abwarten wollen?

Was meinte er mit ‚Köder ist ausgelegt'?

Nicht, dass es einen Unterschied gemacht hätte:

So oder so saßen sie in der Falle – und wahrscheinlich hatte Max genau das gemeint. Ein seufzendes Murren entfleuchte Duke – dann also:

„Ihr habt gehört, was der Kommandeur gesagt hat!"

„Wir geben auf?", rang Rain mit der Wirklichkeit.

„Wenn kein Wunder geschieht, kommen wir hier sonst nicht lebend raus.", erklärte Duke. „Sie haben beide Gassenenden besetzt, und oben fliegt die Drohne. Max sagt, sie können seine Neuromanipulation stören. Sprich: Sie haben die Oberhand."

Mit ungläubigem Missmut schüttelte Rain den Kopf und nahm sich widerwillig Jagdbogen und Köcher von den Schultern.

Isaac gab Duke einen stierenden Blick, ob dieser es wirklich ernst meinte. Duke erwiderte und ließ soweit keine Zweifel mehr. Also fasste Isaac sein Sturmgewehr an Lauf und Kolben und wollte sich gerade davon trennen…

…da schlang Max seine Tentakelhand um Isaacs Unterarm.

Der unerbetene Körperkontakt mit dem außerirdischen Sonderling ließ Isaac zusammenfahren.

„ABWARTEN.", wiederholte Max stoisch und sah nach oben gen Himmel.

Isaacs Augen folgten Max' facettenäugigem Blick...

Dort oben kreuzte weiterhin die Drohne über die Dächer – noch immer im vergeblichen Versuch, die schmale und tiefe Gasse voll zu erfassen.

Auch Duke hatte von Max' erneutem Veto Notiz genommen und sah nun ebenfalls zu den Dächern hinauf...

Die Drohne hatte er längst registriert – aber nun trat dem Surren des Drohnenantriebs ein weiterer Klang hinzu: Es war ein leises Rauschen, ein Flüstern, das jeder andere überhören mochte, das Duke aber so vertraut war, dass er es inmitten eines tosenden Hurricanes noch heraushören würde!

Und aus Dukes bittersüßem Schmunzeln der Niederlage wurde allmählich ein breites, triumphales Grinsen:

„Die Kavallerie ist da!"

Ein leises Zischen, gleich dem einer Feuerwerksrakete zum Vierten Juli, ließ schließlich auch Rain in den Himmel schauen...

...und mit einem gleißenden Lichtblitz und einem lauten Knall zerbarst die Drohne in einen Strauß aus glühenden und schwarz rauchenden Trümmern!

Waffenklapperndes Raunen ging durch die Centurions zu beider Enden der Seitengasse.

„KÖDER AUSGELEGT. FALLE SCHNAPPT ZU.", kommentierte Max und erntete Isaacs und Rains staunende Blicke.

„Was zum Donner...", krächzte es dem Kommandeur noch aus dem Helmlautsprecher heraus – als ihm seinerseits wiederum unerwartetes Stiefelgeklapper in den Nacken schallte.

„WAFFEN FALLENLASSEN, CENTURIONS!", rief eine Stimme, die hier und jetzt in Dukes Ohren so klang wie die einer Himmelsbotin!

Es war die Stimme von Oberrangerin Latos:

„IHR SEID UMSTELLT! ERGEBT EUCH!"

Der Kommandeur zögerte noch einen Moment. Dann ließ er seine Waffe zu Boden – und die übrigen feindlichen Marines taten es ihm gleich.

„LATOS!", strahlte Duke, als die junge Frau in voller Einsatzmontur den Kommandeur brüsk zur Seite schubste.

„Wo man dich wieder rausholen muss, Hayden!", feixte sie, während sie ihr Visier hochfahren ließ.

„Wie habt ihr uns überhaupt gefund–", wollte Duke fragen… als eine weitere vertraute Stimme an seine Ohren drang – einer Engelsstimme gleich!

Mit stockendem Atem drehte er sich zu ihr um.

Vom gegenüberliegenden Gassenende kam eine weitere Rangerin in voller Einsatzmontur auf ihn zu.

Bloß, dass es keine Rangerin war.

„Natalia…", raunte Duke, geradezu ehrfurchtsvoll.

„Von unnötigem Ärger fernhalten wolltest du dich, hm, Purzel?"

Statt das Visier hochzufahren, zog sie sich gleich den ganzen Helm vom Kopf und schüttelte mit geradezu werbefilmhafter Eleganz ihre duftend seidigen Haare auf…

„Aber Natalia! Es reicht doch, wenn sich einer von uns beiden nicht vom Ärger fernhalten kann…", ging Duke mit weit geöffneten Armen auf sie zu – soweit es die Enge der Gasse zuließ.

„Deine Hand…", bemerkte die Gouverneurin gleich besorgt.

„Ist ersetzbar…", brummte er, während sie einander mit leidenschaftlicher Herzlichkeit in die Arme fielen.

„Mitgegangen, mitgehangen.", hielt Natalia ihm unter Küssen entgegen. „Du kennst unsere Vereinbarung, Purzel."

„Asche auf mein Haupt…", gab Duke sich als reumütiger Lausbub, und erhielt dafür einen mütterlichen Kuss auf die Stirn.

„War das da oben gerade der Kugelblitz im Einsatz?"

„Jep. Die perfekte Gelegenheit für einen Praxistest."

Latos stieß den nun ebenso helmlosen Centurion-Kommandeur voran. Mit strengem, aber diplomatischem Blick sah Natalia ihm ins Gesicht.

„Richten Sie Ihrer Frau Oberst aus, dass wir den Kugelblitz gerne auch an einem Centurion-Transporter ausprobieren werden, falls sie uns die Gelegenheit dazu gibt!"

Der Kommandeur schwieg und würdigte Natalia keines Blicks.

„Ähem…", räusperte sich Isaac mit Rain und Max an der Seite.

„Oh, meine Manieren!", reagierte Duke. „Natalia, darf ich vorstellen? Das hier sind Rain, Isaac und Max. Sozusagen meine Ehren-Deputys."

Dann zu den drei Gefährten:

„Ehren-Deputys, darf ich vorstellen? Meine Frau, Mutter unserer liebreizenden kleinen Tochter Hallia und Gouverneurin in Personalunion: die bezaubernde Natalia Duke!"

„Sehr erfreut, Ma'am! Hayden kann nicht aufhören, uns von Ihnen vorzuschwärmen!", reichte Isaac ihr die Hand, was Natalia höflich erwiderte:

„Oh… ganz meinerseits!"

Als ihr Blick den Max' traf, erschrak sie für einen Moment:

„Was… ist mit ihm?"

„Max ist unser Spezi!", lachte Duke. „Keine Bange, er ist ganz in Ordnung."

„Ist er… ein Android?"

„So ähnlich… ist 'ne längere Geschichte."

„Danke, dass ihr mir auf meinen Purzel achtgebt.", dankte Natalia den drei Gefährten, und Rain musste sich ins Fäustchen lachen …‚Purzel'…

„Sicher nicht leicht, dem Sheriff ständig den Arsch retten zu müssen. Mein Beileid…", feixte Isaac.

Natalia lachte, und Duke räusperte sich lauthals:

„Ja ja! Wir sollten unseren Plausch vielleicht anderswo

fortsetzen! Wer weiß, auf was für dumme Ideen Gillick sonst noch kommt…"

Alle bis auf den Centurion-Kommandeur nickten zustimmend.

Duke las seine beiden Revolver auf, ließ sie jeweils dreimal blitzschnell um seinen Zeigefinger rotieren und holsterte sie schließlich mit einem vergnügten Pfiff. Dann ging er zum Centurion-Kommandeur zurück und schob sich ihm förmlich die Nasenlöcher hinauf:

„Wir machen uns jetzt vom Acker, Klassenbester. Wenn ihr klug seid, nehmen du und deine Jungs den Rest des Abends frei. Und wenn eure Frau Oberst klug ist, lässt sie sich von General Haeri nicht nochmal zum Sockenzählen schicken. Für den nächsten Kugelblitz schicken wir ihr 'ne Rechnung!"

„Ich… bin mir sicher, Frau Oberst Gillick wird einverstanden sein…", überschlug sich die Stimme des Mannes fast, während ihm eine dicke Schweißperle die Schläfe hinabkullerte.

„Ich. Auch.", konstatierte Duke mit Nachdruck.

Damit wandte er sich wieder Natalia zu.

„Zurück nach Hause, Purzel?", schmunzelte sie ihn an.

Duke schmunzelte verschmitzt zurück:

„Würde ja sagen, wir stecken uns alle 'ne Blume in die Haare, aber dann fühlt Ike sich ausgeschlossen…"

KAPITEL 38

Fast eine geschlagene Stunde war der bunte Fußtrupp aus einem pockennarbigen Sheriff und seiner bildhübschen Gouverneurin, einem über zweihundert Jahre alten USSF-Marine, einer zu einem Drittel robotischen Bogenschützin von mädchenhafter Statur, einem von einem außerirdischen Symbionten gesteuerten Untoten sowie fünf jungen Elite-Rangern diverser Provenienz quer durch die Ruinen der Stadt Reno gezogen, ehe er einen geeigneten Landeplatz für jenes Luftschiff erreichte, das sich ‚Iroquois' nannte.

Gleichermaßen betroffen und beeindruckt war Duke betreffs der Tapferkeit der kleinen Ginny – der zwölfeinhalb-jährigen Diebin und vielleicht letzten Überlebenden der Kleinstadt Dego – über die Natalia ihm unterwegs berichtete. Nach dem Aufbruch in der Iroquois mit den Rangern an Bord hatte Natalia mit minutiöser Kriminalistik Dukes Reiseroute rekonstruiert und so den Weg nach Reno gefunden. Ironischerweise war es dort der Centurion-Transporter gewesen, den sie bereits aus der Ferne beim Aussenden der Drohne und Abseilen der sechs Centurions entdeckt hatten, der Natalia den entscheidenden Hinweis auf Dukes gegenwärtigen Aufenthaltsort gegeben hatte.

Geflissentlich hatten sie sich außerhalb der ihnen wohlbekannten Detektorenreichweite der Centurions gehalten, nachdem sie sich ihrerseits von der Iroquois abgeseilt hatten. Nicht gerechnet hatten sie mit Max' überlegener Wahrnehmung. Der Axon im Menschenkörper war ihnen daher von allen als erster auf die Schliche gekommen– der Grund für sein plötzliches kurzzeitiges Verschwinden sowie für seine anschließende Zuversicht, dass das Eintreffen der Rettung nur noch eine Frage von Minuten gewesen war.

Knapp über dem Boden schwebend, wartete der Kopter auf einem verlassenen Parkplatz. Die vier nun hinzugekommenen Insassen brachten das Fluggerät um eine Person übers Passagierlimit – doch Captain Bronson gab sein Okay. Die größere Sorge war der somit erhöhte Treibstoffverbrauch. Zwar hatten sie ohnehin einen Zwischenstopp zum Auftanken per Treibstofflaster eingeplant, doch war nun nicht mehr gesichert, dass dies bis auf einen Zeitpunkt nach Erreichen des Territorialgebiets würde warten können.

„Der ganze Aufwand hier bloß wegen zweier Terroristen?", hakte Isaac ungläubig nach.

„Willst du dich beschweren, Ike? Sie haben uns den Arsch gerettet!", rüffelte Rain.

„So meine ich das doch nicht…", stöhnte er.

„Es ist ihre Fähigkeit, die Trife-Fluten zu kommandieren.", rief Duke in Erinnerung. „Das macht den Unterschied."

„Es sind trotzdem bloß zwei Personen. Wenn nur zwei von ihnen dazu in der Lage sind… können wir doch gleich zu Hause bleiben, oder?", hielt Isaac ihm entgegen.

„Trife-Flut ist Trife-Flut, Isaac. Ob sie nun von zwei Personen dirigiert wird oder von zweihundert. Außerdem sind die beiden nun auf dem Weg zu uns nach Hause. Zu Hause zu bleiben, bringt also gar nichts.", grummelte Duke.

„Deputy Kisha hat Sanisco bereits in Alarmbereitschaft versetzt.", gab Latos zu Protokoll:

„Wir ziehen unsere Verteidigungskräfte aus den

gesamten Territorien zusammen. Sämtliche Dörfer und Siedlungen sind vorgewarnt und werden Meldung machen, sobald jene Ronin und ihr Komplize dort aufschlagen sollten. Bislang gibt's allerdings keine weiteren Sichtungsmeldungen."

„Shurrath wird die Sache mit Sicherheit nicht auf sich beruhen lassen.", knurrte Duke. „Schon gar nicht, nachdem wir ihn seine Centurion-Infiltratoren gekostet haben. Die Erkenntnisse aus der Forschungsarbeit rund um die Neuromanipulationstechnologie würden nicht nur den Centurions, sondern auch Shurrath und den Relyeh im Kampf gegen die Axonen helfen."

„Mir ist noch immer nicht ganz klar…", kam Natalia von der Cockpittür zurück, „…wie die ganzen Einzelteile ineinandergreifen: Dugway, Max, Shurrath, die Khoronen, die Centurions… und nicht zuletzt jener unsägliche Shurrath."

„Ist alles ein bisschen kompliziert…", räumte Duke ein. „Beispielsweise weißt du ja, wie viele Hypothesen über den Ursprung der Trife kursieren."

„Klar. Aber der aktuellste Konsens war doch, meine ich, dass uns die Trife von einer bösartigen außerirdischen Zivilisation auf den Hals gehetzt worden sind."

„Richtig. Und das stimmt ja soweit auch. Bloß, dass die Trife uns nicht ausrotten und auch nicht vom Reisen in andere Sonnensysteme abhalten sollen. Sondern es geht darum, uns zu unterwerfen, damit die Relyeh uns benutzen können."

„Wie Herdentiere?"

„So in der Art, ja. Aber auch als Soldaten."

„Aber dafür haben sie doch schon die Trife?"

„KORREKTUR: NICHT ALS SOLDATEN, SONDERN ALS VEHIKEL.", berichtigte Max. „WIR AXONEN ÜBERNEHMEN LEDIGLICH DIE HÜLLE UNSERER WIRTE. DIE RELYEH ÜBERNEHMEN ALLES. DAS SETZT IHNEN ENGERE GRENZEN ALS UNS."

„Dem wahren Experten werde ich nicht widersprechen…", fasste sich Duke drucksend an den Hinterkopf.

„Und die Relyeh sind sich auch gegenseitig im Weg! Fast so schlimm wie unsereins…", gab Isaac hinzu.

„Sie sind sich gegenseitig im Weg?", kam Natalia sichtlich ins Grübeln.

„Schau, Nat: Wie sich herausstellt, ist jener Shurrath eigentlich nur eine ganz kleine Nummer unter seinen Artgenossen. Genau das versucht er jetzt zu ändern."

„Und da stehst du ihm im Weg, oder wie?", hakte Natalia weiter nach.

„Das bringt die Natur der Sache mit sich…", grummelte Duke und zuckte mit den Schultern:

„Wenn seine Leute Unschuldige umbringen, ruft das nun mal den Sheriff auf den Plan. Jedenfalls sind selbst die Khoronen eigentlich nur eine weitere von den Relyeh vereinnahmte Spezies."

„Und was ist dann die eigentliche, eigene Gestalt der Relyeh?", hob Natalia die Erklärungslücke hervor.

„Wer weiß? Jedenfalls sind die Khoronen keine bloßen Parasiten, sondern Symbionten, die ihrem Wirt etwas zurückgeben: mehr Kraft, mehr Ausdauer, rapide Selbstheilung und mehr!"

„NEUROEMOTIONALE BESTECHUNG.", fügte Max hinzu.

„Das ist ja schrecklich!", entsetzte sich Natalia.

„Oder gerade das Beste daran…", schmunzelte Isaac… worauf Rain ihm einen tödlichen Blick zurückgab.

„Was denn? Werdet mal erwachsen!", verteidigte er sich.

„Isaac hat schon recht. Sie zwingen sich den Menschen nicht bloß auf… sie verführen sie, und zwar in die Sklaverei! Und ja: Das ist schrecklich.", brachte Duke die Meinungen auf einen Nenner.

„Und einmal infiziert, ist der Tod der einzige Ausweg?", hakte Natalia weiter nach.

„Nicht immer!", rief Rain.

„Jep. Rain hier ist soweit die einzige uns bekannte Ausnahme von der Regel. Ihre Khorone starb noch während sie ihr im Nacken steckte… und dort sitzt sie noch immer. Oder sie ist noch nicht ganz tot, sondern nur noch sehr eingeschränkt handlungsfähig.", versuchte Duke sich in einer Diagnose.

„Darum kann ich mich manchmal noch immer mit dem Kollektiv verbinden! Und ich kann spüren, wenn Trife in der Nähe sind, wie viele und wo genau, als hätte ich eine Art Trife-Radar in mir!", ergänzte Rain.

„Das ‚Kollektiv'?", griff Natalia das Stichwort auf.

„Die Gesamtheit der Relyeh bildet offenbar ein interstellares Kommunikationsnetzwerk, in dem sie sich telepathisch untereinander austauschen können.", erklärte Duke.

„Interstellare Kommunikation? In Echtzeit? Wie ist das möglich?", begann Natalia allmählich am Wahrheitsgehalt der Schilderungen zu zweifeln. Nicht einmal Proxima hatte das Problem der interstellaren Kommunikation gelöst.

„FUNKTIONSWEISE: EINE KOMBINATION AUS QUANTENMECHANISCHER VERSCHRÄNKUNG UND WURMLOCHKANALISIERUNG.", erklärte Max in seiner gewohnt kryptischen Manier.

Natalia war sichtlich beeindruckt, auch wenn sie ebenso sichtlich skeptisch blieb.

„Das ist es!", wollte sich Duke mit der Faust auf die flache Hand schlagen, schnippte in Ermangelung ersterer dann jedoch bloß mit den Fingern:

„Die interstellaren Portale der Axonen funktionieren doch genau so! Es braucht sich ja bloß jemand auf die eine Seite zu stellen, etwas aufzuschreiben und dann hochzuhalten, und schon sieht man es auf der anderen Seite – so als befänden sich die Akteure beiderseits am selben Standort!"

„Der Schlüssel zur interstellaren Kommunikation ist also

die Stabilisierung der Raumkrümmung als kontinuierliches Portal...", folgerte Natalia weiter.

„Jedenfalls war man an der geheimen Forschungsbasis in der Salzwüste eher damit beschäftigt, die Neuromanipulationstechnologie zu erforschen, mit der die Axonen die fürchterlichen Halluzinationen hervorrufen, die unlängst die gesamte Stadt Edenrise ins Chaos gestürzt hatten.", kam Duke auf die aktuelleren Ereignisse zurück. „Das Besorgniserregende daran war nicht zuletzt, dass dies auf Betreiben des Trust zu geschehen schien, und ohne das Wissen Proxima Commands."

„Trust und Proxima Command lassen sich ohnehin nicht voneinander trennen.", wandte Natalia ein.

„Schon. Aber das heißt nicht, dass die eine Organisation nicht versuchen wird, die Oberhand über die andere zu gewinnen..."

„Du meinst...?"

„Ganz recht.", nickte Duke ominös. „Das Ganze riecht nach einem internen Coup des Trusts gegen Proxima Command!"

„Pozz-tausend...!", entwich es Natalia. „Wir sollten unbedingt mit Rico darüber reden, Purzel!"

„Ich bin mir sicher, sie hat längst Wind davon bekommen. General Haeri wird schon dafür gesorgt haben."

„Ich höre immer nur ‚Proxima dies, Proxima das'!", warf Isaac unwirsch dazwischen. „Der Planet ist vier Lichtjahre von der Erde entfernt. Sollen die sich doch gegenseitig die Köpfe einschlagen! Haben wir nicht dringlichere Dinge, um die wir uns kümmern müssen? Wie z.B. die beiden Trife-Terroristen?"

„Ganz recht, Isaac.", gab Duke Isaacs Einwand statt. „Natalia: Bist du mit dem Auslesen von Ronins Speicherstick vorangekommen?"

„Sorry, Purzel. Heute Morgen war der Computer noch immer emsig dabei, weitere Passwörter durchzutesten."

„Nun, dann konsultieren wir mal unseren Experten: Max! Wir haben eine alte Mitteilung gefunden, in der behauptet wird, dass die Relyeh und die Axonen bereits lange Zeit vor der Trife-Invasion auf der Erde zugange waren. Was sagst du dazu? "

„KORREKT: BISHERIGE PERSÖNLICHE AUFENT-HALTSDAUER: SECHS KOMMA VIER SIEBEN NEUN ENS."

Dukes Augenbrauen schossen nach oben.

„Das sind… mehr als dreitausendvierhundert Jahre!"

„AUFTRAG: DIE MELDUNG JEGLICHER ANZEICHEN VON RELYEH-AKTIVITÄT. UNERWARTETE AUFTRAGS-UNTERBRECHUNG AUFGRUND FEHLFUNKTIONSBE-DINGTEN ENERGIEVERLUSTS. FOLGE: TIEFSCHLAFPHASE BIS ZUR REAKTIVIERUNG IN GEFANGENSCHAFT."

„Sieh mal an, Ike: Scheint, du bist nicht länger das einzige Dornröschen hier!", feixte Rain – zu Isaacs sichtbarem Missmut.

„Und hast du inzwischen Meldung gemacht, Max?", wollte Natalia weiter wissen.

„NEGATIV: MELDUNG UNNÖTIG DA VERSPÄTET."

„So, wie es drüben aussah, als Tinker das Axon-Portal geöffnet hat, würde ich sagen, die Axonen sind im Bilde. Es war ein Portal direkt in die Hölle!", schien Duke fast zu frösteln.

„Wie viele Planeten haben die Relyeh schon überfallen?", fragte Natalia weiter.

„HOCHRECHNUNG: MEHRERE TAUSEND."

„Mehrere tausend? Und alle mit erdähnlichen Zivili-sationen?"

„KORREKT. MEHR ODER WENIGER."

Da ertönte ein Knacken durch die Bordlautsprecher, und Captain Bronson gab durch:

„Sehr verehrte Passagiere: Dank Rückenwind erfolgt die

Zwischenlandung zum Nachtanken wie geplant am Check-point Hotel."

„Na, das ist doch mal eine gute Nachricht!", brummte Duke und gähnte beherzt:

„Weiß nicht, wie's euch geht, Leute, aber ich brauch' jetzt erst einmal 'ne Mütze Schlaf. Äh…Leute?"

Doch Isaac und Rain schliefen bereits.

KAPITEL 39

Der sechsachsige Tanklastwagen zog eine über hundert Meter lange Staubwolke hinter sich her.

Anders als die meisten noch in Betrieb befindlichen Fahrzeuge landauf und landab war er noch weitgehend unfrisiert, fast noch im Originalzustand – vom blätternden gelben Lack der Fahrerkabine und den zahlreichen Roststellen einmal abgesehen. Die längliche Schnauze beherbergte einen kraftvollen Dieselmotor, der gluckste wie ein Kolkrabe... und auch fast so schwarz war.

Viel lieber wäre Grace auf ihrer schönen weißen Stute Minerva weitergeritten – aber das war nun ein Luxus, den sie sich nicht mehr leisten konnte. Shurraths Geduld war am Limit, und sie wollte sich nicht ausmalen, was mit ihr – oder mit dem verbliebenen Rest von ihr – geschehen würde, sofern sie ihn nochmals enttäuschte.

Haven lag bereits eine ganze Nachtfahrt hinter ihnen.

Das Depot zu überfallen und den Tanklastwagen zu kapern war das reinste Kinderspiel gewesen – und entsprechend wenig erquickend. Zwei lausige Deputys hatten sich vor ihr und Cain in die Hosen gemacht, ehe sie ihr jähes Ende gefunden hatten. Der Durst nagte an Graces und Cains Laune und trieb sie mit resolutem Grimm voran.

Die Straße war in einem überraschend guten Zustand – das musste der Neid den Territorien lassen. Dennoch hatte Cain Grace angewiesen, vom Gas zu gehen. Immer wieder sah er aus dem Fenster hinaus in die Einöde.

„Da sind sie!", rief er plötzlich und deutete in Richtung des kurz bevorstehenden Sonnenaufgangs.

Graces Blick folgte Cains Finger…

„Siehst du's?"

Angestrengt kniff sie die Augen zusammen. Da bemerkte sie eine dunkle Linie am Horizont… ein ihr allzu bekanntes Gewusel.

„Trife?", folgerte sie, wenig beeindruckt.

Es waren nicht einmal besonders viele. Gerade mal eine Hundertschaft, in etwa.

„Aber nicht irgendwelche dahergelaufenen Trife, Grace!", erklärte Cain mit strahlenden Augen: „Das sind evolvierte Trife!"

Grace hatte von diesen schon gehört – grausige Erlebnisberichte aus dritter Hand, um genau zu sein. Doch nun sah sie die Vertreter dieser Unterart mit eigenen Augen – sofern Cains Behauptung denn zutraf.

„Wo kommen die plötzlich her?", wunderte sich Grace.

„Wir wissen nicht genau, warum, aber bis gestern fristeten sie ihr Dasein versteckt in den Wäldern zum Osten."

Die Fahrbahn ging schon seit etlichen Meilen schnurgeradeaus.

Grace aktivierte den Tempomaten und schloss die Augen. Jetzt spürte sie die nahende Präsenz der Biester. Noch war sie nicht in der Lage, Trife zu kommandieren – das blieb vorerst Cain überlassen.

Allmählich wurde der Tanklaster langsamer und kam schließlich zum Stehen. Der dunkle Strich am Horizont verwandelte sich zusehends in einen pechschwarzen Teppich

– der immer schneller über die weite, leere Ebene und augenscheinlich genau frontal auf den Tanklaster zugerollt kam…

Das Tempo war beachtlich.

Diese Trife waren deutlich athletischer gebaut und sprinteten und sprangen, als wären sie allesamt olympische Hürdenläufer!

Der Teppich näherte sich rasant… vielleicht zu rasant…

Da erbebte die Erde.

Aber es war nicht das kontinuierlich stärker werdende Zittern des Bodens unter den zwei Hundertschaften sprintender Trife-Füße. Etwas Anderes verursachte das Beben…

…und die Trife schienen…

…davor zu fliehen?

„Das gefällt mir ganz und gar nicht…", raunte Grace mit gebanntem Blick auf die nahende Horde.

„Mir auch nicht…", erwiderte Cain das Sentiment

– und im nächsten Moment tauchte der Tanklastwagen frontal und dann der ganzen Länge nach in den Trife-Teppich ein.

Es war eine Stampede!

Mit weltrekordverdächtigen Weitsprüngen und unter heftigen Trommelschlägen zogen die Lackledernen um und über Motorhaube, Kabine und Tankanhänger hinweg!

Einer der zahlreichen Schläge hinterließ prompt einen Krater auf der Windschutzscheibe, sodass sich Grace vor Schreck wegduckte.

Cain hingegen öffnete furchtlos die Fahrertür und lehnte sich hinaus, den Blick gen Horizont – als erneut die Erde bebte, und noch heftiger als zuvor!

Auch Grace sah erneut zum Horizont.

Da sah sie es!

Dort, wo eigentlich die Morgensonne aufsteigen sollte, ging am Horizont allmählich eine schiefrunde schwarze Scheibe auf. Sie stieg höher und höher und zog sich dabei scheinbar in die Länge und wurde gleichzeitig breiter.

„Was zur Hölle…?", grollte Grace.

Was dort am Horizont erschien, war ein gigantischer, pechschwarzer Kopf…! Gefolgt von einem Hals und zwei noch gigantischeren Schultern…!

Die Erde erbebte abermals.

Es waren die Schritte eines mehr als haushohen Giganten!

Cain zog sich wieder ans Steuer zurück und warf den Motor an.

„Cain!?", rief Grace entsetzt.

„Wie's ausschaut, haben wir heute die Ehre gleich zweier seltener Sichtungen unserer zugewanderten Fauna…"

„Cain… was… ist das für ein Ding?!"

Die Erde erbebte abermals, und die riesige Gestalt – nunmehr von der augenscheinlichen Größe eines zehnstöckigen Hochhauses – offenbarte die Statur eines schwerfällig vor sich hinstapfenden Manns… oder vielleicht treffender: eines Golems.

„Ehrlich gesagt, habe ich bis eben gerade nicht geglaubt, dass es sie wirklich gibt!", räumte Cain ein.

„Dass es wen oder was gibt, verdammt!?"

„Goliaths, Grace!"

Da fiel es ihr wie Schuppen von den zweifelnden Augen:

Auch sie hatte schon von diesen fast mythischen Kreaturen gehört und das Ganze ebenso den Ammenmärchen zugeordnet. Selbst jetzt, da sie es mit eigenen Augen sah, erschien es ihr absolut unwirklich.

„Sie fressen Trife…", gab Cain erläuternd hinterher.

„…und zerstampfen Tanklastwagen, wenn wir nicht aufpassen! Wie wär's mit Gas geben?!"

„Ist nicht so leicht…", schlug Cain das Lenkrad ein und trat ins Pedal – worauf der Tanklastwagen heftig ins Holpern geriet.

„Aus dem Weg!", zog Cain das Signalhorn – ohne nennenswerten Effekt.

Etliche der Trife schienen um, auf und unter dem Fahrzeug Schutz zu suchen. Grace wollte sogar schwören, dass sie in deren gelb funkelnden Schlangenaugen so etwas wie Verzweiflung sah...

Langsam... allzu langsam... setzte sich der Tanklastwagen querfeldein in Bewegung – während der massive, schiffscontainergroße und von allerlei Gestrüpp und Gerank umwucherte Fuß des Goliaths mit einem Siebenmeilenschritt näherkam und schließlich nur noch in wenigen Metern Entfernung mit einem gewaltigen Wumms in den Prärieboden hinabfuhr!

Aus zahlreichen kleinen Wunden seiner asphaltartig anmutenden Haut liefen Rinnsale pechschwarzer, öliger Flüssigkeit. Sein allzu menschliches Antlitz schien traurig und getrieben – fast wie eine riesige, zum Leben erweckte Skulptur des leidenden Christus auf dem Kreuzweg. Ein durch und durch verwünscht wirkendes, fast mitleiderregendes und gleichzeitig auf stoische Weise erhaben anmutendes Ungetüm also – wie es Grace vorkam.

Endlich schien der Tanklastwagen allmählich die Kurve zu kriegen. Doch kaum, dass er dem nahenden Riesen aus dem Weg gefahren war... änderte derselbe seine Route – wieder direkt auf den Tanklaster zu!

„Shit... der Kleine ist auf uns neugierig geworden!", zischte Cain und schlug abermals das Lenkrad ein.

Das zusätzliche Gewicht der anhänglichen Trife machte den vollgetankten Tanklastwagen noch träger als ohnehin schon.

Es nutzte nichts!

„Er... es verfolgt uns!", rief Grace, während Cain der Schweiß von der Stirn perlte. „Bist du dir sicher, dass die Goliaths nur Trife fressen?!"

„Erstens: nein. Zweitens: Genau das ist vielleicht das Problem!", knurrte Cain.

Erneut schlug er das Lenkrad ein – und gleich wieder,

sodass der gesamte Tanklastwagen bedrohlich ins Wanken kam.

„Was zum Teufel tust du?!", fuhr Grace ihn an.

„Ich versuche, Ballast abzuwerfen!"

„Lass uns einfach aussteigen und fortlaufen! Soll der Goliath sein Spielzeug haben!"

„Er will kein Spielzeug! Er will zu fressen!"

Ein weiterer gewaltiger Wumms ließ die Fahrerkabine erzittern – viel zu nah…!

Besorgt stierte Grace in den Rückspiegel.

Cain versuchte Fahrt zu gewinnen.

Noch ein bisschen…

Da schlug er abermals das Lenkrad ein…

…und mit einem scheppernden Quietschen und Knirschen geriet der Tankanhänger derart stark ins Wanken, dass ein gutes Dutzend der Lacklederne herabpurzelten beziehungsweise absprangen, da sich ihre Mitfahrgelegenheit als zu wankelmütig erwies.

Ein verfrühter Wumms stieg durch den Boden in die Fahrerkabine auf.

War der Goliath etwa stehen geblieben?

Mit bangem Entsetzen blickte Grace erneut in den Rückspiegel… und sah die riesige, knorrige Hand des Giganten genau auf den Tanklastwagen zukommen!

In Gedanken sah sie schon, wie der Riese den Tanklastwagen packen und durchschütteln würde wie einen Spielzeug-LKW… um diesen im nächsten Moment zu zermalmen oder im hohen Bogen von sich zu werfen…

Doch packte die Hand stattdessen gleich vier oder fünf der unglückseligen Trife – die sich mit lautem Kreischen und vergeblichen Klauenhieben dagegen zu wehren versuchten – und stopfte sie ohne großen Umweg in den grotesken, mit viel zu vielen stiftartigen Zähnen bewehrten Mund… der die lacklederne Körper sogleich mit zweifelhaft anmutendem Genuss zu zermalmen begann…

„Hab' ich doch gesagt!", lachte Cain, und mit einem erleichterten Seufzen sank Grace in den Sitz zurück.

„Gibt es noch mehr von diesen Kerlen hier?"

„Schiss, was?", höhnte Cain.

„Na, du etwa nicht? "

„Näh. Shurrath ist mit mir!"

– womit der Tanklastwagen wieder auf die Straße zurückkehrte und der Goliath hinter ihnen allmählich hinter dem Horizont verschwand.

KAPITEL 40

Es war der schönste Sonnenuntergang, den Duke je gesehen hatte.

Und es war die schönste Skyline, die ein Sonnenuntergang je in Orange und Blauviolett tauchen durfte.

Denn es war SEINE Skyline: die Skyline Saniscos.

Zuhause!

Endlich würde er wieder mit seiner kleinen Familie zusammen am Frühstückstisch sitzen können. Wie lange hatte er diesen Augenblick herbeigesehnt?

Seine Mission war unvollendet geblieben – das musste, das wollte er beiseite streichen. Zumindest für ein paar Tage. Auch, um Kraft zu tanken.

Falls er überhaupt Gelegenheit dazu finden würde. Schließlich war er nicht vorzeitig zurückgekommen, um zu entspannen, sondern um eine terroristische Bedrohung abzuwenden.

Spätestens, wenn dies geschehen war, würde er sich eine Auszeit gönnen – versprach er sich… wieder einmal.

Ein spezieller Esel, der sich die Möhre selbst vor die Nüstern hing…

„Woah...", sah Rain aus der Ausstiegsluke und ließ sich den Flugwind durch die seidig schwarzen Haare pusten.

Lachend winkte sie den Passanten am Boden zurück, die das Fluggerät des Sheriffs und seiner Ranger freilich sofort erkannten. Auch Duke ließ sich nicht lumpen und winkte herzlich.

Die Menschen in Sanisco führten ein Leben in Freiheit: Nicht nur vor den Trife, sondern vor der despotischen Willkür dahergelaufener Kleintyrannen. Und vor allem: vor Hunger und Elend.

Duke und Natalias oberstes Ziel war es, alles in ihrer Macht Stehende zu tun, um diese Insel der Glückseligen nicht nur fortbestehen, sondern weiter wachsen zu lassen – auf dass sie irgendwann wieder von Küste zu Küste reiche!

„Ich erinnere mich gut an meinen ersten Besuch in dieser Stadt...", gab Isaac zu Protokoll, während er sich melancholisch mit der Schulter ans Bordfenster lehnte.

„Du warst schon mal in Sanisco??", gewann er augenblicklich Natalias volle Aufmerksamkeit.

„Er meint vor zweihundert Jahren!", spöttelte Rain.

„Jep. Als man die Stadt noch ‚San Francisco' nannte."

Dies fachte Natalias Interesse nur weiter an!

„Erzähl!", stolperte sie hastig auf ihn zu, um ihn regelrecht zu beknien.

„Was soll ich sagen? Es ist verrückt... Die ganzen Gebäude da draußen... die waren alle schon da... bloß alles noch komplett intakt und blitzeblank poliert..."

„Wow...", sah ihn Natalia mit großen Augen an.

Dann rasch zu Duke:

„Purzel, sag mal, ist dir eigentlich klar, was für eine wandelnde historische Schatzkammer dieser junge Mann hier darstellt?"

„Hm...?", brummte Duke nur und versank wieder in seinen Gedanken.

Wieder zu Isaac:

„Erzähl weiter, bitte!"

„Also… tja… Also, die Straßen waren viel voller und lebendiger als jetzt, und es gab viel mehr Läden und andere Geschäfte. Allerdings gab es auch eine Menge Obdachlose und Asoziale – von denen habe ich hier bisher nichts entdeckt."

Natalia war gleichermaßen angetan, fasziniert und auch ein wenig ernüchtert – darüber, dass Sanisco offenbar noch immer allzu deutlich hinter dem vergangenen Glanz des San Franciscos von einst zurückblieb.

„Das da unten zum Beispiel war mal ein Buckstars!", deutete Isaac auf ein vernageltes Ladenlokal, dessen Fassade ihr ursprüngliches Grün nur noch erahnen ließ.

„Was für ein Backwarenladen?"

„Ein Buckstars… die beliebteste Café-Kette der Nation! Ihr habt doch Kaffee hier, Duke?"

„Hm?", wurde Duke aus seinen Gedanken gerissen. „Kaffee? Aber sicher! Bist aber der erste, der mir begegnet, der Wert darauf legt."

„Kaffee ist widerlich!", rief Rain. „Diese bittere schwarze Brühe war damals beliebt?"

„Nun…", kam Isaac ein wenig ins Drucksen, „…ich schätze mal, der Kaffee damals war schon noch ein bisschen anders als eure ,bittere schwarze Brühe'."

„Vielleicht kannst du uns ja mal ein paar Rezepte verraten?", schlug Natalia vor.

„Ein Barista bin ich nicht gerade, aber ich schätze, ich kann's versuchen…", fasste sich Isaac verlegen an den Hinterkopf und sah wieder aus dem Bordfenster hinab.

„Und das dort war mal ein feines französisches Restaurant!", deutete er auf eine weitere vernagelte Ladenfront. „Ich hatte Amanda dorthin ausgeführt. Das war kurz nach unserer Heirat…"

Mit einem Mal füllte Schwermut Isaacs Blick.

„Hey…", schloss sich Duke der Runde an und legte Isaac

die Hand auf die Schulter. „Mit deiner Hilfe werden wir der Stadt leichter wieder zu ihrem alten Glanz verhelfen. Und wir werden unser Bestes tun, damit du dich wieder wie zu Hause fühlst!", gelobte er feierlich.

„Danke, Hayden… Danke, Missus Duke, Ma'am."

„Natalia.", bot sie Isaac lächelnd ihren Vornamen an.

Inzwischen hatte der Kopter zur Landung angesetzt – genau dort, wo er vor weniger als vierundzwanzig Stunden abgeflogen war.

„Latos, halte mir die Ranger startklar!", wies Duke an. „Ich rechne nicht mit einem allzu langen Aufenthalt."

„Pozz!", nickte die Oberrangerin stramm.

„Lass uns mal schauen, was der Speicherstick macht…", schlug Natalia ihrem Mann vor. „Und dann geben wir dir eine neue Hand!"

Duke stieß ein schwermütiges Grummeln aus.

Die rechte Roboterhand, die er auf dieser Mission verloren hatte, war das Erbstück eines guten Freunds, dem er im entscheidenden Augenblick nicht mehr hatte helfen können. Eine solche Roboterhand ließ sich nicht einfach so ersetzen. Immerhin hatte sie durch ihre Zerstörung Leben gerettet – eine Ehrung, die sicherlich ganz im Sinne ihres vorigen Trägers war…

Als Duke, Natalia und Gefährten aus dem Kopter ausstiegen, lief Rain gleich voran und verbog sich fast den Hals:

„Ich habe noch nie so hohe Gebäude gesehen!"

„Der Tower misst zirka dreihundert Meter.", konstatierte Natalia.

„Ich möchte ganz nach oben!", leuchteten Rains Augen.

Doch musste Natalia sie vertrösten:

„Das… geht zurzeit leider nicht. In der obersten Etage finden gerade… äh… Renovierungsarbeiten statt."

„Oh. Wie schade…"

An der Treppe zum Haupteingang des Towers ging Duke

voran. Deputy Salino trat heraus und kam der Gruppe entgegen.

„Sheriff Duke!", rief er, in sichtlich guter Stimmung. „Schön, dass Sie wieder bei uns sind!"

„Danke, Paul. Bin froh, dich wiederzusehen.", erwiderte Duke. „Alles im grünen Bereich?"

„Grün mit pinken Sternen, Sheriff. Zumindest für den Moment. Deputy Kisha hat alle Hände voll mit der Mobilisierung der Abwehr zu tun und hat mich vorgeschickt, um Sie zu empfangen. Falls es irgendetwas gibt, das Sie brauchen..."

Einen Moment lang hielt Duke inne – dann:

„Wo du schon fragst: Ja, da gibt es etwas. Wir gehen hinab ins Botter-Lab, um meinen Arm zu reparieren. Kannst du Ginny und Hallia vorbeibringen?"

„Geht klar, Sheriff!", nickte der Deputy mit einem breiten Schmunzeln und machte sich daran, die Stufen wieder hinaufzulaufen.

„Noch etwas, Deputy!", rief Duke ihm hinterher, sodass er stehenblieb.

„Ja, Sheriff?"

„Meinst du, du kriegst einen neuen Sheriff-Hut für mich organisiert?"

Salino grinste:

„Werde alle Räder in Bewegung setzen, Sheriff!"

Als sie den marmorierten Eingangsbereich betraten, war Salino bereits irgendwo im Gebäude verschwunden. Rain konnte sich weiterhin kaum sattsehen, bestaunte mal dieses mal jenes, betatschte den Marmor und die Plastikpflanzen. Auch die Beleuchtung entging ihrer Aufmerksamkeit nicht.

„Und die ganze Stadt hat Strom?", fragte sie schließlich.

„So ist es.", antwortete Natalia und erläuterte:

„Unweit der Stadtgrenze, Richtung Sanose liegt ein alter Reaktor, den wir wieder in Gang gebracht haben, und der jetzt beide Städte versorgt."

„Kennt ihr euch denn mit sowas aus? Reaktoren und so?"

„Nat ist Ingenieurin.", brachte Duke sich ein. „Sollte sie mal nicht wissen, wie etwas funktioniert, findet sie's heraus. Außerdem erhielt sie auch ein bisschen Unterstützung von oben – in Form von Lastverteilern und anderen Komponenten."

Selbst der Fahrstuhl brachte Rain sichtlich ins Staunen.

„Sag' bloß, du hast noch nie einen Fahrstuhl gesehen!", schloss sich Isaac dem Staunen an – wenn auch aus einem ganz anderen Grund. „Die müssen in Howl doch Fahrstühle gehabt haben!", meldete er Zweifel an.

„Falls sie welche hatten, dann haben sie die nie benutzt!", gab Rain zurück.

Duke betrat die Fahrstuhlkabine als Letzter und betätigte die Taste für die zweite Tiefebene.

Dort angekommen, übernahm Natalia die Führung und brachte die Gruppe zu einem der zahlreichen alten Computer, der emsig daran werkelte, das Passwort des Speichersticks zu knacken. Die übrigen Ingenieure begrüßten die Ankömmlinge mit gewohnt dezentem Nicken und wandten sich umgehend wieder ihren Arbeiten zu. Es dauerte nicht lange, bis Rain wieder umherwuselte wie ein Kind im Süßwarenladen…

„Diese ganzen alten Computer!", lief sie staunend von einem zum anderen.

„Lutz?", rief Natalia nach dem Ingenieur.

Einen Moment später kam aus einigen Metern Entfernung die Antwort.

„Gouverneurin, Ma'am! Sie sind zurück!", schritt der Ingenieur hinter einigen Regalen hervor und schob ein stiftförmiges Objekt zurück in die Brusttasche seines karolinierten Hemds.

„Sheriff Duke, Sie auch? Wie wunderbar!"

Duke grüßte mit einem freundlichen Grummeln zurück.

„Irgendwelche kryptografischen Fortschritte?", kam Natalia auf den Punkt.

Leicht resignierend schüttelte Lutz den Kopf:

„Leider nein, Gouverneurin, Ma'am."

„Tja, Purzel. Die Leute richten sich immer dann ein starkes Passwort ein, wenn man's am wenigsten braucht.", konnte Natalia nur mit den Schultern zucken. Doch Duke hatte eine Idee:

„Warum lassen wir nicht mal unseren Spezi ran? Max!"

„ANWESEND!", trat der Axon im Menschenkörper zur Stelle – doch Natalia zerrte Duke gleich zur Seite.

„Einen Moment, Max…", entschuldigte sich Duke, und Max sah ihm gewohnt ausdruckslos hinterher.

„Glaubst du wirklich, das ist eine gute Idee?", flüsterte Natalia ihrem Gatten eindringlich zu.

„Wie meinst du das?"

„Er ist doch einer von den ‚Anderen'…"

Duke warf einen flüchtigen Blick zurück.

Max stand nur teilnahmslos da und sah in die Gegend – doch Duke musste sich in Erinnerung rufen, dass der Axon im Menschenkörper, so kauzig und tölpelhaft er auch wirken mochte, noch immer ‚der Feind' war, der lediglich ein temporäres Zweckbündnis mit Duke und seinen Gefährten eingegangen war.

„Du hast rech–", drehte er sich zu Natalia zurück… deren Augenbrauen plötzlich hochfuhren, da sie ihrerseits zu Max hinüber sah.

Duke sah abermals zurück:

Ingenieur Lutz war an Max herangetreten und hatte angefangen, sich rege mit diesem auszutauschen.

„Schon gut, Lutz! Gib unseren Gast Zeit, sich erst einmal zu akklimatisieren. Das Passwort kann warten!", ging Duke eilig dazwischen.

„Aber…?", wollte Lutz zaghaften Protest anmelden.

„Das Passwort kann warten!", unterstrich Natalia.

„Selbstverständlich, Gouverneurin, Ma'am.", lenkte Lutz ein und senkte entschuldigend den Kopf.

Max sah nur weiter ausdruckslos in die Gegend.

Damit führte Natalia die Gruppe weiter über ein leerstehendes Feld aufgezeichneter Parkplätze zur weiter hinten in der Tiefebene gelegenen Botterwerkstatt – wobei der Begriff fast schon übertrieben schien. Es handelte sich um einen zur Patientenliege umfunktionierten Liegestuhl neben einem runden Metalltisch, auf dem ein Klappcomputer samt butterdosengroßem Interface-Kästchen ruhte. An der Wand dahinter stand eine Reihe wohlgeordneter einheitlicher Pappkisten, in denen sich offenbar die Prothesen und das relevante Zubehör befanden.

Die Territorien betrieben regen Tauschhandel mit Siedlern, die solche Prothesen überhatten. Die eiserne Regel war, dass die Prothesen keinem noch Lebenden entwendet oder ‚freiwillig‘ von einem solchen abgegeben worden sein durften. Ansonsten stellte man nicht viele Fragen. War eine Prothese ab, war sie ab, und es schien sinnvoller, sie rasch einem neuen Besitzer zuzuführen, als sich damit aufzuhalten, eine eventuell doch unlautere Entwendung aufzuklären.

Dukes überdimensionierter rechter Roboterarm war eines der ersten Modelle unter Nutzung der neuen Neuralschnittstellentechnologie gewesen, die kurz vor der Trife-Invasion aufgekommen und seit dem Ende des Kriegs nur noch auf Proxima weiterentwickelt worden war. Wie in manch anderen technologischen Sparten bot die vergleichsweise Primitivität dieser frühen Modelle auch ihre Vorteile: Sie waren leichter zu warten und zu reparieren und waren für den grobschlächtigeren Einsatz etwa in der Industrie oder auf dem Schlachtfeld ausgelegt – im Unterschied zu den späteren Modellen, die mehr und mehr darauf abzielten, unter Beibehaltung der offensichtlichen Vorteile einer robotischen Prothese den biologischen Arm zu imitieren, wie es etwa bei Dukes linkem Roboterarm der Fall war. Nachteile waren der höhere Energieverbrauch, die deutlich geringere Präzision sowohl in der Motorik wie der Sensorik sowie die offensichtlichen ästhetischen Abstriche. So waren die nicht nur überdimensionierten Arme mit ihren vielen metallenen Ecken und Kanten beispielsweise kaum mit dem Vorhandensein von Ärmeln zu vereinbaren.

„Eine passende Hand desselben Modells wäre super…", gab Duke seinen Wunsch zu Protokoll.

Natalia warf den Klappcomputer auf dem Metalltisch an:

„Lass mich im Katalog nachschauen, dann wissen wir's gleich…"

„Und das? Was ist das?" deutete Rain auf ein kurioses Konstrukt, das vor einer der umstehenden Tiefgaragenmauern aufgebaut war.

Es handelte sich um ein überaus provisorisch wirkendes Metallgestell, in dessen Mitte ein drehbarer Hocker platziert war, über dem wiederum an einem dicken Kabelstrang herab eine mit Elektroden bespickte Kappe baumelte. Der Kabelstrang endete in einem etwa schuhkartongroßen Kasten, der wiederum an einen Computerterminal angeschlossen war.

„Unsere Steuerungsschnittstelle.", erklärte Duke lapidar.

„Sowas wie Telekinese?", besah Rain die kuriose Kappe von allen Seiten, ohne sie zu berühren.

„Äh… so in etwa…", war Duke ein wenig überrascht, wie rasch Rain der Sache auf den Grund gegangen war.

„Unsere Steuerungsschnittstelle für Goliaths.", ergänzte Natalia. „Genauer gesagt: für unseren Goliath."

„‚Goliath'? Sowas wie ein Butcher?"

„Besser!", schmunzelte Duke. „Man muss ihn mit eigenen Augen gesehen haben…"

„Sorry, Purzel: keine Übereinstimmung.", fasste Natalia das Ergebnis der katalogischen Suche zusammen. „Wir müssen den ganzen Arm auswechseln. Und ich fürchte: auch den Steuerungsring."

Duke ächzte – denn das Anlegen beziehungsweise Austauschen des Steuerungsrings war der schmerzhafteste und invasivste Teil der Prozedur.

„Was muss, muss.", seufzte er mit einem resignierenden Grummeln.

„Sheriff!", schallte es ihm da aus Richtung des Fahrstuhls entgegen.

Er kannte diese junge Stimme – wenn auch erst seit kurzem…

Er drehte sich zu ihr um:

Die kleine Ginny aus Dego!

Und auf ihren Armen trug sie Hallia!

Augenblicklich stieg Dukes Stimmung wieder in lichte Wolkenhöhen…

„Sie will sie gar nicht mehr hergeben, Sheriff!", kam Deputy Salino sichtlich erheitert hinterher.

„Ginny… Hallia…", ging Duke freudestrahlend in die Knie und bot der jungen Frau mit dem Kleinkind eine einarmige Umarmung an – die sie ebenso freudestrahlend annahm.

„Nat hat mir alles erzählt! Ohne deinen mutigen Einsatz, junge Lady, würde ich jetzt wohl in irgendeiner Zelle schmoren, statt mich um den Schutz der Territorien vor den Shurrath-Terroristen kümmern zu können!"

„Es war so schrecklich, Sheriff!", gab Ginny ihr Bestes, tapfer zu bleiben.

„Danke, Ginny…", nahm Natalia ihre kleine Tochter an sich – die Ginny nur mit mühsam verhohlenem Widerwillen aus den Händen gab.

Duke strich Ginny die Haare aus dem Gesicht und nickte brummend:

„Ich werde alles dafür tun, dass die Terroristen ihre gerechte Strafe erhalten – darauf mein Ehrenwort!"

„Du musst aufpassen, Sheriff!", wurde Ginny sichtlich aufgeregt. „Das sind keine normalen Menschen! Sie haben Riesenkräfte… und die Trife gehorchen ihnen!"

„Du hast ganz Recht, Ginny: Es sind keine normalen Menschen. Ich weiß, was sie sind… und wie man sie besiegt."

„Wirklich?", sah sie hoffnungsvoll zu ihm auf.

Vorsichtig zog er den geholsterten Zeremonienspeer hervor.

„Kommt dir das hier bekannt vor?"

„Das... das gehört doch Ronin!", rief Ginny mit einer Mischung aus Überraschung und Entsetzen.

„So?"

„Ja! Sie hatte das bei sich, im Saloon damals! Ich erkenne den Griff ganz genau!"

„Was, wenn diese Ronin ursprünglich eine Khoronenjägerin war?", rieb sich Isaac nachdenklich das Kinn:

„Das würde sich mit dem decken, was Ginny uns über die augenscheinliche Verhaltensänderung der Frau erzählt hat."

Duke nickte zustimmend – dann wieder zu Ginny:

„Die Ursache, weshalb diese Ronin und ihr Komplize solche Kräfte haben, liegt in einer Art von außerirdischen Parasiten, welche die Kontrolle über die Körper der beiden übernommen haben. Mit dieser Klinge hier kann man die Parasiten töten. Das hatte wohl auch Ronin tun wollen... bis sie selbst einem der Parasiten anheimgefallen ist."

„Oh...", wurde nun auch Ginny nachdenklich:

„Wenn das so ist... wieso hat sie mich dann verschont?"

„Sie hat dich verschont? Wann und wo war das?", hakte Duke gleich nach.

„Als sie alle anderen in Dego umgebracht haben! Und als ich das Motorrad gestoh– äh... ausgeliehen habe, da hat sie mich verfehlt, obwohl sie mich eigentlich locker hätte treffen können!"

„Sie kämpft dagegen an...", meldete sich Rain zu Wort. „Ich weiß, wie das ist, denn ich selbst stand eine Zeit lang unter der Kontrolle der Parasiten!", deutete sie auf die Narbe an ihrem Nacken.

Mit einem Mal fuhr Isaac zusammen – so als sei ihm gerade etwas Wichtiges eingefallen.

Er nahm sich Jasons Backpack von den Schultern, öffnete

den Reißverschluss und fuhr bis zum Ellenbogen hinein, um offenbar etwas ganz unten vom Boden des Backpacks aufzulesen. Nach einigem Herumkramen zog er schließlich einen Speicherstick hervor – nicht unähnlich jenem konfiszierten Speicherstick in Natalias Obhut.

„Das sind Aufzeichnungen von Dugway, die ich dort kurz nach meinem Erwachen abgespeichert habe, ehe in der Basis endgültig der Strom ausging.", hielt Isaac den Speicherstick Natalia entgegen.

„Genauer gesagt, handelt es sich um heruntergeladene Aufnahmen der dortigen Sicherheitskameras. Ich habe sie noch nicht auswerten können, aber ich glaube, sie könnten uns weiteren Aufschluss geben über all das, was hier gerade vor sich geht."

„Wenn du mal halten magst…?", pflückte Natalia ihm den Speicherstick aus den Fingern und hielt ihm dafür Hallia entgegen – die mit neugierigen rehbraunen Kulleraugen um sich sah.

Natalias Reaktion erwischte Isaac kalt:

„D-darf ich?", schien etwas in dem gestandenen USSF-Feldwebel dahinzuschmelzen.

„Sonst würde ich nicht fragen…", lächelte Natalia ermutigend und überreichte das glucksende Kind dem Marine.

„Hi Hallia!", rief dieser mit sanft bebender Stimme – und nun schien auch Rain von dem Anblick der beiden dahinzuschmelzen.

„Hilfst du deiner Mami bei der Arbeit, hm?", versuchte sich der Feldwebel in Baby-Talk.

„DADA!", platzte es plötzlich aus Hallia heraus.

Isaac kam nur noch ins Drucksen…

„Nein, das da ist ‚Dada'!", lenkte er ihren Blick auf Duke, der sie bis über beide Ohren angrinste.

„Ich bin Onkel Ike!"

„‚Onkel Ike'!", lachte Rain mit glasigen Augen.

„Also dann…", ging Natalia kurzerhand zurück an den

Botter-Laptop und steckte den Speicherstick dort ein. Und nach ein paar Sekunden:

„Hier sind die Aufnahmen… Wonach genau suchen wir?"

„Sortiere nach Datum und… hm… geh die Clips von vor zirka zehn Jahren durch.", kam Isaac mit Hallia hinzu.

Natalia tat wie erboten, während Isaac ihr über die Schulter schaute.

Eine nach Datum geordnete Liste von Vorschaubildern erschien.

Die meisten davon zeigten durch die verlassene unterirdische Geheimbasis von Dugway streunende Trife – oder bloß leere Räume und Korridore.

Dann aber…

„Da! Das ist sie!"

Natalia ließ die betreffende Aufnahme laden.

Eine junge Frau mit blonder Stoppelfrisur war zu sehen.

„Schau mal weiter, ob ihr Gesicht auf einer der anderen Aufnahmen besser zu sehen ist!"

„Hier…", wurde Natalia schnell fündig.

„Ginny, kannst du mal schauen, bitte?", rief Isaac das Mädchen zu sich, und auch Duke schloss sich nun an.

„Diese Frau… erkennst du sie?"

Ginny neigte den Kopf zur Seite.

„Ja… die schaut genau aus wie Ronin! Aber wieso hat sie den Kopf geschoren?"

„Grace Salk…", murmelte Isaac.

Dann zu Duke:

„Ronin ist Grace Salk, Hayden! Tochter von USSF-Marine-Major Cyrus Salk – der Mörder meines Sohns!"

„Pozz-tausend…", näherte sich Duke dem Bildschirm, um einen genaueren Blick zu ergattern.

„Es stimmt also…", fuhr Isaac fort. „Miss Salk war eine Khoronenjägerin – denn ihr Vater war höchstwahrscheinlich Patient Null der Khoroneninvasion! Sie weiß vermutlich mehr über Shurrath und die Relyeh als jeder andere noch lebende Mensch!"

„Und sicherlich weiß sie das Passwort zu ihrem Speicherstick!", schlug sich Natalia mit der Faust auf die flache Hand.

„Und jetzt ist sie eine Massenmörderin, die auf der falschen Seite kämpft…", grummelte Duke.

„Sie kann nichts dafür, Hayden!", nahm Isaac Grace Salk in Schutz. „Ich garantiere dir, dass sie nicht freiwillig übergewechselt ist. Genauso wie Rain nichts dafür konnte. Wir haben Rain retten können – dann können wir vielleicht auch Grace Salk retten!"

Duke nickte – dann zu Deputy Salino:

„Paul, sei so gut und weise Rain und Isaac je ein Gastquartier zu. Bring ihnen je einen Stapel frischer Klamotten und zeig ihnen die Duschen."

„Pozz!", nickte der Deputy.

Dann zu Ginny:

„Wie ich höre, bist du Hallia ein wirklich guter Babysitter. Würde es dir etwas ausmachen, eine Weile weiter auf sie aufzupassen?"

„Ganz und gar nicht!", antwortete Ginny mit leuchtenden Augen und nahm Hallia Isaac aus den Armen.

„DRINGENDE ANFRAGE: WO IST SHURRATH?", meldete sich Max zu Wort und trat Duke unangenehm nah vors Gesicht.

„Ja ja… zu dem kommen wir noch, Max. Versprochen ist versprochen."

„UNZUREICHENDE PRÄMISSE: JEDER MENSCH KANN SICH MAL VERSPRECHEN!"

Isaac lachte:

„Unser Maxerl kann ja auch Humor!"

Max aber gab ihm einen Blick zurück, der sogar noch ausdrucksloser schien als sonst…

„Bleib einfach hier, starr in die Luft und plane weiter an der Weltherrschaft, okay? Du hast hier schon zwanzig Ens auf die Relyeh gewartet. Ein paar Stunden wirst du ja wohl noch Däumchen drehen können.", spöttelte Isaac… worauf Max den Kopf senkte und angestrengt seine beiden Tentakelhände besah. Seufzend trat Isaac an ihn heran und zeigte ihm, wie man Däumchen dreht…

Mit einem dezenten Kopfschütteln sah Duke einen Moment flehend zur Decke hinauf und ging dann zum Gestell mit den Pappkisten hinüber. Gezielt zog er dort eine der Kisten heraus… und holte prompt eine noch versiegelte Flasche Whiskey hervor – mit welcher er zur Patientenliege weiterging, um mit einem Schnaufer der Erleichterung darauf Platz zu nehmen.

„Paul, jetzt schaff' mir endlich die Leute nach oben! Hier unten wird's gleich ein bisschen derb…"

KAPITEL 41

Als sich der warme Dunst zu verziehen begann und das flauschige, duftige Frottee seine Haut berührte, fühlte sich Isaac wie wiedergeboren.

Er band sich das blassrosa Handtuch um die Taille und verließ die Nasszelle, um sich mit einem wohligen Ächzen auf das mit einem Futon gepolsterte Feldbett fallen zu lassen. Ein Stapel schlichter, aber ebenso duftiger frischer Unterwäsche nebst Jogginghose und T-Shirt wartete hier bereits auf ihn. Mit der Routine eines USSF-Marines schlüpfte er im Handumdrehen hinein und fühlte sich endlich wieder wie ein ganzer Mensch.

Sanisco war eine Stadt wie keine andere, die er je erlebt hatte. Einerseits waren auch hier, wie überall auf dieser vergessenen Erde, die Spuren von zwei Jahrhunderten der Postapokalypse offenkundig. Andererseits steckte in allem, was die Menschen hier taten und sich einrichteten, ein hell-leuchtendes Licht des Optimismus... oder eines Savoir-Vivre.

‚Wie man sich bettet, so liegt man.‘ – lautete das Bonmot, an das Isaac dabei immer wieder denken musste. Ein deutlicher Kontrast zur allenthalben spürbaren Raubtier- und Räubermentalität an Orten wie Howl.

Die Menschen hier genossen das Leben nicht aus Zynismus. Sie waren entspannter, zuversichtlicher. Resolut, aber nicht unter Hochspannung. Fleißig und ordnungsliebend, aber nicht engstirnig oder unbarmherzig. Man sah es in den Gesichtern der Menschen. In den Gesichtern der Deputys. Man hörte es in ihren Stimmen…

Und Isaac spürte, dass es auf ihn abzufärben begann – vor allem, als er die kleine Hallia in den Armen hielt: ein Moment der Katharsis.

So viele Erinnerungen waren in ihm hochgekommen… aber sie waren nicht schmerzlich. Nicht länger schien die Verlusterfahrung im Vordergrund zu stehen, sondern der Beweis, dass diese Glücksmomente möglich waren und stattfanden. Aus der Trauer um das halbleere Glas wurde die Freude über das halbvolle. Es lag wohl am Gefühl des Aufgehobenseins, in einer starken Gemeinschaft…

Vor seinem Tiefschlaf hatte Isaac mit Neid auf glückliche kleine Familien wie die Dukes geschaut. Jetzt freute er sich nur für sie, und war dankbar dafür, ein Stück weit am Familienglück teilhaben zu können – und wenn bloß als ‚Onkel Ike'.

Er war kaum einen Tag hier… aber das, was er hier fühlte, hatte er schon lange nicht mehr gefühlt. Es fühlte sich an wie… zu Hause.

Konnte das sein?

Oder war hier bloß der Wunsch der Vater des Gedankens?

Vielleicht war Isaac auch bloß ein Narr, der sein Glück stets in Frage stellte…

Aber natürlich: Zumindest einen Wermutstropfen gab es bereits.

Die Diagnose seitens Doktor Stern hing über allem wie ein Damoklesschwert. Ein Hirntumor?

Isaac hatte keine Beschwerden. Wie bösartig war der Tumor?

So, wie sein Leben bisher verlaufen war, konnte Isaac sich bereits ausmalen, dass sich sein Zustand wahrscheinlich morgen schon plötzlich verschlechtern würde, und dass sich herausstellen würde, dass er nur noch zwei Monate zu leben hätte. Ein passender Abschluss!

Isaac sah in den kleinen Spiegel über der Ablage. Immerhin würde man ihm die Chemotherapie kaum ansehen – spöttelte er in Gedanken.

Die Einrichtung des Gastquartiers war spärlich und doch um Wohnlichkeit bemüht. Ein alter Sessel mit einem offenbar selbstgeschreinerten Sesseltischchen bildete den ‚Wohnbereich'. Auf dem Tischchen stand der Arbeitslaptop, um den Isaac Deputy Salino gebeten hatte.

Isaac setzte sich auf den alten Sessel und zog das Tischchen mit dem Laptop vor sich. Den Speicherstick hatte er bereits eingesteckt. Er klappte den Laptop auf und warf den Computer an, der prompt ordnungsgemäß das Betriebssystem zu laden begann.

Isaac war sich nicht sicher, was er sich davon versprach, die alten Kameraaufzeichnungen nochmals durchzugehen.

Antworten? Auf welche Fragen?

Aufgrund der alphabetischen Sortierung des damaligen Speichervorgangs und dessen vorzeitigen Abbruchs wegen des Endes der Notstromreserve war mit diversen zeitlichen Lücken in der Abfolge zu rechnen.

Doch noch ehe Isaac die Liste mit den Vorschaubildern aufrufen konnte, klopfte es an der Tür…

Mit einem leisen Murren schob Isaac den Sesseltisch wieder zur Seite und öffnete die Tür.

Eine junge Frau mit kurzen blonden Locken und in Deputy-Uniform lächelte ihn an – in ihren Händen ein Tablett mit mehreren kleinen Tellern und Schälchen voller Speisen… dampfenden, köstlich duftendem Speisen…!

Isaacs Stieren sprach Bände.

„Feldwebel Pine? Deputy Salino wünscht einen guten Appetit!", richtete die junge Frau aus.

„Den habe ich…!", nahm Isaac das Tablett entgegen und

schien die Speisen bereits mit den Augen zu verschlingen. „Ähm… danke!"

„Ich bin Cheryl!", rief sie ihm aus dem Türrahmen hinterher, während er hin- und herwankte, wo er das Tablett am besten abstellen sollte – ehe er es mit den ausgeklappten Beinen direkt über dem Laptop abstellte, dessen Bildschirm dadurch ein Stück niedergedrückt wurde.

„Isaac.", erwiderte er. Dann:

„Ist das Pute?"

„Truthahn! Aus Bodenhaltung! Dazu Kartoffelpüree, Serviettenknödel und Apfelkompott – alles aus stadteigenem Anbau!", konstatierte Cheryl mit hörbarem Stolz.

„Grandios!", klappte Isaac den Laptop ganz zu und kostete mit dem Finger vom Apfelkompott…

Es war das süßeste, aromatischste Apfelkompott, das er je gekostet hatte!

Ohne noch einen Moment zu zögern, zog er den Löffel hervor und hatte binnen zwei Sekunden fast die gesamte Schale in sich hineingelöffelt.

„Ah…!", ächzte er und zog ein erfrischtes Gesicht.

Cheryl lachte und merkte an:

„Bevor die Dukes kamen, gab es Tag ein Tag aus nur Trife-Fleisch!"

„Kein Wunder, dass alle Menschen in Sanisco die Dukes verehren!"

„Pozz! Wir lieben die Dukes!", gestand Cheryl freimütig:

„Sie haben uns gezeigt, dass ein besseres Leben möglich ist. Als Kind musste ich noch betteln und stehlen gehen. Jetzt bin ich Deputy des Sheriffs!"

„Woher kommt der Sheriff eigentlich?", schob sich Isaac mit der Gabel ein erstes Stück vom Truthahn mit Bratensoße und etwas Kartoffelpüree in den Mund… und schloss brummend vor Genuss die Augen.

„Er kommt von einem der Sternenschiff– Ah… eigentlich darf ich das gar nicht sagen…!", kam Cheryl ins Drucksen.

Emsig kauend öffnete Isaac die Augen wieder und schluckte den Bissen hinunter.

„Schon okay, Cheryl. Über die USS Pilgrim weiß ich eigentlich schon Bescheid.", zwinkerte er ihr zu und nahm einen Schluck aus dem großen Glas kristallklaren Wassers.

„Oh…", huschte ein zartes Rosa über Cheryls Wangen.

Nach einem Moment des Schweigens:

„Ähm… ja, also, ich komm' dann später wieder vorbei, um das Tablett abzuholen. Bis nachher, Isaac!"

Isaac nickte nur, da er sich bereits den nächsten Bissen in den Mund geschoben hatte. Die Tür schloss sich.

Als schließlich nur noch ein halber Schluck Wasser übrig war und die Teller und Schalen sämtlich blank geputzt, stellte Isaac das Tablett auf den Boden und klappte den Laptop wieder auf – der automatisch in den Standby-Betrieb gewechselt hatte. Wie erwartet, waren die meisten Aufnahmen auch von vor den Zwischenfällen völlig uninteressant: Laboranten und Marines beim Alltagsgeschäft der Basis.

Isaac ermittelte diejenige Kamera, die der von ihm damals bewachten Hochsicherheitspforte, dem sogenannten ‚Riesending', am nächsten lag, und schränkte die Anzeige mittels Datenfilter auf sie ein. Er begann, die einzelnen Clips durchzugehen – stets die ersten paar Sekunden, dann ein Sprung irgendwo in die Mitte, und nochmal einer in Richtung Clip-Ende.

Der erste Clip, der seine besondere Aufmerksamkeit erheischte, zeigte Abteilungskommandantin Doktor Valentine – das ‚Zickengesicht'.

Laut Zeitstempel durfte es damals nur noch etwa eine Stunde bis zur Explosion gewesen sein. Mit seinem inzwischen erlangten Wissen sah sich Isaac die neben Valentine aus der Hochsicherheitspforte herauskommenden Laboranten und Laborantinnen genauer an. Ihre Gesichter suggerierten ihm, dass sie wussten, dass hinter ihnen gerade die Sintflut hereinbrach… und dass sie sich ganz gut damit arrangiert hatten.

Der darin ablesbare Zynismus ließ die Wut in Isaac hochkochen…

Valentine hatte die Erde aufgegeben, hatte deren Menschen verraten. Sie hatte wissen müssen, dass es unter der übrigen Belegschaft der Basis letztlich kein einziger auf eines der Pionierschiffe schaffen würde. Sie hatte entschieden, dass es besser war, sie alle dumm sterben zu lassen…

Mit zusammengebissenen Zähnen spulte Isaac die Aufnahme zurück, ließ die anderthalb Minuten wieder und wieder abspielen…

Einer der Laboranten schien in eine andere Richtung zu laufen als seine übrigen Kollegen und Kolleginnen.

Rasch suchte Isaac die Liste der Aufnahmen nach der Anschlussaufnahme der nächstgelegenen Korridorkamera zum anschließenden Zeitpunkt durch… wurde jedoch nicht fündig. Dem am nächsten kam eine Aufnahme der betreffenden Kamera knapp eine Stunde später. Isaac ließ die Aufnahme laden.

Der Gefreite Davis stand dort.

Was hatte er dort zu suchen?

Isaac hätte schwören können, dass es ganz danach aussah, als würde Davis versuchen, die Sicherheitseinrichtungen auszutricksen und durch die ‚verbotene' Pforte zu gelangen…

Der Erfolg schien auszubleiben, und nach einer Minute sah Davis sogar direkt in die Kamera – sichtlich entnervt.

Zwei Sekunden später ging der Alarm der Geheimbasis los.

Eine orangene Warnleuchte ließ das Bild im Halbsekundentakt aufblitzen… und Davis war verschwunden

– von einem Moment zum nächsten!

Und an Davis' Stelle stand da:

Isaac selbst?!

Mehrmals blinzelte Isaac perplex, spulte manuell vier Sekunden zurück und stellte die Wiedergabe auf Zeitlupe...

Da stand also Davis noch und sah in die Kamera... dann blitzte die Warnleuchte... und schon im nächsten Einzelbild stand genau dort: Isaac!

Freilich handelte es sich weder um Davis noch um Isaac – sondern um einen Axon! So viel war klar!

„Motherfucker...", raunte Isaac.

Eilig suchte er nach weiteren Aufnahmen naheliegender Zeitstempel.

Da erblickte er wieder sich selbst – auf dem Weg zur Forschungsabteilung C. Und auf einer weiteren Aufnahme war er um genau dieselbe Zeit zu sehen – allerdings in den Räumlichkeiten der mehrere Etagen weiter höher gelegenen Militärpolizeiwache!

Isaacs wurde heiß und kalt...

Er arrangierte beide Clips nebeneinander.

Was er dann sah, ließ ihm vollends das Blut gefrieren...

Die Forscher in Forschungsabteilung C hatten sich nicht selbst gerichtet! Es war Isaac gewesen, der sie mit gezielten Kopfschüssen getötet hatte! Genauer gesagt: Isaacs Doppelgänger – ein Axon!

Isaac begann an seinem Realitätssinn zu zweifeln.

Was von den Ereignissen an jenem Tag war real gewesen, und was bloß ein axonisches Vexierspiel?

Die Explosion!

Seine Erinnerungen an diese drehten sich immerzu in seinem Kopf. Es war der Moment vor dem Filmriss, dem wiederum sein Erwachen zweihundert Jahre in der Zukunft folgte.

Angestrengt fasste sich Isaac an die Schläfen...

Dann sah er auf, trank den letzten Schluck Wasser aus dem Glas auf dem Tablett und wandte sich erneut dem Bildschirm zu:

Er war sich doch sicher, dass der Isaac auf der Wache sein

wirkliches Selbst gewesen war. Hatte er die eigentliche Explosion überhaupt gesehen? Hatte er den Rauch gesehen – mit eigenen Augen? Oder hatte er das Ganze auf den Monitoren der Wache verfolgt und sich dann als vermeintlich eigene Erinnerung einverleibt? Alles drehte sich!

Da hämmerte es an der Tür – deutlich vehementer als zuvor.

Mit einem entrüsteten Schnauben klappte Isaac den Laptop zu und ging zur Tür.

„Ike!", platzte Rain herein, kaum dass er den Knauf berührt hatte.

Sie trug praktisch die gleichen Sachen wie er. Ihre seidigen dunklen Haare glänzten wie in einer Shampoo-Werbung... und dufteten auch so.

Doch mit der erholsamen Behaglichkeit sollte es ein Ende haben:

„Der Sheriff ruft, Ike! Sie wissen jetzt, wo Grace ist!"

KAPITEL 42

„Da seid ihr ja!", drehte sich Duke auf seinem großen Konferenzsessel zu ihnen, als Isaac und Rain in Begleitung von Deputy Salino hereinkamen.

Er war froh, seine beiden Gefährten so erfrischt und in sauberen Sachen wiederzusehen, sah Isaac aber gleich an, dass etwas nicht stimmte.

„Isaac, alles okay? Du bist ein bisschen blass um die Nase…"

„Alles bestens, Hayden.", rang sich Isaac ein legeres Grinsen ab.

Duke kaufte es ihm nicht ab, wollte ihm an dieser Stelle aber nicht weiter auf den Zahn fühlen. Er hatte sein Team in einen der Konferenzräume in der achten Etage einberufen – nicht zuletzt der Aussicht wegen.

Manchmal kam er nur deshalb hierher.

Von hier aus dem emsigen, aufrichtigen Treiben auf den Straßen Saniscos zuzusehen – vor allem dem seiner Deputys, wie sie in ihren Dienstfahrzeugen ein- und ausfuhren – erfüllte ihn gleichsam mit Stolz wie mit Tatendrang.

Das – und der Sessel war fantastisch.

Man gönnt sich ja sonst nichts.

Bei alledem hätte auch Dukes Laune besser sein können. Denn als Natalia ihm den beschädigten Roboterarm abmontiert hatte, und schließlich auch den Steuerungsring, war sie über den Zustand der Verbindungsstelle besorgt gewesen und hatte Doktor Hess gerufen. Darauf hatte dieser bestätigt, dass Duke sich einen Nervenschaden zugezogen hatte, und dass das Anbringen eines neuen Steuerungsrings mit einem erhöhten Risiko von Nebenwirkungen in Form chronischer Schmerzen einhergehen würde…

Die Wahl war nicht sonderlich schwergefallen: Ein schmerzender Arm war allemal besser als einer, der oberhalb des Ellenbogens endete.

Inzwischen wurde es Duke mehr und mehr zur Gewissheit, dass Doktor Hess recht behalten sollte: Vom Steuerring zog ein dezenter, aber doch deutlich präsenter dumpfer Schmerz die Schulter hinauf.

Die Hoffnung war, dass sich dieser mit der Zeit nicht weiter aufdrängen, sondern in eine Art unterschwelliges Hintergrundrauschen aufgehen würde – wie schon so viele eingangs unangenehm spürbare Verletzungen, die Duke sich seit seiner Amtsübernahme als Sheriff von Sanisco zugezogen hatte…

All die Wunden, all die Strapazen: Duke wusste, wofür er kämpfte.

Darum war der Ausblick hier vom Konferenzsessel in der achten Etage so wichtig: Es war das beste Schmerzmittel, das es geben konnte.

Und darum musste Duke standhaft bleiben – koste es, was es wolle! Er würde sich nicht unterkriegen lassen, ihnen allen die Stirn bieten! Erst recht so einem dahergelaufenen Shurrath!

Isaac und Rain nahmen am Konferenztisch Platz und fanden sich bereits in Gesellschaft von Natalia, Latos, Kisha, Max und Ginny.

Duke hatte die Zwölfeinhalbjährige davon abhalten

wollen, aber er wusste, dass Widerstand bei einem Dickkopf wie ihr zwecklos war – vor allem, wenn es darum ging, für die gute Sache einzustehen. Nicht zuletzt hatte er es ihrer tapferen Dickköpfigkeit zu verdanken, dass er nun hier saß.

„Danke, Paul.", winkte Duke Deputy Salino zu. „Und gib den Rangern unten bitte Bescheid, dass es jede Minute losgehen kann."

„Wird gemacht, Sheriff! Achso–...", hielt Salino einen Moment inne

– und zog einen neuen Sheriff-Hut hervor.

„Hier!", rief er und warf den Hut wie eine Frisbee-Scheibe über den Konferenztisch hinweg.

Routiniert schnappte Duke die fliegende Kopfbedeckung mit seinem neuen Roboterarm aus der Luft. Zum Glück war der dumpfe Schmerz konstant – egal, ob er den Arm stillhielt oder ihn bewegte.

„Schickes neues Händchen, Sheriff!", grinste Rain.

„Schicker neuer Hut dazu!", pflichtete Isaac ihr feixend bei.

„Danke...", brummte Duke schmunzelnd und probierte den Hut aus, ehe er ihn zufrieden wieder herunternahm, um ihn einstweilen vor sich auf dem Konferenztisch abzulegen.

Dann besah er sich nochmals kurz seinen neuen Unterarm. Ein schlankeres, klassisches Modell... jedoch mit einer einzigartigen Besonderheit, die wohl keinem anderen Roboterprothesenträger zuteilwurde – ob auf der Erde oder auf Proxima...

Denn, nach seiner Meinung gefragt, hatte Max auf seine gewohnte Art die Panzerung des Arms für eine Konfrontation mit einem zum Kampfkoloss hochgezüchteten Khoronenwirt wie Cain für ‚statistisch inadäquat' befunden – sprich: für zu schwach. Ungefragt jedoch war er kurzerhand auf Duke zugegangen, hatte diesen mit einer seiner gallertartigen Tentakelhände am neuen Handgelenk gepackt, und sich augenblicklich mit diesem zu verschmelzen begonnen.

Binnen weniger Sekunden hatte die Gallerte den gesamten Metallarm umgeben... und als sich Max schließlich wieder löste, war das Ganze zu einem bernsteinartigen Exoskelett verhärtet!

„Pozz-tausend...", hatte Duke gegrummelt – und ehe er sich versah, hatte er sich wieder auf der Patientenliege wiedergefunden, da Natalia, Lutz und das Ingenieurteam regelrecht über ihn herfielen, um die unverhoffte außerirdische Technologiefusion zu examinieren und zu dokumentieren.

Dabei war die Verstärkung der Panzerung nicht einmal das Beeindruckendste an der Sache.

Die Gallerte war auf solche Art und Weise in den Arm eingedrungen, dass sie direkten Kontakt mit dem Akku im Innern hatte. Streckte Duke nun die Hand ganz flach aus, so nutzte die Gallerte den Stromimpuls, um sich zu einem flachen, ovalen Schutzschild umzuformen. Ballte Duke hingegen die Faust, so kehrte die Gallerte in die ummantelnde Form zurück – mit dem Unterschied, dass sich die Knöchel der Hand zu einem spitzen, etwa dreißig Zentimeter langen Stachel auswuchsen.

Weder Duke noch Natalia noch sonst einer der Anwesenden hatte jemals etwas Vergleichbares gesehen. Wenn man einen Axon zum Freund hatte, wer brauchte dann noch Proxima – hatte sich Duke unwillkürlich gefragt...

„Also, Purzel?", drängte Natalia – unter leisem Kichern in der Runde.

Duke stand auf, räusperte sich und nickte Deputy Kisha zu, die sich nun ebenso erhob und demonstrativ die Hand auf ein kleines, flaches schwarzes Kästchen auflegte, das vor ihr platziert war.

„Vor etwa einer halben Stunde haben wir einen Funkspruch vom Depot Sanose erhalten. Aber hört selbst!"

Deputy Kisha tippte mit dem Finger auf das kleine

schwarze Kästchen, und eine recht verrauschte, aber hörbar bedrängte junge Frauenstimme ertönte:

„Sanisco Hauptquartier! Sanisco Hauptquartier! Hier Deputy Jane Forest! Wir werden angegriffen! Wiederhole: Wir werden angegriffen! Zwei menschliche Angreifer und ein Riesenhaufen Trife, wie ich sie noch nie gesehen habe! Die Lage ist kritisch! Bitte Verstärkung schicken! Sie… massakrieren uns! Huh?! Oh mein G–."

Die Aufzeichnung endete abrupt…

Duke atmete hörbar schwer durch die Nase – sein Blick ernst und starr. Es war das dritte Mal, dass er die Aufnahme hörte. Das machte es nicht leichter.

„Es ist also ganz so wie befürchtet…", sagte Isaac.

„Was tun wir, Sheriff?", wollte Rain wissen.

„TAKTISCHE ANALYSE: EIN KÖDER FÜR DEN SHERIFF.", merkte Max an.

„Pozz.", nickte Duke ihm zu.

„Köder hin, Köder her: Wir können nicht einfach hier abwarten, dass die Terroristen ihren Pfad der Zerstörung bis Sanisco fortsetzen!", rief Latos.

„Richtig. Aber wir brauchen einen Plan.", knurrte Duke.

„Was meint Deputy Forest mit ‚wie ich sie noch nie gesehen habe'?", hakte Isaac nach.

„Wahrscheinlich evolvierte Trife…", mutmaßte Natalia. „Sie sind wie normale Trife, bloß größer, schneller und stärker. Einer von denen ist wie zehn von den normalen."

Isaac runzelte die Stirn:

„‚Super-Trife'? Das hat uns gerade noch gefehlt zum Glück!"

„Wir haben schon überlegt, ob wir nicht die Hilfe der Goliaths in Anspruch nehmen sollen – aber das ist ziemlich riskant.", merkte Natalia an.

Isaac wieder:

„Riskant? Inwiefern?"

„Das Depot fungiert als unsere Mineralölraffinerie, von wo aus wir die Endprodukte wie etwa den Treibstoff in die gesamten Territorien verteilen.", erläuterte Natalia und fuhr fort:

„Die Goliaths sind zwar exzellente Trife-Jäger, aber sie sind weder die intelligentesten noch die gewandtesten Geschöpfe unter unserem blauen Himmel... Am falschen Ort können sie mehr Schaden als Nutzen anrichten. Verheerenden Schaden."

„TAKTISCHE ANALYSE: ORT DES ANGRIFFS WURDE BEWUSST SO AUSGEWÄHLT."

„ZUSTIMMUNG.", ahmte Duke augenzwinkernd Max' Sprechweise nach. „Andererseits haben die Terroristen vielleicht ohnehin vor, den ganzen Laden in die Luft zu jagen, sobald wir einen Fuß hineinsetzen."

„LOGISCHE FOLGERUNG: FERNBLEIBEN!", stellte Max fest.

„Vielleicht. Eine dritte Möglichkeit besteht darin, sich gar nicht erst darauf einzulassen und stattdessen den Spieß umzudrehen.", hielt Duke dagegen. „Sprich: heimlich in der Nähe Lager aufzuschlagen und dann die Herrschaften hervorzulocken..."

„Keine schlechte Idee...", gab Isaac zu, „...zumindest, wenn sie dann auch tatsächlich anbeißen und den Laden nicht so oder so in die Luft jagen."

„In dem Fall verlieren wir eine Menge Treibstoff, aber zumindest nicht das Leben.", grummelte Duke – und Latos merkte an:

„Wäre gut, vorher herauszubekommen, was sie im Schilde führen, und es gegebenenfalls zu sabotieren."

„Mit anderen Worten...", meldete sich unerwartet Ginny zu Wort und grinste triumphierend, „...ihr braucht jemanden, der gut darin ist, umherzuschleichen und seine Finger dort zu haben, wo sie nicht hingehören! Jemanden... wie mich!"

Duke erwiderte Ginnys Grinsen, konnte aber sowohl

Natalia als auch Kisha ansehen, dass es ihnen gar nicht recht war, dass sich das Mädchen so einzubringen versuchte.

„Latos, was für Infos hast du für uns?", versuchte Natalia, die Diskussion in eine etwas andere Richtung zu bewegen.

Die Oberrangerin erhob sich, und Deputy Kisha nahm wieder Platz.

„Ich habe mir Lageplan und Karten des Depots und Umgebung angeschaut. Vier Kilometer westlich liegt ein altes Gewerbegelände, das sich gut für die erwähnte dritte Möglichkeit eignen würde. Dort liegen auch einige Hochhäuser, deren Dächer und obere Etagen sich gegebenenfalls als Hochsitz nutzen ließen. Von dort aus können wir Ranger die Terroristen überrumpeln wie zuvor die Centurions…"

„Überrumpeln funktioniert vielleicht bei zwei Terroristen, aber nicht bei einer Trife-Flut, geschweige denn bei einer Super-Trife-Flut – oder?", wandte Isaac ein.

„Stimmt schon.", gab Latos zu. „Wir brauchen also genug Masse, um einen Gegenangriff abzufedern."

„So drehen wir unsere Leute bloß durch den Fleischwolf.", hielt Isaac dem wieder entgegen. „Wirklich nötig ist, die Khoronenwirte von den Trife zu separieren – das größere Problem in zwei kleinere zu teilen."

„Richtig!", schlug sich Duke auf Isaacs Seite:

„Die Frage ist: Wie separieren wir sie?"

Schweigen in der Runde.

„Ich glaube, ich könnte das hinkriegen.", meldete sich unerwartet Rain zu Wort, und alle Blicke fielen auf sie.

„Ich kann die Trife spüren – genau wie die anderen Khoronenwirte. Wenn die beiden Terroristen in der Lage sind, die Trife zu kommandieren… sollte ich es doch auch können, oder?"

„Aber deine Khorone ist angeschlagen, vielleicht sogar tot.", stellte Isaac die These auf den Prüfstand. „Und falls sie noch leben sollte, dann sollten wir eher schauen, ob Doktor Hess sie nicht vielleicht operativ entfernen kann."

„Es ist eine Chance!", insistierte Rain – auch, weil sie nicht darauf aus war, sich unters Messer zu legen. „Und jetzt haben wir ja auch Max!"

„Es stimmt schon, dass Max über erstaunliche Fähigkeiten verfügt…", fasste sich Duke ans Kinn, „… aber wie genau würden sie uns hierbei helfen?"

„Vielleicht kann Max die Khorone in meinem Nacken hacken? Weil sie ja geschwächt ist und so."

„Max? Was sagst du dazu?", gab Duke dem Axon im Menschenkörper das Wort.

„MACHBARKEITSANALYSE: KLINISCHE VORUNTER-SUCHUNG ERFORDERT."

„Lässt sich arrangieren.", nickte Duke und fuhr fort:

„Nehmen wir also an, Max und Rain sind erfolgreich, dann erwischen wir die Terroristen sicher auf dem falschen Fuß. Wir brauchen dann also zwei Teams: ein Anti-Terror-Team und ein Anti-Trife-Team."

„Und ich schleiche mich ein und sabotiere die Sprengvor-richtungen!", griff Ginny Dukes Vorschlag wieder auf und grinste stolz.

„Welche Sprengvorrichtungen?", stellte Isaac in Frage.

„Ja, was weiß ich? Ihr habt doch gesagt, vielleicht wollen die Terroristen alles in die Luft jagen!", verteidigte sich Ginny.

„Vielleicht.", brummte Duke.

Natalia warf ihm schon wieder tödliche Blicke zu.

Er wusste, dass er Ginny eigentlich auf der Stelle in die Quartiere zurückschicken und Schulunterricht für sie anordnen sollte. Aber sie war biologisch kein Kind mehr – wie sie Duke anvertraut hatte – und wer da draußen als Waise aufgewachsen war, sich als Taschendiebin durch-schlagen und schließlich auf dem Motorrad zwei absolut gemeingefährlichen Terroristen entkommen konnte, um die sprichwörtliche Kavallerie zu holen… den konnte man nicht mehr einfach wie ein Kind behandeln.

„Also gut, Leute! Haltet euch startklar, während Max, Rain und ich gemeinsam mit Doktor Hess schauen, was mit der Khorone in Rains Nacken los ist. Nächste Besprechung in zwei Stunden!"

Damit erhob sich Duke und setzte sich seinen Hut auf – und die Runde erhob sich ebenfalls.

Die Sitzung war beendet.

KAPITEL 43

Zwei Streifenwagen und ein gepanzerter Kleintransporter fuhren in das alte Gewerbegelände ein.

Vor einem zwischen den Industrieanlagen emporragenden hohen Bürogebäude kam der kleine Tross zum Stillstand. Tatsächlich war das Gewerbegelände einst der Sitz einiger renommierter Industriekonzerne gewesen, die hier ihre Forschung und Entwicklung betrieben hatten – aus der wiederum einige der wegweisenden technologischen Innovationen der Zeit vor der Trife-Invasion hervorgegangen waren. Nicht zuletzt wurde hier der erste erfolgreiche Fusionsreaktor getestet – knapp ein Jahrzehnt vor dem ersten erfolgreichen Raumsprung, der ohne diese Energiequelle nicht möglich gewesen wäre.

Als sie aus einem der Streifenwagen ausstiegen, sah Duke zu Isaac herüber. Dieser hatte denselben teils ehrfürchtig staunenden, teils ernüchtert wehmütigen Ausdruck, der ihm schon beim Anblick der Ruinen San Franciscos im Gesicht gestanden hatte.

„All die Menschen, die hier ihrer Arbeit nachgegangen waren, sind wahrscheinlich ums Leben gekommen...", kommentierte Isaac die Szenerie:

„Sie haben die Technologien entwickelt, die es einer kleinen Elite gestatteten, sich von der Erde nach Proxima abzusetzen."

„Es sollte uns gleichsam zur Mahnung wie zum Ansporn dienen.", fügte Duke hinzu. Dann tippte er den blitzenden Sheriff-Stern an seinem neuen Westernmantel an.

„Hier Sheriff Duke! Wir stehen jetzt vor dem Office Building."

„Pozz, Duke!", kam Natalias Stimme zurück.

„Bitte um Update, sobald ihr alles nach oben gebracht habt."

„Pozz.", tippte Duke den Stern erneut an und beendete damit das Gespräch.

„Ike, bitte markiere das Gebäude für Team Eins.", wies er Isaac an, der darauf das Visier seines Helms herunterfahren ließ, um das Dach des Gebäudes anzuvisieren und im ATCoS eine entsprechende Markierung vorzunehmen:

Auf dem etwa hundert Meter hohen Gebäude erschien ein leuchtend blaues Ausrufezeichen.

„Markierung platziert."

Duke selbst hatte auf einen Helm verzichtet. Nicht etwa, um seinen neuen Hut nicht zu Hause lassen zu müssen, sondern um als Zielsubjekt der Terroristen einen jederzeit unverstellten Blick zu haben und seinerseits für jeden im Team jederzeit leicht zu erkennen zu sein.

Die Schiebetür des Kleintransporters ging auf, und sechs Ranger – alle in ATCoS-vernetzten Einsatzrüstungen samt Helm – traten heraus. Mit einer Mischung aus MK-10-Sturmgewehren und proximantischen Plasma-Launchern waren sie in puncto Bewaffnung sehr solide aufgestellt. Um seine Leute auszustatten, hatte Duke damit die hochkarätigsten Bestände Saniscos praktisch komplett ausgeschöpft.

Kein Zweifel: Die Bedrohung, der sie hier gegenübertraten, war existenziell für das Fortbestehen der Vereinigten Westlichen Territorien. Eigentlich waren diese jungen Männer und Frauen Ordnungsbeamte, keine Soldaten – doch schon diese Unterscheidung war bereits ein Luxus, den man sich erst einmal leisten können musste. Hier ging es nicht um die Verfolgung gewöhnlicher Krimineller. Es ging um territoriale Selbstverteidigung.

Zwei der Ranger trugen zwischen sich eine große metallene Kiste. Darin befand sich ein augenscheinliches Sammelsurium an Elektronik – nebst einer großen portablen Funkantenne, die an Natalia im Hauptquartier Sanisco eine LiDAR-basierte Erfassung der Umgebung übertragen und ihr so einen genaueren Überblick über die Operation gestatten würde. Dabei handelte es sich um eine Ergänzung, die der Planung in der letzten Minute hinzugefügt worden war, um einen größeren Handlungsspielraum zu gestatten – falls die Dinge nicht so laufen sollten wie geplant. Denn im Zweifelsfall würde Natalia mittels der Antenne auch die Goliaths herbeirufen können…

Freilich hoffte Duke sehr, dass sich dies als unnötig erweisen würde. Das Vorhaben war auch so schon riskant genug – vor allem, weil es im Wesentlichen darauf beruhte, das Max Rain regelrecht unter Strom setzen sollte, in der Hoffnung, dass sie so einen Keil zwischen die Trife und die Terroristen würde treiben können.

Tatsächlich hatte der Axon im Menschenkörper erstaunlich schnell einen Weg gefunden, die Khorone in Rains Nacken zu stimulieren, ohne dieselbe wieder voll zum Leben zu erwecken. Im Wesentlichen befand sich die Khorone somit im Zustand einer Art von Wachkoma, sodass sie nicht weiter versuchte, Rain zu kontrollieren, während Rain dennoch Zugang auf das Relyeh-Kollektiv erhielt.

Die Sache hatte einen Haken.

Denn die hierzu benötigte Stromimpulsfrequenz war für Rain nicht schmerzlos – vor allem in den verbrannten Bereichen ihres Körpers. Während der Versuche hatte sie ihr

Ächzen unterdrückt und darauf bestanden, dass sie schon damit klarkäme. Duke wusste, dass sie ihnen etwas vormachte, um den gefassten Plan nicht zu gefährden. Es war ein Opfer, das sie willentlich auf sich nahm, und er respektierte das – auch wenn es ihm selbst Bauchweh bereitete.

„Team Eins!", rief er schließlich:

„Geht zur markierten Koordinate und bringt den Transmitter aufs Dach! Bezieht dort Stellung!"

„Hier Team Eins! Pozz!", kam die Antwort prompt.

Damit drehte sich Duke zu den beiden gegenüberliegenden Gebäuden und deutete abwechselnd mit dem Finger auf sie:

„Team Zwei, ihr geht dort und dort drüben in Position. Ich gehe hier hundert Meter voraus und halte nach den beiden Hauptsubjekten Ausschau."

Erneut tippte er seinen Stern an:

„Ginny, hörst du mich?"

„Ja, Sheriff? Klar und deutlich!", antwortete ihre Stimme durch den winzigen integrierten Lautsprecher des Sheriff-Sterns.

„Okay, also du sorgst dafür, dass unsere beiden Hauptsubjekte zu uns auf Kurs gehen. Genau so, wie wir es besprochen haben. Verstanden?"

„Pozz, Sheriff! Genau so!"

Duke beendete die Verbindung und atmete tief durch.

Es hatte ihn einiges an Überzeugungsarbeit gekostet, Natalia klarzumachen, dass Ginny genau jetzt gerade eben alt genug war, um ihn und die beiden Teams auf diesem wichtigen, aber vielleicht tödlichen Einsatz zu begleiten. Nicht zuletzt hatte Ginny selbst mit Nachdruck darauf bestanden. Und die Tatsache, dass Grace Salk aka ‚Ronin' das Mädchen bereits zweimal verschont hatte, machte Ginnys persönliche Mitwirkung in Hinsicht der psychologischen Kriegsführung praktisch unersetzlich…

Wie beordert setzte sich Team Eins im Laufschritt auf das markierte Gebäude in Bewegung. Team Zwei verteilte sich auf die beiden gegenüberliegenden Gebäude.

Duke überließ die genaue Verteilung jeweils Team und Teamleiter. Er wusste, was sie konnten und vertraute darauf, dass sie die optimalen situativen Entscheidungen treffen würden.

„Ich beziehe dort oben Stellung...", deutete Isaac auf das zweithöchste der umliegenden Gebäude.

Als Einziger war er mit einem AWM-Scharfschützenge-wehr bewaffnet, das er in einem langen, flachen Aluminium-koffer auf dem Rücken trug.

„Dort bringe ich das Baby in Anschlag. Ein Wort von dir, und ich schieß dir jeden Büschel von der Rübe!"

Das AWM war das wohl exklusivste Stück in Saniscos Waffenkammer: ein voll ATCoS-integrierter Proxima-Import, von dem überhaupt nur eintausend Stück hergestellt worden waren. In den richtigen Händen war diese Waffe bis auf zwei Kilometer Entfernung absolut tödlich. Falls sie nicht traf, war es die Schuld des Schützen – ohne Wenn und Aber!

„Weidmannsheil, Feldwebel!", fasste Duke Isaac an die Schulter.

„Weidmannsheil, Sheriff!", nickte Isaac mit einem Schmunzeln. Dann drehte er sich augenblicklich um und begann, auf das vereinbarte Gebäude zuzulaufen.

Abermals tippte Duke den Stern an:

„Team Eins und Zwei! Gebt mir ein Ping, wenn ihr in Position seid!"

Und erneut:

„Ginny! Gib mir ein Zeichen, wenn du in Position bist, oder falls es irgendwelche Probleme geben sollte!"

„Pozz, Sheriff!"

Duke beendete die Verbindung, justierte nochmals seinen Hut und vergewisserte sich, dass die chromblitzenden

Revolver zu beider Seiten seiner Hüfte geladen, zug- und schussbereit waren.

Wie besprochen, ging er hundert Meter voraus, an die vereinbarte Position. Es wäre nicht das erste Mal, dass letztlich alles auf einen Sekundenbruchteil ankam…

Zeit für den Showdown.

KAPITEL 44

„Ich glaube nicht, dass er sich blicken lässt.", rief Cain.

„Wieso?", hakte Grace nach.

„Wir sind jetzt schon neun Stunden hier. Aber von hier bis Sanisco sind es vielleicht zwei Stunden, höchstens drei. Die Milizionärin hat ihren Notruf abgesetzt. Inzwischen sollte jemand hier sein."

„Sie müssen Wind bekommen haben, dass es eine Falle ist. Ich habe ja gleich gesagt, dass die Ölraffinerie zu offensichtlich ist!"

„Ich bin überrascht, dass sie ihre Treibstoffreserven doch so schnell aufgeben. Vielleicht sollten wir einfach den Laden in die Luft jagen und weiterziehen?"

„Wer lag mir denn die ganze Zeit in den Ohren, ich solle mich in Geduld üben?"

„Irgendwann ist Ende der Fahnenstange."

Das Depot war ein Verbund aus schwerindustriellen Strukturen der Mineralölverarbeitung – mit einer Hauptwerkshalle am östlichen Rand, gleich neben mehreren Dutzend haushoher zylindrischer Tanks in mehreren Reihen und Gliedern. Hier an den Tankstationen standen Tanklastwagen wie jener, mit dem Cain und Grace hergefahren waren.

Im Innern war die Hauptwerkshalle von einem regelrechten Labyrinth an Rohren und Leitungen durchzogen, die in größere Maschinenanlagen und Kessel hinein- beziehungsweise aus diesen hinausführten. Fast alles davon war mehr oder weniger stark mit Rost oder sonstiger Patina bedeckt. Einzelne Teile aber wirkten wie neu und häufig auch baufremd – klare Hinweise auf nachträgliche Instandsetzungsarbeiten, wie sie typisch fürs Stadtbild der Territorien waren.

Leider hatten eben diese neuen Teile nun gewissermaßen als Wegweiser fungiert, die Cain und Grace zielsicher zu den aktuell im Betrieb befindlichen Teilen und somit zu den einzelnen, über die Anlage verstreuten Mitgliedern der Belegschaft geführt hatten.

Dabei waren die beiden dieses Mal mit aller Ruhe vorgegangen – um den Terror, den sie in den Menschen hervorriefen, auszukosten. Jener Teil in Grace, der anfangs noch mit Entsetzen auf das Ermorden Unschuldiger reagiert hatte, war inzwischen fast vollständig zurückgezogen. Keshk dominierte ihr Wesen. Ihr Widerstand schien endgültig gebrochen.

Es hatte gleichsam eine Erfrischung und Stärkung sein sollen – für das, was bevorstand. Doch nun schien sich niemand mehr blicken zu lassen – und das, obwohl sie zunächst extra eine der bewachenden Milizionärinnen davonkommen hatten lassen, damit diese einen Notruf nach Sanisco absetzen konnte. Das Entsetzen, das ihrer zunächst aufkeimenden Hoffnung in dem Moment gefolgt war, als Cain und Grace ihr plötzlich wieder gegenübergestanden hatten, war ein besonders köstlicher Tropfen gewesen…

Von den Dachfenstern der Hauptwerkshalle aus hatten Cain und Grace einen komfortablen Überblick über die Räumlichkeiten im Innern – perfekt für ein kleines, grausames Katz- und Mausspiel. Von hier oben hatten sie der Milizionärin in aller Ruhe zuschauen können, wie sie die Sprecheinheit des Funkgeräts mit zitternden Händen an ihre Lippen geführt hatte…

Grace hatte noch bis zehn gezählt, ehe sie gegen das Dachfenster geklopft und der entsetzt hinaufschauenden Milizionärin nickend ins Gesicht gegrinst hatte – um im nächsten Moment mit lautem Krachen und Klirren durchs Glas zu brechen…

Wie ein Karpfen an Land hatte die junge Frau in der Blüte ihres Daseins nach Luft gejapst, als Grace sie an der Kehle gepackt hatte… und ihr Stich um Stich mit dem Stilett die Seele aus dem Leib geschnitten hatte.

Cain hatte ihr dabei grinsend über die Schulter geschaut.

„Das ist Keshk, wie ich ihn kenne!", hatte er gesagt.

„Wo willst du hin?", fragte Grace ihn nun, da er sich unvermittelt zur Dachkante aufmachte.

„Weiß ja nicht, wie's dir geht, aber wenn der Laden hochgeht, möcht' ich nicht mehr hier sein. Ich mag biologisch unsterblich sein… aber doof bin ich doch nicht! Kannst ja hierbleiben, wenn du willst."

Wenn sie wollte? Es spielte keine Rolle mehr, was sie wollte.

„Warten wir noch ein klein bisschen.", bat sie ihn. „Bis zur vollen Stunde noch. Dann meinetwegen."

„Shurrath zählt inzwischen die Minuten.", erwiderte Cain. „Du hast schon einmal erlebt, was passiert, wenn ihm der Geduldsfaden reißt. Ich für meinen Teil weiß, was ich tun muss, um es zu vermeiden. Einmal war mir Lektion genug!"

„Okay. Also falls wir jetzt einfach alles plattmachen, weil sich keiner mehr blicken lässt… was dann? "

„Na, dann ziehen wir eben weiter nach Sanisco. Wenn der Prophet nicht zum Berg kommt…"

„Sheriff Duke rechnet bereits mit uns."

„Ja und? Es ist doch gehupft wie gesprungen, ob wir–…"

Plötzlich hielt Cain inne, als hätte er etwas gehört… und lief dann eilig zur Dachkante hin.

„Hey!", sprang Grace auf und folgte ihm.

Er sah hinunter auf den Vorplatz.

Sie schloss zu ihm auf – da sah sie es auch…

„Mach keine Witze…", raunte sie.

„Ist das nicht die Kleine aus Dego, die du entkommen hast lassen?", sah Cain neben sich zu Grace hinab.

„Tatsache…", wollte Grace sich die Augen reiben.

Dort unten, wenige Meter vor dem Eingang der Hauptwerkshalle, stand das burschikose blonde Mädchen – nicht länger im Pyjama, sondern in schwerer Uniform – grinste sie an und winkte ihnen zu!?

„Ist das etwa die Verstärkung?", lachte Cain.

„Ich rede mit ihr.", sagte Grace und stieg die Steigleiter hinab.

Einen Moment lang blieb Cain verdutzt stehen… dann lachte er wieder… und sprang.

Ehe Grace die Hälfte der Leiter hinabgestiegen war, landete Cain bereits mit einem erderbenden Rums vor Ginnys Augen – kaum zwei Armlängen von ihr entfernt. Augenblicklich war das Mädchen vor ihm zurückgewichen… aber es schluckte seine Furcht hinunter und trat dem Hünen entgegen.

Grace fluchte leise und ließ sich den Rest der Steigleiter in einem Rutsch hinabgleiten…

„Hat Sheriff Duke dich geschickt?", fragte Cain im Scherz.

Zu seiner Verblüffung nickte Ginny…

„Ich möchte gern mit Grace reden!"

Cain sah zu Grace zurück, die angelaufen kam. Dann wieder zu Ginny:

„Bin ich dir etwa nicht gut genug, du Dreikäsehoch?"

„Sorry, ich hab's nicht so mit Dreiochsenbreits!"

„Pass auf, dass ich dich nicht zertrete, du Floh!"

„Platz da, Grobian!", stieß Grace Cain den Ellenbogen in die Seite – freilich ohne, dass dieser auch nur zuckte.

„Was Mann sich alles bieten lässt…", knurrte Cain und trat zur Seite.

Grace beugte sich zu Ginny vor:

„Stimmt das? Der Sheriff schickt dich? Ist das eine Masche?"

„Keine Masche! Der Sheriff ist ein aufrichtiger Mann!"

„Niemand ist aufrichtiger als Shurrath!", hielt Grace ihr entgegen. „Du stehst auf seiner Seite… oder auf der Speisekarte. Aufrichtiger geht's nicht!"

„Wie auch immer. Entweder der Sheriff macht euch den Garaus oder ihr ihm. So läuft das doch, oder nicht?"

Grace richtete sich wieder auf – nicht unbeeindruckt von der Abgeklärtheit in Ginnys Worten:

„Nicht ganz. Selbst im ganz und gar unrealistischen Fall, dass es dem Sheriff tatsächlich gelänge, hätte er noch lange nicht gesiegt. Denn der Sieg ist mit Shurrath!"

„Er kann euch besiegen, und er wird auch Shurrath besiegen.", grinste Ginny trotzig.

Grace lachte:

„Nicht einen einzigen von uns kann er besiegen!"

„Ach ja? Es gibt nur einen Weg, es herauszufinden…"

„Hörst du das, Grace?", lachte Cain. „Klingt so, als würde die Kleine ein Duell vorschlagen!"

„Kein Duell! Er nimmt es mit euch beiden auf!", erwiderte Ginny.

„Also ein Kampf Zwei gegen Einen?", hakte Grace verwundert nach.

Ginny nickte:

„Ihr wollt den Sheriff? Ihr kriegt ihn! Zwei gegen Einen!"

„Soll das irgendein blöder Trick sein?"

„Kein Trick!"

„Also kommt er alleine, ohne Verstärkung?"

„Seid nicht albern! Natürlich wird er Verstärkung dabei haben – nur für den Fall."

„Für den Fall, dass wir gewinnen?", warf Cain ein.

„Für den Fall, dass ihr schwindelt! Aufrichtige Kerle schwindeln nicht. Verbrecher wie ihr schwindeln!"

Ein Teil in Grace war amüsiert über so viel selbstgerechte

Chuzpe und wollte das Mädchen herzen. Ein anderer war ebenso amüsiert... und wollte dem Mädchen das Gesicht eintreten!

„Man kann nur dann schwindeln, wenn es Spielregeln gibt, auf die man sich geeinigt hat.", konterte sie stattdessen.

„Du und Cain gegen den Sheriff. Ein Kampf ohne Tricks. Das sind die Spielregeln!"

„Okay... und wo?"

„Ein paar Kilometer nördlich von hier. Der Zentralplatz des alten Gewerbegeländes. Wenn ihr dort hingeht, erklärt ihr euch einverstanden!"

„Und wenn wir hier zuerst alles in die Luft jagen?", brachte Cain sich erneut ein.

„Bleibt euch überlassen.", zuckte Ginny mit den Schultern:

„Shurrath mag ehrlos sein. Aber Sheriff Duke glaubt, Grace Salk ist besser als das!"

Grace fuhr zusammen.

Woher kannte das Mädchen ihren Namen?

„Woher weißt du, wie ich heiße?"

„Feldwebel Pine hat es mir verraten. Und auch Rain weiß, wie du heißt. Erinnerst du dich an sie?"

Ungläubig starrte Grace das Mädchen an.

Rain... die junge Frau aus Dugway, der sie ihren ersten Jagdbogen geschenkt hatte! Und Feldwebel Pine... Isaac Pine! Natürlich!

„Ich... kannte Pines Sohn... Jason. Es ist... so lange her...", fasste Grace sich an die Stirn – und dann weiter:

„Mein... Vater hatte Feldwebel Pine in den Tiefschlaf versetzt. Er sagte, er habe eine Verwendung für ihn... in der Zukunft. Ist Feldwebel Pine an Dukes Seite? Ist er auch dort oben auf dem Gewerbegelände?"

„Möglich."

AKZEPTIERE!

. . .

Shurraths plötzliche Präsenz zwang Grace in die Knie.

Ächzend fasste sie sich erneut an die Stirn.

ICH WILL PINE!

DUKE HAT PRIEZSH GETÖTET, EHE DIESER DAS GEHEIMNIS DER RESISTENZ ÜBERMITTELN KONNTE!

ICH BRAUCHE ANTWORTEN!

MEIN BRUDER WÜRDE WELTEN GEBEN FÜR DAS GEHEIMNIS!

AKZEPTIERE UMGEHEND!

HALTE DIE ULUTH IM VERBORGENEN, UND RUFE SIE ERST HERBEI, WENN SICH DEINE GEGNER IN SICHERHEIT WIEGEN!

Ein Teil in Grace sträubte sich dagegen, die Trife einzubeziehen – denn bei einem Kampf Zwei gegen Einen wäre das Herbeiholen von Verstärkung nichts als Schwindelei.

Ein anderer Teil wusste, dass sie keine Wahl hatte: Ihr Herr und Meister hatte gesprochen!

Grace kam wieder zu sich und richtete sich auf.

„Alles in Ordnung?", fragte Ginny verunsichert.

Mit einem Mal schien Grace gefasst und resolut:

„Bring uns zum Sheriff. Wir akzeptieren."

KAPITEL 45

Ginny war den beiden Terroristen gegenübergetreten, wohlwissend, dass es ihr jähes Ende bedeuten könnte.

Jetzt konnte sie ihr Grinsen nur noch mit Mühe verbergen, da Grace ihrem fürchterlichen Komplizen ihre einseitig getroffene Entscheidung beibringen musste. Es widerstrebte diesem sichtbar – doch auch er musste sich bewusst sein, dass Grace damit nur dem Dekret Shurraths folgte.

Schließlich packte Grace ihn an einem seiner baumstammdicken Arme und zog ihn weiter, an Ginny vorbei. Diese sah den beiden hinterher, bis sie hinter den riesigen Treibstofftanks verschwanden.

Ihr Herz raste noch immer…

Schweißperlen rannen ihr von der Stirn…

Gleichzeitig kam eine wohlige Brise der Erleichterung über sie.

Als sich auch nach einer Minute nichts weiter zu tun schien, nahm sie den Sternanstecker hinter dem Revers ihres noch etwas zu großen Overalls hervor, tippte ihn an und führte ihn an ihren Mund heran:

„Sheriff!", zischte sie flüsternd.

„Sheriff! Der Fisch hat angebissen… glaube ich."

„Gut.", kam prompt die Antwort – etwas lauter, als Ginny in dieser Situation lieb war, und so schloss sie den Stern so gut es ging in ihre Hand ein.

„Irgendeine Spur von Sprengvorrichtungen, Ginny?"

„Noch nicht! Aber eben hatte der Riese etwas davon gesagt, dass sie hier alles in die Luft jagen wollen! Ich glaube aber, sie haben es sich jetzt erst einmal anders überlegt."

„Verstehe. Dann lass gut sein und komm zurück! Das Depot lässt sich ersetzen. Du nicht!"

„Verstanden, Sheriff. Pozz und out!"

Damit tippte sie den Anstecker erneut an und beendete so die Verbindung. Einen Moment noch blieb sie stehen, wo sie war, und wog ihre Optionen ab…

Der Sheriff wollte, dass sie jetzt zum Team zurückging.

Sie aber wollte die Sprengvorrichtungen finden und nach Möglichkeit deaktivieren oder anderweitig sabotieren. Nicht nur für sich, sondern auch für den Sheriff, für Natalia, die Deputys und alle Menschen von Sanisco!

Sie war kein Kind mehr, und das war ihre Chance, es zu beweisen.

Wenn sie sich als die wohl jüngste Heldin in der Geschichte der Vereinigten Territorien feiern lassen wollte, dann konnte sie jetzt nicht einfach zurückkehren. Ihr Entschluss stand also fest…

…und so lief sie in die Hauptwerkshalle hinein.

Dort suchte sie sich die auffälligste Rohrleitung aus und folgte dieser. Nach wenigen Metern gelangte sie so zu einer roten Metalltür, die einen Spalt offen stand. Die aufgemalten Warnsymbole waren verblichen…

Sachte drückte Ginny die Tür ein Stück weiter auf – gerade genug, um sich durch den Spalt hindurchzuschieben.

Dahinter lag nur ein weiterer, größerer Maschinenraum, der sich in weitere Korridore verzweigte. Zwar hatte der Raum eine etwas andere Anmutung, aber weder seine Funktion noch der Grund, weshalb er hinter jener roten Metalltür lag, erschloss sich Ginny.

Nicht ohne eine gewisse Ehrfurcht ging sie auf die turmartige, von weiteren Rohren umschlungene Struktur in der hinteren Mitte des Raums zu und sah durch die Dachfenster zur Wolkendecke hinauf.

Es hatte leicht zu regnen begonnen. Die Tropfen riefen ein munteres Trommelkonzert hervor…

Ginny ging weiter auf die Anlage zu und hielt mit Argusaugen nach irgendwelchen Hinweisen auf Sprengvorrichtungen Ausschau… da spitzte ein kurzes Schabgeräusch ihre Ohren. Instinktiv drehte sie sich um…

…und ein zischendes Fauchen ließ ihr das Blut in den Adern stocken.

Trife!

Ein gutes Dutzend der Lackledernen war aus zwei Bodenluken zu beider Seiten der roten Tür emporgestiegen – ihre gelb funkelnden Schlangenaugen auf den Eindringling gerichtet. Und es kamen noch weitere nach…

Augenblicklich schlug Ginnys Puls ihr wieder bis zum Hals. Ohne die lackledernen Dämonengestalten aus dem Blick zu lassen, tat sie vorsichtig einige Schritte zurück. Der Weg durch die rote Tür war abgeschnitten. Sie konnte nur tiefer in die Anlagen hinein – um sich entweder ein Versteck oder einen alternativen Weg nach draußen zu suchen.

Mit jedem weiteren Schritt zurück kamen die finsteren Gesellen anderthalb Schritte auf Ginny zu. Tatsächlich sahen sie etwas anders aus als die gewöhnlichen Trife: weniger schlaksig… breitschultriger… athletischer…

Sollte sie rennen?

Sie brauchte einen raschen Ausweg…

Da fiel ihr Blick auf etwas, das aussah wie ein Lüftungsschacht, an der Wand zu ihrer Linken. Das Schutzgitter hing schief und augenscheinlich nurmehr an einer einzigen Schraube. Ohne einen weiteren Moment zu zögern sprang

Ginny unter den schlangenäugigen Blicken darauf zu und zog am Gitter, im Versuch, es fortzureißen. Als dies nicht gelang, rotierte sie es kurzerhand zur Seite… und war im Nu in den Lüftungsschacht entschlüpft…!

Mit lautem Kreischen stürmten die Lackledernen ihr hinterher und versuchten noch, das fliehende Mädchen mit ihren messerscharfen Klauen an den Knöcheln zu fassen. Mit kurzen, heftigen Stiefeltritten erwehrte Ginny sich der dämonischen Häscher und kroch unter unfreiwilligem Ächzen und Quieken weiter den engen Schacht entlang.

Nach einigen Metern wagte sie einen Blick zurück…

Die Trife hatten das Nachsehen!

Ihre breiten Schultern waren einfach zu breit!

Sie robbte weiter, tiefer in den Schacht hinein. Nach einigen weiteren Metern verzweigte dieser sich. Ginny wählte diejenige Abzweigung, an deren Ende ein weiteres Schutzgitter zu sehen war. Vorsichtig kroch sie heran und schielte hindurch: weitere Rohre und Maschinenanlagen.

War die Luft hier rein? Sollte sie hier aussteigen?

Das Gitter war im Weg – und anders als das vorige saß es fest. Vielleicht würde es sich mit einigen Tritten entfernen lassen?

In einem Schreckmoment fuhr Ginny zurück, da der dunkle Schatten einer Trife-Klaue ihr Gesicht um wenige Zentimeter verfehlte – abgehalten vom Schutzgitter im Wege. Krachend und knirschend fuhren die Krallen wieder und wieder über die metallenen Lamellen.

Hastig kroch Ginny den Schacht zurück und bog stattdessen in die andere Abzweigung ein. Diese führte nach einigen Metern steil nach oben.

Ginny hielt an und zog den Sternanstecker hervor.

„Sheriff…!", keuchte sie.

„Ginny, bist du okay?"

Es war Natalia.

„Natalia! Ich… ich stecke hier fest in einem Lüftungsschacht oder so…", bemühte sich Ginny trotz allem, die Situation nicht dramatischer klingen zu lassen als nötig. „Die Trife sind hinter mir her, aber hier im Schacht bin ich erst einmal sicher… bloß dass ich nicht weiß, wie ich herauskommen soll."

Ginny war sich bewusst, dass sie gar nicht in diese Bredouille gekommen wäre, wenn Natalia ihren Willen bekommen und sie in Sanisco behalten hätte. Jetzt hatte sie die ganze Mission in Gefahr gebracht…

„Okay, Ginny.", antwortete Natalia mit ruhiger Stimme. „Solange du erst einmal vor den Trife sicher bist, ist alles in Ordnung. Bleib ganz cool und schau dich um. Du sagst, du steckst in einem Lüftungsschacht?"

„Ja, so ein eckiger Schacht aus Metall!"

„Okay. Falls das ein Lüftungsschacht ist, wird er irgendwo ins Freie führen – vermutlich auf dem Dach. Versuch zu erkennen, aus welcher Richtung die Luft kommt!"

„Okay."

Ein paar Sekunden blieb es still.

„Ginny?"

„Ja?"

„Ich schicke Rain und Max in deine Richtung. Schau, ob du einen Weg ins Freie findest, aber das Wichtigste ist, dass du von den Trife fernbleibst. Rain und Max kümmern sich um die. Okay?"

„Pozz!"

„Wir kriegen das schon hin, Ginny. Pozz und out!"

Ginny folgte Natalias Rat und versuchte, die Richtung des Luftzugs zu spüren. In ihrem Gesicht fühlte sie, dass die Luft aus den beiden angrenzenden Räumen den aufsteigenden Abschnitt hinaufgezogen wurde – was irgendwie auch logisch war. Sie kroch weiter, sah hinauf und war erleichtert, dass sie sich nur aufrichten musste, um sich zum nächsten, höhergelegenen horizontalen Schachtabschnitt hinaufzuhieven. Letzterer wies wiederum zwei weitere Schutzgitter auf, die sich allerdings im Schachtboden befanden – also an der Decke der Räumlichkeiten darunter.

Vorsichtig schob sich Ginny voran und lugte über die Kante des ersten der beiden Schutzgitter in den Raum hinunter. Ihr Blick fiel auf etliche Ölfässer, die hier dicht an dicht in Reih und Glied standen und den markanten Geruch von Mineralöl verströmten. Die offenbar per Schablone aufgesprühten, leuchtend orangen Warnsymbole waren hier klar zu erkennen:

‚Vorsicht, entzündlich!'

Gerade wollte Ginny zum nächsten Schutzgitter weiterrobben, da erhaschte noch etwas ihr Augenmerk…

Hatte da nicht eben etwas rot geblinkt?

Da… wieder!

Alle paar Sekunden blinkte dort unten etwas – an einem der Fässer!

Aus dieser Perspektive und durch das Gitter hindurch konnte Ginny nichts Genaueres erkennen – sie war sich aber ziemlich sicher, dass an einem gewöhnlichen Ölfass normalerweise nichts zu blinken hatte.

Sie holte den Sternanstecker hervor und tippte ihn an.

„Natalia?"

„Ginny! Alles in Ordnung?"

„Ja! Also ich bin den Schacht hinaufgeklettert, und hier oben ist ein Gitter, von wo man in einen Raum voller Ölfässer schauen kann, und ich glaube, ich hab' was gefunden, das eine Bombe sein könnte! Es blinkt so rot, alle paar Sekunden!"

„Lass gut sein, Ginny! Bitte versuch' weiter, ins Freie zu gelangen!"

„Aber könnte das denn die Bombe sein?"

„Ähm… Das kann ich nicht genau sagen, Ginny. Es könnte alles Mögliche sein… Aber das ist auch egal: Bitte bring dich in Sicherheit!"

Jetzt war sich Ginny fast sicher, dass das die Bombe war.

Es machte bloß Sinn: in einem Raum voller Fässer mit entzündlichem Inhalt!

Mit einem „Pozz und Out." beendete Ginny das Gespräch.

Nun kroch sie über das Gitter hinweg – aber nur, um mit den Hacken ihrer Stiefel auf dasselbe eintreten zu können.

Sie trat zu: einmal… zweimal…

…und machte dabei weit mehr Lärm, als sie gehofft hatte.

Vermutlich hatte das jeder einzelne Trife im Umkreis von fünfhundert Metern gehört. Die Frage war, ob die lackledernen Spießgesellen Zugang zu dem Raum mit den Ölfässern hatten.

Ginny atmete tief durch, sammelte alle Kraft…

…und trat mit aller Kraft ein drittes Mal zu.

Aller guten Dinge…

KAPITEL 46

Das musste er sein.

Das Mädchen aus Dego hatte also nicht gelogen.

Da stand er: Sheriff Duke

– mitten auf einem großen Platz, flankiert von hohen Bürogebäuden.

Grace konnte kaum glauben, wie klischeehaft sein Auftreten war: Ein stämmigerer, pockennarbigerer und stoppeligerer Clint-Eastwood-Verschnitt – komplett mit langem Westernmantel, zwei chromblitzenden Revolvern... und einem verfluchten Cowboyhut obendrauf! Und ein Sheriff-Stern am Revers.

Ein elender LARPer war der Kerl!

Nur seine beiden Roboterarme fielen ein wenig aus dem Rahmen.

Mit breiten Beinen, die Fäuste in die Hüften gestemmt, sodass seine beiden Revolver unter dem Mantel hervorblitzten, stand er da – selbstgerecht und aufgeblasen wie er war!

„Sheriff Duke, unverkennbar...", rief Cain ihm zu.

„Stehenbleiben.", gebot Duke mit markiger Stimme.

Cain und Grace blieben stehen – knapp zehn Meter von ihm entfernt.

„Deine kleine Botin hat uns die Nachricht überbracht!", rief Grace.

„Scheint so! Freut mich, dass ihr euch herbemüht habt. Vielleicht können wir uns auch ohne Blutvergießen einig werden?"

Cain und Grace mussten lachen.

„Schreib's dem Weihnachtshasen, Sheriff!", höhnte Cain zurück. „Shurrath will deinen Kopf!"

Langsam hob Duke seine Rechte, fasste die Spitze seiner Cowboyhutkrempe lässig zwischen Daumen und Zeigefinger, und schob diese hoch, damit er seinen beiden Widersachern direkt in die Augen sehen konnte –Grace zuerst:

„Was meinen Sie dazu, Miss Salk? Wollen auch Sie meinen Kopf?"

„Ihr Kopf ist mir egal, Sheriff!", erwiderte Grace. „Was ‚Miss Salk' will, ist egal! Shurrath allein ist mein Herr und Meister!"

„Ich weiß, das glaubst du nicht wirklich, Grace!", wechselte Duke den Ton. „Ich weiß, dass du widerstehen kannst! Du hast es bereits bewiesen!"

„Verfehlungen, für die ich bereits gezahlt habe, Sheriff. Das passiert mir nicht wieder!"

Zu Graces Überraschung zog sich ein breites Grinsen über Dukes Gesicht…

„Wie soll die Nummer hier laufen, Sheriff?", wurde Cain ungeduldig.

„Hast du dich schon mal mit jemandem duelliert, Bubele? Oder vielleicht mal einen Western geschaut?", rief Duke zurück.

„Nö und nö."

Duke seufzte, ohne dabei sein breites Grinsen aufzugeben:

„Okay, für dich die ADHS-Fassung: Man trifft sich auf einem offenen Platz wie diesem. Einer steht hier – wie ich gerade. Ein anderer steht dort – wie ihr gerade. Ein Assistent – wie zum Beispiel einer meiner Deputys hier – schießt in die

Luft. Und wer denn zuerst zieht und trifft, der verlässt den Platz als Lebender."

Cain lachte: „Klingt lustig!"

„Dachte ich mir schon, dass das ganz deine Kragenweite ist. Zumindest solange du den Vorteil auf deiner Seite wähnst. Ich bin schließlich bloß ein mickriges Menschlein, nicht wahr?"

Grace entging nicht, wie Cain bei diesen Worten das Lachen gefror. Anscheinend hatte Sheriff Duke den Finger auf eine Wunde gelegt…

„Sie sollten Ihre arrogante Haltung überdenken, Sheriff!", erwiderte Cain energisch. „Sie haben schon recht: Vielleicht können wir uns das Blutvergießen sparen! Die Wahrheit ist: Shurrath kann Männer Ihrer Fasson gebrauchen! Geborene Anführer. Männer ohne Angst."

„Ein Mann ohne Angst ist ein Mann ohne Verstand.", konterte Duke trocken und feixte:

„Aber es stimmt schon: Genau das ist wohl die ideale Voraussetzung, um bei Shurrath anzuheuern. Nein. Mit fragwürdigen Komplimenten und zweifelhaften Angeboten kann sich dein Chef nicht aus der Affäre ziehen!"

„Was ist mit den ganzen Handlangern, ihren ‚Deputys', die Sie in und auf den Gebäuden um uns herum platziert haben, Sheriff?", deutete Cain auf den sprichwörtlichen Elefanten im Raum. „Sind die alle ebenso Teil des ‚Duells'?"

„Nein. Die werden sich heraushalten. Darauf mein Wort!", antwortete Duke mit todernstem Blick.

„Worte zählen hier draußen nichts, Sheriff!"

Da unterbrach Grace das, was ihr zunehmend vorkam wie Schuljungengezänk:

„Ist Feldwebel Pine hier? Isaac Pine?"

„Pozz. Genau dort drüben.", deutete Duke auf das Gebäude schräg hinter seinen beiden Kontrahenten.

„Er hat sein Scharfschützengewehr genau auf euch gerichtet. Bloß, um sicherzustellen, dass ihr nicht aus der Reihe tanzt."

Grace sah zurück zum fraglichen Gebäude, konnte jedoch nicht erkennen, ob Dukes Behauptung stimmte.

„Der spielt mit gezinkten Karten und verspricht uns, nicht zu schummeln…", zischte Cain Grace flüsternd zu. „Ich sage, wir rufen die Trife und setzen diesem Zirkus ein Ende."

„Das hat noch Zeit. Ich möchte herausfinden, ob der Sheriff wirklich so eine ehrliche Haut ist, wie er tut.", insistierte Grace.

„Da wäre er wohl der erste Mensch auf dieser Welt…", knurrte Cain. Dann aber: „Also schön. Aber Keshk soll relokalisieren…"

„Was soll er?", verstand Grace nicht recht.

Aber Keshk verstand.

„Nur für den Zweifelsfall.", schob Cain hinterher, als es Grace bereits im Nacken zu kribbeln begann.

Das Kribbeln intensivierte sich rasch, und schlug schließlich in einen stechenden Schmerz um!

Mit zusammengebissenen Zähnen hielt Grace den Atem an und fasste sich mit gesenktem Blick an den Nacken – noch im Versuch, sich vor Duke keine Schwäche anmerken zu lassen. Sie konnte spüren, wie sich die Khorone in ihrem Nacken die Wirbelsäule hinabbewegte… Es war, als würde man Stacheldraht durch einen engen Gummischlauch ziehen!

Glücklicherweise dauerte der Vorgang keine zehn Sekunden, und der Schmerz verklang so rasch, wie er entstanden war.

„Eine Bedingung noch!", rief Cain – auch, um von Grace abzulenken.

„Was noch?"

„Wenn zwei siegen, sollen zwei verlieren! Wir wollen nicht nur Ihren Kopf, Sheriff, sondern auch Feldwebel Pine – lebendig!"

„Solltet ihr beide siegen, verlieren weit mehr als bloß

zwei.", knurrte Duke. „Aber sei's drum…" – womit er sich an den Sheriff-Stern tippte:

„Isaac?"

„Ja, Sheriff?"

Grace wurde hellhörig…

„Hör zu: Sollten mich die beiden Knäuelnacken hier besiegen, wirst du dich ihnen ergeben – verstanden?"

„Ähm… Sheriff??"

„Hast du verstanden, Isaac?"

„…Pozz."

„Pozz und Out."

Cain und Grace sahen einander fragend an.

War das eben wirklich Feldwebel Pine gewesen?

Oder war auch das bloß eine Finte?

„Nun?", rief Duke. „Wären die Herrschaften dann so weit?"

Demonstrativ fasste er sich mit beiden Händen an den Patronengürtel – bedrohlich dicht an den Knäufen seiner beiden chromblitzenden Revolver.

„Du hast es wohl eilig zu sterben…", knurrte Cain und führte seine Rechte an den Knauf seiner Pistole heran, die aus seinem Hosenbund ragte.

Von ihrem Jagdbogen abgesehen, hatte Grace inzwischen keine Notwendigkeit mehr darin gesehen, eine Schusswaffe bei sich zu tragen, und so führte sie ihre Rechte an ihr um den Oberschenkel gebundenes Stilett.

„Wenn der Signalschuss fällt…", ermahnte Duke nochmals, hob seine Linke in die Höhe und schnippte mit den Fingern.

Das war das vereinbarte Zeichen:

Das Duell hatte begonnen! Die Uhr tickte.

Ohne Hast führte Duke seine Hand an den Patronengürtel zurück.

Es wurde gespenstisch still…

Wie lange würde es dauern, bis der Signalschuss fiel?

Grace bereute, das nicht geklärt zu haben.

Da erhob Duke erneut das Wort.

„Ich werde deinem Vater ausrichten, dass du dein Bestes versucht hast, Grace.", brummte er – und im selben Moment fiel ihm ein Donner von der Wolkendecke herab fast ins Wort...

Der Signalschuss?

Mit einem Mal lief vor Graces Augen alles wie in Zeitlupe ab!

Sie wusste, dass sie es vermasselt hatte.

Dukes dämliche Bemerkung hatte ihr den letzten Rest an Konzentration geraubt, und sie spürte, dass sie mindestens eine Hundertstelsekunde zu spät registriert hatte, dass der Signalschuss tatsächlich gefallen war. Sie hatte doch gewusst, dass man diesem selbstgerechten, scheinheiligen Hurensohn nicht trauen konnte. Er war ein Poker-Spieler, kannte alle möglichen Tricks, ließ einen glauben, er habe das Eine vor, tat dann aber etwas ganz Anderes, um sich letztlich einen unfairen Vorteil zu sichern. Dass sich ausgerechnet ein solches Schlitzohr zum Hüter von Recht und Ordnung aufplusterte...

Längst sah Grace Dukes Hände zu den Knäufen seiner chromblitzenden Revolver hinabfahren und die beiden Waffen in einer Bewegung von fast unmenschlich perfekter Geschmeidigkeit aus den Holstern zu ziehen, um ihre Knäufe im nächsten Moment zu umschließen und mit den Fingern das Ziehen der Abzughebel zu beginnen, noch ehe die Läufe auf halbem Wege ihre Schussrichtung erreichten. Es war der Bewegungsablauf eines Meisterschützen – auf die Tausendstelsekunde optimiert.

Im Augenwinkel sah Grace auch Cain ziehen – fast ebenso schnell, doch um mehrere Hundertstelsekunden zeitversetzt. Nur wenn seine Kugel schneller fliegen sollte, hatte er noch eine Chance – zu einem Unentschieden.

Gebannt sah Grace zu, wie die beiden Revolverläufe des

Sheriffs ihre Zielposition erreichten und genau in jenem exakten Moment ihr Mündungsfeuer hervorspien…

Die Kugel traf sie knapp oberhalb ihres rechten Schlüsselbeins – wobei sie noch genau so dastand, wie zu dem Moment, als Duke mit den Fingern geschnippt hatte.

Es lag nicht einmal daran, dass sie sich gegen Keshk gewehrt hätte.

Sie war schlicht und ergreifend überrumpelt worden, war mental nicht auf die Situation vorbereitet gewesen, war vielleicht auch schlicht nicht aus dem richtigen Holz geschnitzt! Ein Holz, in das nun ein jähes Loch geschlagen wurde…

Sie spürte, wie das bleierne Geschoss ihre Muskelfasern durchdrang und an der Rückseite ihrer Schulter wieder austrat – während sich der Schmerz ausbreitete wie Flammen über ausgelaufenes Benzin.

Es war ein wundervoller Schuss und der Treffer eines Gentlemans.

Duke hatte sich nicht verzielt – das war ausgeschlossen. Die dem Schmerz folgende Taubheit in Graces rechtem Arm verriet seine Absicht.

Es war ein chirurgischer Schuss gewesen – präzise gesetzt, um den Armnerv an der Schulter zu durchtrennen und ihre Schusshand zumindest einstweilen unbenutzbar zu machen. Einem Teil in ihr wäre es lieber gewesen, er hätte ihr Genick durchschossen…

Im selben Moment schlug auch Cain eine Fontäne roten Bluts aus der anatomisch identischen Stelle. Bloß, dass Duke es in seinem Fall nicht dabei belassen wollte…

Dem Treffer folgte gleich das nächste Mündungsfeuer… dann ein drittes, ein viertes und ein fünftes – von denen jedes eine weitere Blutfontäne aus Cains fast ausgeblichenem AC/DC-Fanshirt hervorplatzen ließ.

Dabei hatte Cain den Lauf seiner Pistole noch nicht einmal in die Waagerechte bringen können – aus welchem sich nun nichtsdestotrotz ein Verlegenheitsschuss in den Pflasterstein-boden des Platzes löste.

Der sechste Treffer endlich boxte Cain von seinen ausge-latschten, fast kindersarggroßen Sneakern... und mit einem gewaltigen Rums fiel er hintüber zu Boden

– K.O. in der ersten Runde!

Grace wollte toben, dass Duke sie so schäbig überrumpelt hatte – aber konnte sie das auch für Cain geltend machen? War sie nicht eigentlich wütend auf sich selbst? Im Grunde hatte der Sheriff gegen keine der Regeln des Duells verstoßen, hatte Wort gehalten...

Dessen rechter Revolver schwieg nun, war aber noch immer auf Grace gerichtet. Sie wusste, dass sie keine Chance gegen ihn hatte.

Das Mädchen aus Dego hatte Recht behalten.

Erstens:

Im Duell Zwei gegen Einen würde Duke sie besiegen.

Zweitens:

Sie würden schwindeln.

Grace rief die Trife.

KAPITEL 47

„Immer noch nichts?", wurde Rain quengelig. „Sie sind jetzt schon mehr als eine Stunde fort!"

„INKORREKT. ES SIND VIERUNDZWANZIG MINUTEN UND ACHTZEHN SEKUND– ÄH NEUNZEHN SEKUND– ÄH ZWAN–..."

„Lass gut sein, Max. Da kommst du nicht hinterher!", lachte Rain.

„KORREKT. VORGANG ABGEBROCHEN."

Rain ließ die Hauptwerkshalle nicht aus den Augen.

Hier, vom Dach eines der vielen hausgroßen, zylindrischen Lagertanks aus, hatte sie es gut im Blick. Die Sicht auf Latos und die Ranger war von hier aus zwar blockiert, aber das ATCoS-Display im Inneren ihres Helmvisiers zeigte zuverlässig deren relative Positionen zu ihr an.

Rain hasste diese Mischung aus Däumchen drehen und flauem Magen. Und mit jeder Minute, da Duke sich nicht meldete, um den Sieg über Cain und Grace zu vermelden, wurde er nur noch flauer.

Auch die Trife ließen auf sich warten. Was an sich natürlich eine gute Nachricht war... aber die Warterei nagte dennoch an Rains Gemüt.

Fast fünfundzwanzig Minuten nun!

Was machten sie dort drüben?

Diskutierten sie?

Zu allem Überfluss musste Rain sich auf den nächsten Schock einstellen, den Max zur Stimulation der Khorone in ihrem Nacken induzieren würde, sollten die Trife ihre Aufwartung machen. Die Prozedur war mehr als unangenehm…

Allem voran aber sorgte sie sich um ihre Gefährten: Duke, Isaac… und nicht zuletzt Ginny. Denn auch von dem Mädchen fehlte jede Spur. Notfalls würden sie eben hineingehen und sämtliche Lüftungsschächte abklapp–…

Ein Donnern in der Ferne riss Rain aus den Gedanken.

Es folgten – klarer als solche vernehmbar – sieben Schüsse: sechs aus einer Waffe und einer aus einer anderen.

„UPDATE: DAS DUELL IST ENTSCHIEDEN!", verkündete Max – und Rain fiel beinahe vornüber vor Überraschung.

„Und??"

„SIEGER: SHERIFF DUKE. VERLIERER: DIE TERRORISTEN."

Mit leuchtenden Augen fiel Rain nun vollends auf ihre Viere:

„Bist du dir sicher?! Woher weißt du das??"

„KLANG-ANALYSE: EIN SCHUSS AUS EINER PISTOLE. SIEBEN REVOLVERSCHÜSSE."

„Sieben? Ich habe nur sechs gezählt…"

„SECHS SCHÜSSE AUS EINEM REVOLVER, EINER AUS EINEM ZWEITEN REVOLVER."

„Der Sheriff hat zwei Revolver!", rief Rain jubilierend.

„KORREKT. SIEBEN KÖRPERTREFFER AUF BIOLOGISCHES GEWEBE. EIN UMGEBUNGSTREFFER AUF FLACHES GESTEIN."

„Der Sheriff hat gewonnen!", sprang Rain auf und begann, mit Max leidlich Ringelreih zu tanzen.

„KORREKT. WARNUNG: ES GIBT EIN NACHSPIEL.", deutete Max auf die Hauptwerkshalle.

Erst war dort nichts Besonderes zu sehen.

Dann kam plötzlich ein Trife aus der Eingangspforte spaziert.

Dann zwei weitere.

Dann vier weitere.

Dann waren es schon mehr als ein Dutzend…

Und was für Exemplare es waren!

Über einen Kopf größer waren sie als jene Trife, die Rain gewohnt war – und von deutlich athletischerer Konstitution.

„Oh nein!", verklang Rains Jubel augenblicklich. „Das müssen jene ‚Super-Trife' sein, von denen die Rede war!"

Eilig machte sie sich auf den Weg zur Steigleiter, die vom Lagertank hinabführte.

Erneuter Kugeldonner schallte aus der Ferne herüber…

„KLANG-ANALYSE: M.K.-10   STURMGEWEHRE.", konstatierte Max.

„Das sind unsere, oder?", seufzte Rain.

„Okay, Max… ", ging sie vor Max auf die Knie, beugte ihren Kopf nach vorn und entblößte ihren Nacken, „…tu, was du tun musst!"

Ohne Zögern und erkennbare Gefühlsregung legte der Axon im Menschenkörper seine gallertartige Tentakelhand auf Rains Nacken – dessen Narbe das Eindringen der Khorone bezeugte. Rain konnte spüren, wie die Gallerte einzudringen begann… doch das war noch nicht der schmerzhafte Teil…

„Tu's!", zischte Rain und hielt die Luft an.

Der Schock, der ihr über den Nacken in die Glieder fuhr, rief unwillkürliche Erinnerungen an den Scheiterhaufen der Growler wach, dem sie im letzten Moment entkommen war, während ihre Eltern bei lebendigem Leib verbrannt waren…

Tränen rannen ihr aus den Augenwinkeln…

…dann begann sie, sie zu spüren! Die Trife!

Einhundertsiebenundachtzig waren es an der Zahl.

Im Vergleich zu vorigen Trife-Fluten eine kleine Menge… aber diese Trife waren den üblichen Artgenossen körperlich deutlich überlegen.

Rain sah auf, fokussierte ihren Blick auf die Lackledernen.

Es war, als könnte sie sie mit Händen fassen!

Sie versuchte es… versuchte mit nachdrücklichen Gesten, die aus der Hauptwerkshalle herausströmende Horde irgendwie zurückzudirigieren…

Und tatsächlich! Einige der Höllenschergen schienen auf Rains Gesten zu reagieren, machten unvermittelt kehrt.

Aber es waren nur einige wenige. Das Gros schien dem ursprünglichen Kommando verhaftet zu bleiben. Mit einem Ächzen ließ Rain wieder ab.

Dann tippte sie ihren Deputy-Stern an:

„Oberrangerin Latos! Zirka hundertachtzig Trife sind unterwegs!"

„Pozz!", kam die Antwort prompt.

Rain holte tief Luft und schloss die Augen. Erneut streckte sie die Hände aus. Sie konnte es fühlen: Da war eine Barriere zwischen ihr und den Trife… eine Art… Realitätsbarriere, die sie erst würde durchstoßen müssen, um die Trife wirklich kontrollieren zu können.

Inzwischen erreichten die ersten Trife die Reihen der großen Lagertanks – wo sie prompt von Latos' Rangern und deren Plasma-Launchern empfangen wurden!

Augenblicklich gingen die ersten der außerirdischen Dämonen kreischend in Flammen auf, während es ihre Artgenossen auseinandertrieb.

Noch immer aber kamen zu viele durch.

Schlimmer noch: Einige von ihnen waren offenbar in der Lage, selbst leichte Plasma-Treffer dadurch wegzustecken, dass sie sich rennend in den Staub warfen, sich rasch hin- und herwälzten und mit den so erloschenen Flammen und nur ein paar oberflächlichen Verbrennungen weiterliefen!

Unkommandierte Trife zumindest hätten sich weiter gegen ihre unmittelbaren Angreifer gewandt – diese hingegen hatten ein klares Ziel vorgegeben: nach Norden, wo der Sheriff war!

Wenn Rain es verhindern wollte, musste sie jetzt einen Weg finden, jene mentale Barriere zu überwinden. Sie schloss die Augen und bündelte all ihre Konzentration…

Die Barriere erschien… doch in derselben war nun eine kleine Öffnung – wie ein rundes Loch, durch das Rain einen eckigen Klotz zu schieben versuchte! Sie stellte sich vor, wie sich das Loch ausweiten würde – gleich einer Pupille in der Dunkelheit. Was offenbar genau das richtige Gedankenbild war – denn die Intensität der mentalen Verbindung ins Kollektiv schwoll von einem Säuseln zu einem leisen Rauschen an… und mit einem Mal wurde daraus ein tosender Wasserfall!

Rain sprang hindurch…

…und fand sich in einem unendlichen Kontinuum aus Trillionen Noden gleichzeitiger Gedanken, Wahrnehmungen, Botschaften…

Wo war sie hingeraten?

Wo waren die Trife, die sie doch dirigieren wollte?

Sie war zu weit gegangen – musste rasch zurück ins Hier und Jetzt!

Da blitzte genau vor ihren Augen, inmitten des Kontinuums, ein sternförmiges Objekt auf… ein dunkler Stern, der sich zu einer Art Kometen formte… und in einer Spiralbahn genau auf sie zugeflogen kam.

Sie versuchte noch irgendwie auszuweichen… wurde jedoch unweigerlich erfasst, sodass sich alles in des Kometen unheimliches dunkles Wabern tauchte. Da realisierte sie es:

Der Komet… war ein Relyeh!

„Max!", riss sie die Augen auf.

Max hatte bemerkt, was vor sich ging.

Immer tiefer drang er in ihren Nacken ein, formte seine

Tentakel in dolchartige Sonden um und erhöhte die Schockdosis.

Doch es war zu spät: Die Bestie war erwacht!

Sie packte Max am Arm... und warf ihn mit sich selbst zu Boden.

Rain wollte das nicht...!

Die Bestie richtete sich auf, ging in die Hocke... packte Max' Arm mit der unerbittlichen Kraft ihrer robotischen Hand... bis man die Knochen knacken hören konnte... und riss sich Max' Hand schließlich aus dem Nacken heraus, als würde sie sich von einer lästigen Halsfessel befreien.

Rain wollte das nicht...!

Als Max wieder auf die Füße kam, flossen ihm schwallartige Fäden hellgelber Gallerte aus dem geschundenen Arm – allerdings ohne, dass ihn dies sonderlich zu beeindrucken schien. Stattdessen hatte seine andere Tentakelhand mit einem leuchtenden Cyanblau zu glühen begonnen – und er richtete diese nun gleich dem Lauf einer Waffe auf die Bestie.

Im selben Moment jedoch fegte selbige mit ihren Roboterbeinen Max' Füße zur Seite weg. Der cyanblaue Ball aus purer Axon-Energie verfehlte ihren Kopf nur um einen Fingerbreit...

Sichtlich ausgelaugt, kauerte Max nun auf Knien vor der Bestie.

Rain wollte das nicht...!

Die Bestie ging auf ihn zu, packte ihn am Haarschopf und nahm seinen Kopf zwischen ihren metallenen Oberschenkeln in die Zange.

Rain wollte das nicht...!

Die Zange packte zu...

...die Bestie ging in die Knie...

...und mit einem schwungvollen Rückwärtsüberschlag brach sie dem Axon im Menschenkörper Hals und Wirbelsäule zugleich!

Kraftlos sank der Körper zu Boden, während zu allen Seiten mehr und mehr der hellgelben Gallerte in dicken, schwallartigen Fäden herausfloss.

Rain wollte das nicht...!

Doch der mörderische Feldzug der Bestie hatte erst begonnen.

Sie richtete sich auf und lief zum Rand des Lagertanks.

Einer von Latos' Rangern stand genau darunter – zwei Trife-Kadaver zu seinen Füßen.

Mit steinerner Miene nahm die Bestie den Jagdbogen auf ihrem Rücken hervor, zog einen der Pfeile aus dem Köcher und spannte diesen. Sie zielte erst auf den Helm des Rangers... dann aber besann sie sich und zielte auf den Hals.

Ein Zischen... ein Ächzen...

Der Ranger war sofort tot.

Rain wollte das nicht...!

Die anderen Ranger ahnten noch nichts von dem Geschehen und waren vollauf mit den Trife beschäftigt.

Die Bestie nahm einen weiteren Pfeil hervor... spannte diesen...

Ein Zischen... ein Ächzen...

Ein weiterer Ranger fiel. Leise und tödlich.

Sie hatten mit dem Feuer gespielt.

Sie hätten die Khorone töten sollen – selbst, wenn es auch

Rain getötet hätte. Jetzt war die Bestie von neuem erwacht. Und nicht irgendeine Bestie…

Sie pirschte weiter um den Rand des Lagertanks herum. Da fiel ihr Augenmerk auf einen weiteren Ranger, der neben einem Gastank aus kniendem Anschlag feuerte. Es war Oberrangerin Latos.

Rain wollte das nicht…!

Die Bestie zog einen dritten Pfeil hervor und spannte ihn.

Nicht…!

Ein Zischen…

Der Pfeil traf Latos in den Arm… und ihr Plasmaschuss fuhr geradewegs in den Gastank hinein.

Für einen Moment noch sah man das Glühen des Metalls.

Dann explodierte der Tank…

KAPITEL 48

Klimpernd fielen die leeren Hülsen aufs Steinpflaster.

Im Handumdrehen hatte Duke einen Schnelllader gezückt und seinen linken Revolver nachgeladen.

Der Koloss mit den dunklen Locken lag blutend da wie ein geschossener Elefant. Es war nur eine Frage von Minuten, allerhöchstens Stunden, bis er wieder ganz zu sich käme.

Grace stand da mit starrem Blick, schnaubte... auch vor Wut. Ob tot oder lebendig – sie mussten einsehen, dass Duke das Duell gewonnen hatte.

Gelassen wandte sich dieser nun zur Seite fort und schlug den Weg in den Schutz eines der umstehenden Gebäude ein. Nach zwei Schritten tippte er sich abermals an seinen Sheriff-Stern:

„Isaac, behalt mir den Ronin im Visier."

„Pozz."

Ein weiterer Fingertipp...

„Team Eins und Team Zwei: bereitmachen."

„Pozz, Sher–", verschluckte das plötzliche Flattern des Westernmantels das Ende des Gesprächs, da Duke aus dem Stand in eine Seitwärtsrolle hechtete, während Graces Stilett sein Ziel verfehlte und stattdessen das Leder der wallenden Robe durchstieß.

Binnen eines Sekundenbruchteils hatte Duke seinen rechten Revolver gezogen und wollte schon schießen... da sah er, dass Grace bereits in die Knie ging – Rückenschuss.

Ein zweiter dumpfer Schlag ließ nun das Leder ihres linken Stiefels aufplatzen und zwang sie ächzend zu Boden.

Isaac hatte gute Arbeit geleistet – auch wenn der schöne neue Westernmantel schon wieder dahin war...

Duke stand auf und tippte sich an den Sheriff-Stern:

„Max! Fortfahren wie besprochen!"

Eine Antwort blieb aus.

Duke nahm es als positives Zeichen, dass der Axon im Menschenkörper bereits voll zugange war.

„Alles in Ordnung, Sheriff?", meldete sich nun Isaac zurück.

„Das Blondchen hat mir meinen nigelnagelneuen Mantel aufgeschlitzt...", grummelte Duke. Isaac lachte.

Dann aber plötzlich:

„Hayden, zwei Uhr!"

Duke sah auf und traute seinen Augen kaum:

Der blutende Koloss war aufgesprungen – seine Pistole im Anschlag und auf Duke gerichtet!

Noch als die Mündung der Waffe aufblitzte, hatte Duke bereits kehrtgemacht und sprintete voran.

Es war alleine der Tatsache zu verdanken, dass Cain von den sechs Schüssen noch immer ein wenig benommen war, dass die beiden Kugeln ihr Ziel verfehlten – ehe Duke hinter einer dem Gebäude vorgelagerten Mauer Deckung fand. Er zog seinen Revolver...

...doch erneut kam ihm Isaac zuvor und traf Cain in die Seite.

Der Treffer aber hielt den Koloss kaum auf.

Duke zielte erneut...

...da eröffneten endlich auch die beiden Einsatzteams von

den oberen Etagen aus das Feuer… und Cain wurde von zwei Seiten regelrecht durchsiebt!

Binnen Sekunden war er vollkommen blutüberströmt – ein grausiger Anblick.

„Isaac, du hältst mir das Blondchen in Schach!", gab Duke durch.

„Pozz! Aber willst du nicht endlich kurzen Prozess mit ihnen machen, solange sie am Boden sind?"

„Noch will ich sie nicht vom Spielfeld nehmen. Vor allem Grace nicht."

„Du machst es dir nie zu leicht, oder, Hayden?"

„Pozz.", schmunzelte Duke.

„Purzel, wir haben ein Problem!", meldete sich Natalia plötzlich.

„Mehr als eins, Nat! Was gibt's denn?"

„Etwas stimmt nicht mit Rain!"

„Was stimmt nicht mit ihr?"

„Das LiDAR ist aktiv. Ich habe das gesamte Feld im Blick. Über hundert Super-Trife sind schnurgerade auf dem Weg zu euch, und ich schwöre, ich habe gerade mit ansehen müssen, wie Rain erst Max und dann einigen unserer Ranger den Garaus gemacht hat…"

„Was?!"

„Ich fürchte… sie ist wieder–"

Da ließ ein derart gewaltiger Donnerhall Himmel und Erde erzittern, dass es Duke in die Knie gehen ließ.

„Heiliges Kanonenrohr…", raunte er und sah in die Richtung, aus der die massive Erschütterung herrührte: das Depot im Süden.

War die Bombe detoniert?

Ein riesiger Ball aus dichtem schwarzen Rauch und roten Flammen stieg in den Himmel.

War ein Tank explodiert?

„Ich will verdammt sein, aber die Sache läuft nicht wirklich wie geplant, Nat…"

„Das kannst du laut sagen, Purzel…"

„Dann weißt du ja, was zu tun ist: Wir müssen die großen Jungs zu Hilfe rufen."

„Pozz…", antwortete Natalia und beendete die Verbindung.

Duke atmete tief durch.

Natalia im Sanisco Hauptquartier würde sich nun an den Goliath-Kommunikator setzen, die Elektrodenkappe samt Interfacebrille anlegen, und den telepathischen Draht zu den Monstrositäten herstellen – der Joker im Ärmel.

Cain stand noch immer, nurmehr ein riesiger blutiger Fleischklumpen.

„ICH BIN UNSTERBLIIIICH…!", rief er mit einer unmenschlich gurgelnden Stimme, die Duke einen kalten Schauer über den Rücken sandte.

Duke steckte den Revolver zurück. Alles andere wäre reine Munitionsverschwendung…

Cain schien zu grinsen, soweit man das noch erkennen konnte, und richtete seine Waffe auf Duke – der sich rasch wieder hinter den Mauervorsprung zurückzog.

KLICK.

KLICK.

Cain lachte, und Duke konnte hören, wie der grausige Fleischriese die Waffe fallenließ.

„Ich hole mir auch so deinen Kopf, Sheriff! MIT MEINEN BLOßEN HÄNDEN REIß' ICH IHN DIR VOM HALS!"

Da fuhr Cains blutiger, baumstammhafter rechter Arm um den Mauervorsprung herum… und er hätte Duke auch beinahe gepackt, wenn dieser ihm nicht noch im letzten Moment seinen linken Metallarm in den Weg geschoben hätte. Doch während Cain seinen Arm wieder zurückzog, packte er dafür nun Dukes Metallarm… und zog den Sheriff wie er war hinter dem Vorsprung hervor.

„HAB ICH DICH!", lachte Cain.

„Geh dich erstmal duschen, du Widerling! Machst mir mein Hemd fleckig…!", knurrte Duke.

Wütend hob Cain ihn mit beiden Armen über seinen Kopf… und schleuderte ihn mit Wucht gegen den Mauervorsprung zurück, sodass der Schutt in Brocken herabrieselte!

„Uff…", keuchte Duke und strich sich den Staub vom Stoppelkopf.

Er wollte seinen Hut auflesen… doch noch ehe er diesen greifen konnte, fuhr Cains blutiger, durchgetretener Sneaker darauf hinab wie eine elefantöse Hydraulikpresse.

„Hey… Ich mochte den Hut…!", sah Duke zu ihm auf.

Die Nonchalance machte den wütenden Koloss nur noch wütender…

…und unvorsichtiger…

Rasend kam Cain erneut auf Duke zu und holte aus.

Problemlos duckte sich Duke zur Seite weg, sodass der Schlag mit einem gewaltigen Rums im Mauerwerk landete und dort einen blutigen Krater hinterließ.

„Sheriff, hier ist One One!", krächzte Deputy Kishas Stimme, während Duke einem zweiten, noch heftigeren Schlag auswich.

Die Mauer bebte bedrohlich.

„Wir haben Tangos am Hintern! Ich–", wurde die Verbindung jäh unterbrochen. Gelegenheit zum Antworten blieb Duke nicht…

Erneut gelang es ihm, im letzten Moment auszuweichen, da Cains dritter Faustschlag den oberen Teil der Mauer einstürzen ließ.

„KOMM HER UND KÄMPFE WIE EIN MANN!", rief Cain frustriert. Wieder und wieder gingen seine Schläge ins Leere.

„Duke!", meldete sich Natalia.

Er hörte ihrer Stimme gleich an, dass etwas nicht stimmte.

„Die Goliaths… sie antworten nicht!"

„Sie antworten nicht? Wie meinst du das?"

„Ich bekomme keine Verbindung zu ihnen! Aber ich kann am Interface keinerlei Defekt oder Fehlfunktion erkennen. Es ist fast so, als wären sie vom Erdboden verschwunden!"

Dukes Blick verfinsterte sich.

Verschwunden? Das konnte doch nicht sein! Es musste irgendein Fehler oder Irrtum vorliegen.

„Schlechte Nachrichten, Sheriff? Lässt die Kavallerie auf sich warten?", lachte Cain… und mit einem Mal hatte er Duke mit seinen beiden riesigen, blutigen Pranken gepackt.

Duke spürte, wie die Segmente seiner Rüstung an seinem Körper knarzten – sie waren das Einzige, was Cain davon abhielt, ihm die Seele aus dem Leib zu quetschen…! Sie und der Umstand, dass es offenbar noch etwas gab, das der blutige Fleischberg ihm mitzuteilen hatte:

„Du hattest deine Chance, dich Shurrath anzuschließen, Sheriff! Jetzt mach dich bereit, zu sterben!"

Duke ballte die Fäuste und begann auf Cains Kopf einzudreschen wie auf einen Punchingball. Nach etwa einem Dutzend Schlägen hielt er angewidert inne…

Cain lachte nur und spuckte ihm seine ausgeschlagenen Zähne ins Gesicht:

„Da musst du dir schon was Besseres einfallen lassen, Sheriff!"

Das konnte er haben – sagte Duke sich in Gedanken.

Dann holte er weit mit seiner Rechten aus… und aktivierte durch die entsprechende Handgeste die Dolchtransformation der mit dem Arm verschmolzenen Axon-Komponente.

Augenblicklich änderte das bernsteinartige Exoskelett des Arms seine Form und nahm die Gestalt eines etwa dreißig Zentimeter langen Stachels an… und mit einem Mal verschwand der höhnische Triumph aus Cains entstelltem Antlitz – denn zweifelsohne erkannte die Khorone in seinem Nacken nun, was sie da vor sich hatte!

Und mit Wucht stieß Duke dem Koloss den Stachel in die Brust – genau dort, wo sich sein Herz befinden musste.

Tatsächlich trat so etwas wie Entsetzen in das, was einmal Cains Gesicht gewesen war, während dieser heftig nach Luft rang, von Duke abließ, ins Wanken geriet... und schließlich auf die Knie und dann auf alle Viere fiel.

Schwer schnaubend fasste sich der blutige Hüne ans klaffende Loch in seiner Brust:

„Schon besser, Sheriff... aber selbst das kann mich nicht töten!"

„Habe ich auch nie behauptet.", stellte sich Duke vor ihm hin und ließ seine Rechte wieder in ihre Ausgangsform zurückkehren. Dann fasste er sich hinters Revers und zog den Zeremonienspeer hervor:

„Aber das hier schon."

Abermals schlug der nur noch zu erahnende Ausdruck in Cains Antlitz in so etwas wie Entsetzen um – nein: blankes Entsetzen.

„Ein Shurrakush!! Wo... wo hast du den her??"

„Du würdest lachen...", brummte Duke...

...und stieß mit einem Satz die Klinge in den Nacken des kauernden Riesen.

Ein letztes Mal fuhren Cains Glieder zusammen, wie dieser es lange nicht mehr erlebt hatte.

Ein ungläubiges, gurgelndes Krächzen entwich ihm noch...

...dann fiel er flach vornüber und verharrte... endgültig regungslos.

KAPITEL 49

Mit einem stillen Seufzer ließ Duke sich mit dem Rücken am Rest der vorgebauten Mauer auf den schuttbedeckten Boden herabgleiten.

Abermals tippte er sich an seinen Sheriff-Stern:

„Isaac! Wie ist die Lage?"

Keine Antwort.

„Isaac?"

„Er kann nicht mehr antworten."

Duke sah auf.

„Die Trife bringen ihn jetzt zu Shurrath."

Es war Grace, die lässig an einem Straßenleuchtenpfahl lehnte, als hätte sie nicht vor wenigen Minuten noch ein Duell auf Leben und Tod verloren.

Nur die Löcher in ihrer Jacke und an ihrem Stiefel sowie das inzwischen fast schwarz verfärbte aufgesogene Blut um diese herum zeugten noch von ihrer Niederlage.

„Grace…", erwiderte Duke, „…damit kommst du nicht durch."

„Bin bereits dabei, Sheriff. Shurraths Wille geschehe!"

„Ich bezweifle, dass du glaubst, was du da gerade gesagt hast, Grace."

„Was bleibt dir auch anderes übrig, hm?", feixte sie. „Aber tröste dich, Sheriff: Ich werde deinen Liebsten ausrichten, dass du dein Bestes versucht hast!"

Damit fasste sie in die Hüfttasche ihrer Jeans und zog ein kleines Kästchen hervor.

„Weißt du, was das ist?", hielt sie es Duke entgegen.

„Ein Fernzünder…", erkannte sein stoischer Forensikerblick.

„Ganz recht, Sheriff. Shurrath wollte deinen Kopf. Aber damit wäre die Lektion nicht komplett. Euer Problem ist eure Arroganz. Eure Arroganz vor Shurrath. Ihr müsst ihn fürchten und respektieren lernen!"

„Respekt aus Furcht ist Heuchelei.", brummte Duke.

„Deine Kalendersprüche langweilen, Sheriff!", wies Grace ihn barsch zurück, hielt das Kästchen demonstrativ in die Höhe und führte mit theatralischer Geste den Zeigefinger der anderen Hand zur großen Taste in der Mitte.

„Grace… ich weiß, dass du dagegen ankämpfen kannst… dagegen ankämpfen willst…"

Duke konnte sehen, wie sie die Zähne zusammenpresste…

…doch dann platzte es aus ihr heraus wie Eiter aus einem Karbunkel:

„DER SIEG GEHÖRT SHURRATH!"

…und mit Nachdruck stieß sie die Spitze ihres Zeigefingers in die große Taste – die mit einem deutlich vernehmbaren Klicken nachgab.

Und…

…es blieb still.

Grace sah auf, lauschte… und Duke tat es ihr nach.

Nichts…

Das Kästchen noch immer theatralisch in die Höhe haltend, wiederholte sie den Tastendruck und hielt die Taste dabei drei gute Sekunden lang gedrückt – ehe sie wieder losließ.

Nichts...

Graces Blick verfinsterte sich...

Duke runzelte die Stirn und begann, sich wieder aufzuraffen und sich den Staub von Mantel und Hose zu klopfen.

„Ist schon entschärft.", konstatierte er schließlich – während Grace das Kästchen endlich wieder herunternahm und sich nun mit sichtlich brodelndem Blick vor Augen hielt:

„Wie...? Wer...?"

„Man könnte sagen...", richtete Duke seinen Kragen und strich sich weiteren Staub von den Schultern,

„...du warst es selbst! Dein wahres Selbst."

Grace sah auf und zu Duke zurück – ihr Blick starr, gleichsam wütend und konfus.

„Dein wahres, menschliches Selbst, Grace.", fuhr Duke fort. „Jene Grace, die das blonde Mädchen aus Dego erst verschont und dann entkommen lassen hat. Jenes Mädchen... Ginny ist sein Name... ist eine Meisterdiebin und mithin eine versierte Schlossknackerin. Und: Sie trägt ihr Herz am rechten Fleck. So fand sie zu uns. So fand die wahre Grace zu uns. Sie steht jetzt hier, vor mir."

Graces Blick blieb starr, zornig und konfus... aber etwas veränderte sich in ihm, als sie ihn zurück auf das Kästchen in ihren Händen lenkte.

Schließlich änderte sich auch ihre ganze Körperhaltung.

Mit hängenden Schultern ließ sie das Kästchen in ihrer Hand herabsinken – fast, als wolle sie es fallen lassen.

„Grace?"

Sie schwieg, regungslos.

Das Kästchen fiel zu Boden.

Dann hob sie allmählich wieder den Kopf.

„Ich...", wollte sie sich an die Stirn fassen...

...da platzte zwischen ihren Schulterblättern die Spitze eines Pfeils hervor... um den Schaft dahinter ein blutverschmiertes, öliges schwarzes Etwas!

„GRACE!", rief Duke, machte einen Satz und fing sie an den Schultern auf…

Er hob den Blick, um den Ursprung des Pfeils auszumachen.

Es war Rain!

Mit ihrem Jagdbogen in der Linken kam sie quer über den Platz auf Duke zugeschritten. Ihr Blick war finster und entschlossen… und von Genugtuung durchdrungen.

„Dein Vater hatte große Hoffnung auf dich gesetzt, Grace,", rief sie. „Aber er war geblendet von seiner Vaterliebe – eine menschliche Schwäche, die sich nicht ganz auslöschen lässt."

Grace war kreidebleich geworden. Mit schwindendem Bewusstsein würdigte sie Rain noch eines letzten Blicks…

„Rain…?", musterte Duke die Bogenschützin mit wachsendem Argwohn.

Ungerührt kam sie weiter auf Duke und Grace zu – doch ihr Blick blieb Grace verhaftet… urteilend… verachtend.

Natalia hatte recht behalten.

„Du bist nicht Rain, oder?", brummte Duke der Bestie entgegen.

„Menschenwesen sollten die Finger lassen von den Dingen, die sie nicht verstehen.", bewegten sich ihre Lippen. Es war Rains Stimme, aber ihre Worte waren es nicht:

„Rain ist hier. Hier vor dir, Sheriff Duke. Sie ist meine Gefangene – verdammt zuzusehen, wie ich die Dinge richte. Sie war zu neugierig. Sie ging in die Höhle des Löwen… und wurde gefressen. Du stehst erst am Anfang deines Wegs der Erkenntnis über die wahre Macht und das wahre Wesen des Dursts, Sheriff Duke! Das Universum ist unsere Auster – so will es die Vorsehung!"

Die Bestie zog einen weiteren Pfeil und spannte ihn…

„Tausendmal gehört!", höhnte Duke mit einem süffisanten Lächeln. „Der mächtige Shurrath klingt kaum anders wie irgendein dahergelaufener Möchtegerntyrann! Wie viele

Welten hat er denn schon erobert? Oh, was? Null? Sieh an: Er IST ein Möchtegerntyrann!"

Flammender Zorn erfüllte das Mienenspiel der Bestie.

Dukes Verdacht, wen er hier vor sich hatte, bestätigte sich zusehends.

„Ein kleiner Ganove unter meinesgleichen, vielleicht...", erhob die Bestie erneut das Wort, „...aber ein Gott über den Menschen! KNIE NIEDER, MENSCHENWURM!"

Lachend schüttelte Duke mit dem Kopf:

„Das ist es also, was dahintersteckt: schnöder Hunger nach unverdienter Macht – auf Kosten der vermeintlich Schwächeren. Wie nobel!"

„Nicht Hunger, sondern DURST! Der ultimative Daseinszweck! Jener Durst nach dem Nektar der Welt, der alle Wesen treibt – ob zur Fortpflanzung oder zur Überwindung der physischen Grenzen von Raum und Zeit!"

„Allemal besser, als sich zur massenmörderischen Unterwerfung fremder Planeten treiben zu lassen, oder nicht?", feixte Duke weiter.

„Aus deinen Worten spricht das Wesen eines Opfers! Wir aber sind HERRSCHER!" – womit die Bestie den gespannten Pfeil auf Dukes Stirn richtete:

„Als das Opfer, das du bist, wird es dich trösten, dass auch deine Liebsten dein Schicksal sehr bald teilen werden..."

Dukes Blick wurde ernst. Sehr ernst.

„Ah... sehr gut! Köstlich...!", schloss die Bestie für einen Moment die Augen und sog genüsslich die Luft durch die Nase.

Rasch aber kam sie wieder zu sich:

„Ade, Sheriff Duke!"

Für einen Sekundenbruchteil sah Duke den Finger an der Sehne des Bogens zucken. Aus dieser Entfernung stand seine Chance etwa fünfzig zu fünfzig, den per Roboterarm abgefeuerten, ultraschnellen Pfeil rechtzeitig abwehren zu können...

Wie in Zeitlupe sah er die Sehne vorschnellen, während der Pfeil losschoss wie eine startende Rakete…

Fast zeitgleich begann sein linker Roboterarm – der schnellere, präzisere – nach oben zu sausen… so schnell, wie es die physikalischen Grenzen seines Antriebs überhaupt zuließen…

Sekundenbruchteil um Sekundenbruchteil kam der Pfeil unerbittlich näher… und Dukes Arm fuhr ein kleines Stück weiter hinauf, um sich ihm noch rechtzeitig in den Weg zu stellen…

So weit aber sollte es nicht kommen.

Denn noch bevor die Schaftfedern des Pfeils den Griff des Bogens passiert hatten, fuhr der Schützin wie aus heiterem Himmel ein USSF-marineblauer Schatten in die Seite… und rammte sie mit solcher Heftigkeit, dass es sie von den Füßen fegte und der austretende Pfeil im letzten Moment noch von seiner vorbestimmten Bahn abgelenkt wurde…

„MAX!", realisierte Duke im nächsten Moment, da der Axon im Menschenkörper auf Shurraths Wirtin aufsaß.

Mit einem Urschrei wuchtete diese ihn wieder von sich herunter – doch umgehend warf er sich von Neuem auf sie und begann, nach Kräften auf sie einzuschlagen… wobei sich seine tentakelartigen Hände in harte, gezackte Schlagkeulen verwandelten!

Ansonsten sah Max aus wie von einem Lastwagen überfahren. Teils ragten Knochen aus seinen Gliedern, und hellgelbe Gallerte schien aus allen möglichen und unmöglichen Öffnungen zu triefen.

Bei alledem wehrte sich die so Überwältigte weit weniger, als sie eigentlich konnte. Stattdessen lachte sie bloß höhnisch, während ihr ein Schlag nach dem anderen das Gesicht zerschlug. Schließlich war es für Shurrath bloß ein ersetzliches Vehikel, an dem der Axon – sein Erzwidersacher – sich gerade verausgabte.

Für Duke aber war das noch immer ein Mensch – wenn

auch unter fremder Kontrolle. Mehr noch: eine Gefährtin und Mitstreiterin!

„MAX, STOPP!", rief er. „Es ist Rain, Max!"

„UNZUTREFFEND.", gab dieser zurück, ohne von ihr abzulassen.

Shurraths Wirtin lachte nur weiter, spuckte Blut und Zähne – wie zuvor noch Cain unter den Hieben Dukes…

Mit strengem Blick endlich packte Duke Max' ausholende Linke… worauf die austretende Gallerte cyanblau aufleuchtete. Als wäre Duke ein tollwütiger Gassenköter, schleuderte Max ihn von sich.

Mehrere Meter flog Duke davon, ehe er unsanft mit dem Rücken auf dem Steinpflaster aufkam.

Derweil hatte Max Shurraths Wirtin an der Gurgel gepackt… und transformierte seine andere Hand in etwas, das aussah wie eine verlängerte, bernsteinene Version des Zeremonienspeers. Auch sie begann, cyanblau zu leuchten…

Duke begriff blitzschnell, was der Axon vorhatte.

Mit einem Ruck sprang er auf die Knie, zog seinen linken Revolver, zielte… und schoss auf Max' transformierte Zeremonienspeerhand:

Einmal,

Zweimal.

Dreimal.

Doch das bernsteinartige Material, das auch Dukes neuem Arm einen zuvor unerreichten Härtegrad verlieh, verwandelte alle drei Kugeln in heulende Querschläger.

Es war zu spät.

Max' Zeremonienspeerhand sauste mit dem scharfen, spitzen Ende voran auf Rains Kehle nieder…

„NEIN!", rief Duke außer sich – während die Klinge bereits ohne erkennbaren Widerstand eindrang und einen Sekundenbruchteil später am Nacken wieder austrat – an der Spitze ein öliges schwarzes Knäuel.

„NEIN, VERDAMMT!", rief Duke mit Grimm und

Verzweiflung in den Augen und torkelte und stolperte auf Rains augenblicklich regungslos ermatteten Körper zu.

Widerstandslos ließ sich Max von ihm zur Seite stoßen.

Duke ging zur leblosen Bogenschützin nieder, beugte sich über sie, strich ihr sanft die Haare aus dem Gesicht und fühlte ihren Puls.

Kein Puls…

Zornentbrannt sauste Dukes Blick zu Max zurück.

„WARUM HAST DU DAS GETAN?!", bellte er ihn an.

Ausdruckslos sah Max ihm ins Gesicht:

„DESINFEKTION   ERFOLGREICH.   GERN GESCHEHEN."

„Elender Bastard! Getötet hast du sie! Sie hätte leben können! Ihr Beispiel hätte dabei helfen können, herauszufinden, wie man Menschen von Khoronen befreien kann, ohne sie zu töten!"

Mit einem zischenden Fluchen riss Duke sich von seiner leblosen Gefährtin los, sprang auf und hob ringend die Hände in den Himmel. Nachdem er einige Momente hadernd so verharrt hatte, wischte er sich schließlich über Kopf und Gesicht, drehte sich rasch zu Max zurück und ging erneut beschwörend auf diesen zu:

„Wir hatten einen Deal, verdammt!"

„DEAL EINGELÖST. GERNE WIEDER!", erhob sich Max und humpelte ein paar Schritte, während Duke nicht wusste, wohin mit seiner Wut.

Mehrmals wischte er sich erneut durchs Gesicht, fluchte stumm und lief aufgewühlt umher. Schließlich kam er zu Rains leblosem Körper zurück und ging abermals neben ihr auf die Knie. Verflucht…

Wieder war eine treue Gefährtin auf der Strecke geblieben…

Wieder eine von denen, die es am wenigsten verdienten…

Wieder, weil die Dinge so ganz anders gekommen waren, als er geplant hatte…

„Nat… bist du da?", tippte er schließlich seinen Sheriff-Stern an.

„Bin da, Hayden. Wie ist die Lage?"

„Beschissen…", rieb er sich die Tränen aus den Augen und traute sich kaum weiterzufragen:

„Aber sag, wie steht's um Ginny?"

Er machte sich aufs Schlimmste gefasst…

„Sie ist auf dem Weg zu dir!"

Gott sei Dank… fiel ihm ein ganzes Bergmassiv vom Herzen.

„Was ist mit den beiden Terroristen, Purzel?"

„Beide tot."

„Aber… das ist doch gut, oder?"

„Sie haben Isaac."

„Oh…"

„Rain ist tot. Funkstille bei Latos und Kisha. Ja, Cain und Grace sind tot. Aber zu welchem Preis?"

„Komm nach Hause, Hayden. Du hast erreicht, wofür du gekommen bist. Wir alle wussten um das Risiko. Und Ginny lebt."

„Pozz…", grummelte Duke einsichtig. „Wahrscheinlich sind in und ums Depot noch einige herrenlose Super-Trife unterwegs. Wir sollten unsere Kräfte bündeln. Trommle Verstärkung zusammen."

„Pozz! Ich mache einen Rundruf!"

„Danke, Nat. Duke out!"

Mit einem erneuten Tippen wechselte er den Kanal:

„Team Eins und Team Zwei! Bitte melden!"

Funkstille.

Entmutigt ließ Duke die Schultern hängen, wischte sich erneut durchs Gesicht. Da hörte er das leise Husten einer Frau…

Es kam von Grace!

Rasch lief er zu ihr, ging neben ihr in die Knie und stützte ihr vorsichtig Kopf und Nacken. Sie… sie war am Leben!

„Durchhalten, Grace!", knurrte er. „Hilfe kommt! Stirb mir nicht auch noch!"

Eilig sah er um sich und überlegte, was genau er tun sollte.

Dann sah er wieder zu Grace hinab. Sie hatte die Augen geschlossen, atmete schwach. Vorsichtig ließ er wieder von ihr ab, sprang auf und lief zu jener Seitenstraße, an deren Ende sie den Kleintransporter abgestellt hatten. Rasch setzte er sich ans Steuer und fuhr damit auf den Platz.

Als er ausstieg, vernahm er eine vertraute Stimme:

„Sheriff!"

Es war Ginny!

Sie war in Begleitung einer der Rangerinnen und strahlte Duke an, als gäbe es nichts Schlimmes auf der Welt!

„GINNY!", lief er zu ihr hin, ging vor ihr auf die Knie und drückte sie an sich, als wäre sie seine eigene Tochter. „Ich bin so froh, dich zu sehen! Oh, meine liebe, mutige Ginny! Wie geht es dir? Ist alles okay?"

„Pozz!", nickte das Mädchen ein wenig verunsichert.

Duke sah zur Rangerin auf, die dies ebenso nickend bestätigte.

Gemeinsam luden Duke und die Rangerin erst Grace und dann Rain auf die Sitzbänke des Kleintransporters – so schnell und dabei sachte und behutsam es irgend ging.

Das Letzte, was sie jetzt noch gebrauchen konnten, war eine Konfrontation mit den verbliebenen Super-Trife – wobei diese, mit Isaac in ihren Fängen, ohnehin den taktischen Rückzug angetreten zu haben schienen.

Die Rangerin nahm in nächster Nähe Platz, um die beiden kritischen Patientinnen im Blick zu behalten. Duke schlug die Schiebetür zu und stieg endlich zu Ginny in die Fahrerkabine, um sich ans Steuer zu setzen und den Motor anzuwerfen.

Er schlug das Lenkrad ein und gab Gas.

Heimwärts...

KAPITEL 50

Unermüdlich setzte die kleine grüne Natter ihren Tanz fort – vor der nächtlichen Kulisse ihrer kleinen Bühne, im gleichförmigen Rhythmus der Musik:

BIPP…

BIPP…

BIPP…

Fasziniert sah Ginny ihr zu. Duke saß neben ihr, und auch er lauschte andächtig – auch wenn sein Augenmerk eher der Patientin galt, die im Bett neben dem Patientenmonitor mit der Herzschlagkurve lag: Grace Salk.

Geduldig wartete er schon seit Tagen auf ihr Erwachen – mehrere Stunden täglich, gleich hier neben ihrem Krankenbett.

War es das wert?

Er hatte Fragen. Dringende Fragen.

Die Ärzte unter Leitung von Doktor Hess hatten sie stabilisiert, doch die Prognose war weiterhin unsicher. Immerhin war Grace die wohl erste Khoronenüberlebende, die als solche in ein Krankenhaus eingeliefert worden war. Es gab praktisch kein gesichertes Medizinwissen dazu. Ein neues Feld. Dunkelziffer unbekannt.

Rain.

Die Ärzte hatten nichts mehr für sie tun können.

Seufzend zog Duke Bilanz…

Rain war tot.

Latos war tot.

Von Deputy Kisha wie auch von Max fehlte jede Spur – vermutlich beide tot.

Isaac war in Gefangenschaft.

Ein einziger Ranger hatte überlebt.

Es war ein Pyrrhussieg, wenn überhaupt.

Die akute Bedrohung war abgewehrt, doch Duke ging nicht davon aus, dass Rains Tod tatsächlich das Ende Shurraths bedeutete. Er musste vorausschauen – wie schon so oft.

Da die Khorone bei Grace zuletzt nicht mehr in den Nackenwirbeln eingenistet gewesen war, standen die Chancen gut, dass sie keine neuronalen Schäden davongetragen hatte und sich an ihre gesammelten Erkenntnisse über die Symbionten und ihre Zuchtmeister, die Relyeh, würde erinnern können – so jedenfalls Doktor Hess, nachdem Duke ihm ausführliche Auskunft über die vorausgegangenen Geschehnisse gegeben hatte.

Graces Speicherstick blieb bis auf Weiteres ein geschlossenes Buch. Entweder, sie hatte tatsächlich ein verdammt starkes Passwort eingerichtet, oder der Stick war defekt oder hatte einen doppelten Boden, also einen versteckten alternativen Zugang.

Ein weiteres Rätsel war der Verbleib Isaacs. Angeblich waren es die Super-Trife, die ihn gefangengenommen hatten. Waren die Super-Trife auch superintelligent – für Trife-Verhältnisse? Reguläre Trife konnten das Konzept, eine Person festzunehmen statt sie an Ort und Stelle zu zerfleischen, nicht ansatzweise begreifen – da war sich Duke sicher.

Die Super-Trife würden Isaac also irgendwo abliefern… und dann? Wie würde Shurrath reagieren, wenn er herausfände, dass ein Hirntumor die Ursache für Isaacs teilweise Immunität gegen die Neuromanipulation der Axonen war?

Eine vertraute Stimme holte Duke ins Hier und Jetzt zurück und ließ ihm augenblicklich das Herz aufgehen:

„Purzel…"

Natalia betrat das Zimmer.

Ihr Blick war besorgt.

Wer konnte es ihr verdenken?

Duke stand auf und kam ihr entgegen.

„Wie geht es Grace?", erkundigte sie sich.

„Unverändert. Der Doktor sagt, wir müssen ihrem Körper Zeit lassen. Die Wochen als Khoronenwirtin sind nicht spurlos an ihr vorbeigegangen."

„Und an dir, Purzel?", strich sie Duke zärtlich über die schroffen Wangen.

„Ich komme noch immer nicht über Rain hinweg, Nat. Die Bestattung hat ein wenig geholfen, aber… Isaac und ich hatten sie schon einmal vor dem Schicksal als Khoronenwirtin gerettet, verstehst du?"

„Ich verstehe, Purzel."

„Sie war fast noch ein Kind wie Ginny!"

„Komm…", nahm Natalia ihn an der Hand.

Er ließ sich aus Graces Krankenzimmer hinaus- und in eines der unbelegten Nachbarzimmer hineinführen.

„Ich weiß, du klammerst dich daran, aber du bist nicht schuld, Purzel!", stieß sie ihn sanft aufs Krankenbett.

Er umfasste sie an der Taille.

„Es ist meine Verantwortung, Nat. Immer wieder ziehe ich die Menschen hinein… und immer wieder pflastern am Ende ihre toten Körper meinen Weg."

„Duke… du kämpfst für das Gute und Richtige. Andere wollen an deiner Seite kämpfen… freiwillig! Sie alle riskieren freiwillig ihr Leben, genauso wie du deines riskierst. Sollte es dich erwischen statt sie, dann sind sie genauso wenig daran schuld wie umgekehrt."

„Vielleicht sind wir alle Narren? Vielleicht sollte ich ein einfaches Siedlerleben führen wie so viele? Mich um Weib und Kind kümmern, ab und zu mal plündern gehen, und morgens, mittags, abends Trife-Fleisch auf den Tisch. Fertig!"

„Das ist Quatsch, und das weißt du auch. Wir wollen ein Leben in Würde, kein Leben in Elend. Und du ermöglichst tausenden ein Leben in Würde, an das sonst keiner mehr geglaubt hatte! Schau: Der Konflikt mit Shurrath war unvermeidlich. Er will die ganze Erde, nicht bloß die ganze Erde minus der Vereinigten Territorien."

„Wenn es nur das alleine wäre. Jetzt haben wir auch noch den Trust im Nacken! Die werden die Sache nicht auf sich beruhen lassen."

„Der Trust spielt mit gezinkten Karten und wundert sich dann, wenn das Spiel nicht aufgeht. Rico wird erst in knapp zwei Wochen wieder hier sein. In der Zwischenzeit wird Frau Oberst Gillick nach Proxima zurückkehren und ihren Bericht schreiben. Also wird Rico uns sicher auf den neuesten Stand bringen. Bis dahin kann uns der Trust den Buckel herunterrutschen!"

Duke nahm Natalias Hände auf und übersäte sie mit Küssen. Sie war fürwahr sein Fels in der Brandung! Eine Engelsstimme der Vernunft!

Und doch war er mit dem Hadern längst nicht fertig:

„Wie schätzt du Shurrath ein? Ist er ein aufgeblasener King? Oder eher ein Tinker? Max der Axon hat mich weit mehr beeindruckt… selbst nach dem, was er Rain angetan hat. Die Erde ist hochbegehrt – bloß ihre Ureinwohner scheinen dabei das Nachsehen zu haben."

„Und deswegen können wir beide nicht einfach ein Siedlerleben führen, Purzel."

Duke seufzte.

„Natürlich hast du recht, Nat… wie eigentlich immer. Und ich muss mich immer wieder davon überzeugen, weil ich es nicht glauben kann, wie sehr du recht hast."

Sein Arm schmerzte wieder.

Der Schmerz kam und ging, aber er war immer in der Nähe. Mehr und mehr kam sich Duke vor wie ein wandelndes Memento Mori…

Er seufzte erneut, denn er wusste, was er zu tun hatte.

Gehofft hatte er, dass Grace vorher aufwachen würde, aber daran ließ sich jetzt nichts ändern.

„Och, was machst du wieder für ein Gesicht, Purzel?", kniff Natalia ihm in die stoppelige Wange.

„Du weißt, ich muss ihn da rausholen, Nat…"

„Ach Purzel…"

Sie wollte das nicht.

Sie wollte kein prekäres Leben wie die Siedler, aber ganz auf die Essenz des Siedlerlebens verzichten wollte sie auch nicht. Besser gesagt: Sie war bereit, ein wenig vom Siedlerleben zu opfern, um dafür ein besseres, reineres Siedlerleben führen zu können. Duke, sie, Hallia, im trauten Heim allein. Und statt Trife-Fleisch ein Truthahn auf den Tisch.

Darum ging es.

Doch alles zu seiner Zeit…

„Und du willst wieder alleine losziehen, Purzel?"

„Wen soll ich deiner Meinung denn mitnehmen, auf meine nächste Reise in die Hölle?"

„Na, mich zum Beispiel!"

Duke lachte gerührt.

„Ich weiß, du würdest es tun, wenn ich dich fragen würde, Nat. Aber Hal braucht ihre Mutter. Und Ginny braucht eine große Schwester."

„Ich glaube, Ginny wünscht sich eher einen großen Brummbärbruder wie dich, Purzel!", lachte Natalia.

„Sie wird ein guter neuer Sheriff für Sanisco werden. Ich will, dass wir lange genug leben, um es zu erleben."

„Oh Purzel… wie wäre das schön!"

„Wenn einer auf sich selbst aufpassen kann, dann dein Kröterich hier. Darum reite ich allein. Mit Sicherheit rechnet

Shurrath damit, dass ich mit Hundertschaften anrücke. Isaac wird mich zu Shurrath führen, und Shurrath wird nicht merken, was die Stunde geschlagen hat, bevor es zu spät für ihn ist!"

Natalia nickte mit gesenktem Blick.

Begeistert war sie nicht.

Nach ein paar Tagen der Erholung stand eine weitere Zeit der Entbehrung bevor…

Wieder Tage, vielleicht Wochen des Bangens.

Vielleicht würde sie ihren Mann einmal mehr heraushauen müssen? Sie würde bereit sein.

„Wann geht's los?"

„So bald wie möglich."

„Gib dein Bestes, Purzel…", zog sich ein tapferes Lächeln über Natalias Lippen.

„Nichts weniger ist gut genug.", brummte Duke und berührte sie zärtlich am Kinn.

Natalia schlang ihre Arme um ihn und zog ihn an sich heran, sodass ihre Haare seine runzelige Stirn berührten.

Dann war es Zeit, zu gehen.

Shurrath ruhte nicht…

———

Vielen Dank, dass Sie KEIN GUTE TAT, das zweite Buch der Epilog der Vergessenen-Reihe, gelesen haben. Möchtest du das nächste Buch der Serie lesen? Weitere Informationen finden Sie unter mrforbes.de/epilog-der-vergessenen/3-kein-weg-zurck. Nochmals vielen Dank!

BÜCHER VON M.R. FORBES

Meinen kompletten Katalog finden Sie hier

mrforbes.de / bucher

Oder bei Amazon

mrforbes.de / amazon

EWIGES RAUMSCHIFF

mrforbes.de / der-ewige-krieg / 1-ewiges-raumschiff

Sie werden kommen. Finde die Goliath oder stirb.

Diese erschreckenden Worte sind das erste, was Mitchell hört, nachdem die Kugel eines Attentäters beinahe sein Leben beendet hätte. Er versucht, sie zu ignorieren, weil er überzeugt ist, dass die Stimme in seinem Kopf nur eine Nachwirkung seiner Verletzungen ist.

Das ist sie aber nicht.

Die Warnung ist nur der Anfang. Ein Einblick in einen Kampf gegen einen Feind, der älter ist als die Zeit.

Ein Feind, der so real und viel näher ist, als er es sich je vorstellen konnte.

Ein Feind, der alles tun wird, um ihn daran zu hindern, das jahrhundertealte Raumschiff zu finden und nicht nur den Kampf, sondern ihre Existenz zu beenden.

Mitchell entkommt nur knapp der Gefangennahme und gerät in die Hände der Riggers - ein zusammengewürfeltes Sonderkommando, das in den Randgebieten der Galaxie patrouilliert. Sie werden von einem als Mörder berüchtigten Captain angeführt und sind gefährlich, unmoralisch und verrückt.

Gleichzeitig sind sie vielleicht die letzte Hoffnung der Menschheit auf ein Überleben in einem Krieg, der schon seit Ewigkeiten wütet.

DER VERGESSENE

mrforbes.de / der-vergessene / vergessen

Einige Dinge bleiben besser vergessen.

Sheriff Hayden Duke wurde auf der Pilgrim geboren, und er erwartet, auf der Pilgrim zu sterben, wie sein Vater und dessen Vater vor ihm.

So ist es auf einem Generationenschiff zu den Sternen, Jahrhunderte weit weg von zu Hause. Das hat er nie infrage gestellt. Darüber hat er nie nachgedacht. Und warum auch? Zugangspunkte zu den Kontrollen des Schiffes sind versiegelt. Seine Systeme, die sie automatisch lenken, sind außer Reichweite. Es ist nicht perfekt, aber er hat alles, was er benötigt, um zufrieden zu sein.

Bis eine Störung seine Frau, die Technikerin, zwingt, zum Rand der bewohnten Zone zu gehen und den Schaden zu inspizieren.

Bis sie ihn kontaktiert, atemlos und entsetzt, und ihm sagt, dass sie einen Leichnam gefunden hat, der zu niemandem an Bord gehört.

Bis er an besagter Stelle erscheint und entdeckt, dass sowohl seine Frau als auch der Leichnam verschwunden sind.

Der einzige Hinweis? Ein blutiger Handabdruck unter einer Luke, die sich seit Jahrhunderten nicht geöffnet hatte.

Bis heute.

ÜBER DEN AUTOR

M.R. Forbes ist der Autor einer wachsenden Zahl von Science-Fiction-Serien. Da er seine Kindheit damit verbracht hat, jeden Science-Fiction-Roman zu lesen, den er finden konnte (und auch seine eigenen zu schreiben), jedes Science-Fiction-Videospiel zu spielen, das er in die Finger bekam, und jeden Science-Fiction-Film zu sehen, der in die Kinos kam, hat er eine wahre Liebe zu diesem Genre in jedem Medium. Er arbeitet hart daran, diese Energie auch in seine eigenen Geschichten einfließen zu lassen, mit dem ständigen Ziel, zu unterhalten, zu erfreuen, zu faszinieren und zu überraschen.

Er schätzt seine Leser sehr und freut sich immer, von ihnen zu hören.

Besuche meine Website:
mrforbes.de

Schick mir eine E-Mail:
michael@mrforbes.com

Besuche mich auf meiner Facebook-Seite:
Facebook.com/mrforbes.author